I Will Not Love You

ALANA SCOTT

I WILL NOT LOVE YOU

ROMAN

HARPERCOLLINS FRANCE
83-85, boulevard Vincent-Auriol, 75646 PARIS CEDEX 13.

www.harlequin.fr

ISBN 978-2-2804-2130-0 — ISSN 2271-0256

À tous ceux qui ont lu et aimé la première version de l'histoire écrite sur Wattpad. C'est grâce à vous et à vos commentaires encourageants que ce livre a pu voir le jour. Je vous serai éternellement reconnaissante.

Chapitre 1

Jenny

Le campus de l'université Washington de Saint-Louis s'étendait devant moi. Malgré mon appréhension, je devais bien reconnaître que les bâtiments anciens, tel que le Booking Hall, étaient vraiment magnifiques. Et j'aimais beaucoup le fait que tous les passages pour piétons soient bordés par d'immenses pelouses, sur lesquelles les étudiants pique-niquaient, révisaient ou bien s'amusaient.

J'inspirai profondément. Il ne me restait plus qu'à le traverser.

Vite ? Doucement ?

Quelle importance, ils le remarqueraient de toute façon... Tout le monde le remarquait toujours.

Je soupirai, réajustai mon sac de cours sur mon épaule et avançai droit devant moi, les yeux rivés sur mes pieds. Croiser leurs regards pleins de pitié ne me ferait que plus de mal.

Soudain, quelque chose me frappa violemment le dos.

— Aïe ! grognai-je en me retournant aussitôt.

Lobjet avec lequel on m'avait agressée se trouvait être une balle de base-ball. Je cherchai du regard le lanceur, car il me semblait peu probable que cette balle soit venue de nulle part.

Ou peut-être que si, car, après plusieurs secondes, le coupable ne s'était toujours pas montré.

En ramassant la balle, je remarquai que les initiales « A. W. » y étaient inscrites.

Peut-être qu'il s'agit d'un joueur professionnel…, songeai-je en l'examinant attentivement.

Mon oncle Lyam pourrait sans doute m'éclairer là-dessus si le propriétaire ne se manifestait pas…

Après avoir jeté un dernier coup d'œil aux alentours et n'ayant toujours repéré aucun potentiel lanceur, je décidai de ranger la balle dans mon sac et de poursuivre mon chemin.

Si le propriétaire voulait la récupérer, il n'avait qu'à venir s'excuser en personne !

Comme prévu, je ne mis que quelques minutes pour arriver devant l'amphithéâtre où allait débuter mon premier cours d'économie de l'année. J'entrai dans la salle et m'assis au premier rang. Et pas parce que je prévoyais de faire du zèle auprès de mes professeurs. L'économie était loin d'être ma matière préférée, je m'étais inscrite dans ce cursus faute de mieux. En réalité, je ne voulais juste pas entendre les moqueries des autres étudiants lorsqu'ils me verraient monter les marches avec difficulté.

Alors que je sortais mon ordinateur portable de mon sac, je sentis quelqu'un s'asseoir derrière moi.

— Salut, fit une voix masculine.

Je me figeai. Était-ce à moi qu'il s'adressait ? Non… Pourquoi quelqu'un viendrait-il me parler ?

Quelque chose m'effleura la nuque, et je me retournai vivement pour dévisager celui qui s'amusait à me toucher les cheveux avec son stylo.

— C'est quoi ton problème ? lançai-je d'un ton contrarié.

Pour toute réponse, il me sourit, visiblement amusé par ma réaction.

Agacée, je déplaçai mes affaires sur le côté et me décalai de deux sièges. Ma manœuvre le fit éclater de rire.

Qu'est-ce qu'il est lourd, ce mec, songeai-je en allumant mon ordinateur.

En plus… Oh non ! Je venais de l'entendre changer de place à son tour !

Je me retournai à nouveau et le fusillai du regard.

— Tu peux arrêter ton petit jeu de psychopathe, là ? Parce que ça ne m'amuse vraiment pas.

Il croisa les bras sur sa table tout en m'observant droit dans les yeux.

— Tu as quelque chose qui m'appartient… Jenny.

Ma respiration se bloqua dans ma poitrine. Comment connaissait-il mon prénom ?! Ce mec était vraiment un psychopathe !

Il dut probablement lire la panique sur mon visage, car il précisa :

— C'est écrit sur ton écran d'accueil. Ton prénom.

Oh purée !

Une vague de soulagement me traversa, et je refermai rapidement mon ordinateur d'une main.

Sinon… Il avait dit que j'avais quelque chose lui appartenant ? Je réfléchis un instant avant de me souvenir de la balle de base-ball.

— Alors, c'est toi ! m'écriai-je brusquement.

Il haussa les sourcils.

— Oui, c'est moi, Justin Braxton, tu ne m'avais pas encore reconnu ?

Je secouai la tête.

— C'est toi qui m'as lancé cette balle dessus, repris-je en la sortant de mon sac.

— Pas exactement. En fait, cette balle de base-ball est à mon meilleur ami Kyle, et c'est aussi lui qui l'a lancée, j'aurais d'ailleurs dû la rattraper, sauf que… Tu connais la fin de l'histoire.

Je fronçai les sourcils.

— Alors pourquoi c'est toi qui viens me la réclamer, et non lui ?

Il passa une main dans ses courts cheveux châtain foncé, l'air un peu embarrassé.

— Disons que tu avais l'air vachement en colère quand tu t'es pris cette balle. Du coup, Kyle a pensé que si c'était moi qui venais te la demander, tu me la rendrais sans problème.

— Et pourquoi je ferais ça parce que c'est toi ? Je ne te connais même pas et, honnêtement, tu ne me donnes pas envie de te connaître.

Une femme âgée d'une quarantaine d'années entra dans la pièce et s'installa au bureau face à nous, les étudiants.

D'ailleurs, à cause de ce crétin de Justin Braxton, je n'avais même pas remarqué que la moitié de l'amphi était désormais remplie et que la plupart des personnes présentes avaient le regard rivé sur nous.

Super… J'avais attiré l'attention alors que mes résolutions de l'année consistaient à vivre le plus discrètement possible.

Merci, Justin !

— Euh, Jenny, chuchota Justin derrière moi, j'aimerais vraiment récupérer la balle, en fait…

— Si ton ami veut récupérer sa balle, eh bien, qu'il vienne s'excuser et me la réclamer lui-même, répondis-je sans même me retourner.

Je l'entendis soupirer puis se lever. Après quelques secondes, Justin quitta la salle sans même se retourner. Tant mieux, j'allais enfin pouvoir retrouver ma tranquillité et ma solitude !

*
* *

Enfin… C'était ce que je pensais jusqu'à ce que je remarque que Justin Braxton m'attendait à la fin du cours !

Justin

Cela faisait une heure et demie que je poireautais devant l'amphi. Une heure et demie que je me faisais chier, et tout ça pour une putain de balle de base-ball à laquelle Kyle tenait énormément, parce que Adam Wainwright, un ancien lanceur de l'équipe de base-ball des Cardinals de Saint-Louis, la lui avait signée.

Mais le pire dans tout ça, c'était que je m'étais foutu dans la merde en disant à cette brunette que c'était Kyle qui avait lancé la balle… C'était bien moi le responsable. Et je n'avais même pas eu les couilles d'aller la voir directement et de m'excuser. Cette fille avait eu l'air tellement vénère en ramassant la balle que j'avais eu peur qu'elle me la renvoie dans la gueule et que cela abîme mon beau visage.

Bah ouais, après tout, j'étais Justin Braxton, président de la fraternité des Alpha Delta Phi, y en avait pas deux comme moi.

Je relevai les yeux de mon téléphone alors que des élèves quittaient l'amphithéâtre. Tous sortirent, même la prof, mais pas Jenny.

Qu'est-ce qu'elle foutait, bon sang ? J'avais déjà perdu assez de temps comme ça. En plus, Kyle m'attendait vers le bâtiment B2. Je lui avais dit de ne pas bouger jusqu'à ce que je revienne avec sa satanée balle et je savais qu'il ne bougerait pas, qu'il pleuve ou qu'il neige, tant qu'il n'aurait pas mon autorisation. Il n'était pas devenu vice-président de notre fraternité par hasard.

Après cinq minutes supplémentaires à attendre, je me décidai à retourner à l'intérieur quand elle sortit enfin de l'amphi !

Elle parut surprise de me voir encore ici. Alors quoi, elle croyait que j'allais abandonner aussi facilement ? Quelle naïve, elle ne me connaissait pas, mais alors vraiment pas ! « Ne jamais abandonner », telle était ma devise.

Je m'avançai vers elle, les mains dans les poches de mon jean.

— Sympa ton cours ? demandai-je par simple politesse.

En vrai, je m'en tapais complètement. Moi, tout ce que je voulais, c'était qu'elle me rende cette fichue balle.

Elle sembla hésiter.

— Tu sais que si tu me rends la balle, je te laisserai tranquille, l'informai-je, c'est ce que tu veux, non ?

Merde, je n'aurais jamais dû dire ça… Et je le savais parce que sa mâchoire s'était contractée quand elle avait entendu mon ton arrogant.

Enfin, fallait me comprendre, je commençais à en avoir marre de l'attendre !

— La balle est dans la poubelle, répondit-elle simplement.

Quoi ?!

Après l'avoir bousculée, j'entrai en courant dans l'amphi à la recherche d'une poubelle. J'en repérai une à l'autre bout de la salle et la renversai complètement sur le sol.

Je fronçai les sourcils. Aucune trace de la balle. Je tentai en vain de trouver une autre poubelle à proximité. Purée, mais à quoi elle jouait cette fille ?! Elle commençait vraiment à m'énerver !

À contrecœur, je ramassai les déchets et les remis dans la poubelle. J'étais peut-être un connard quelques fois, mais je n'étais pas non plus sans éducation.

Quand j'eus terminé, je quittai le bâtiment et partis à la recherche de Jenny.

J'avais été rapide, après tout, j'étais le meilleur au sprint. Alors, cette fille n'avait pas dû aller bien loin, d'autant plus qu'on avait remarqué avec Kyle qu'elle boitait.

Et j'avais pu le vérifier en la suivant jusqu'à sa salle de cours. Ce n'était pas facile de le voir au début, car elle marchait plutôt lentement et j'avais eu l'impression qu'elle s'arrêtait de temps en temps pour regarder le campus autour d'elle. Enfin, c'était normal puisqu'il s'agissait d'une première année. Comment je le savais ? Bah, c'était la seule explication possible au fait qu'elle ne me connaisse pas.

Après avoir marché une centaine de mètres et salué quelques personnes, je la repérai enfin. Elle s'apprêtait à entrer dans une résidence universitaire.

Eh ben, purée, elle habitait à même pas deux cents mètres de l'amphi ! C'était quand même bien pratique pour pouvoir dormir plus longtemps avant d'aller en cours. Même si cette fille ne m'avait pas donné l'impression d'être une grosse flemmarde pour autant.

Je l'imaginais plutôt du genre intello, à ne jamais sortir et à ne vivre que pour les études… Après tout, elle s'était assise au premier rang, et puis elle était en économie, apparemment l'un des cursus les plus balèzes de la fac. Peut-être même plus que celui de science et biologie que je suivais, même si cette troisième année s'annonçait un peu plus dure que les précédentes… De toute façon, je ne faisais ces études que pour avoir plus tard un diplôme sous la main, et dans l'éventualité où mes performances en athlétisme ne seraient pas suffisantes pour que je devienne pro.

Mon rêve était même de pouvoir m'inscrire aux JO. Bon, ce n'était pas encore pour demain… En revanche, j'espérais quand même réussir à récupérer cette fichue balle d'ici demain !

Chapitre 2

Jenny

Je roulais tranquillement sur le chemin du retour, je respectais la limitation de vitesse, je n'avais pas bu, je n'étais pas trop fatiguée malgré l'heure tardive.

Mais des fois, il ne suffit pas que tout soit parfait de votre côté Des fois, vous avez beau prendre toutes les précautions, les choses ne dépendent pas que de vous.

Et c'est comme ça, alors que je ne me trouvais qu'à seulement trois kilomètres de chez moi qu'une voiture noire passa au feu rouge. Je freinai autant que je pus. Par chance, je réussis à l'éviter elle, cette putain de voiture, mais pas le trottoir sur lequel je chutai, ma moto écrasant ma jambe droite de tout son poids.

J'aurais dû boire à cette soirée. J'aurais dû boire et rester dormir chez Savannah. Ou bien j'aurais dû tout simplement partir cinq minutes plus tôt, ou cinq minutes plus tard… Si seulement…

Sauf que les « si » c'était trop tard maintenant. Trop tard pour sauver ma jambe. Trop tard pour me sauver moi.

Je me réveillai en sursaut, haletante. J'avais encore fait ce cauchemar.

En fait, non, ce n'était pas un cauchemar, c'était la réalité.

Cet accident m'était bel et bien arrivé quelques mois plus tôt. Je me relevai, appuyant mon dos contre le mur derrière moi, et baissai les yeux sur ma jambe. Ou plutôt sur celle que je n'avais plus entièrement car, désormais, ma jambe droite se limitait à un bout de cuisse. À un moignon.

— Putain d'accident de merde ! m'écriai-je en donnant un coup de poing sur mon matelas.

J'avais envie de pleurer, de crier et de tout casser… Mais à quoi bon ? Ce n'était pas comme si j'allais retrouver ma jambe après ça.

Je retins mes larmes, attrapai mes béquilles sur le sol et quittai mon lit avec difficulté. Il fallait que j'aille prendre une douche. C'était ce que je faisais toujours après mes cauchemars. Impossible de me rendormir sans m'être débarrassée de cette sueur remplie d'angoisse qui me collait à la peau.

Je balayai la pièce du regard. La chambre ne faisait que dix-neuf mètres carrés, mais il y avait tout de même le nécessaire. Un lit, une étagère, un placard, une télé, une cuisine équipée, une table et deux chaises. La douche et les WC étaient dans une pièce séparée, encore heureux…

Comme je n'avais pas demandé une chambre adaptée aux étudiants en situation de handicap, il y avait tout de même un inconvénient. Je ne pouvais pas entrer dans la salle de bains avec mes béquilles, car elle était assez étroite, mais bon, c'était la dernière chambre étudiante disponible au rez-de-chaussée et située à proximité du bâtiment où étaient donnés les cours d'économie. Moins j'aurais à marcher, moins les autres étudiants se rendraient compte que je boitais.

Je laissai mes béquilles hors de la pièce et pris appui sur le lavabo avant de pouvoir m'asseoir sur le siège de douche. Je retirai mon haut et ma culotte, les jetai dans mon panier à linge sale, puis ouvris le robinet de la douche et laissai l'eau chaude couler sur mon corps durant plusieurs minutes pour me détendre.

Une fois séchée, je procédai aux soins obligatoires de mon moignon. Chaque jour je devais soigneusement le laver avec un savon pH neutre, puis appliquer une crème hydratante après m'être assurée qu'il n'y avait aucune lésion.

Je quittai ensuite la salle de bains pour aller me chercher une culotte et un T-shirt propres dans mon placard. Alors que je venais tout juste d'enfiler mes vêtements, la sonnerie de mon interphone retentit. Je jetai un coup d'œil à l'heure sur mon portable : 21 h 30.

Sérieusement ?

Qui pouvait bien me déranger à cette heure-là ? Mes parents ? Je leur avais pourtant dit de me laisser tranquille jusqu'à ce week-end.

Après une deuxième sonnerie, je soupirai et décrochai le téléphone de l'interphone.

— Oui ?

— Livraison de pizza.

Hein ?

— Vous devez faire erreur, je n'ai jamais rien commandé.

J'allais raccrocher lorsque la voix masculine reprit :

— Vous n'êtes pas Jenny Menser ?

— Si, c'est moi, mais puisque je vous dis que…

— Écoutez, j'ai reçu l'ordre de livrer une pizza quatre fromages à une Jenny Menser, bâtiment B chambre R01, alors s'il vous plaît, venez chercher votre pizza, j'ai besoin d'être payé, moi, ou mon patron va me tuer !

Non, mais sérieux, c'était quoi cette histoire encore…

— OK, OK, j'arrive, laissez-moi cinq minutes !

J'attrapai une gaine de nylon propre et ma prothèse avant

de m'asseoir sur mon lit. Les enfiler me prit bien plus de temps que cinq petites minutes…

La sonnerie retentit plusieurs fois tandis que je ramassais mon pantalon noir qui traînait sur le sol.

Cette première journée de cours m'avait tellement épuisée qu'à peine rentrée chez moi je m'étais déshabillée en vitesse pour me glisser sous les draps et faire une sieste. Sieste qui s'était finalement transformée en un profond sommeil jusqu'à ce que ce maudit cauchemar me réveille.

Pas le temps de regarder ce à quoi je ressemblais dans le miroir. De toute façon, c'était juste un livreur de pizza…

D'ailleurs, elle avait intérêt à être bonne, cette pizza !

Justin

Elle m'avait sûrement reconnu ! Pourtant, j'avais essayé de prendre une autre voix mais, là, cela faisait dix minutes que je patientais devant son bâtiment.

Putain, mais cette meuf adorait me faire attendre ! Comme toutes les meufs, en fait…

Elle devait sûrement se maquiller, mettre une petite robe sexy au cas où le livreur de pizza soit mignon… Et oui, d'ailleurs, il était mignon puisque c'était moi !

En fait, je n'étais pas livreur, c'était juste mon nouveau plan d'attaque pour récupérer la balle de base-ball de Kyle !

J'allais faire demi-tour, mais par chance la lumière du hall d'entrée s'éclaira, et j'aperçus Jenny, debout devant la porte.

Finalement, niveau sexy, ce n'était pas trop ça. Elle portait un vieux T-shirt vert kaki et le même pantalon que cet après-midi, un vieux truc noir et large à pattes d'éléphant, le genre de vêtement bien démodé depuis des millions d'années, mais bon…

Le maquillage, ce n'était pas ça non plus. Elle était cent pour cent naturelle. À mieux la regarder, elle n'avait pas vraiment besoin de maquillage. Elle avait un visage long et ovale, une jolie peau, des sourcils fins, des yeux bleu clair à couper le souffle et une bouche qui me donnait bien envie…

Hou là, je m'égarais complètement, là ! Depuis quand j'aimais fantasmer sur les grosses intellos ?

Je clignai plusieurs fois des yeux et lui fis signe de m'ouvrir la porte en montrant la pizza dans mes mains. Je pus lire une nouvelle fois de l'hésitation dans son regard. Elle n'allait pas m'ouvrir, c'était sûr.

Bon, pas grave, j'avais prévu le coup ! J'ouvris moi-même la porte d'entrée, tout en douceur et sans aucune difficulté, puis entrai dans le hall.

Jenny m'observa, bouche bée. Haha, elle ne s'y attendait pas du tout !

— Euh… Mais… Comment…

— La magie, dis-je avec un clin d'œil.

En fait, avant de revenir avec la pizza, j'étais déjà passé pour tâter le terrain. J'avais vu qu'il s'agissait d'un bâtiment sécurisé et qu'il fallait des clés pour pénétrer à l'intérieur. Du coup, j'avais attendu qu'un des étudiants logeant ici sorte, puis j'avais bloqué la porte avec un petit caillou. J'avais pensé aller directement frapper à la porte de Jenny mais, si elle avait vu par l'œilleton qu'il s'agissait de moi, jamais elle ne m'aurait ouvert.

— Du coup, on fait un échange, balle contre pizza ? proposai-je tandis qu'elle semblait encore en train de réfléchir à comment j'avais pu entrer aussi facilement.

Quelle fille naïve…

— Allez, quoi, tu m'as fait attendre exprès pendant dix minutes dans le froid…

C'était sûr qu'elle l'avait fait intentionnellement. Quand on sort dans cet état, pas maquillée, alors qu'on habite au rez-de-chaussée, on n'a pas d'excuses, hein !

— Et puis, tu me dois bien ça après le coup du « j'ai jeté la balle dans la poubelle » alors qu'elle n'y était pas, ajoutai-je, t'es un peu une garce quand même, hein !

Ah flûte, l'insulter n'était peut-être pas une bonne approche. Fallait que je rectifie ça :

— Enfin… Une jolie garce…

Elle haussa les sourcils. Au moins, elle avait réagi.

— « Jolie » ? répéta-t-elle doucement en baissant les yeux sur ses vêtements.

Ou peut-être pas ses vêtements. Non, elle regardait sa jambe droite en fait. Ah, celle qui la faisait boiter… C'était quoi le souci ?

— Tu sais, ça ne se remarque presque pas, lui dis-je.

Elle redressa la tête et me regarda droit dans les yeux.

— Menteur.

Sa voix était froide et dure. OK, valait mieux pas revenir sur ce sujet pour l'instant.

— Donc, sinon… Pour la balle ?

Elle tendit doucement son bras vers moi, puis, sans que je m'y attende, elle leva également son majeur.

— Va. Te. Faire. Foutre !

Et elle tourna les talons, non sans boiter légèrement au passage.

OK… Ça, c'était dit. Je faisais quoi, moi, maintenant ?

Chapitre 3

Jenny

50 mètres.

« Jolie. » Il avait dit qu'il me trouvait jolie ? Quel menteur !

100 mètres.

S'il m'avait vue sans ma prothèse au genou, jamais il n'aurait dit ça.

Ou peut-être qu'il l'avait simplement dit pour me faire plaisir, parce qu'il avait eu, comme tous les autres, pitié de mon handicap.

200 mètres.

Oui, tous ceux qui me voyaient boiter avaient pitié de moi.

À l'hôpital, durant la semaine qui a suivi mon amputation, je n'avais cessé d'entendre derrière mon dos : « Oh la pauvre enfant… », « Regardez-la, amputée de la jambe droite à son âge… Ça ne doit pas être facile pour elle… »…

300 mètres.

Que ce soit les patients, les infirmières ou encore les médecins, tous me regardaient à chaque fois avec tristesse et empathie, comme si j'étais mourante. Pourtant, physiquement, j'allais très bien. La médecine faisait des miracles de nos jours, et bientôt je pourrais retrouver une vie presque normale. Presque.

500 mètres.

Mais ce devait être la prothèse qui attirait la pitié et les regards désolés des gens. J'avais l'impression d'être une source de divertissement pour eux : « Regardez tous la fille qui s'est fait amputer de la jambe droite à dix-huit ans ! Oui, c'est elle ! Jenny Menser ! »

Un frisson me parcourut à cette pensée.

800 mètres.

Moi, tout ce que je souhaitais, c'était qu'on me laisse tranquille et qu'on ne me calcule pas.

Je détestais la pitié. Je détestais que les gens me pensent faible et souffrante, parce que c'était justement le cas !

900 mètres.

Les médecins m'avaient peut-être réparée physiquement, mais, à l'intérieur, j'étais en mille morceaux. J'étais brisée.

Mon avenir avait été détruit à la seconde où l'on m'avait amputé la moitié de ma jambe droite.

La danse. J'aurais voulu être professeur de danse. J'aurais dû intégrer le cursus de danse à l'université Washington de Saint-Louis, cursus à l'issue duquel on m'aurait délivré un certificat d'enseignement…

Mais ce n'était plus possible désormais. La danse, c'était fini pour moi. Plus jamais je ne pourrais danser.

1 000 mètres.

— Hé, vous là-bas !

Je m'arrêtai et repérai le gardien du campus qui s'avançait vers moi. L'homme d'une quarantaine d'années m'inspecta de haut en bas avec sa lampe de poche.

— Vous vous baladez dehors à cette heure-là ? s'étonna-t-il en la baissant.

— Pourquoi ? C'est interdit ?

Il secoua la tête.

— Euh, non mais… Faites attention, à 4 heures du matin, souvent certains jeunes rentrent de soirées étudiantes dans un sale état si vous voyez ce que je veux dire… Bien sûr, je suis là pour surveiller, mais le campus est grand, alors…

Je hochai la tête et lui adressai un bref sourire reconnaissant.

— Merci de l'info.

Puis je repris ma route jusqu'à ma résidence sans aucune rencontre malencontreuse.

Je n'avais pas le choix. À cette heure-là, il y avait justement peu de chances pour que je croise du monde. C'était l'horaire parfait pour faire de la marche sans que quiconque me remarque ou ne remarque ma jambe.

Mon médecin m'avait recommandé de faire un peu d'activité physique chaque jour afin d'entretenir mes muscles et de m'habituer à ma prothèse, même si ce n'était pas ma prothèse définitive. Apparemment, le volume de mon moignon n'était pas encore fixe et j'allais devoir retourner plusieurs fois chez mon prothésiste durant l'année pour qu'il réadapte mon appareillage.

D'ailleurs, selon mon médecin, bientôt je ne devrais quasiment plus boiter. Mais, que je boite ou pas, ma prothèse serait bien là sous mes pantalons. Plus jamais je ne pourrais mettre de short, de jupe, de petite robe, comme j'avais l'habitude de le faire autrefois… Ma féminité et ma confiance en moi s'étaient évaporées en même temps que ma jambe.

Je rentrai dans ma chambre et m'assis aussitôt sur mon lit pour retirer ma prothèse et ma gaine. Je fixai mon membre amputé avec dégoût. Quel garçon pourrait bien me trouver jolie comme ça ? J'étais repoussante.

***

Justin

J'attrapai la dernière part de pizza avant que Kyle ne mette sa main dessus le premier.

— Putain ! râla-t-il en passant une main dans ses courts cheveux noirs.

— Mec, je te rappelle que déjà, à la base, cette pizza ne t'était pas destinée. Tu devrais t'estimer heureux d'avoir pu en manger.

Ses yeux marron me foudroyèrent.

— Et moi, je te rappelle que tu n'as toujours pas récupéré ma balle.

Il tendit sa main dans ma direction. Je regardai ma part de pizza, puis la main de Kyle, puis la pizza, puis la main de…

OK. Je lui donnai la dernière part et quittai le canapé. De toute façon, c'était mauvais pour mon régime alimentaire de sportif.

— Tu vas où ? On n'a pas fini l'épisode !

— Me coucher, je suis crevé et puis j'ai entraînement tôt demain matin.

Je n'entendis pas sa réponse. Il devait être trop occupé à savourer MA part de pizza. Bon, pour être honnête, la pizza aurait dû être à la base pour Jenny, mais étant donné qu'elle n'en avait pas voulu… D'ailleurs, quel être humain était capable de refuser une quatre fromages encore toute chaude et moelleuse à souhait ? Cette fille n'était vraiment pas normale !

Je montai à l'étage et ouvris la dernière porte au fond du couloir. J'avais la plus grande chambre de la maison. Enfin, c'était plutôt une villa car, bien qu'elle ne comporte que deux niveaux, elle était suffisamment grande pour que les quinze gars de notre fraternité y habitent. Le rez-de-chaussée était composé d'une cuisine ouverte sur un immense salon avec trois canapés, un écran plat, chaîne hi-fi et un grand bar (indispensable pour les soirées). À l'étage se trouvaient les chambres et trois salles de bains.

Ce soir, alors qu'il était plus de 22 h 30, et à part Kyle qui me suivait un peu partout, comme un chien (et aussi parce qu'il attendait que je lui ramène sa balle, comme un chien), mes treize autres potes se trouvaient dans une soirée étudiante organisée par une autre fraternité...

Je retirai rapidement mon T-shirt gris foncé et mon jean, puis me glissai sous les draps en caleçon. Ah merde, je ne m'étais pas lavé les dents. *Fais chier.*

Après m'être relevé, j'allai rapidement dans la salle de bains. Durant mon brossage de dents, et comme à chaque fois, j'admirai mes pectoraux et mes biceps dans le miroir. J'étais fier de mon corps, ou plutôt des efforts acharnés que j'avais faits pour l'avoir.

Faut dire que quand, à dix-sept ans, on fait seulement cinquante-deux kilos pour un mètre soixante-dix, ça craint vachement pour un mec. Au collège, je m'étais pris un nombre inimaginable de moqueries dans la gueule. Tous mes « potes » m'appelaient « la Baguette », certains me prenaient même pour un anorexique.

J'avais beau manger comme quatre, je ne prenais jamais un gramme. Une fois, je m'étais même lancé le défi de manger durant toute une semaine des burgers bien gras et, au bout du compte, tout ce que j'avais réussi à avoir c'était une bonne gastro.

Du coup, un jour, j'en avais eu tellement marre que j'étais allé m'inscrire dans une salle de sport, et voilà... Après des années d'entraînement sans relâche, mes efforts avaient porté leurs fruits. J'avais encore pris quelques centimètres vu qu'aujourd'hui je faisais pratiquement un mètre quatre-vintgts, mais j'avais surtout énormément gagné en masse musculaire, puisque je faisais désormais soixante-douze kilos.

Alors, les copains, elle est passée où, la Baguette, hein ?

Donc ouais, je me la pétais vachement quelques fois, mais avec l'adolescence de merde que j'avais vécue, j'avais un peu le droit de me vanter, non ?

Je me rinçai la bouche et repartis dans ma chambre, non sans manquer de me fouler la cheville en trébuchant sur une chaussette sale d'un de mes colocs. Vu l'odeur épouvantable qu'elle dégageait, je pouvais parier qu'elle appartenait à Tyler. Tyler, c'était le gros porc de la fraternité. Il ne faisait jamais le ménage, ne rangeait jamais ses affaires et ne se douchait pas très souvent.

Mais Tyler était celui qui ramenait les bières et autres alcools à chaque soirée grâce à son père, qui en vendait dans sa supérette. Même si les boissons n'étaient pas gratuites, son père acceptait de nous faire des réducs en échange de la pub qu'on lui faisait en collant sur chaque bière une étiquette avec le nom de son magasin. Alors même si Tyler dégradait un peu l'image des Alpha Delta Phi, avoir un gars comme ça dans notre fraternité, c'était le top quand même !

Bref, en tout cas, heureusement que je ne m'étais pas fait une entorse parce que sinon j'aurais été mal pour courir demain matin !

Mais peut-être que si je m'étais mis à boiter moi aussi, j'aurais pu l'approcher… Dire que j'avais l'habitude d'avoir à peu près tout ce que je désirais, cette fille était bien la première à me mettre autant de bâtons dans les roues ! Sacrée Jenny !

Je m'allongeai dans mon lit et réfléchis un instant. Il fallait que je trouve un terrain d'entente. Mais qu'est-ce qu'une fille comme elle pourrait bien vouloir en échange d'une balle ? Putain, c'était qu'une stupide et fichue balle dont je me tapais complètement (contrairement à Kyle), et j'étais sûr qu'elle aussi elle s'en tapait.

Ou peut-être que non. Peut-être qu'elle adorait le base-ball et qu'elle n'avait aucune intention de me rendre cette balle depuis le début car elle voulait la garder !

Alors que je soupirais, j'eus brusquement une idée. J'attrapai mon portable posé sur ma table de chevet et lançai l'application Facebook.

Treize notifications, treize demandes d'ajout, huit messages, et tout ça en une heure. La popularité, c'était chiant des fois, j'avais l'impression de me faire harceler.

« Jenny Menser », écrivis-je dans la barre de recherche.

La première personne trouvée n'était pas elle vu qu'il s'agissait d'une vieille de soixante piges.

La deuxième ? Oh purée, la vache !

Je cliquai sur son profil et agrandis sa photo. Elle n'était pas si grande que ça, mais elle avait de longues et belles jambes dénudées grâce au combishort couleur pêche qu'elle portait. Ses longs cheveux bruns recouvraient ses épaules et lui arrivaient jusqu'à la poitrine. Elle n'en avait pas beaucoup d'ailleurs, tout comme ses formes, mais l'élégance et la finesse qui se dégageaient d'elle faisaient une bonne partie de son charme. L'autre partie était due à son sourire, un beau et grand sourire dévoilant toutes ses dents blanches et, bien sûr, à ses yeux bleus envoûtants.

Elle avait l'air vraiment heureuse sur cette photo, photo qui d'ailleurs avait été prise devant un lac ou une rivière. Aucune idée. Et derrière le fleuve (comme ça, on les aura tous faits) se dressaient au loin des collines d'herbes vertes.

En tout cas, Jenny devait être au top de sa vie, car elle se tenait debout, devant cette étendue d'eau, les bras en l'air comme si être là était super génial. Mais j'avoue que le cadre était beau, ça me donnait presque envie d'être là-bas avec elle.

Je fis défiler la photo suivante. Elle était désormais avec des amis, dans une soirée, je suppose, car elle avait un verre à la main et ses joues étaient bien rosies !

Cela me fit sourire. Elle avait l'air marrante quand elle était bourrée. Dommage qu'à chaque fois que je la croisais elle me tirait la gueule.

La photo d'après me surprit. Elle semblait avoir été prise dans une salle de danse. Jenny portait un justaucorps noir ultra-moulant. Elle était vachement sexy avec ça ! Suffisamment pour que mon ami Popaul veuille sortir de sa cachette et lui faire plein de trucs pas très catholiques. *Oh non !*

Je quittai rapidement son profil et jetai mon portable à l'autre bout du lit. Purée, mais il m'arrivait quoi, là… Cela faisait déjà deux fois que je commençais à fantasmer sur cette meuf ! Une meuf que je connaissais depuis moins d'un jour, qui paraissait ennuyeuse et s'amusait à me casser les couilles à cause d'une balle qu'elle ne voulait pas me rendre. Et en plus de tout ça, elle n'était même pas canon !

Enfin… Sur ses photos Facebook, surtout sur celle où… Je frissonnai et chassai ces images de ma tête.

Calme-toi Justin, calme-toi…

OK, fallait vraiment que j'arrête de penser à elle, là.

Après avoir récupéré mon portable, j'ouvris mes contacts et appelai Rachel. Elle me répondit avant même que la première sonnerie ne retentisse.

— Allôôôôô ! fit-elle de sa petite voix de pouffe bien aiguë.

En vrai, j'adorais ça chez elle.

— T'es dispo là ? J'ai besoin de toi.

Je l'entendis glousser.

— Bien sûr, pour toi, je suis toujours dispo, Justin.

— OK, fais vite, bébé, ça urge.

Et je raccrochai. Ouais, là, fallait vraiment que j'oublie Jenny. Tout de suite.

Tant pis pour l'entraînement de demain…

Chapitre 4

Jenny

Ce cours d'histoire de l'économie américaine était encore plus ennuyeux que celui d'hier. Ou peut-être était-ce parce qu'il avait lieu à 8 heures du matin et que je n'avais, encore une fois, pas réussi à dormir énormément à cause de mes cauchemars. J'en faisais quasiment chaque nuit, à chaque fois que je revivais la même scène : mon accident de moto.

— Psstt !

Après m'être assurée que la prof ne me regardait pas, je me retournai pour faire face à mon interlocutrice. Elle était plutôt mignonne. Ses longs cheveux blonds étaient relevés en une queue-de-cheval, et de fines lunettes noires reposaient sur son nez, ce qui lui allait vraiment bien d'ailleurs : sans, elle m'aurait sûrement donné l'impression d'être un peu trop une bimbo, surtout à cause de son rouge à lèvres bordeaux et de son petit débardeur blanc moulant.

— Tu n'aurais pas un stylo et une feuille ? Mon ordi vient de me lâcher en plein cours, c'est la merde ! dit-elle d'une petite voix pour que la prof ne l'entende pas.

Je fouillai rapidement dans mon sac à la recherche de ma

trousse et de ma pochette plastique. Après avoir mis la main sur le matériel nécessaire, je le lui tendis avec un sourire compatissant.

Faut dire que le cours venait tout juste de commencer et qu'elle allait devoir prendre ses notes à la main durant une heure trente. OK, ce n'était pas la fin du monde, d'autant plus qu'avant l'existence des ordinateurs portables, on faisait bien comme ça, mais Mme Davon dictait super vite le cours. À tel point qu'après m'être à nouveau concentrée sur ce qu'elle disait, j'eus l'impression d'avoir raté un million de choses.

À la fin du cours, je poussai un long soupir de soulagement. Ma voisine de la rangée du haut me tapota gentiment sur l'épaule.

— Merci pour tout à l'heure, tu m'as sauvé la vie ! dit-elle avec un grand sourire. Par contre, ça t'embêterait que je t'emprunte ton stylo pour le cours suivant également ? Est-ce que tu as introduction à la macro-économie, toi aussi ?

Je regardai rapidement mon emploi du temps sur mon téléphone portable.

— Non, moi, j'ai cours de micro-économie dans quarante minutes… Mais ne t'en fais pas pour mon stylo, garde-le. Tu en as plus besoin que moi.

— Merci, tu es adorable !

Elle rangea rapidement ses affaires dans son sac.

— Au fait, ajouta-t-elle, moi, c'est Sophie.

— Jenny, lui répondis-je.

Elle hocha la tête, se leva, puis balança son sac de cours sur son épaule.

— Bon bah, à la prochaine alors, Jenny !

Ce fut à mon tour d'acquiescer et de l'observer quitter l'amphi avec tous les autres étudiants.

La minute suivante, il n'y avait plus personne dans la pièce, et je pus enfin me lever et sortir sans avoir à me soucier du regard des autres.

Étant donné que j'avais un peu de temps, je décidai d'aller prendre mon petit déjeuner à la cafétéria. Il était rare que je puisse avaler quoi que ce soit dans la matinée après mes nuits mouvementées, mais apparemment ce cours d'histoire de l'économie avait réussi à me changer les idées et à réveiller mon estomac.

Ou peut-être qu'il s'agissait de Sophie et de sa gentillesse. Enfin, dans l'histoire, c'était plutôt moi la gentille, vu que je lui avais prêté un stylo, mais disons que je ne pensais pas que quelqu'un d'autre viendrait me parler après Justin.

En plus de boiter, j'avais vraiment le style vestimentaire de la fille « solitaire » : vieilles baskets, jean super large pour cacher ma prothèse, T-shirt évasé, aucun maquillage… Bref, le style qu'on adopte lorsque l'on n'a pas envie de s'intégrer.

Mais après tout, il n'avait jamais été question d'amitié ni avec Sophie ni avec Justin, ces deux-là voulaient simplement quelque chose de moi : un stylo et une balle.

Je souris tristement à cette pensée.

Si vous avez besoin d'un objet sans importance, une gomme, un trombone ou un mouchoir, demandez à Jenny Menser ! Toujours là pour vous servir !

Par chance, la cafétéria dans laquelle je venais d'entrer, l'une des trois du campus, n'était pas énormément remplie. Il y avait tout de même deux groupes d'amis qui prenaient leurs petits déjeuners ensemble, et trois autres personnes assises seules à des tables différentes, sirotant leurs cafés tout en naviguant sur leurs ordinateurs portables.

Je commandai un expresso et un donut, puis je partis m'installer à la table la plus éloignée des groupes d'amis. Certains avaient dû me voir boiter jusqu'à ma chaise, et je préférais ne pas entendre leurs réflexions.

Mon téléphone sonna et, lorsque je découvris de qui il s'agissait en regardant mon écran, je décrochai aussitôt.

— Tu n'es pas au travail ? l'interrogeai-je.

— « Bonjour, maman, comment vas-tu ? » Je vais bien, merci, Jenny, et toi ?

Je soupirai.

— Bonjour, maman, je vais très bien moi aussi, tu n'es pas au boulot ?

— Si, mais je suis actuellement en mission, je dois aller chercher des documents à archiver dans une entreprise, alors je me suis dit que j'en profiterais pour appeler ma fille chérie dans la voiture.

— Je t'ai déjà dit de ne pas téléphoner au volant, maman…

— Ne t'inquiète pas, je n'ai pas encore démarré le moteur. Alors, raconte-moi un peu, je sais que tu ne voulais pas qu'on te dérange, ton père et moi, durant cette première semaine de cours, mais tu sais bien à quel point je suis curieuse…

Et surtout à quel point tu t'inquiètes pour moi, songeai-je en secouant la tête.

— Tout va très bien, maman, ne t'en fais pas. Les cours sont vraiment intéressants, et je me suis même fait des amis.

Mensonges, mensonges…

— D'accord, je te crois, Pinocchio… Bon, vu que tu n'as pas envie de me parler, je vais te laisser tranquille. Mais avant, je voulais juste te demander si tu pouvais rentrer à la maison demain soir, ta grand-mère a dit qu'elle viendrait dîner et elle aurait aimé te voir.

Non mais ma mère ne pouvait pas tenir cinq jours sans me voir ni me parler ? C'était hallucinant.

D'un autre côté, j'adorais ma grand-mère. Nous avions toujours eu une relation très spéciale toutes les deux. Cela était sans doute dû au fait qu'elle me voyait un peu comme la fille qu'elle avait perdue d'une leucémie quelques années avant ma naissance. Jenny. Mes parents m'avaient donné son prénom en son hommage. Quand je l'avais appris, j'avais trouvé ça un peu étrange, puis je m'étais habituée et j'étais même heureuse de le porter.

— Maman, si j'étais partie étudier dans le Montana, ou pire encore, à l'étranger, tu aurais fait comment pour tenir le coup ?

Je l'entendis rigoler à l'autre bout du fil.

— Je pense qu'on aurait déménagé avec ton père pour être dans le Montana avec toi.

Je soupirai, agacée par son comportement de mère poule.

— Maman, y a un jour où va falloir que tu coupes le cordon, j'ai plus dix ans, tu sais ? Aujourd'hui, j'en ai bientôt dix-neuf et j'aimerais vraiment que tu me laisses un peu « respirer » !

En réalité, ma mère n'avait jamais réellement été sur mon dos. Avant l'accident, j'étais totalement libre d'aller à des festivals, de faire la fête le week-end, ou encore de passer mes vacances d'été chez les grands-parents de ma meilleure amie Ayline en Suisse. En bref, j'avais eu énormément d'indépendance, et mes parents ne m'avaient jamais privée de quoi que ce soit.

Mais l'accident avait tout changé. Mes parents avaient cru me perdre à jamais, et lorsque ma mère avait appris qu'on allait m'amputer de la jambe droite, j'avais eu l'impression que pour elle c'était même pire que d'apprendre que j'étais morte.

Je pouvais la comprendre. Elle savait très bien que la danse était toute ma vie et que, sans, je ne serais plus qu'une coquille vide. Et c'était le cas.

À présent, je n'étais plus la même. La Jenny d'avant, celle qui s'amusait, qui souriait et qui riait chaque jour, celle qui avait des amis et qui profitait de la vie, se moquant éperdument de ce que les autres pouvaient bien penser d'elle, cette Jenny-là était morte avec l'accident.

Malgré toutes ses craintes et bien que ma maison se trouve à moins d'une heure de route en voiture de l'université, ma mère avait néanmoins accepté de me louer une chambre d'étudiant sur le campus lorsque je le lui avais demandé.

Rester chez moi me rappelait beaucoup trop l'ancienne Jenny. Ma chambre, mon quartier, tous les souvenirs que ces endroits éveillaient en moi étaient insupportables. Alors qu'ici, sur le campus, je ne connaissais personne et je pouvais continuer un semblant de vie sans réel intérêt.

Bien que je ne puisse plus suivre un cursus de danse après mon accident, mon psychologue et mon psychiatre m'avaient tous deux conseillé de continuer mes études. Selon eux, si j'étais restée seule chez moi, je n'aurais fait que m'apitoyer davantage sur mon sort. Malheureusement pour moi, l'économie était la seule filière où il y avait encore de la place.

Si j'avais su à l'avance que ça ne me plairait pas du tout, jamais je n'aurais pris autant de cours d'économie. Je pouvais peut-être demander à en changer un ou deux pour étudier aussi d'autres matières, mais pas davantage.

— Chérie ? Tu es toujours là ?

Malgré ce que je venais de dire, sa voix était calme. Ma mère ne s'énervait jamais contre moi, sauf bien sûr quand je poussais le bouchon un peu trop loin.

— Ouais… Écoute, je ne voulais pas dire ça. Tu as toujours été une mère formidable, et je sais que tu t'inquiètes pour moi depuis mon accident mais, vraiment, maman, ça va. Alors, s'il te plaît, laisse-moi essayer d'avoir une vie d'étudiant à peu près normale et ne me demande pas de rentrer à la maison dans la semaine en plus des week-ends…

— D'accord, j'ai compris, je vais te laisser en paix la semaine. Juste une dernière chose, ton père savait que j'allais craquer et finir par t'appeler, donc il voulait que je te dise qu'il t'aime énormément et qu'il t'embrasse.

J'eus un petit sourire en coin.

— Tu lui diras que je lui envoie plein de bisous par télépathie !

— Évidemment. Allez, bonne journée, ma chérie, je t'aime.

— Je t'aime aussi, maman.

Et je raccrochai aussitôt, les larmes aux yeux. J'avais vraiment des parents géniaux…

Justin

J'essayais d'accélérer. Courir seul sur la piste d'athlétisme était un vrai plaisir… Enfin seulement si vous êtes en forme. Et aujourd'hui, ce n'était clairement pas mon cas.

— Allez, Justin, plus vite que ça, bordel ! Allez, tu peux mieux faire, là ! Donne-toi à fond, merde !

J'avais beau le lui avoir répété mille fois, soit mon entraîneur ne comprenait pas ce que voulait dire « ne pas me hurler dessus pendant que je cours », soit il s'en foutait parce que, pour lui, me crier dessus était une source de motivation.

Vu le sourire satisfait qui s'afficha sur son visage lorsque j'eus terminé mon 100 mètres, j'en conclus que la deuxième solution était la bonne.

— 11 s 24, me dit-il en regardant le chrono, c'est pas mal… Enfin, si tu avais dormi cette nuit au lieu de faire la fête avec tes petits copains, tu aurais fait beaucoup mieux que ça !

Dans tous les cas, même si j'avais dormi, j'aurais encore été loin des 9 secondes et 58 centièmes d'Usain Bolt. Parce que oui, pour mon entraîneur M. Rogers (que je surnommais plutôt «Rangers », comme les policiers de l'État du Texas, à cause de son attitude qui me faisait penser à un flic plutôt qu'à un entraîneur d'athlétisme), je devais faire mieux qu'Usain Bolt ! Ben, ce n'était pas encore ça...

Je me penchai en avant et posai les mains sur les genoux pour reprendre ma respiration.

— Putain, Justin, tu me fais quoi, là ? Je t'ai dit de continuer à marcher quand t'es essoufflé !

Il commençait à me gonfler... Tout ce dont j'avais envie pour l'instant, c'était retourner me coucher dans mon lit. Je regrettais d'avoir invité Rachel hier soir. À cause d'elle, ou plutôt de ce qu'on avait fait ensemble, je m'étais couché à plus de 2 heures du mat. Alors j'avais eu la tête dans le cul lorsque mon réveil avait sonné ce matin à 7 heures.

— Bon, allez, c'est bon, va te doucher et retourne dormir.

Je relevai la tête et fixai mon entraîneur en fronçant les sourcils. Ce dernier était en train de noter mon temps sur une feuille.

La casquette aux couleurs de l'équipe de base-ball de Saint-Louis et les grosses lunettes de soleil noires qu'il portait m'empêchèrent de bien distinguer les traits de son visage. Mais il était impossible que Rangers ait dit ce que j'avais cru comprendre. Cet homme de cinquante ans avait préféré passer sa vie à tourmenter celle des autres (plus particulièrement celle de ses étudiants sportifs dont moi) plutôt que de se marier et d'avoir des enfants.

— Vous avez dit quelque chose ?

— J'ai dit : Dégage de là !

Euh... OK. Au moins c'était clair, net et précis.

Il avait peut-être rencontré quelqu'un après tout… Quelqu'un qui l'avait rendu aimable et compatissant à mon manque de sommeil.

— Je vais juste m'étirer et, après, j'y vais, l'informai-je, comme vous me l'avez dit…

Je l'entendis à peine marmonner dans sa barbe, toujours concentré sur la feuille qu'il avait devant les yeux.

Je m'éloignai de quelques mètres, et tandis que je jetais un coup d'œil vers mes femmes, euh pardon, mes fans, assises sur les gradins, je me figeai en LA voyant. ELLE. La cause de tous mes problèmes.

Il fallait que j'aille immédiatement lui dire que j'en avais marre qu'elle me casse les couilles et que je voulais ma balle (enfin celle de Kyle) sur-le-champ ! Sinon j'allais porter plainte pour vol !

Je m'engageai dans sa direction d'un pas rapide et assuré, mais au même moment j'aperçus ma très bonne amie de la veille courir vers moi.

— Hé, Justin ! m'appela-t-elle.

Sa poitrine se soulevait à chacun de ses pas et le petit shorty blanc qu'elle portait la moulait pile là où il fallait. Les rebonds prirent fin lorsqu'elle s'arrêta devant moi.

— Ça te dit de manger avec moi ce midi ?

Je jetai un rapide coup d'œil aux gradins du stade. Jenny avait disparu. Merde !

Je soupirai, agacé.

— Rachel, je t'ai déjà dit que je ne recherchais rien de sérieux. Toi et moi, c'est que de la baise, OK ?

Je m'en voulais d'être aussi direct mais, avec les filles, c'était la seule façon de leur faire comprendre ce qu'on voulait.

Un air légèrement déçu traversa son visage mais, la seconde

suivante, Rachel afficha un grand sourire et hocha la tête en signe d'approbation.

— Ne t'inquiète pas, j'ai très bien compris ce que tu désirais, et c'est justement ce que je te proposais ce midi. Je suis libre, alors si tu l'es aussi, tu peux venir chez moi… Je fais très bien les fraises à la crème chantilly.

Quelle coquine, celle-là !

Mais là, j'avais vraiment besoin de dormir. La course m'avait littéralement épuisé.

— J'ai des trucs à faire ce midi… On peut remettre ça à ce soir ?

Elle soupira.

— J'ai mes cours de soutien, désolée. On se téléphone ?

Elle n'attendit pas ma réponse et tourna les talons. OK, je l'avais vraiment déçue, là. Mais au pire, je m'en foutais. Je pouvais très bien me trouver un autre plan cul pour la soirée.

Sinon, je me demandais bien ce que cette peste de Jenny était venue faire ici… Et si…

Et si depuis le début elle s'amusait à garder cette maudite balle pour m'attirer à elle ? Peut-être qu'en fait elle savait très bien qui j'étais et qu'elle voulait que tout le monde pense que je m'intéressais à elle ! Peut-être qu'elle faisait partie de mes fans psychopathes…

J'éclatai de rire, alors que je me trouvais seul dehors comme un con. OK, cette fille me rendait complètement fou.

Eh bah, tu sais quoi, Jenny, tu peux la garder cette balle, parce que je ne reviendrai plus jamais te la réclamer ! Espèce de cinglée !

Chapitre 5

Jenny

J'étais en route pour rentrer chez moi, à Fairview Heights, une ville située à environ quarante minutes de tramway de mon université. J'envoyai un SMS à ma mère pour la prévenir de mon arrivée d'ici peu.

Lorsque le tramway s'arrêta au terminus, nous n'étions pas très nombreux à descendre.

Contrairement à Saint-Louis et à ses trois cent mille habitants, Fairview Heights n'en comptait pas plus de vingt mille. Moins de gens, plus de tranquillité.

Ma valise roulante à la main, je n'avais qu'à marcher quelques minutes avant d'arriver chez moi. C'était vraiment une chance que le tramway passe à côté de la maison, car c'était bien le seul moyen de transport que j'osais prendre pour me déplacer en ville.

Le jour de ma sortie d'hôpital, alors qu'on devait me conduire dans un centre de rééducation, j'avais fait une crise de panique après être montée dans la voiture, et les médecins avaient carrément dû me donner des tranquillisants pour m'emmener là-bas.

Et c'était d'ailleurs à cause de cette crise de panique que je devais consulter mes psys chaque samedi après-midi. D'après eux, j'étais en état de stress post-traumatique et je le resterais tant que je ne serais pas capable de monter dans une voiture sans avoir peur qu'une autre me rentre à nouveau dedans. Autant dire que ce n'était pas gagné.

Je passai devant les engins de chantier de la société Bobcat, tournai à gauche dans une grande rue puis à droite sur la troisième avenue. J'avançai jusqu'à la petite maison blanche aux volets verts et au toit jaune foncé. Bien qu'originale, notre maison était l'une des rares à ne pas être trop voyante dans le quartier. Par exemple, la maison de notre voisin, M. Cameron, était bleue dans son ensemble et, pour couronner le tout, la seule fenêtre qu'elle avait sur sa façade avant ressemblait à un hublot.

Après avoir monté les deux petites marches en pierre, je frappai à la porte. Quelques secondes plus tard, ma mère m'ouvrit et me prit instantanément dans ses bras. Devais-je lui dire à nouveau que je n'étais partie que cinq jours ?

— Maman, tu me fais mal.

Et ses longs cheveux blonds, dans lesquels ma tête était coincée, commençaient à m'empêcher de respirer correctement.

— Désolée, ma chérie, dit-elle en s'écartant. Allez, viens, entre.

— Papa n'est pas là ? demandai-je en la suivant à l'intérieur.

— Non. Vu que tu ne nous as pas informés de l'heure à laquelle tu comptais rentrer, il s'est dit qu'il avait le temps de passer à son atelier pour retoucher quelques photos. S'il avait su que tu rentrerais en début de matinée, il ne serait pas parti. D'ailleurs, tu as pris ton petit déjeuner ?

— Oui, j'ai mangé avant de partir, mentis-je pour la rassurer.

Ma mère n'était pas au courant de ma perte d'appétit matinale. Si elle le savait, elle s'inquiéterait davantage et le signalerait tout de suite à mon psychiatre. Mais cela ne changerait rien à ma situation. Que ce soit les thérapies, les exercices de respiration, l'hypnose, rien ne me rendrait ma jambe.

Je retirai ma veste et l'accrochai au portemanteau dans le hall d'entrée.

— Au fait, M. Kan a appelé, m'informa-t-elle en me prenant ma valise des mains. Laisse-moi tes affaires, je vais aller laver ton linge sale.

Je ne l'en empêchai pas, complètement préoccupée par ce qu'elle venait de me dire.

— Qu'est-ce que M. Kan a dit ? demandai-je en la suivant dans la buanderie au bout du couloir. Et pourquoi il ne m'a pas appelée moi, d'ailleurs ?

M. Kan était mon prothésiste, et je ne voyais pas pour quelle raison il avait besoin de parler à ma mère. Tous les détails concernant ma prothèse, il voyait ça avec moi.

Une fois que nous nous retrouvâmes dans la petite pièce, ma mère s'accroupit pour ouvrir ma valise.

— Il voulait savoir si on restait sur ta prothèse actuelle… Selon lui, le modèle supérieur pourrait te permettre de moins sentir une gêne, de ne pas avoir mal au bout d'un certain temps de marche. Enfin, il serait d'un meilleur confort pour toi.

OK, ça concernait donc les prix…

— Et combien il coûte, le modèle supérieur ?

Elle ne releva pas la tête pour me répondre :

— Un certain prix, mais peut-être qu'on pourra demander un crédit à la banque d'ici quelques mois et que…

— Maman, arrête. On n'a pas cet argent, et je pense qu'avec papa vous vous êtes suffisamment endettés pour moi.

Faut dire qu'avec les dix jours d'hospitalisation, le mois passé en centre de rééducation, le coût de ma prothèse actuelle, qui n'était même pas encore définitive, le prix de mes visites chez mon psychiatre chaque semaine, sans oublier le loyer de ma chambre d'étudiant, mes parents avaient dépensé une fortune pour moi. Parce que oui, mon assurance ne prenait pas tout en charge.

Ma mère posa enfin les yeux sur moi.

— Chérie, si cela peut t'aider à aller mieux, je pense qu'on devrait accepter.

— Je refuse que vous dépensiez ne serait-ce qu'un cent de plus pour moi, c'est pourquoi… je vais me trouver un job en plus des cours !

OK, j'avais dit ça sans réfléchir, mais finalement ce n'était pas une si mauvaise idée.

Ma mère se redressa et posa les mains sur mes épaules.

— Tu n'as pas à faire ça, Jenny. On peut se débrouiller avec ton père, ne t'en fais pas. Et puis, c'est normal que l'on fasse tout notre possible pour t'aider, ma chérie, nous sommes tes parents et on t'aime énormément.

Je la serrai dans mes bras.

— Merci, maman, soufflai-je contre sa nuque. Moi aussi, je vous aime.

Mais j'allais quand même me trouver un travail !

— Même si tu la refuses à cause du prix, je vais quand même appeler M. Kan afin de prendre un rendez-vous, et on ira voir tous ensemble à quoi ressemble cette super prothèse qu'il nous propose. Apparemment, c'est l'une des meilleures pour la vie quotidienne.

Bon, je n'allais pas pouvoir y échapper…

Justin

Un bruit de klaxon me tira de mon profond sommeil.

— C'est quelle heure ? demandai-je, à moitié endormi.

Pour toute réponse, je me pris un coup de pied dans la tête.

— Putain, Kyle ! grommelai-je en sentant l'un de ses doigts de pied rentrer dans mon oreille gauche.

Mais j'étais encore bien trop dans les vapes pour me lever et lui en coller une. Tout ce que je réussis à faire fut de me retourner sur le côté et de tomber du lit.

Putain ! Le choc contre le parquet me réveilla complètement. Je me relevai difficilement, une main sur la tête. Finalement, j'aurais mieux fait de boire comme un trou si c'était pour avoir mal au crâne comme tous les autres au réveil. De toute façon, à chaque fois que je ne me bourrais pas la gueule à une soirée, mon karma se vengeait sur moi le lendemain.

Ouais, promis, la prochaine fois je finis tout nu dans la piscine avec Eddie et Collin…

Je jetai un rapide coup d'œil à Kyle, qui ronflait comme un cochon. Lui, klaxon, trompette, bébé en pleurs dans la pièce ou ce que vous voulez, jamais rien ne le réveillait. Par contre, pour s'endormir, c'était autre chose, surtout hier soir après avoir bu plus d'une dizaine de verres d'alcool en tout genre.

J'avais beau lui répéter que les mélanges, ce n'était pas bon, il ne m'écoutait jamais. Résultat : il avait encore terminé cette soirée à se gerber dessus, et c'est moi qui avais dû passer le reste de la nuit à ses côtés pour le surveiller et éviter qu'il ne s'étouffe dans son sommeil avec son propre vomi.

Bien sûr, j'avais fini par m'endormir à l'aube, parce que j'étais KO, et voilà qu'une putain de voiture venait de me réveiller en klaxonnant à 10 heures du mat un dimanche ! C'était l'heure qu'affichait mon portable.

Fais chier.

Alors que j'allais quitter la chambre de Kyle pour retourner me coucher dans la mienne, je m'arrêtai net en apercevant LA balle. Elle était là ! Dans sa chambre ! Sur son bureau, plus exactement.

Celle que Jenny aurait dû encore avoir étant donné que Kyle m'avait affirmé avoir laissé tomber l'idée de la récupérer. Il m'avait dit que je n'avais plus besoin de la lui rendre, car il en aurait sûrement une nouvelle cette année dédicacée par notre célèbre star du base-ball de Saint-Louis : Lyam Menser.

Oh tiens ! « Menser »... Comme Jenny ? Y avait-il un lien de parenté entre ces deux-là ?

Enfin, bref, ce n'était pas la question la plus importante à ce moment précis. Là, ce que j'avais envie de savoir, c'était surtout comment cette putain de balle s'était retrouvée là ?!

Je me retournai vers Kyle, lui attrapai les deux jambes et le tirai hors du lit. Il grimaça dans sa chute, mais cela ne suffit pas à le réveiller totalement.

OK, il ne me restait plus que la technique ultime : la pince à épiler. Je partis la chercher dans ma chambre, elle était cachée dans un de mes tiroirs, et je la gardais spécialement pour les punitions que je réservais à mes frères de fraternité lorsqu'ils faisaient quelque chose qui ne me plaisait pas.

Je relevai avec dégoût le T-shirt de Kyle imbibé de son vomi et saisis un poil de son nombril avec la pince avant de tirer.

— AAAAAAAAAH !

Il se releva en sursaut.

— Bien dormi, mon lapinou ? le questionnai-je avec un grand sourire de sadique.

— Putain, Justin, va te faire foutre ! grommela-t-il.

Il retourna s'asseoir sur son lit et se massa les tempes.

— Bizarrement, je n'ai pas trop la gueule de bois, constata-t-il avant de m'interroger : Pourquoi tu m'as réveillé, espèce de malade ?

— Je veux savoir pourquoi la balle que Jenny est censée avoir se trouve à moins d'un mètre de moi exactement ?

— T'es sérieux ? Tu m'as réveillé juste pour me demander ça ?

Il semblait ne pas en croire ses yeux.

— Découvrir que son meilleur ami a des super pouvoirs, dont celui de téléporter devant lui un objet qui se trouve à plusieurs kilomètres, est quand même vachement important !

— T'es con, c'est Jenny qui me l'a rendue mardi.

Je fronçai les sourcils.

— Comment ça ? Tu la connais ?

Alors j'avais raison ! Cette folle savait très bien qui j'étais et elle s'était simplement servie de moi ! Jusqu'à ce qu'elle se rende compte que j'avais arrêté de la harceler et qu'elle décide de laisser tomber son petit jeu.

— Non, je ne la connaissais pas avant qu'elle vienne me voir pour me rendre ma balle.

Je le regardai sans comprendre.

— Attends, elle te l'a rendue quand et où exactement ?

— Juste avant mon entraînement d'athlétisme avec Rangers, tu venais de finir le tien, il me semble. Je parlais avec deux trois potes de la fraternité en bas des gradins, et c'est là qu'elle est venue me parler.

Ah, c'était sûrement à ce moment-là qu'elle avait disparu de mon champ de vision.

— Mais comment elle a su que c'était *ta* balle ?

Il haussa les épaules.

— Elle a dû entendre mes potes dire mon nom, je suppose, parce qu'elle n'était pas sûre au début, elle m'a demandé si j'étais bien l'ami de Justin et si j'avais perdu une balle de base-ball.

— Et elle t'a dit quoi d'autre ?

Kyle soupira, visiblement agacé par mon interrogatoire.

— Rien de spécial, enfin si, juste un truc bizarre, et c'est pour ça que je ne t'ai pas dit que j'avais récupéré la balle, elle ne voulait pas que tu saches qu'elle me l'avait rendue.

Hein ?

— Je n'ai pas trop compris son délire, ajouta-t-il, mais vu que je voulais la récupérer, je lui ai promis de faire ce qu'elle m'avait demandé.

— Donc tu m'as menti, à moi, ton meilleur ami, ton frère, ton président, ton modèle, ton dieu ?

Il grimaça.

— Non, je ne t'ai pas menti, je t'ai seulement caché un bout de la vérité…

— Et, en plus, tu te fous de ma gueule, là ? Tu m'as dit que je pouvais arrêter de chercher cette balle parce que tu t'en foutais, alors que la véritable raison, c'était que tu l'avais mais tu m'as menti parce que cette fille te l'a demandé ! Et si elle t'avait demandé de me prendre discrètement en photo tout nu en échange, tu l'aurais fait aussi ?

— De toute façon, tu t'en foutais de cette balle, alors que je l'aie récupérée ou non, ça t'est égal…

— Eh bien, détrompe-toi ! Je me suis donné beaucoup de mal pour essayer de la récupérer ! J'ai perdu du temps, et même de l'argent à cause de la pizza que je lui avais achetée !

— Sauf qu'au final c'est toi qui l'as…

Devant mon regard noir, il ne continua pas sa phrase.

On s'en fout de qui l'a mangée, là n'est pas la question !

J'inspirai profondément et réfléchis un instant. Me voyant discuter avec Rachel, Jenny en avait peut-être déduit que je ne m'intéressais plus du tout à elle et avait alors préféré rendre la balle à son propriétaire.

Oui, c'est sûrement ça…

Je sortis de la chambre de Kyle en pleine réflexion, et manquai d'écraser Rick, un autre gars de la fraternité. J'avais vraiment de la peine pour lui, car sa chambre se trouvait à seulement deux portes de l'endroit où il s'était endormi. S'il avait eu la motivation de ramper encore quelques mètres, il aurait pu se coucher sur un bon matelas bien douillet…

Du haut de l'escalier, je jetai un petit coup d'œil au salon. Rick n'était apparemment pas le seul gars à s'être endormi par terre. Et… oh malheur ! Finn était allongé, à moitié nu, avec deux nanas en sous-vêtements sur NOTRE canapé !

J'eus limite envie de gerber en imaginant ce qu'ils avaient bien pu y faire tous les trois. Plus jamais je ne pourrais m'y asseoir ! Et Finn, j'allais le défoncer à son réveil ! Il connaissait très bien les règles de notre fraternité et il savait que le sexe dans le salon était interdit ! Et s'il me sortait qu'il n'avait rien fait, alors là, j'allais encore plus le défoncer !

Je soupirai. En tout cas, y avait un tel bordel que même si tous les membres de la fraternité se mettaient à nettoyer, jamais on n'en verrait le bout…

Il allait encore falloir que j'appelle une agence de ménage, mais, avant ça, quelques heures de sommeil s'imposaient.

Chapitre 6

Jenny

Assise sur mon lit, je regardais silencieusement par la fenêtre les premiers rayons du soleil apparaître à l'est. Encore une nuit où je n'avais pas beaucoup dormi, mais ici, dans cette maison remplie de souvenirs, c'était pire. Pourtant, j'avais retiré toutes les photos sur lesquelles je figurais avec mes amis. Il ne restait désormais plus que des murs blancs. Et sans la moitié de mes affaires qui se trouvaient désormais à l'université, ma chambre avait l'air totalement inhabitée.

Malgré tout, certains moments de ma vie passée dans cette pièce restaient gravés dans mon esprit.

Ma première fois avec Ian, à dix-sept ans, c'était ici, dans ma chambre.

Tout comme le jour où Ayline et moi avions bu suite à ma rupture avec Ian et que nous avions passé la nuit à rigoler, à se moquer de nos ex et à leur envoyer des messages mauvais sur Facebook.

Et l'après-midi durant laquelle on avait voulu avec Kristie, une amie de mon école de danse, inventer notre propre chorégraphie sur la vieille chanson *Single Ladies* de Beyoncé et que mon père nous avait surprises toutes les deux en body noir à paillettes et talons. C'était tellement gênant qu'on n'avait pas réussi à s'arrêter de rire.

Ah oui, sans oublier ma super fête d'anniversaire pour mes dix-huit ans, durant laquelle le mec d'Ayline m'avait embrassée alors que j'étais complètement perchée, et à la suite de quoi ma meilleure amie avait refusé de m'adresser la parole pendant plusieurs semaines. Par chance, elle avait fini par admettre que ce connard avait profité de mon ivresse et que j'étais innocente dans l'histoire.

Enfin bref, cette pièce me rappelait trop cette Jenny que je n'étais plus et qui profitait de la vie comme n'importe quelle adolescente de son âge.

J'attrapai ma prothèse qui était posée sur le sol et, après avoir enfilé ma gaine, l'attachai à mon moignon. Une fois en état de marcher, je me levai et sortis dans le couloir pour quitter cette maison. J'avais besoin de prendre un peu l'air, et je m'en foutais complètement d'être encore en pyjama ou qu'il soit seulement 6 heures du matin.

J'empruntai le long manteau beige de ma mère suspendu au portemanteau et, après avoir mis mes baskets, j'allai dehors. Je traversai mon avenue, passai devant la station-service puis devant le magasin de voitures d'occasion, pour enfin tourner dans la seconde avenue, celle où habitait Ayline avec ses parents.

À cette heure-là, elle devait sûrement rentrer de soirée avec ses nouvelles copines de l'université de Californie…

Ce n'était pas plus mal qu'elle soit partie à plus de quatre heures d'avion d'ici après ce que je lui avais balancé à la figure. Enfin, en réalité je ne lui avais pas dit grand-chose lorsqu'elle était venue me voir à l'hôpital suite à mon accident, accompagnée de la plupart de mes amis qui avaient participé à la fête la veille. Malgré leur tristesse, tous avaient la gueule de bois et ne souhaitaient qu'une chose, rentrer chez eux pour dormir. Alors je leur avais simplifié la tâche en leur disant de dégager et que je ne voulais plus jamais les revoir.

Au fond, ils ne m'avaient strictement rien fait et je n'avais rien à leur reprocher, mais je ne cessais de me demander : *Pourquoi moi ?* J'avais conduit en étant sobre et pas plus fatiguée qu'après avoir passé une longue journée de cours, et pourtant j'avais eu un accident à cause d'un gros con qui n'avait pas su respecter son feu rouge !

Le pire, c'était quand même de savoir que certains de mes amis avaient pris la route au petit matin en ayant encore quelques grammes d'alcool dans le sang, et qu'à eux il ne leur était rien arrivé. Ces mêmes amis qui m'avaient regardée avec pitié quand je m'étais retrouvée au petit matin avec une jambe en moins.

Je sentis une larme rouler sur ma joue. Je ne voulais pas me plaindre de ma situation. Il y avait pire dans la vie que de perdre une jambe, mais moi, ma jambe, c'était ce qui me permettait de vivre ma passion. Sans elle, je n'étais plus rien. Je ne dirais pas que j'aurais préféré mourir dans cet accident à la place, je m'estimais heureuse d'être encore de ce monde, mais je n'avais désormais plus aucun but dans la vie. J'errais un peu comme une âme en peine.

— Hé ! l'unijambiste !

Manquait plus que lui…

Je me retournai pour faire face à une voiture noire qui venait de s'arrêter à quelques mètres de moi. Le meilleur ami de mon père, Nick, un grand type aux cheveux blonds rasés sur les côtés et aux multiples piercings et tatouages, me faisait signe de la main par la fenêtre.

— Tu fais le tour du quartier à la recherche de petites filles à kidnapper, espèce de vieux pédophile ? rétorquai-je en croisant les bras sur ma poitrine.

Il s'esclaffa.

— Le pire, c'est que tu n'es pas loin de la vérité, ma cocotte. Jared était en soirée hier soir et il n'est pas rentré. En allant pour fumer dans le jardin, je n'ai pas vu ses tongs dans l'entrée. Du coup, avant que Lydie s'en rende compte et ne s'inquiète comme une folle, je me suis dit que j'allais faire un tour du quartier pour voir s'il n'était pas rentré dans un arbre avec son vélo…

Lydie était une femme divorcée de quarante-cinq ans qui habitait dans notre avenue avec son fils Jared de dix-sept ans. L'été dernier mon père avait organisé un barbecue entre voisins, et bien que Nick habite dans un vieil appart tout pourri à Saint-Louis, il s'était invité à notre barbecue, et c'est là qu'il avait rencontré Lydie. Depuis, ils étaient ensemble et Nick squattait chez elle la plupart du temps.

L'histoire des tongs de Jared, c'est parce que ce mec était un hippie, donc il se baladait la plupart du temps avec ça aux pieds, même en hiver. Et l'histoire du vélo, c'est tout simplement parce que Jared n'avait pas le permis et que c'était un écolo qui voulait protéger l'environnement de la pollution…

— En tout cas, ça ne m'étonnerait pas qu'il se soit endormi sur l'herbe, dis-je avec ironie, la nature est son amie.

Nick leva son pouce en signe d'approbation.

— Sinon j'ai aperçu ta mère en train d'ouvrir les volets du salon en passant, et vu comment elle s'inquiète pour toi, à croire que t'as une maladie incurable, tu ferais mieux de ne pas tarder à rentrer.

Je hochai la tête.

— J'espère que tu retrouveras Jared.

— Et moi pas. Je ne serais que plus heureux avec Lydie sans

ce petit emmerdeur dans notre couple ! Vivement qu'il se barre à l'université…

Il me sourit puis remonta sa vitre avant de reprendre sa route.

Ce mec était vraiment spécial. Je me demandais toujours comment mon père et lui avaient bien pu devenir amis dans le passé. Apparemment, ma mère pensait la même chose car, à chaque fois qu'elle le voyait, elle levait les yeux au ciel et prenait la fuite.

Je fis demi-tour pour rentrer à la maison. Même si je n'en avais guère envie, j'allais passer un peu de temps avec mes parents avant de repartir en fin d'après-midi à l'université.

Justin

Pourquoi est-ce que je me dirigeais actuellement vers la résidence de Jenny ? Je me grattai la tête, embarrassé par ce que j'étais en train de faire. Putain, je n'étais pas normal comme mec…

Alors que j'étais enfin débarrassé de cette fille et que je n'avais plus aucune obligation d'aller lui parler et de lui réclamer cette fichue balle, voilà que j'avais décidé en fin de journée de la remercier ! Enfin, ça, c'était l'excuse minable que j'avais servie à Kyle avant de sortir, car je n'étais pas du tout prêt à assumer publiquement que cette fille m'attirait et que j'avais envie de la voir.

Je sonnai à son interphone et attendis plusieurs minutes.

Rien.

Peut-être qu'elle était occupée, ou peut-être qu'elle n'était tout simplement pas chez elle.

Bon… Tant pis. Non, en fait, c'était carrément mieux comme ça ! Fallait vraiment que j'arrive à me sortir cette fille de la tête.

Bien que, pour être honnête, je n'aie pas pensé à Jenny entre mardi soir et ce matin… Si on oubliait les « rares » fois où, pour aller en cours, je m'étais un peu attardé devant sa résidence, qui se trouvait sur mon chemin, dans l'espoir de la croiser…

Mais, sérieusement, je ne comprenais absolument pas pourquoi Jenny m'attirait autant. Ce n'était pas du tout mon genre de fille habituel. Je préférais celles qui, comme Rachel, avaient des formes généreuses, de belles boucles blondes, se maquillaient et portaient des vêtements bien sexy et aguicheurs.

Jenny, c'était vraiment tout l'opposé. Elle avait de longs cheveux lisses et bruns, un visage aux traits fins sans une seule trace de produits cosmétiques colorés, et elle portait des vêtements amples afin de cacher son corps menu et frêle. Alors pourquoi est-ce que j'avais bougé le cul de mon lit pour venir ici ?!

Je me retournai, décidé à rentrer chez moi, et tombai nez à nez avec elle. Mon souffle se fit court un instant.

Jenny était là, à quelques mètres de moi dans l'allée, une valise roulante à la main. Était-elle rentrée chez ses parents pour le week-end ? Enfin, quelle importance…

Vu qu'elle n'avait pas l'air résolu à prendre la parole, je me lançai le premier.

— Salut, lui dis-je.

Alors que je m'attendais au moins à un « salut » en retour, Jenny s'avança vers moi, me dépassa et s'arrêta devant l'entrée du bâtiment pour sortir son trousseau de clés d'une poche de sa veste.

— J'ai appris aujourd'hui que t'avais rendu sa balle à Kyle…

Elle ouvrit simplement la porte sans m'accorder la moindre attention.

Alors qu'elle s'apprêtait à entrer, je la retins par la manche de sa veste.

— Attends, je…

— Retire ta main, me coupa-t-elle d'une voix sèche, tout de suite.

Je lui obéis.

— Mais laisse-moi au moins…

Elle pénétra dans le petit hall, et la porte se referma devant moi dans un bruit sourd.

OK…

Je soupirai. Putain, c'était carrément impossible d'avoir une conversation normale avec cette fille !

En tout cas, ses agissements mettaient vraiment à mal ma théorie selon laquelle cette fille était une de mes fans obsessionnelles.

Je sonnai à nouveau à son interphone. Bordel, mais qu'est-ce que je foutais encore ?! Et, non, je n'admettrais jamais que ce que j'étais en train de faire s'appelait du harcèlement.

Je ne m'attendais pas à ce qu'elle me réponde, mais Jenny me surprit une nouvelle fois. Et faut dire que j'adorais ça.

— Mais, sérieux, tu me veux quoi encore ? J'ai rendu la balle à ton pote, alors lâche-moi !

Elle avait l'air sacrément vénère.

— Euh… Je voulais juste te dire merci… de la lui avoir rendue. Maintenant j'y vais, salut.

Alors que je m'étais déjà éloigné de plusieurs mètres, sa voix résonna une nouvelle fois dans l'interphone :

— Excuse-moi.

Je fis demi-tour et courus jusqu'à l'appareil.

— Non, c'est moi qui suis désolé. J'aurais dû comprendre plus tôt que t'avais rendu sa balle à Kyle parce que tu ne voulais pas me voir.

Putain, c'était bien l'une des rares fois où je m'excusais.

Heureusement qu'y avait personne d'autre autour pour m'entendre.

Je posai la tête contre le mur.

— En fait, j'ai pensé que tu ne voulais pas me rendre cette fichue balle parce que tu voulais te servir de moi et faire croire aux gens que je te courais après, lui expliquai-je. Mais je me suis trompé, c'était juste parce que tu ne m'aimes pas du tout, pas vrai ?

Pas de réponse. Elle devait certainement avoir raccroché.

Puis soudain, je l'entendis rire. Pas le grand fou rire du siècle, mais un petit rire amusé que je trouvai vachement mignon.

— T'es sacrément con, Justin !

Une vague d'humiliation me traversa. C'était aussi l'une des rares fois qu'une fille m'insultait.

— Mais, reprit-elle d'un ton plus sérieux, attends deux minutes.

Je m'adossai au mur et patientai, intrigué.

Brusquement, la porte d'entrée s'ouvrit à nouveau, et elle se tourna vers moi.

— Je n'ai pas rendu cette balle à Kyle parce que je ne voulais pas te voir ou parce que je te déteste. Enfin, c'est vrai que si j'avais pu t'éviter, je l'aurais fait parce que tu es vachement lourd comme mec. Je comptais te la rendre à la fin de ton entraînement, sauf qu'une fille est venue te parler et au même moment j'ai entendu un groupe de gars discuter avec un certain Kyle. Du coup, je suis allée le voir et il s'est avéré que c'était bien ton pote.

Elle s'arrêta en remarquant que je la fixais comme un con, un sourire niais sur le visage. Elle fronça les sourcils.

— Euh… Pourquoi est-ce que tu me regardes comme ça ? m'interrogea-t-elle en se mordant la lèvre, visiblement gênée.

Elle était trop mignonne !

Je rigolai.

— Parce que c'est la première fois que tu me parles autant, mais je t'en prie, continue.

— En fait, tu t'en fous de ce que je raconte, c'est ça ?

Et voilà qu'elle allait à nouveau se fâcher. Purée, mais j'avais le don pour la contrarier !

— Non, je t'ai écoutée très attentivement. Mais j'aimerais bien savoir pourquoi tu as demandé à Kyle de la femer à propos de la balle alors que, comme tu viens de me le dire, au début, tu comptais me la rendre ?

Elle ouvrit la bouche, puis la referma avant de finalement me répondre :

— Parce que je me suis dit que ce n'était pas plus mal si tu n'en savais rien. D'ailleurs, si Kyle avait su tenir sa langue, tu ne serais pas venu ici ce pour me « remercier », et j'aurais eu la paix.

Le fait d'être là n'avait rien à voir avec Kyle. Si je n'avais pas su pour la balle et que je n'étais pas venu ce soir, j'aurais certainement continué à essayer de la croiser.

— Bref, dans tous les cas, je suis désolée de t'avoir mal parlé tout à l'heure et je suis désolée aussi de t'avoir fait du chantage pour une maudite balle de base-ball. C'était vraiment stupide de ma part.

Je croisai les bras sur mon torse.

— Puisqu'on en est aux confessions, je pense que tu devrais savoir qu'en fait, c'est moi qui ai lancé cette « maudite » balle, et non Kyle…

Ses yeux s'écarquillèrent.

— Sérieusement ?! T'es vraiment qu'un…

Je hochai la tête en signe d'approbation.

Ouais, j'étais un connard quelques fois…

Jenny eut l'air de réfléchir un instant.

— Je pense qu'on est quittes alors, constata-t-elle.

J'acquiesçai une nouvelle fois.

— Du coup, peut-être qu'on pourrait repartir de zéro tous les deux, proposai-je.

Elle fronça les sourcils.

— Comment ça ?

— Bah, tu sais, on oublie ce qui s'est passé et...

— Si cela sous-entend que tu veux qu'on apprenne à se connaître, alors c'est non.

OK, ça, c'était dit. C'était bien la première fois qu'une fille refusait de faire connaissance avec moi. Enfin, j'étais certain de ne pas être au bout de mes surprises avec elle !

— Je n'ai rien contre toi personnellement, s'empressa-t-elle de préciser devant mon air ahuri, c'est juste que... je ne cherche pas à me faire des amis ici.

— Pourquoi ?

Elle baissa rapidement les yeux sur sa jambe droite, puis me regarda à nouveau.

— Enfin, Justin, tu m'as vue ? T'as vraiment envie de parler et de traîner avec moi ? En plus, je suis assez ennuyeuse comme fille.

Je secouai la tête et m'avançai vers elle pour m'arrêter à sa hauteur.

— Je ne suis pas d'accord. Je pense que tu es bien plus intéressante que la plupart des filles du campus...

Honnêtement, je n'aurais jamais pensé lui dire ça un jour.

— ... Ah et aussi arrête de croire que ta jambe peut être un handicap à ta socialisation, parce que c'est faux, ajoutai-je, tu es la seule responsable de ton exclusion sociale. Mais il n'est pas encore trop tard pour remédier à ça, alors si tu changes d'avis et que tu décides d'accepter ma proposition un jour, tu sais où me trouver !

Sur ce, fier de ma petite argumentation, je tournai les talons et pris la direction de ma résidence. Elle allait accepter, c'était sûr ! Enfin, je l'espérais vraiment…

Chapitre 7

Jenny

J'avais beau fixer ma professeure d'économie depuis le début de l'heure, je ne l'avais pas écoutée une seule minute.

Après le départ de Justin hier soir, je n'avais pas arrêté une seule seconde de penser à ses paroles. S'il avait vu ma prothèse, jamais il n'aurait dit ça. Bien sûr que ma jambe était un « handicap à ma socialisation ». La preuve ? Je ne pouvais plus courir.

Si déjà je pouvais avoir une prothèse plus adaptée que celle que je portais actuellement, qui diminuerait cette sensation de gêne que j'avais lorsque je marchais, cela serait énorme. Mais je ne voulais pas que mes parents se ruinent ou hypothèquent notre maison pour me l'offrir. Je me paierais cette prothèse dans quelques années, lorsque j'aurais un boulot et suffisamment d'argent. Et dire que la plupart des jeunes voulaient économiser de l'argent pour louer ou s'acheter un appart, moi, c'était pour une prothèse de meilleure qualité.

Je secouai la tête à cette pensée. Dans tous les cas, si je me faisais des amis, ces derniers devraient constamment m'attendre, marcher à mon rythme et ne jamais courir en ma présence. En conclusion, je serais un vrai fardeau pour eux.

Malgré tout, et je détestais l'admettre, Justin avait raison quant au fait que j'étais la seule responsable de mon exclusion sociale. J'aurais pu essayer de me faire des amis, mais je ne le souhaitais pas. Je ne voulais pas être la handicapée du groupe.

Je savais que je devrais accepter un jour ou l'autre ce qui m'était arrivé, mon accident, ma prothèse, mon nouveau corps… Mais je n'étais pas encore prête.

Justin désirait qu'on devienne amis tous les deux ? N'importe quoi. Mais il avait pourtant eu l'air vraiment sincère en me disant ça…

Je posai ma tête sur mon clavier. Même s'il était sérieux, je ne voulais pas que ce mec entre dans ma vie, ni lui ni personne d'autre.

— Hé, tout va bien ?

Je relevai la tête et me tournai. Sophie était assise derrière moi.

— Tu n'aurais jamais dû poser ta tête sur ton clavier, maintenant je te souhaite bonne chance pour effacer tous les *t* que tu as écrits ! se moqua-t-elle.

Je regardai mon écran. Ah ouais, j'avais quand même réussi à écrire trois pages de *t* en moins de cinq minutes.

Au moins j'ai écrit quelque chose pendant ce cours, songeai-je.

Afin de m'occuper, j'effaçai les lettres une à une plutôt qu'en deux clics.

Lorsque j'arrivai au bout, notre professeur, Mme Wedington, se leva. Apparemment, le cours était enfin terminé.

— Au fait, commençai-je en pivotant vers ma camarade de cours, merci pour tout à l'heure.

Sophie haussa les épaules en souriant.

— Pas de quoi ! D'ailleurs, tiens.

Elle fouilla dans son sac pour en ressortir mon stylo.

— Tu peux le garder si tu veux, j'en ai d'autres, dis-je.

Elle secoua doucement la tête et le posa sur son bureau.

— Non, c'est bon, merci. Depuis l'incident de l'autre jour, j'ai toujours une trousse et des feuilles dans mon sac.

Je récupérai mon stylo puis rangeai mes affaires dans mon sac.

— Au fait, Jenny, ça te dirait de traîner un peu avec moi ?

Sa proposition m'étonna presque autant que celle que m'avait faite Justin la veille. Pourquoi voulaient-ils tous les deux passer du temps avec moi ? Ils s'étaient concertés, ou quoi ?

— Quand ça ?

— Bah, maintenant, vu qu'on a fini les cours… À moins que tu aies déjà quelque chose de prévu ?

— Non mais…

— Bon bah, super ! Allez, viens, on va faire un tour du campus !

Je soupirai et la suivis hors de l'amphithéâtre. Elle ne m'avait pas vraiment laissé le choix. Et dire que quelques minutes plus tôt, je m'étais répétée à moi-même de ne pas me faire d'amis…

— Alors, Jenny, parle-moi un peu de toi ! insista Sophie en passant un bras autour de mes épaules.

Je lui jetai un petit regard en biais.

— J'ai l'impression d'être à un rencard avec toi, là, ne pus-je m'empêcher de lui faire remarquer.

Elle rigola mais retira tout de même son bras.

— T'inquiète pas, je suis cent pour cent hétéro si ça peut te rassurer. Quoique, un plan à trois avec une fille, ça me dirait bien un jour…

Je haussai les sourcils. On se connaissait à peine, et voilà qu'elle me parlait déjà de ses penchants sexuels. Qu'est-ce que ça allait être si on devenait amies ?! Mais, bien sûr, cela n'arriverait pas. Il fallait que je mette un terme à cette petite « balade » au plus vite avant qu'elle ne me questionne sur ma vie privée.

— Tu habites sur le campus ? m'interrogea-t-elle.

Voilà qu'elle commençait déjà.

— Ouais, et toi ?

— Non, j'habite avec mon copain dans un appartement à quelques minutes d'ici en voiture.

Le fait qu'elle ait un petit ami me rassura légèrement. J'en profitai pour prendre la main sur l'interrogatoire.

— Il étudie ici, lui aussi ?

— Michael ? rigola-t-elle. Non, les études, ça n'a jamais été son truc. Il travaille comme mécanicien dans un garage automobile depuis qu'il a arrêté le lycée en dernière année. Et pour répondre à ta prochaine question, non, il n'a pas eu son diplôme de fin d'année.

— En fait, je t'aurais plutôt demandé si tu avais un job à mi-temps à côté des cours…

Elle acquiesça.

— Ouais, depuis une semaine, je bosse dans un café au centre-ville le week-end, mais mes parents m'aident aussi un peu financièrement pour le loyer de l'appart.

Je réfléchis un instant.

— Et euh… Dans ton café, ils recrutent encore ?

— Tu cherches un boulot, toi aussi ?

— Ouais, j'ai besoin de me faire un peu d'argent en ce moment.

Elle sortit son téléphone portable de sa poche et, après avoir appuyé sur quelques touches, le porta à son oreille.

— Allô, Bruce ? Ouais, c'est moi, Sophie… Oui, ça va, et toi ? Haha, normal, c'est fatigant… Hum… Non, en fait, je voulais te demander un truc, j'ai une très bonne amie qui cherche un job et je voulais savoir si tu n'avais pas besoin de quelqu'un d'autre… Même pas en cuisine ? Elle a vraiment besoin d'argent, ses parents l'ont mise à la rue, elle est prête à tout et…

J'écarquillai grand les yeux, je n'étais quand même pas à ce point dans le besoin.

— … Bien sûr qu'elle est jolie ! Puis, ça va, on n'est pas dans un club de strip-tease… Si elle a déjà bossé dans la restauration ? Bien sûr, cet été même ! Alors, c'est d'accord ? Vraiment ? Oh tu es génial ! Merci, Bruce, je t'adore !

Puis elle raccrocha et me regarda avec un grand sourire.

— Tu commences dimanche matin à 7 heures, je t'envoie l'adresse du café par SMS, c'est quoi ton numéro ?

— Euh, merci. Mais tu n'étais pas obligée de mentir autant pour moi. En plus, je n'ai jamais travaillé dans la restauration et je suis loin d'être à la rue. Je me sens assez mal à l'aise, là…

Sophie posa ses mains sur mes épaules et me regarda droit dans les yeux.

— Écoute, Jenny, dans la vie, il faut donner son maximum pour avoir quelque chose. Moi, j'ai dit à Bruce que j'avais un gosse pour avoir ce travail, alors ne t'inquiète pas, tout se passera bien dimanche. Maintenant donne-moi ton portable que j'enregistre ton numéro.

Je lui obéis sans un mot. Je ne pensais pas trouver un travail aussi rapidement, je lui étais franchement redevable.

— Bon, par contre, pour dimanche, essaie de te maquiller un peu, d'accord ? me conseilla-t-elle en me rendant mon portable.

Je hochai la tête.

— Merci encore, c'est vraiment…

— Oh ! y a les mecs du club d'athlétisme qui s'entraînent ! s'exclama-t-elle soudain en regardant en direction du stade, on va pouvoir mater du mâle !

Elle accéléra l'allure pour aller s'asseoir sur les gradins. « Mater du mâle » ? C'était quoi, cette expression bizarre ? Et elle n'était pas censée être en couple ?

Je la rejoignis à contrecœur. Je n'avais vraiment pas envie de « mater du mâle », mais je ne pouvais pas non plus tourner les talons et rentrer chez moi sans la prévenir après ce qu'elle avait fait pour moi. J'allais lui dire que j'étais fatiguée et que je rentrais me reposer.

Par chance, Sophie s'était installée à seulement quelques marches du sol. Je m'assis à côté d'elle.

— Euh, Sophie, je pense que…

— Attends, il me semble que c'est Justin Braxton qui court ! Regarde !

Je jetai un coup d'œil vers le stade, bien que je me moque éperdument de qui pouvait bien courir, encore plus si c'était Justin !

N'empêche qu'il courait vachement vite… C'était impressionnant.

Lorsqu'il eut terminé son sprint, il s'arrêta, discuta un instant avec son entraîneur, qui semblait être assez satisfait de son temps, puis il se retourna et s'avança vers les gradins… dans notre direction.

Oh non, manquait plus qu'il me remarque ! Je ne voulais surtout pas qu'il croie que j'étais ici pour le regarder s'entraîner, car c'était faux ! Absolument faux ! Jamais je ne serais venue le voir de mon propre gré. Il allait encore se faire des films, comme la dernière fois !

— Pourquoi tu fais cette tête ? demanda Sophie, visiblement amusée.

— Je fais quelle tête, là ?

— Euh, une sorte de grimace ? On dirait que tu as peur de…

Elle jeta un rapide coup d'œil à Justin, qui se rapprochait de nous.

— Tu le connais ? m'interrogea-t-elle d'un air suspicieux.

Oui, un peu trop d'ailleurs.

— Qui ça ?

Elle roula des yeux.

— Bah, Justin. On dirait que t'as pas envie qu'il te voie ici. Enfin, je crois que c'est trop tard, parce qu'il est en train de nous observer.

Ah…

— Quelle est sa position ? lui demandai-je, légèrement tendue.

— Euh, je dirais à dix mètres environ, sur ta gauche.

Je tournai lentement la tête dans sa direction et croisai son regard. Merde, j'étais totalement grillée.

Il ouvrit sa bouteille d'eau et but deux gorgées sans me quitter des yeux, puis, une fois qu'il eut terminé, il s'essuya la bouche d'un revers de la main et reposa sa bouteille là où elle avait été, sur les gradins.

Je t'en prie, ne viens pas me parler, Justin…

Mais c'était trop tard, il s'approchait déjà.

Justin

Sa présence ici me surprenait vraiment. Ah et puis c'était qui la fille avec elle ? Cette grande blonde aux larges lunettes noires qui la faisaient ressembler à une secrétaire sexy ? Depuis quand Jenny traînait avec quelqu'un ? C'était son amie ?

En tout cas, plus je m'avançais vers elle, plus elle semblait embarrassée, et j'adorais la mettre dans cet état.

— Salut, dis-je en m'arrêtant devant elle en bas des marches.

— Salut, Justin ! s'exclama la blonde en souriant de toutes ses dents. Vous vous connaissez, tous les deux ?

Je jetai un coup d'œil à Jenny, mais elle fuyait mon regard.

OK… C'était quoi le problème, cette fois ? Je croyais qu'on

avait crevé l'abcès entre nous hier soir. Pourquoi m'ignorait-elle encore ?

— Ouais, on peut dire ça, répondis-je sans quitter ma brune du regard. D'ailleurs, est-ce que je pourrais lui parler cinq minutes seul à seul ? Si ça ne te dérange pas, euh…

— Sophie, me renseigna-t-elle, et non aucun souci.

— Attends ! l'interpella Jenny alors que son amie se levait. Moi, je n'ai pas envie de te parler, Justin.

Ah…

Je fronçai les sourcils.

— Pourquoi ?

— Parce que !

Je souris. Cette fille m'attirait encore plus quand elle me tenait tête. Ou peut-être était-ce le défi qu'elle représentait à mes yeux ? Après tout, j'étais un sportif, un compétiteur. Mais que se passerait-il si je finissais par gagner ? Est-ce que cette fille m'attirerait toujours autant ?

Je fis un signe de tête à Sophie pour qu'elle nous laisse quand même tout seuls. Évidemment, elle ne résista pas à mon sourire charmeur…

— Écoute-le, Jenny, c'est peut-être important ! lui chuchota suffisamment fort son amie à l'oreille.

Sophie descendit des gradins en me faisant les yeux doux, puis alla s'asseoir quelques mètres plus loin. Mais pas suffisamment loin, certainement pour essayer d'entendre notre conversation.

Je montai les deux marches et m'installai à côté de Jenny. Pas question que cette curieuse nous entende.

— Alors ? C'est quoi le problème avec moi encore ?

Elle tourna lentement la tête vers moi.

— Aucun, me répondit-elle avant de fixer à nouveau un point au loin.

Je haussai les sourcils, ne la croyant pas le moins du monde.

— C'est par rapport à ce que je t'ai dit hier ? Sur ta jambe ?

Elle croisa les bras sur sa poitrine.

— Non.

— Alors, pourquoi tu m'ignores ? Pourquoi tu ne veux pas que l'on soit amis ?

Elle tourna à nouveau la tête dans ma direction. Son regard parcourut mon visage, et lorsque ses yeux semblèrent se poser un instant sur mes lèvres, une soudaine envie de l'embrasser me prit de court.

Alors que je rapprochais doucement ma tête de la sienne, Jenny se leva brusquement.

— Il faut que j'y aille. À plus.

« À plus » ?

Elle descendit les deux marches puis rejoignit son amie en boitant légèrement.

Merde, j'aurais dû me retenir, je lui avais sûrement fait peur !

Je soupirai et me frappai doucement la tête. J'étais vraiment con. Mais cela avait été plus fort que moi, comme une sorte de pulsion à laquelle je n'avais pu résister.

En tout cas, maintenant, j'étais mal barré pour rattraper le coup. Elle n'allait plus vouloir devenir mon amie, surtout si elle comprenait que je me rapprochais d'elle seulement pour baiser.

Car oui, la séduction d'une nana passe d'abord par l'amitié, c'est plus facile si elle a d'abord confiance en vous.

Je me levai rapidement.

— Jenny, attends !

À mon grand étonnement, elle me fit face avec Sophie.

— Est-ce que… Est-ce que ça te dirait de venir à une soirée vendredi soir ?

— Non, merci, me répondit-elle avant de tourner les talons.

— Allez, fais pas genre, j'ai vu ton Facebook, je sais très bien que t'aimes ça !

Elle s'arrêta et pivota à nouveau vers moi.

— Tu as vu mon Facebook ?

Euh...

— Bah ouais, je t'ai même envoyé une demande d'ajout. Après tout, si t'acceptes d'être mon amie, il faut bien officialiser ça sur Facebook, non ?

Note à moi-même : Envoyer une demande d'ajout juste après cette conversation.

— Désolée, mais c'est fini les soirées pour moi, maintenant je me consacre aux études.

— Tu ne vas pas me faire croire que tu bosses à 22 heures ! Les cours viennent à peine de commencer, tu peux encore profiter, et puis je ne vais pas boire, je passerai te chercher et je te ramènerai dès que tu en as marre à l'heure que tu veux, je te le promets !

Bon, là, j'avais sorti tous les arguments de choc, non ?

Sophie lui chuchota quelque chose à l'oreille.

Oui, c'est bien, Sophie, incite-la à accepter !

— Je ne sais pas trop, hésita Jenny, je...

— Parfait, je passe te prendre à 22 heures devant ta résidence !

Voilà.

— Hé, je peux venir aussi ? me demanda Sophie.

Euh... Au pire, je m'en foutais.

— Ouais, si tu veux, répondis-je en retournant sur la piste.

Chapitre 8

Jenny

Jamais je n'aurais dû accepter.

Enfin, théoriquement, je n'avais pas accepté, mais disons que le fait de m'être légèrement maquillée et d'avoir troqué mon haut bien ample et rebutant contre un débardeur à paillettes noir, cela signifiait bien que je comptais m'y rendre à cette soirée.

Il était normalement prévu que la nouvelle Jenny ne se fasse pas d'amis, ne sorte pas et passe cette année à s'ennuyer mortellement, en cours comme chez elle. Pourtant, voilà que cette nouvelle Jenny ressemblait de plus en plus à l'ancienne. Elle acceptait de sympathiser avec deux personnes, et même d'aller à une fête un vendredi soir.

Pourquoi est-ce que je désobéissais à mes propres règles ? Pourquoi j'essayais de retrouver un semblant de vie normale, alors que je savais très bien qu'au fond ce n'était pas une bonne idée et que ce petit bonheur ne durerait pas indéfiniment ?

Peut-être que je m'étais trompée et que l'ancienne Jenny n'avait pas totalement disparu. Peut-être que je n'étais pas si différente qu'avant, bien qu'il me manque désormais une partie de mon corps et que mon avenir dans la danse soit détruit.

Je me regardai dans le miroir de la salle de bains et relevai mes longs cheveux bruns en une haute queue-de-cheval. J'étais loin d'être aussi attrayante qu'auparavant, mais je savais qu'il fallait l'être un minimum pour ne pas faire tache dans une soirée étudiante, surtout lorsqu'il s'agissait d'une soirée organisée par le « célèbre » Justin Braxton.

Après lui avoir parlé, lundi après-midi, Sophie avait tenu à savoir ce qu'il y avait entre nous, comme si nous étions déjà les meilleures amies du monde. J'avais alors dû lui raconter notre petite histoire concernant la balle de base-ball, en omettant certains détails, évidemment. Comme le fait que Justin avait failli m'embrasser sur les gradins, ce jour-là.

Je secouai la tête. Il ne fallait pas que je repense à ça. Peut-être que j'avais halluciné, en fait. Oui, il était fort probable qu'il ait juste penché son visage vers le mien parce qu'il avait mal au cou, par exemple…

Sophie m'avait bien laissé sous-entendre que Justin Braxton ne s'intéresserait pas à une fille comme moi. Apparemment, il était le genre à se taper les blondes les plus canon du campus, et moi j'étais brune et loin d'être sexy.

Et selon Sophie et les rumeurs qu'elle avait entendues, il ne cherchait que des coups d'un soir. Il n'était jamais sorti officiellement avec une seule fille depuis qu'il était à la fac, c'est-à-dire depuis plus de deux ans.

Alors, s'il avait voulu coucher avec moi, pourquoi passer par la case « amie » ? Et pourquoi aurait-il voulu m'embrasser ?

J'avais sûrement dû me tromper, et mieux valait que je garde cette version des choses en tête car, si Justin avait réellement voulu m'embrasser, alors… Alors quoi ?

De toute façon, si cette situation se produisait à nouveau, je le repousserais. Certes, Justin était séduisant, mais niveau mentalité, ce n'était pas du tout possible. Et je ne l'aimais pas.

La sonnerie de mon interphone retentit dans ma chambre. Après avoir inspiré un bon coup, j'attrapai ma courte veste noire posée sur ma chaise de bureau ainsi que mon petit sac à main en bandoulière, puis fermai ma chambre à clé en sortant dans le couloir.

Justin m'attendait devant la résidence. Lorsque je fus dehors, il me détailla de haut en bas.

— Ça fera l'affaire ? demandai-je.

Après tout, j'avais seulement mis un haut à paillettes et un pantalon noir assez large pour cacher ma prothèse. Si ce n'était pas assez osé, j'allais sûrement attirer l'œil. M'enfin, dans l'autre cas aussi…

— Comment ça ?

Je lui désignai ma tenue d'un doigt.

— Mais oui, tu es très bien. Allez, viens, je me suis garé un peu plus loin sur le trottoir.

— Sur le trottoir ? répétai-je. Carrément ?

Il haussa les épaules en avançant dans la rue.

— Le parking était à plus d'un kilomètre, alors…

Je m'arrêtai et le regardai marcher devant moi. Alors quoi ? Il s'était garé plus près pour m'éviter de marcher ?

— Hé, Justin, je ne suis pas handicapée, tu sais.

Enfin, théoriquement si, mais bon, ça, il ne le savait pas.

Il se retourna et haussa les sourcils.

— Je me suis garé ici parce que j'avais la flemme de marcher jusqu'au parking, mais si toi, tu as envie de marcher jusqu'à là-bas, alors tu n'as qu'à y aller à pied et on s'y retrouve dans dix minutes, OK ?

Je roulai des yeux et le rejoignis jusqu'à sa voiture. Merde. Je n'avais pas pensé à ça. La voiture. Et j'étais loin de vouloir affronter ma peur, là maintenant.

— Tu ne montes pas ? me lança Justin en grimpant à l'avant. Ne compte pas sur moi pour t'ouvrir la portière, déjà que je suis venu te chercher, tu ne vas pas non plus faire ta diva, hein…

— Ça n'a rien à voir. J'ai le mal des transports.

Il sortit de sa voiture.

— Tu n'aurais pas pu me le dire avant ? Tu sais que ma villa se trouve à quinze minutes à pied ?

« Ma villa. » Alors, comme ça, monsieur n'avait pas une maison comme tout le monde, mais une villa !

— Eh bien, on va marcher alors, ce n'est rien, quinze minutes.

Il soupira.

— Très bien, comme tu veux.

Nous restâmes silencieux durant le trajet. Justin se retourna juste de temps en temps pour voir si je suivais car, évidemment, ce mec marchait ultra vite. Après tout, c'était un sportif…

— On est presque arrivés, me lança-t-il soudain.

— Ah bon ? Je n'aurais pas deviné !

L'électro que j'entendais depuis plusieurs minutes ne faisait que s'amplifier à mesure que nous avancions. J'étais sûre que tous ceux à l'intérieur de la maison avaient déjà les tympans perforés.

Je m'arrêtai devant l'immense bâtisse dans laquelle la fête battait déjà son plein bien qu'il soit tout juste 22 h 20. En tout cas, je devais le reconnaître, c'était bien une villa.

— Vous êtes combien à habiter là-dedans ? demandai-je en montant les quelques marches avant d'atteindre la porte d'entrée.

— Quinze mecs, répondit Justin en m'ouvrant la porte. Y reste encore de la place mais, désolé, on n'accepte pas les filles.

— Comme si une fille aimerait habiter avec quinze mecs…

— Tu rigoles ? Toutes les filles aimeraient vivre chez moi juste parce que j'y suis.

— T'arrêtes jamais de te la racler sur toi-même ?

Il se pencha vers moi et secoua la tête en souriant.

— Non, jamais.

Ce mec m'exaspérait déjà.

Je le poussai sur le côté et entrai dans la maison. Le salon et la cuisine étaient réunis dans la même pièce, et il y avait énormément de monde.

Je balayai la foule du regard. Je ne connaissais absolument personne hormis Justin. Qu'est-ce qui m'avait pris de venir ici ? À présent, je commençais à me sentir nerveuse. Je me retournai à la recherche de mon accompagnateur, mais ce dernier avait déjà disparu.

Sympa.

Il m'invitait à une fête pour me laisser toute seule…

Bon, OK, je comprenais qu'il ait d'autres gens à voir et qu'il n'allait pas rester toute la soirée à mes côtés comme un baby-sitter, mais bon…

Je respirai un bon coup, puis m'avançai au centre de la pièce en direction du bar. Je n'avais pas bu une seule fois depuis mon accident. L'alcool devait appartenir au passé mais les fêtes également, or je me trouvais actuellement à l'une d'elles, donc…

— Qu'est-ce que je te sers, ma belle ? me demanda un gars derrière le bar.

Apparemment, il s'adressait à moi. Grand, mince, blond, plutôt mignon.

— Euh, une bière, s'il te plaît.

Il me sourit tout en en prenant une et en la décapsulant.

— Tu commences doucement, c'est ça ?

Je haussai les épaules. Je ne savais pas trop ce que je comptais faire. Boire cette bière, puis quitter cette fête ? Ou peut-être aurais-je dû la quitter dès maintenant ? À moins que je ne décide de me bourrer la gueule et de m'amuser comme avant.

Le pseudo-barman me tendit ma boisson puis s'accouda au bar pour me parler.

— Au fait, c'est quoi ton petit nom ?

— Jenny, répondis-je avant de boire une bonne gorgée.

— Enchanté, Jenny, moi, c'est Mathew. Je ne t'ai jamais vue sur le campus, tu es en première année ?

J'acquiesçai. Il allait à nouveau me poser une question mais, au même moment, Sophie surgit à mes côtés en passant un bras autour de mes épaules.

— Coucou, ma copine d'amphi ! s'exclama-t-elle en me souriant de toutes ses dents.

Elle semblait déjà bien déchirée.

— Tu as bu combien de verres ? l'interrogeai-je en regardant de plus près ses yeux. Ou fumé combien de joints ?

— Euh… Sais plus… J'avais compté sur les doigts de ma main gauche, mais après y en avait plus assez.

Sérieusement ? Alors que la soirée venait à peine de commencer, elle abusait.

Je posai ma bière sur le bar et l'entraînai vers l'un des canapés du salon pour qu'elle s'y asseye. J'allais faire de même lorsqu'une main se posa sur mon avant-bras.

Je relevai la tête vers Justin. Tiens, voilà que monsieur se donnait la peine de réapparaître.

— Ne va pas sur ce canapé, m'avertit-il.

— Pourquoi ? C'est ton canapé fétiche ?

Il secoua la tête en grimaçant.

— Disons que t'aimerais pas savoir ce qui s'est passé dessus.

Ah, OK…

— Et euh… ta pote, ça va ? s'enquit-il. Parce que là, j'ai comme l'impression qu'elle est en train de se déshabiller.

Hou là !

Je m'empressai d'attraper les poignets de Sophie afin de l'empêcher de déboutonner son chemisier entièrement.

— Merci, dis-je en me retournant.

Mais Justin avait une nouvelle fois disparu. Purée, mais il s'amusait à quoi là ? Apparaître, disparaître, il se prenait pour un esprit, ou quoi ?

— Bon, dis-je à Sophie, tu es venue comment ? En voiture ? Ou bien Michael t'a emmenée ?

Elle secoua la tête.

— Pas Michael, pas Michael, répéta-t-elle en brandissant les mains devant elle.

Je fronçai les sourcils, ne comprenant pas où elle voulait en venir.

— Tu ne veux pas que j'appelle Michael pour qu'il vienne te chercher ?

— Non ! s'écria-t-elle en écarquillant grand les yeux. Pas Michael !

— OK, ça va, j'ai compris, « pas Michael ».

Je relevai la tête et cherchai Justin du regard, j'avais besoin de son aide, là. Mais il était une fois de plus introuvable.

Non, mais ce mec était pire qu'un fantôme ! Et j'étais censée faire quoi, moi, maintenant ?

Justin

— Écoute, Rachel, je n'ai pas le temps de m'amuser avec toi maintenant, lui dis-je pour la deuxième fois de la soirée.

Je jetai un rapide coup d'œil par la fenêtre et remarquai qu'un type, que je ne connaissais pas, était en train de discuter avec Jenny dans le salon. Manquait plus que ça…

— Comment ça, tu n'as pas le temps ? Tu te fous de moi, là ? Les soirées, c'est justement fait pour s'envoyer en l'air, tu comptes le faire avec quelqu'un d'autre, c'est ça ? Je peux savoir qui est cette salope ?

Je soupirai, regrettant que Rachel ait ramené son petit cul alors qu'il y avait Jenny et que je mourais d'envie d'aller la rejoindre. Mais je n'avais pas envie que Jenny me voie avec Rachel, alors il fallait que je règle ce petit problème avant de profiter de cette soirée avec elle.

— Attends, ce ne serait pas la petite brune avec qui tu es rentré tout à l'heure ?

Je pâlis.

— Mais oui, c'est sûrement elle que tu as envie de te taper ce soir ! Mais ça ne va pas se passer comme ça, Justin !

Hein ?

Avant que j'aie la moindre réaction, Rachel rentra de nouveau dans la villa et je l'aperçus se diriger droit vers Jenny.

Fais chier.

Je lui courus après, bousculant les gens sur mon passage, mais c'était trop tard, Rachel était déjà en train de lui parler, ou plutôt de lui crier dessus.

— Tu te prends pour qui, connasse ?! T'as cru que tu pouvais coucher avec lui derrière mon dos ?!

Jenny ne comprenait pas du tout de quoi mon plan cul préféré parlait, elle tourna la tête dans ma direction et me repéra immédiatement.

— Justin, c'est quoi cette histoire encore ? me lança-t-elle en fronçant les sourcils.

— Oh non, tu ne vas pas t'en tirer aussi facilement, ma cocotte ! répondit Rachel à ma place.

Jenny croisa les bras sur sa poitrine et toisa la blonde sans la moindre peur. Pourtant, elle aurait dû, Rachel était complètement cinglée.

— Tu me veux quoi au juste ? lui demanda Jenny d'un ton froid.

Rachel la poussa brutalement en arrière, et Jenny tomba sur les fesses.

OK. Il était peut-être temps que j'intervienne, là…

Je m'interposai entre les deux tigresses et tendis ma main à Jenny pour l'aider à se relever. Elle m'ignora et se redressa toute seule sur ses deux jambes.

— Je crois que je vais rentrer, dit-elle tout simplement.

— Oui, c'est ça, casse-toi, salope ! cria Rachel.

— Rachel, putain, calme-toi ! Il ne se passe strictement rien avec cette fille, et il ne se passera jamais rien, OK ? Sérieusement, tu l'as vue ? Elle n'est pas aussi belle que toi, et tu le sais très bien.

Mes mensonges semblèrent l'apaiser. Je jetai un petit coup d'œil à Jenny derrière moi, elle me fixait sans la moindre expression.

— Euh, pour ta pote, tu comptes faire quoi ? lui demandai-je tout de même.

Cette fois-ci, sa mâchoire se serra.

— J'aurais jamais dû venir ici, répondit-elle simplement en aidant Sophie à se relever.

Cette dernière s'appuya sur l'épaule de Jenny, et elles prirent toutes les deux la direction de la sortie.

Fais chier.

Pourquoi cette soirée avait-elle dû tourner de cette façon ? Dans tous les cas, je ne pouvais pas les laisser rentrer seules à pied. D'autant plus que Jenny ne pourrait pas supporter le poids de son amie durant tout le trajet du retour à cause de sa jambe.

— Maintenant que tu es dispo, on peut peut-être monter dans ta chambre ? me souffla Rachel à l'oreille.

Je rigolai.

— Non, je ne pense pas. Il faut que je te laisse, j'ai un truc à faire !

Je la contournai et filai dehors à toute vitesse à la recherche de mon invitée.

Chapitre 9

Jenny

Super soirée !

C'était certainement la pire de toute ma vie, si on oubliait celle où j'avais eu mon accident.

Non mais vraiment, Justin, quel gros connard, ce mec !

Il m'invitait puis me laissait en plan. Ensuite, je me faisais agresser par une folle dingue qui m'avait tout l'air d'être l'une des blondes avec laquelle il devait avoir l'habitude de coucher, et pour couronner le tout, il n'intervenait qu'au dernier moment pour l'arrêter ! Il voulait un combat de boxe féminin, ou quoi ?

Et comme si tout cela ne suffisait pas, voilà que je devais me trimballer Sophie, complètement torchée, sur les épaules. Je n'étais pas près d'arriver chez moi.

— Hé !

Si c'était Justin, j'allais lui en coller une. Il n'avait plus intérêt à m'approcher, sinon ça se terminerait mal pour lui.

Je le détestais. Vraiment. C'était le pire mec que j'aie jamais rencontré !

Par chance, ce fut Mathew, le pseudo-barman, qui apparut devant moi comme par magie. Il m'aida en soulevant Sophie par l'autre côté sans que je lui aie rien demandé.

— Merci, dis-je.

— Tu habites loin ? Sinon tu sais, j'ai ma voiture, je peux vous déposer…

C'était hors de question pour la voiture.

— Non, j'ai envie de marcher ce soir.

— Ouais, je peux comprendre avec ce qui s'est passé. D'ailleurs, je n'ai pas trop compris l'histoire, elle te voulait quoi, cette fille ?

— Tu ne la connais pas ?

— Non, je ne suis pas du coin, c'était ma première fête ici.

Je m'arrêtai, et il en fit autant.

— Peut-être que tu devrais y retourner. Je peux me débrouiller toute seule avec elle, tu sais.

— Honnêtement, cette fête était vraiment naze, alors je suis bien content d'avoir trouvé une bonne occase pour m'en aller. Si en plus je peux te venir en aide, ça me fait plaisir.

Bon… Étant donné que je commençais à avoir mal à la jambe à cause du poids de Sophie, je n'allais pas refuser.

Je repris mon chemin mais, après trois pas, je me sentis mal. Ma tête me tournait, un peu comme si j'étais bourrée. C'était trop bizarre.

— Ah, ça commence à faire effet…

— Quoi ? dis-je en vacillant sur mes jambes.

La main de Mathew se posa dans mon dos.

— J'ai cru que ça n'allait jamais fonctionner, marmonna-t-il en me regardant avec intérêt.

— Qu… Qu'est-ce que tu m'as fait ?

J'essayais de garder les yeux ouverts et de rester consciente, mais j'avais l'impression d'être sous sédatifs. Me débattre ou prendre la fuite me paraissait inenvisageable.

Je fermai les yeux et posai malgré moi la tête contre son torse.

*
* *

Justin

Et voilà qu'il la prenait dans ses bras !

Je regrettais vraiment de les avoir suivis. Mais d'un autre côté, au moins j'étais fixé. Je n'étais pas du tout le type de Jenny, puisque apparemment elle préférait les blonds pas très musclés…

J'étais vachement dégoûté de la voir dans les bras d'un autre mec, mais après tout ce sont les choses de la vie. On ne peut pas toujours plaire à tout le monde, faut faire avec.

Et ça m'apprendrait de ne pas avoir arrêté Rachel plus tôt. D'ailleurs, je ne savais pas trop pourquoi je n'étais pas intervenu avant que les choses dégénèrent. J'étais un peu lent à la détente, donc le temps que je comprenne que ce qui se passait sous mes yeux était bien réel, Rachel avait déjà poussé Jenny par terre.

J'aurais pu mettre Rachel à la porte au lieu de laisser Jenny partir la première, mais je ne l'avais pas fait. Peut-être parce que je connaissais Rachel depuis plus longtemps et qu'elle était mon plan cul préféré, alors que Jenny… Jenny, je ne savais pas trop ce qu'elle représentait pour moi. Elle m'attirait, certes, mais les choses n'auraient jamais pu aller plus loin, puisqu'elle était actuellement en train de se laisser bécoter par ce blondinet.

Mais ils n'avaient pas honte de s'embrasser comme ça, alors que la pauvre Sophie était assise à côté sur le trottoir ? Bon, OK, elle n'avait pas l'air très consciente de ce qu'ils faisaient, et c'était mieux, parce que voilà que le gars venait de glisser ses mains sous le débardeur de Jenny.

Purée, je ne pouvais pas voir ça… Il fallait que je me tire d'ici ou…

Non, Justin, tu n'as pas à intervenir cette fois-ci. Ce que fait Jenny et avec qui, cela ne te regarde pas, ce n'est pas ta copine.

Mais c'est mon amie, non ? Après tout, elle a bien accepté de venir à cette soirée avec moi…

Quoique, avec ce qui venait de se passer, elle ne me considérerait probablement plus comme son ami.

Enfin, bref, c'était trop tard, je m'élançais déjà dans leur direction.

— Hé !

Le gars releva la tête et me regarda, Jenny avait la tête plongée dans son cou.

OK, je savais qu'elle n'avait sûrement pas envie de me voir, mais elle pouvait quand même arrêter de lui lécher la clavicule, hein…

— Jenny, je peux te parler deux secondes ?

— Mec, tu ne vois pas qu'on est occupés, là ?

Je lui adressai un regard mauvais.

— J'en ai pour deux minutes. Jenny, s'il te plaît, écoute-moi.

En fait, je ne savais pas du tout quoi lui dire. Tout ce que je voulais, c'était qu'elle arrête d'embrasser ce type parce que je n'aimais pas ça du tout, mais alors vraiment pas.

— Tu vois bien qu'elle n'a pas envie de t'écouter, alors maintenant dégage, grogna le mec.

Il commençait vraiment à m'énerver, celui-là. Je m'avançai d'un pas vers lui mais, au même moment, le mec me balança Jenny dessus comme si c'était une vulgaire marionnette. Je la rattrapai sans difficulté et baissai les yeux sur son visage.

Ses yeux étaient fermés. Euh, pourquoi ses yeux étaient fermés, bordel de merde ? Je la secouai légèrement.

— Hé, Jenny ! Tu m'entends ? Jenny ! Réponds-moi !

Elle finit par émettre un bruit de mécontentement et remuer dans mes bras. Rassuré, je relevai les yeux à la recherche du mec, mais ce dernier avait déjà pris la fuite.

Putain de…

J'inspirai profondément.

Reste calme, Justin, reste calme.

Mais comment rester calme, alors que ce fils de chien avait visiblement drogué *ma* Jenny dans le but de profiter d'elle ?! Enfin, il avait commencé, mais par chance il n'avait pas fini.

Heureusement que j'étais intervenu, heureusement…

Je baissai les yeux sur elle. La voir ainsi, si calme et inoffensive, me donnait bien envie de lui voler un baiser, moi aussi… Mais je ne ferais pas ça, jamais.

Ce que ce type avait fait était ignoble. S'il n'avait pas disparu de mon champ de vision, je lui aurais bien lancé la célèbre phrase du vieux film culte *Taken* : « Je vous chercherai, je vous trouverai et je vous tuerai. »

Soutenant Jenny de mon bras gauche, je sortis mon portable de ma poche à l'aide de ma main droite et composai le numéro d'une agence de taxis. Je pouvais certes en porter une, mais deux, non.

— Sophie ? Tu es parmi nous ou tu es encore dans le monde des bourrés ? la questionnai-je tandis que son corps se balançait de gauche à droite.

— Hum…

OK, je vois.

— C'est quoi, ton adresse ?

— Pas… Michael…

Hein ?

Bon, ça semblait foutu pour la faire ramener chez elle. J'interrompis l'appel avant que l'agence décroche et appelai Kyle à la place.

Mon gentil serviteur et fidèle ami ne mit pas plus de cinq minutes pour arriver. Cinq petites minutes durant lesquelles je pus admirer le beau visage de Jenny. Sa peau était lisse et parfaite, contrairement à celle de Rachel, qui cachait ses imperfections sous des masses de fond de teint.

— Il s'est passé quoi ici ? me demanda Kyle en regardant tour à tour les deux jeunes filles d'un air inquiet. Pourquoi elles sont dans cet état ?!

— Elles ont un peu trop bu ce soir, mentis-je pour le rassurer. Est-ce que tu peux ramener celle-ci à la villa et la coucher dans mon lit ?

Il se baissa pour soulever Sophie et la prendre dans ses bras.

— Purée, elle est lourde celle-là, on ne peut pas échanger ?

Je souris.

— Non, ça ne risque pas, et puis je vais ramener Jenny chez elle.

Kyle hocha la tête et me lança un petit sourire moqueur.

— OK, pas de soucis. Amusez-vous bien.

— Mais t'es con, elle est inconsciente, je ne risque pas de m'amuser ! criai-je tandis qu'il prenait la route de la villa.

Il ne me répondit pas, et j'espérais qu'il ne me harcèlerait pas demain pour que je lui raconte ma super nuit avec Jenny alors qu'il n'allait strictement rien se passer entre nous.

D'ailleurs, il était peut-être temps de la ramener chez elle. Je m'abaissai légèrement, passai un de ses bras autour de mon cou afin que sa tête repose contre mon torse, puis la soulevai de mes deux mains. Elle était aussi légère qu'une plume, ce qui était une bonne chose puisque je pus marcher d'un pas assez rapide jusqu'à sa résidence.

Une fois devant la porte d'entrée, je reposai ses pieds sur le sol pour ouvrir son petit sac en bandoulière et en retirer ses clés. Je répétai le même schéma devant la porte de sa chambre puis, après avoir éclairé la pièce, la portai jusqu'à son lit.

J'inspectai rapidement les lieux. Elle n'était pas très grande et… Des béquilles ? Pourquoi avait-elle des béquilles à l'intérieur d'une pièce de vingt mètres carrés tout au plus, alors qu'elle marchait dehors sans ?

Je jetai un coup d'œil à Jenny, qui remuait légèrement sur le lit. Elle semblait aller assez bien, enfin pour l'instant.

Le type lui avait sûrement donné du GHB, la « drogue du violeur ». Je savais qu'en général ses effets se limitaient à une sensation d'ivresse et qu'il pouvait causer une amnésie au réveil. Dans le pire des cas, la personne droguée risquait d'avoir des convulsions ou bien de tomber dans le coma. Peut-être que j'aurais dû appeler une ambulance ou l'emmener aux urgences…

Je m'accroupis à côté du lit.

— Jenny ? Tu m'entends ?

Elle remua une nouvelle fois.

— Hum…

OK, ce n'était pas tout à fait une réponse, mais elle n'avait pas l'air trop mal en point. Enfin, elle ne semblait pas en être au stade convulsions ou coma.

J'allais donc rester ici et attendre que les effets de la drogue se dissipent, c'est-à-dire jusqu'à son réveil.

— J'ai… chaud.

Ah… Intéressant… Enfin non, pas du tout, pas du tout !

Mais cela expliquait pourquoi elle n'arrêtait pas de bouger depuis le début, elle essayait de retirer sa veste. Je me redressai et l'aidai à l'enlever.

— Voilà, c'est bon… Tu veux que j'ouvre la fenêtre ?

Pas de réponse. Elle semblait à nouveau s'être calmée.

Je baissai les yeux vers ses baskets et décidai de les lui retirer également. Elle serait quand même mieux sans.

Je commençai par la gauche, puis me chargeai de la droite, et…

C'était quoi, ça ?

Je relevai le bas de son pantalon.

Ce n'était pas sa jambe.

Enfin, si, mais...

Je remontai encore son pantalon jusqu'à la cuisse, puis le rabaissai immédiatement.

Bon sang.

Jamais je n'aurais imaginé qu'elle avait une prothèse !

Je me massai les tempes, puis relevai à nouveau son pantalon pour m'assurer que je n'avais pas rêvé. Mais non, Jenny avait bel et bien été amputée de la jambe droite.

Je posai la tête sur le lit et fermai les yeux. Même si j'étais sûr que cela changerait les choses pour beaucoup de gens, ce n'était pas mon cas. Peu importe qu'il lui manque une partie du corps, Jenny m'attirait toujours autant. Voire peut-être même encore plus à présent. Jenny n'était définitivement pas comme tout le monde, et j'étais désormais curieux de ce qui avait bien pu lui arriver.

Est-ce que je devrais lui dire que j'étais au courant pour sa jambe à son réveil ? Vu à quel point elle n'aimait pas en parler, c'était peut-être une mauvaise idée d'évoquer le sujet immédiatement. D'autant plus qu'il fallait avant tout que je réussisse à me faire pardonner pour la soirée...

Je tendis mon bras vers le sien et pris sa main dans la mienne.

— Je ne sais pas ce que tu as vécu, mais je suis désolé, Jenny... Pour tout... Je suis sincèrement désolé.

Chapitre 10

Jenny

J'ouvris difficilement les yeux. J'avais l'impression d'avoir dormi des heures… Et à voir les rayons du soleil traversant le rideau accroché à ma fenêtre, c'était sûrement le cas.

Une nuit sans cauchemars… C'était bien l'une des rares fois que cela m'arrivait.

Je me redressai lentement et sursautai en apercevant un homme allongé sur le sol. J'avais raté un épisode, là…

Je fermai les yeux et essayai de me remémorer la soirée de la veille. Justin me laissant seule, le pseudo-barman m'offrant une bière, Sophie complètement bourrée, une cinglée piquant une crise contre moi, mon départ de la fête avec Sophie, Mathew venant m'aider et…

Oh non !

Paniquée, je baissai les yeux sur mes vêtements et constatai que je portais les mêmes que la veille. Il m'avait violée tout habiller, ou quoi ? Quoique ça m'aurait étonnée qu'un violeur décide ensuite de dormir par terre chez sa victime…

Je me penchai vers l'inconnu afin de voir son visage. OK, je pouvais à nouveau me détendre, il s'agissait seulement de Justin. Enfin, me détendre, peut-être pas tant que ça…

Qu'est-ce que ce mec foutait chez moi ? Et que s'était-il passé avec Mathew avant ça ?

Je toussotai légèrement, mais cela ne le réveilla pas le moins du monde. Il avait l'air dans un profond sommeil malgré l'heure tardive qu'indiquait mon radio-réveil : 11 h 30.

Oh non... J'étais censée rentrer chez moi aujourd'hui ! D'autant plus que j'avais rendez-vous avec mon prothésiste dans l'après-midi.

Je poussai Justin avec mon pied. Toujours aucune réaction.

— Sérieusement ? m'exaspérai-je en me levant.

En tout cas, il n'était pas question que je le réveille avec un verre d'eau en pleine figure, je n'avais pas le temps de nettoyer derrière aujourd'hui.

Je pris appui sur ma jambe gauche et écrasai son ventre de mon pied droit. Eh ben, punaise, son ventre était aussi solide que du béton. Il devait avoir des abdos d'acier, celui-là !

— Tu veux aussi m'écraser les couilles ou bien ?

Je sursautai et reculai d'un pas. Au moins, cela avait fonctionné, il était enfin réveillé.

— Pourquoi t'es là ? le questionnai-je aussitôt en croisant les bras sur ma poitrine.

Il bâilla avant de se redresser sur les coudes.

— Tu ne te souviens pas de ce qui s'est passé hier ?

— Comment pourrais-je oublier qu'un mec m'a invitée à une soirée pour me planter aussitôt ? J'ai vraiment apprécié, c'était très...

— Je ne parle pas de ça, mais de ce qui s'est passé après, avec le gars... dans la rue.

— Justement, j'aimerais bien que tu m'éclaires là-dessus aussi. Et où se trouve Sophie d'ailleurs ?

— Chez moi, enfin je suppose qu'elle y est encore. Après

être intervenu, lorsque j'ai vu que ce mec et toi commenciez à vous rouler des pelles, j'ai…

Nous « rouler des pelles » ? Avec Mathew ? Oh non… Enfin, ça aurait pu être pire…

— Attends ! dis-je aussitôt. Tu peux commencer du début, s'il te plaît ?

— Bah, en fait, je suis parti cinq minutes après toi de la villa. Je voulais m'excuser pour l'incident avec Rachel, puis je t'ai vue dans les bras de ce mec, je t'ai appelée mais tu ne répondais pas, alors je me suis approché et ce connard t'a soudain balancée sur moi avant de prendre la fuite. Et heureusement pour lui qu'il courait vite, sinon je lui aurais cassé la gueule. Cet enfoiré t'avait droguée, tu étais complètement dans les vapes. Ensuite, j'ai dit à Kyle de ramener Sophie à la villa, car elle ne m'a pas dit son adresse et je ne savais pas quoi faire d'autre, puis je t'ai ramenée chez toi, et je suis resté afin de m'assurer que tu ailles bien comme le ferait n'importe quel ami. Donc, ce n'est pas la peine de me remercier.

Pas la peine de le remercier ? Il se moquait de moi, là ?

— Oh mais si voyons, merci, Justin, merci sincèrement de m'avoir invitée à cette soirée formidable durant laquelle j'ai été droguée et à l'issue de laquelle j'ai failli me faire violer ! Vraiment, merci beaucoup ! Dégage de ma chambre !

Je m'en foutais de crier comme une tarée, ou que tout ne soit pas entièrement sa faute, mais en ce moment même je souhaitais simplement qu'il s'en aille aussi vite que possible.

— Jenny, attends, commença-t-il en se relevant.

— Quoi ? Tu veux aussi que je te remercie de ne pas être intervenu quand ta pute s'en est prise à moi dans ton salon ? Oh ! bah oui, pendant qu'on y est, merci pour tout ce que tu as fait pour moi, t'es vraiment un mec génial ! Non, en fait, t'es parfait, aucun défaut, généreux à souhait, t'as vraiment trop de qualités, c'est fou, je crois que…

Il s'avança brusquement vers moi et m'embrassa. Enfin non, ce n'était pas un vrai baiser puisqu'il ne fit que poser ses lèvres sur les miennes durant un quart de seconde. Le quart suivant, je le repoussais déjà de toutes mes forces et le giflai.

— Mais tu es complètement malade ! m'écriai-je en le regardant d'un air scandalisé.

Mon cœur battait la chamade.

— C'est le seul moyen que j'ai trouvé pour te calmer. Est-ce qu'on peut discuter plus tranquillement maintenant ?

Non mais sérieusement, qu'est-ce qu'il n'avait pas compris dans la phrase « Dégage de ma chambre » ? Aurais-je dû préciser « tout de suite » ?

Et quoi encore, le mec, il m'embrassait pour me faire taire ? Non mais la grosse blague ! Il croyait vraiment qu'après avoir été embrassée par le célèbre Justin Braxton, j'allais devenir gentille et tout lui pardonner ? C'était bien la meilleure !

— Je ne veux pas discuter avec toi ! Maintenant, tu sors immédiatement de ma chambre ou j'appelle les flics.

— Bah, justement, appelle-les, car c'est de ça que je voulais qu'on parle. Tu comptes bien aller porter plainte, hein ?

— Qu'est-ce que ça peut te faire ? C'est ma vie, ça ne te regarde pas.

Il hocha la tête.

— Ouais, tu as raison, en fait, j'aurais dû te laisser avec ce mec, j'aurais dû le laisser profiter de toi, t'embrasser, te caresser, puis le laisser foutre sa queue…

— Tais-toi ! criai-je, horrifiée par ses propos.

Je serrai les poings. Bien sûr que je lui étais reconnaissante d'être intervenu et de m'avoir aidée, mais, là, j'étais folle de rage contre lui. Qu'importe ce qu'il avait fait de bien, si je n'avais pas été à cette maudite soirée, jamais cela ne me serait arrivé.

— Va-t'en, Justin, repris-je d'une voix sèche après plusieurs secondes.

— Ouais, je m'en vais, et au fait, je suis au courant pour ta prothèse. Allez, tchao.

J'en eus le souffle coupé pendant un court instant.

Quoi… Non… Comment…

Je baissai les yeux sur mes pieds. Il m'avait retiré mes baskets. Merde. Il m'avait retiré mes baskets, bordel de merde !

J'entendis la porte d'entrée s'ouvrir et relevai les yeux pour regarder Justin sortir dans le couloir.

Putain, mais quel enfoiré ! Le mec, il me balance ça comme ça avant de se tirer comme si de rien n'était !

Et si… Et s'il le disait à tout le monde ? Oh non…

Je m'assis sur mon lit, les membres tremblants.

Respire, Jenny, respire. Ce n'est pas la fin du monde.

Même si les gens découvraient que j'avais été amputée, cela n'allait strictement rien changer à ma vie.

Mais s'il racontait de la merde sur moi ou sur ce qui m'était arrivé ? Je ne savais pas de quoi ce mec était capable !

— Je ne vais rien dire.

Je tournai la tête vers l'entrée. Justin me regardait fixement, appuyé contre la porte. Cela devait bien l'amuser de me voir ainsi, aussi angoissée par le fait qu'il soit le premier au courant pour ma jambe. Le premier à savoir que je portais une prothèse.

— Je m'en fous complètement que tu le racontes à tout le monde, vas-y, lâche-toi, fais tourner l'info sur les réseaux sociaux, tu veux prendre des photos ? Ah, bah oui, c'est mieux avec une preuve. Attends, je vais te faciliter la tâche !

Je relevai mon pantalon jusqu'au commencement de ma cuisse.

— Tiens, vas-y, admire !

Il soupira, ennuyé par ma réaction exagérée.

— Arrête, Jenny, c'est bon. Sérieusement, je m'en fous que tu aies une prothèse.

— Ah bon, alors pourquoi tu m'as dit ça avant de te casser ?

— Mais parce que tu m'as énervé ! Et là, tu m'énerves encore à t'emporter pour rien !

— Oh ! excuse-moi, j'ai été droguée et j'ai failli me faire violer par ta faute, mais ce n'est pas grand-chose, tu as peut-être plus grave comme problème ? Je suppose que ton plan cul s'est légèrement fâchée lorsque tu m'as suivie dehors, non ? Tu veux qu'on en parle ? Sinon… Ah oui, sinon y a aussi ta villa qui doit sûrement être dans un sale état comme chaque lendemain de soirée…

— Tu veux vraiment que je t'embrasse à nouveau ?

Mon regard dévia une demi-seconde sur sa bouche horriblement attrayante avant de se reporter sur ses yeux. Il avait l'air très sérieux.

S'il pensait pouvoir me faire taire de cette façon…

— Essaie encore une fois, et je te jure que je viserai plus bas que ton visage cette fois, rétorquai-je en me levant.

— Tu vas aller porter plainte contre ce type ?

Je soupirai à mon tour.

— Pourquoi est-ce que cela t'importe autant ? T'aurais aimé que ce soit toi qu'il viole, ou quoi ?

— Ce n'est pas juste pour toi, répondit-il en ignorant la fin de ma phrase, mais je ne veux pas qu'il recommence sur quelqu'un d'autre. Il faut l'arrêter avant qu'une autre fille se fasse droguer et que, cette fois-ci, il n'y ait personne pour la sauver.

Je baissai les yeux vers le sol. Je ne pouvais pas porter plainte. Enfin évidemment que je le pouvais, mais les conséquences me dépasseraient sûrement si mes parents venaient à l'apprendre. Ma mère m'obligerait immédiatement à rentrer chez moi et c'est limite si elle ne me forcerait pas aussi à prendre des cours par correspondance. Plus de liberté, plus aucune. Et tout ça, pour quoi ? Arrêter un violeur ? Ouais, peut-être que ça en valait la peine…

— Très bien, j'irai dans la journée, dis-je sans en être vraiment sûre, tu as fini maintenant ?

— Une dernière chose, ajouta-t-il en se grattant la nuque. Je n'ai jamais voulu que cette soirée se passe comme ça. Je voulais vraiment que tu t'amuses… Enfin, que l'on s'amuse tous les deux, qu'on danse et…

— Je ne peux plus danser, Justin, le coupai-je aussitôt. Sur ce…

Je lui fis signe de sortir une bonne fois pour toutes. Il hocha la tête et ferma la porte derrière lui.

Enfin seule, je me pris la tête entre les mains et inspirai profondément.

Quelle vie de merde.

Justin

Je me sentais toujours aussi mal en sortant de la chambre de Jenny que lorsque j'y étais entré la veille. J'étais vraiment qu'un connard et c'était bien plus que mort pour rattraper le coup avec elle.

J'avais tout foutu en l'air. Mais peut-être que tout était déjà foutu depuis le début. Qu'est-ce qui était foutu, en fait ? Notre histoire ? Ce n'est pas comme s'il y en avait ou qu'il y en aurait eu une, de toute manière.

Je n'étais jamais sorti officiellement avec une fille. Je n'avais jamais recherché quelque chose de sérieux.

Avec Jenny, les choses étaient un peu différentes. Étrangement, elle représentait plus qu'un coup d'un soir dans mon esprit. Je ne savais pas depuis quand, mais j'avais envie d'apprendre à la connaître davantage. J'aurais tant aimé qu'elle me parle d'elle et de son histoire mais, après ce qui venait de se passer ce matin, tous mes espoirs venaient de s'envoler.

Il fallait que j'arrête de penser à elle et que… j'appelle Rachel ? Non. Je n'en avais pas envie pour l'instant. Mais c'est vrai que le sexe était un bon remède pour oublier. Au moins je pouvais concentrer mon esprit sur autre chose.

Je récupérai ma voiture et rentrai à la villa. La vue de Sophie dans mon lit me dissuada immédiatement d'appeler mon plan cul préféré. Non que je prévoie de me taper Sophie, bien au contraire : l'amie de Jenny était dans un tel état que là, non, aucune meuf pour l'instant…

Ronflements dignes d'un bouledogue, bouche grande ouverte, de la bave dégoulinant sur son menton, sans parler de son maquillage ayant coulé pendant la nuit sur son visage… Rien de très séduisant.

En tout cas, vu qu'elle dormait encore, je décidai de lui laisser un peu de sommeil supplémentaire en allant prendre une douche.

L'eau chaude me fit le plus grand bien, même si au fond de moi je me sentais toujours aussi mal à propos de Jenny. Je savais que c'était mort, je ne pourrais plus rattraper le coup mais j'avais quand même envie d'essayer encore. Mais comment ?

Je sortis de la douche après m'être lavé et retournai dans la chambre avec pour seul vêtement mon caleçon.

— Sophie, il est l'heure de te réveiller !

Et aussi, j'ai besoin de toi…

Elle émergea laborieusement du sommeil. Par chance, me voir torse nu la fit écarquiller les yeux.

— Je crois que je rêve encore, murmura-t-elle en me détaillant de haut en bas. Quoique… Justin Braxton n'a pas de cicatrices sur la cuisse…

Je baissai les yeux sur mes scarifications encore visibles et qui le seraient très certainement durant le reste de ma vie.

— Parce que tu m'as déjà vu en caleçon ? répliquai-je simplement.

Elle réfléchit un instant avant de secouer la tête.

— J'ai toujours pensé que t'étais parfait de partout mais, en fin de compte, t'as des défauts comme tout le monde.

Évidemment.

— Bref, il faut que tu m'aides, Sophie.

Elle rigola avant de se masser les tempes.

— Ce qui explique donc ta tenue actuelle… Mais en fait, je te serais plus redevable si tu pouvais me donner de l'aspirine avec un grand verre d'eau. Je meurs de soif, là.

Je soupirai.

— OK, tu ne bouges pas d'ici, je reviens !

Elle leva les yeux au ciel.

— Comme si j'allais sauter par la fenêtre !

Je sortis dans le couloir et descendis au rez-de-chaussée lui chercher tout ce qu'elle désirait.

Il ne suffit que d'une seconde à Sophie pour boire toute l'eau. J'eus peur qu'elle me demande d'aller lui remplir un second verre, mais par chance elle n'en fit rien.

— Alors, raconte, sur quoi t'as merdé avec Jenny ?

Je fronçai les sourcils et m'assis sur ma chaise de bureau.

— Comment tu sais que c'est à propos de Jenny ?

— Honnêtement, je ne vois pas trop pour quelle autre raison t'aurais besoin de mon aide. Et puis, même si je ne me souviens quasiment plus de la soirée d'hier, j'ai le vague souvenir de t'avoir vu avec elle dans la rue avant qu'un autre type me ramène ici. D'ailleurs, tu lui diras merci de ma part à ce mec si je ne le revois pas. Donc, c'est quoi le souci avec Jenny ?

— Bah, pour faire court, je l'ai lâchée dès le début de la soirée parce que… euh, une des filles avec qui j'ai l'habitude de coucher me collait. Puis Rachel s'en est prise à Jenny parce qu'elle était jalouse, je suis intervenu trop tard et on va dire que c'est la plus grosse raison pour laquelle Jenny m'en veut. À cause de moi, elle a passé une vraie soirée de merde, et je ne sais pas comment rattraper tout ça.

Mieux valait ne pas parler de la drogue et du violeur. Peut-être que Jenny préférait garder ça pour elle.

Sophie grimaça.

— Tu as vraiment fait fort sur ce coup-là, d'autant plus que Jenny n'était pas du tout enthousiaste à l'idée de venir à cette soirée… Après, honnêtement, je ne la connais que depuis la rentrée, alors je ne pense pas pouvoir t'aider à recoller les morceaux avec elle. Enfin, je veux dire par là que certaines personnes sont ultra-rancunières, d'autres un peu moins et pardonnent plus facilement avec le temps… Et je ne sais pas du tout quel genre de personne est Jenny.

— J'ai essayé de lui parler ce matin, de m'excuser, mais elle ne veut rien entendre et m'a dit de dégager.

Sophie grimaça une nouvelle fois.

— Elle a l'air assez rancunière. Mais peut-être qu'avec le temps…

— Est-ce que tu pourrais te renseigner pour moi ? lui demandai-je. Enfin… tu n'as pas à me répéter vos conversations ou quoi que ce soit, mais si tu pouvais au moins me dire si j'ai encore une chance avec elle ou pas…

Elle acquiesça.

— Donne-moi ton portable.

Je le lui tendis, et elle enregistra rapidement son numéro.

— Je ne pense pas qu'elle se confiera beaucoup, que ce soit à moi ou à quelqu'un d'autre, ajouta-t-elle. Jenny est assez secrète sur sa vie privée, mais bon, demain je la vois au travail, alors j'essaierai d'obtenir quelques infos…

— « Au travail » ? répétai-je.

— Ouais, je lui ai trouvé un job au Coffee and Co, c'est un café pas très loin d'ici. Je finis mon service à 15 heures, donc passe-moi un coup de fil juste après.

— Merci, Sophie, c'est sympa de ta part.

Elle jeta un coup d'œil vers mon lit avant de me regarder à nouveau en souriant.

— C'est plutôt moi qui devrais te remercier de m'avoir laissée dormir ici.

— Bah, en fait, quand je t'ai demandé ton adresse pour te faire ramener en taxi, tu m'as répondu « Pas Michael », je n'ai pas trop compris, alors…

Son sourire disparut aussitôt.

— J'avais trop bu, je suis désolée, je ferai plus attention la prochaine fois. Bon, je ne t'embête pas plus longtemps, merci encore, Justin.

Elle ouvrit la porte de ma chambre et sortit dans le couloir.

— Euh, t'es sûre de ne pas vouloir prendre une douche ou au moins te passer un peu d'eau sur le visage ? lançai-je.

Sophie s'arrêta dans le couloir et revint sur ses pas.

— J'ai une tête à faire peur, c'est ça ?

— Ouais, un peu, avouai-je en réprimant un sourire.

— Elle est où, ta salle de bains ?

Chapitre 11

Jenny

M. Kan posa ses petits yeux bridés sur moi et m'observa avec intérêt.

— Maintenant, marche jusqu'à l'autre bout de la pièce et dis-moi ce que tu en penses, m'ordonna-t-il.

J'inspirai un bon coup avant de me lever de ma chaise et de faire quelques pas.

— J'avoue que c'est plus agréable de marcher avec celle-là…

M. Kan hocha la tête et passa une main dans ses courts cheveux noirs hérissés.

— Essaie les escaliers maintenant.

Je me tournai vers le stepper et montai dessus. Bien que je doive m'aider des accoudoirs, il était vrai que j'avais moins de mal à grimper les marches.

— Plus de confort, plus de souplesse, un meilleur maintien pour un usage au quotidien, qu'est-ce que tu en penses, Jenny ?

Je descendis de la machine et, au lieu de regarder M. Kan, cette fois-ci mes yeux se posèrent sur mes parents.

Tous deux me souriaient. Ils semblaient heureux que cette prothèse me plaise, mais je savais qu'elle était chère, trop chère pour eux. Cependant, et grâce au job que m'avait obtenu Sophie, il y avait peut-être un moyen pour moi de l'acquérir.

Je rejoignis mes parents devant le bureau de M. Kan.

— J'ai oublié de vous dire quelque chose tout à l'heure... En fait, j'ai trouvé un boulot comme serveuse dans un café et je commence demain.

Apparemment, la nouvelle les laissa assez indifférents.

— Vous n'avez pas l'air aussi surpris que je l'avais imaginé.

Ma mère me sourit.

— Disons qu'on te connaît, ma chérie, et quand tu m'as dit la semaine passée que tu voulais te trouver un boulot coûte que coûte, je savais que tu y parviendrais, alors j'en ai déjà parlé à ton père et il n'y voit pas d'inconvénient.

Mon père haussa les sourcils, et croisa ses bras musclés sur son torse ferme, visiblement pas tout à fait du même avis.

— En fait, si, Élodie, je t'ai dit que j'avais quelques petites réticences à propos des cours. (Il se tourna vers moi et ses grands yeux bleus m'observèrent avec inquiétude.) Tu es sûre de pouvoir concilier les deux ? Quels sont tes horaires de travail ?

— Aucune idée, je ne sais même pas quel sera mon salaire, je pense que mon futur patron m'en dira plus demain.

Ma réponse ne sembla pas vraiment le rassurer, mais ma mère lui donna un petit coup d'épaule et il n'ajouta rien.

Merci, maman !

— En tout cas, intervient M. Kan, si tu choisis cette prothèse, il n'y aura aucun problème pour que tu puisses rester plusieurs heures d'affilée debout sans être épuisée. Et puis tu auras une meilleure stabilité lorsque tu devras te déplacer avec un plateau dans les mains. Ce serait quand même mieux si tu évitais de te renverser les boissons dessus, non ?

— Je suppose, admis-je en baissant les yeux vers ma prothèse, mais j'aimerais me payer cette nouvelle jambe moi-même, or je ne pense pas avoir les 5 000 dollars avant plusieurs mois…

J'affichai un air très embêté et croisai les doigts pour que M. Kan me propose un arrangement.

— Ne t'inquiète pas pour ça, Jenny, me dit-il après de longues secondes. Tu es l'une de mes clientes préférées, alors ce que je te propose, c'est de garder cette prothèse et de me la rembourser progressivement chaque mois. Bien évidemment, tes parents devront se porter garants pour le cas où tu ne puisses plus me rembourser, et naturellement, je ne te ferai pas payer d'intérêts en plus. Alors, qu'est-ce que t'en dis ?

Pour la première fois depuis mon accident, je souris de toutes mes dents.

— J'en dis que c'est vraiment génial ! Merci beaucoup, monsieur Kan ! Et euh… (Je me retournai vers mes parents.) Vous êtes d'accord, pas vrai ?

Ils se regardèrent un long moment, comme s'ils avaient une conversation par télépathie, puis hochèrent finalement la tête.

— Parfait, je vais rédiger le contrat immédiatement, nous informa mon prothésiste.

Aux anges, je pris aussitôt mes parents dans mes bras.

— Merci, merci beaucoup.

Ma mère s'esclaffa.

— Mais voyons, tu n'as pas du tout à nous remercier, ma chérie, c'est toi qui vas payer ta prothèse par tes propres moyens, alors ce serait plutôt à nous de le faire. En tout cas, on est vraiment très fiers de toi.

Elle m'embrassa sur le front.

— Et surtout, ajouta mon père, si le travail ne te plaît pas, que c'est trop dur ou que tu as trop de devoirs avec les cours, tu n'hésites pas à démissionner, d'accord ? On trouvera toujours un moyen de payer ta prothèse avec ta mère.

— D'accord, répondis-je.

Mais j'espérais tout de même ne pas avoir à démissionner avant d'avoir obtenu les 5 000 dollars correspondant au prix de ma prothèse.

Justin

Impossible de me concentrer sur mes cours de bio. Nous étions dimanche, il était déjà plus de 14 heures, et je n'avais reçu aucune réponse de la part de Sophie après lui avoir envoyé un SMS en fin de matinée.

Bon, OK, je savais qu'elle m'avait dit de lui envoyer ce message après son service, mais j'avais pensé qu'elle aurait quand même la possibilité de me répondre durant sa pause déjeuner. À moins que son patron soit un gros sadique qui n'accorde aucune pause à ses employés entre 7 heures et 15 heures.

Ou alors, peut-être qu'elle n'avait pas voulu me répondre, parce que je n'avais pas été très poli dans mon message. Faut dire que lui envoyer seulement un « ALORS » suivi de trois points d'interrogation ne donnait pas vraiment envie de répondre.

À moins que… Et si elle m'avait trahi ? Et si elle avait raconté à Jenny ce que je lui avais demandé de faire ?

Oh non.

Je me grattai nerveusement la tête. J'avais été trop con de lui faire confiance, enfin pas à elle spécialement, mais de faire confiance à une fille !

Les filles se racontent toujours tout entre elles ! Dès que tu dis un truc à l'une d'elles, tu es sûr que cinq minutes après toutes les autres sont au courant.

Que faire, que faire… Attendre la fin du service de Sophie et l'appeler ?

Non, je n'étais pas capable de patienter une minute de plus. Je quittai ma chaise de bureau et m'habillai rapidement. Une fois prêt, je descendis au rez-de-chaussée et croisai Collin et Eddie dans la cuisine.

— Tu veux un sandwich ? me proposa Ed en sortant le pot de cornichons du frigo.

Je secouai la tête.

— Non, merci, je vais justement aller manger un truc dehors…

Je réfléchis un instant.

— D'ailleurs, ça vous dit de venir avec moi ?

— Y aura des meufs ? me questionna Collin en passant une main dans ses cheveux bruns bien coiffés en arrière.

— Ouais, ouais, dis-je sans une once de culpabilité.

— OK, ben, je suis chaud alors !

— Et toi, Ed ?

Le rouquin secoua la tête.

— Désolé, faut que je retourne bosser ma physique dans dix minutes.

Bon, un pote, c'était toujours mieux que rien. J'attrapai mon ami dévoué par le bras et l'entraînai vers la sortie.

— Allez, viens, mon Collin, on va aller se manger un bon sandwich, nous !

— Mais je n'ai pas pris de veste ! Ni d'argent !

J'ouvris la porte et le poussai dehors.

— T'inquiète pas, c'est moi qui offre.

Nous montâmes dans ma voiture, et je demandai à Collin de rechercher l'adresse du Coffee and Co. J'étais à la fois impatient d'arriver, mais aussi un peu inquiet à l'idée que Sophie m'avait peut-être trahi.

Nous ne mîmes pas plus de quinze minutes pour arriver à destination. De l'extérieur, le Coffee and Co ressemblait à un vieux café ordinaire mais, lorsque nous entrâmes, je dus reconnaître qu'il était quand même assez élégant et chic. La décoration rustique et les murs en bois lui donnaient un certain charme. On avait l'impression de se trouver dans un chalet à la montagne alors que non, nous étions toujours à Saint-Louis dans le Missouri.

Il y avait d'ailleurs pas mal de monde assis à table, en train de déguster pour la plupart des pâtisseries qui m'avaient l'air bien succulentes, accompagnées d'un café ou d'un thé.

— C'est quoi, cet endroit ? me chuchota Collin à l'oreille. Et elles sont où les meufs ?

Après avoir parcouru la salle du regard une seconde fois, je repérai enfin Sophie. Elle était occupée à prendre la commande d'un couple de personnes âgées.

— Viens, on va s'asseoir là-bas, dis-je à Collin en lui désignant une table libre à quelques mètres de Sophie.

Cette dernière me reconnut aussitôt lorsque je passai près d'elle. Elle termina de prendre ses commandes, puis s'approcha de nous en jetant des regards anxieux autour d'elle.

— Qu'est-ce que tu fais là, Justin ? me questionna-t-elle d'une voix nerveuse.

— Bah, comme tu peux le voir, je suis venu manger un bout avec un pote.

Elle croisa les bras sur son tablier aux couleurs du café.

— Tu tiens vraiment à ce que Jenny te voie ici ?

— Je ne suis pas venu pour elle, je suis venu pour toi.

— Sauf que là, tu vois, je suis en service. Vous voulez manger quoi ?

— On peut avoir la carte ? demanda Collin.

— J'ai une chance ou pas ? la questionnai-je avant qu'elle réponde à mon ami. Et s'il te plaît, réponds-moi, je t'ai hébergée vendredi soir, je te rappelle…

Sophie soupira.

— Je n'en sais rien, Justin, j'ai commencé à lui parler de la soirée ce matin dans les vestiaires, mais je crois qu'elle a compris où je voulais en venir car elle m'a aussitôt répondu qu'elle ne voulait pas qu'on parle de toi.

Je soupirai à mon tour. Le plan « Sophie » avait échoué. Je n'avais visiblement plus de chance avec Jenny. Plus aucune chance de rattraper le coup.

— Moi, je te dis de lâcher l'affaire, mon vieux. Les meufs comme ça ne t'apportent que des problèmes.

Tiens, j'avais presque oublié que Collin était là.

— Merci quand même, dis-je à Sophie en me levant. Allez, Collin, bouge, on y va.

Ce n'était plus la peine de rester ici.

— Mais j'ai faim, moi ! Rentre tout seul, je veux manger un truc d'abord.

— Et tu comptes payer avec quoi ? Ton cul ?

— Mais tu as dit que tu m'offrais…

Quel emmerdeur, celui-là !

Je sortis mon porte-monnaie d'une poche de mon jean et lui donnai un billet de 10 dollars.

— Pas trop gras, OK ? Je n'ai pas envie que tu roules sur l'herbe à l'entraînement d'athlétisme de demain matin.

Puis je sortis sans croiser Jenny. Elle était sûrement en cuisine et heureusement. Il me fallait désormais tirer un trait sur cette fille qui occupait beaucoup trop mon esprit.

Chapitre 12

Jenny

J'attrapai Sophie par le bras dès l'instant où elle passa la porte menant aux cuisines.

— Qu'est-ce qu'il voulait ? l'interrogeai-je.

— Qui ça ?

— Justin.

Elle fit semblant d'être surprise.

— Quoi ? Justin était là ?

Je lui lançai un regard noir.

— Je vous ai vus parler avec un autre gars. Alors, il voulait quoi ? Et s'il te plaît, ne me mens pas cette fois-ci.

Un sourire malicieux se dessina sur son visage.

— Si tu me dis ce qu'il y a entre vous, alors je te le dirai.

Et voilà qu'elle me faisait du chantage.

— Mais il n'y a rien entre nous, marmonnai-je en détournant le regard.

Bon, OK, il m'avait embrassée, mais cela ne voulait strictement rien dire.

Je ne l'aimais pas. Peu importe ce que lui ressentait pour moi, cela m'était égal. En fait, non, j'aurais bien aimé savoir pour quelle raison ce mec m'avait embrassée ! Et ce n'était sûrement pas « pour me faire taire ».

N'avait-il pas raconté la veille à cette pétasse de blonde qu'il n'y avait rien et qu'il n'y aurait jamais rien entre nous ? Sans oublier qu'il lui avait également dit qu'il me trouvait moche, et ça, sans aucune gêne envers moi.

Quel sale type.

— Bon, bah, puisqu'il n'y a rien entre vous, je ne vois pas pourquoi je te dirais ce qu'il est venu faire là, conclut-elle d'un air hautain. Maintenant, excuse-moi, mais j'ai des commandes à passer.

Elle s'approcha de Ricky, notre chef pâtissier assez costaud, et de Scott, son apprenti un peu rondelet.

— Deux parts de tarte au citron meringué et deux expressos pour la table 11, un chocolat chaud et un éclair à la vanille pour la 8 et, pour finir, un américano et deux parts de tarte aux pralines pour la table 3.

— C'est parti ! lui répondit Scott en s'en occupant sur-le-champ.

— Jenny, tu comptes finir la plonge après ton service ? me lança Ricky, parce qu'elle ne va pas se faire toute seule.

— Désolée, chef, je m'y remets tout de suite.

Bien que Ricky ne soit pas le patron du Coffee and Co, c'était cependant lui qui dirigeait la cuisine. Alors, lorsque je m'y trouvais, je n'avais pas d'autre choix que d'obéir à ses ordres.

Je retournai à mon poste et lavai la vaisselle qui s'y était accumulée depuis ma petite pause improvisée.

Après avoir terminé, et avant que de nouvelles assiettes ou tasses arrivent dans mon évier, je partis passer ma fiche de salarié dans la pointeuse prévue à cet effet.

M. Rockwell, le patron du café, m'avait expliqué tout ce que je devais savoir en moins de cinq minutes. Je devais pointer à mon arrivée au travail, mais également quand je prenais ma pause déjeuner de vingt minutes, lorsque je me remettais au travail, puis au moment où je terminais ma journée.

Aujourd'hui, et sûrement parce que c'était mon premier jour et qu'il voulait me tester, M. Rockwell m'avait mise à la plonge. J'espérais vraiment être au service de table la semaine prochaine, avec Sophie, car laver des couverts à répétition était assez éprouvant et peu palpitant.

Sinon, M. Rockwell m'avait également informée que je serais payée 8 dollars de l'heure, ce qui n'était vraiment pas énorme, surtout après avoir passé huit heures d'affilée (si on oubliait ma pause de vingt minutes) à la plonge. Et puis, d'après un rapide calcul mental, travailler seulement le dimanche de 7 à 15 heures ne suffirait pas à me payer ma prothèse, il allait falloir que je fasse des heures supplémentaires, ou que je me trouve un autre boulot à côté.

J'allai récupérer mon sac dans les vestiaires et attendis que Sophie me rejoigne quelques minutes plus tard.

— Alors, cette première journée ? me questionna-t-elle en retirant son tablier.

Elle le rangea dans son casier et récupéra sa veste et son sac à main.

— Dure et fatigante.

Sophie hocha la tête.

— J'étais à la plonge hier après-midi, alors je compatis. Bon et Justin, alors ?

Je haussai les sourcils. Elle n'abandonnait jamais elle non plus.

— Pourquoi tu remets ça sur le tapis alors qu'aucune de nous ne veut en parler ?

— Moi si.

Elle s'assit sur un banc et ajouta :

— Il voulait savoir s'il a encore une chance avec toi.

— Une chance ? répétai-je.

Sophie acquiesça.

— Je sais que je t'ai dit que Justin n'était pas du genre à sortir avec quelqu'un mais, là, je crois que tu l'intéresses vraiment.

— Je m'en moque. Moi, je ne suis pas intéressée.

— Sérieusement ? Ce mec est parfait, Jenny…

Je rigolai.

— « Parfait » ? Tu rigoles, j'espère. Il m'invite à une soirée pour me laisser en plan, je me fais agresser par une de ses pétasses avec qui il couche et…

Je m'arrêtai avant de lui dire pour la drogue et Mathew.

— Il m'a dit qu'il t'avait laissée en plan, car justement cette pétasse n'arrêtait pas de le coller depuis le début de la soirée et qu'il essayait de tout faire pour s'en débarrasser et être avec toi. Tu es trop dure avec lui, Jenny. Ce mec est super sexy et il est prêt à tout pour avoir une seconde chance avec toi… Je ne te comprends vraiment pas. Sur ce, j'y vais… Michael… doit m'attendre. À demain !

Après le départ de Sophie, je m'assis à mon tour sur le banc. C'est vrai que j'y étais allée un peu fort hier matin, mais ce n'était pas un de mes « bons » jours, surtout après la soirée de merde que j'avais passée la veille.

Je sortis mon téléphone portable de mon sac et lançai l'application Facebook. Je n'y étais pas retournée depuis mon accident, et pour cause : j'avais plus d'une quinzaine de messages de mes amis du lycée me demandant comment j'allais et ce que je faisais maintenant. Des messages qui puaient la pitié du début jusqu'à la fin.

Les ignorant, je tapai « Justin Braxton » dans la barre de recherche.

4 800 amis et 1 300 abonnés. Normal, le mec…

Je cliquai sur sa photo de profil. Photo assez remarquable sur laquelle il était en train de courir au stade avec détermination. Au moins il n'était pas torse nu comme je l'avais imaginé. Euh… je ne voulais pas dire que je l'avais imaginé torse nu, mais que ça aurait bien été son genre de mettre une photo comme ça, vu à quel point il était prétentieux. D'ailleurs, il avait autant de « j'aime » sur sa photo de profil qu'il avait d'amis et d'abonnés additionnés, c'était hallucinant.

Je retournai sur son profil et regardai le petit onglet « Répondre à l'invitation ». Devais-je la confirmer ou la supprimer ?

Justin

Une fois à la villa, j'appelai aussitôt Rachel pour qu'elle vienne faire un petit tour dans ma chambre. Plus de Jenny, cela signifiait « Retour aux choses normales ».

Déjà, je n'aurais jamais dû arrêter de voir Rachel à cause de Jenny. Elle au moins, elle ne me traitait pas comme de la merde et elle était toujours là quand j'en avais besoin.

J'entrai dans la chambre de Kyle sans frapper. De toute façon, il était parti s'entraîner à la salle de muscu. J'ouvris le tiroir de sa table de nuit. Il fallait que je lui emprunte des préservatifs. Étant donné que je n'avais pas couché avec une fille depuis plus de deux semaines, et aussi parce que je n'avais pas prévu de le faire à cause de Jenny, je n'en avais pas racheté.

De retour dans ma chambre, j'entendis mon portable vibrer dans ma poche. Je m'assis sur mon lit et regardai de qui il s'agissait.

Ah, encore une notification Facebook.

« Jenny Menser a accepté votre demande d'ajout. »

Hein ? Comment ça ?

Je cliquai sur la notification et constatai que ce n'était pas une erreur. Jenny m'avait bel et bien accepté.

Alors là, je ne comprenais plus rien, mais alors plus rien du tout. Elle jouait à quoi ?

À moins qu'elle n'ait fait une boulette, peut-être que son doigt avait glissé… Mais dans ce cas-là, pourquoi ne pas avoir annulé juste après ? Il fallait que je vérifie cela

J'allai sur Messenger et lui envoyai un message :

? ? ?

Ouais, je n'étais pas très expressif comme mec. D'un autre côté, je ne voyais pas trop quoi lui dire dans cette situation-là.

Sa réponse ne se fit pas attendre :

C'est toi qui m'as demandé en ami, non ?

OK.

Ça veut dire quoi ?

Bah qu'on est amis, crétin.

« Amis »

Juste amis ?

Désolée, mais je ne risque pas d'être un de tes plans culs.

Je n'ai pas dit ça.

Tiens, d'ailleurs, en parlant de plan cul.

J'appelai rapidement Rachel pour annuler, mais elle ne répondit pas. Elle devait sûrement être en route.

Fais chier.

Et aucune réponse de Jenny.

Je relançai la conversation :

Ça te dit de boire un verre avec moi ?

Vu ce qui s'est passé la dernière fois que j'ai bu une bière, je vais faire une pause avec l'alcool.

Ah ouais, merde.

Un resto, alors ? Ce soir ?

Je ne te vois vraiment pas emmener tes copines au resto…

Je souris. Elle n'avait pas tort, je n'avais jamais emmené une fille manger au resto. Enfin, peut-être parce que je n'avais jamais eu officiellement de copine.

Mes copines ? Tu te considères comme ma copine maintenant ?

Passe me prendre à 20 heures.

OK

Et je te rappelle que je ne peux pas prendre la voiture… Mais y a aucun souci pour le tramway.

Ça marche, à ce soir.

Je soupirai de soulagement. Je ne comprenais pas trop ce qui venait de se passer, ou plutôt ce qui s'était passé dans la tête de Jenny pour qu'elle accepte autant de choses en si peu de temps. Mais, en tout cas, j'étais vraiment heureux que ce soit le cas. Heureux qu'elle soit revenue vers moi.

La porte de ma chambre s'ouvrit soudain sur Rachel.

— Salut, bébé, dit-elle en retirant sa veste.

Veste sous laquelle elle ne portait qu'une guêpière bien sexy…

Je déglutis et fermai les yeux une seconde.

— Écoute, Rachel, finalement, je ne peux pas, là maintenant…

— Quoi ? Comment ça, tu ne peux pas ?

— En fait, je crois que je ne pourrai plus jamais.

Elle parut sidérée.

— Tu ne vas pas me dire que je ne te fais pas d'effet, là…

S'approchant de moi, elle attrapa ma main et la posa sur sa poitrine.

— Allez, Justin, je sais que t'aimes les toucher, alors, vas-y, fais-le…

Pense à Jenny, pense à Jenny… Tu ne peux pas lui faire ça.

Enfin, théoriquement, je n'étais pas avec Jenny, et il était fort possible qu'il ne se passe jamais rien entre nous.

Je détournai malgré tout le regard, mais Rachel s'assit sur mes genoux et pressa son corps contre le mien.

Putain…

— Je sens que t'en as envie, me susurra-t-elle au creux de l'oreille.

Bah, quel mec n'aurait pas envie de se taper une bombe comme elle ?

Je finis par céder et l'embrassai à pleine bouche. Tant que je n'étais pas en retard pour le resto, il n'y aurait pas de problèmes.

Chapitre 13

Jenny

Cheveux bouclés et attachés de façon raffinée en queue-de-cheval basse, haut noir en dentelle dénudé dans le dos, boucles d'oreilles noires pendantes et mascara sur les yeux. J'étais fin prête.

Peut-être que j'en avais fait un peu trop avec ce haut chic et élégant. Je ne pensais pas que Justin soit capable de m'emmener dîner au Hardee's, un fast-food, mais peut-être que pour lui cela serait suffisant.

D'autant plus que j'avais troqué mes baskets pour des ballerines noires. Évidemment, si quelqu'un comparait mes pieds de près, il était certain qu'il comprendrait que j'avais une prothèse. Mais de un, personne n'allait détailler mes pieds dans un restaurant, et de deux je m'en moquais que Justin le remarque puisqu'il était déjà au courant.

D'ailleurs, c'était étrange que cela ne le rebute pas. J'avais toujours pensé que je ne sortirais plus jamais avec un homme à cause de ma prothèse, mais, apparemment, Justin semblait vraiment s'en moquer. C'était l'une des rares choses que j'appréciais chez lui. Bien qu'il soit lourd, agaçant, prétentieux et j'en passe, j'avais comme l'impression qu'il me comprenait. Il ne connaissait pas mon histoire, il ne savait pas pourquoi je portais une prothèse, mais il ne posait pas de questions, ou peut-être allait-il en poser ce soir, qui sait. En tout cas, il faisait comme si de rien n'était avec moi. Je ne me sentais pas comme une handicapée à ses yeux.

Il était 19 h 50. Puisque j'étais déjà prête, je décidai de mettre mon long manteau noir et de descendre patienter dehors.

J'étais assez nerveuse. Il était clair qu'il s'agissait d'un rencard mais, après tout ce qu'il s'était passé entre nous, j'espérais que Justin ne s'emballe pas trop vite et ne se conduise pas de façon déplacée envers moi.

Finalement, l'attente ne fut pas longue puisqu'il arriva à peine dix secondes plus tard. Il semblait s'être mis sur son trente et un, lui aussi. Il n'était pas en costume, mais portait un pull fin de couleur beige sur un pantalon noir et des chaussures noires assez chic. Bref, il n'avait rien à voir avec le Justin Braxton que je connaissais et qui ne s'habillait qu'avec des jeans et des baskets.

— Tu es en avance, lui fis-je remarquer.

— Toi aussi, répondit-il en m'observant à son tour avec intérêt.

Je me sentis légèrement mal à l'aise, mais essayai de faire comme si de rien n'était.

— On y va ?

— J'espère que tu n'as pas très faim, car on en a pour cinquante-cinq minutes de trajet.

— Tu rigoles là ?

Il secoua la tête en souriant.

— La qualité a un prix, que veux-tu…

— Justement, je vais déjà payer alors…

— Bien sûr que non, c'est moi qui t'invite, me coupa-t-il en prenant la direction du tramway.

— Tu veux vraiment négocier avec moi ? Je te le dis tout de suite, tu as perdu d'avance.

Il rigola.

— OK, si tu veux payer 150 dollars, pas de soucis.

J'écarquillai les yeux.

— Quoi ? 150 dollars le repas ? Tu te moques de moi, là ?

Il me jeta un petit regard amusé.

— Ouais. En vrai, tu pourras te prendre un plat de pâtes à 14 dollars.

Tant mieux, c'était quand même plus abordable !

Ayant atteint l'arrêt du tram, nous patientâmes quelques minutes jusqu'à ce qu'il arrive.

— Tu as dit des pâtes… C'est un resto italien ?

— Si on joue aux devinettes, tu vas trouver tout de suite. Tu connais un peu Saint-Louis ?

— Oui, j'habite à Fairview Heights, c'est juste à côté.

— Ouais, je vois où c'est, même si je n'y suis jamais allé… Pourquoi est-ce que tu t'es pris une chambre sur le campus alors ?

Je soupirai.

— On en est déjà aux questions personnelles ?

Il haussa les épaules.

— Si tu veux, on peut parler de moi, mais ça va vite te soûler, je pense. Je ne crois pas non plus que tu sois une fan du sport, alors…

— Détrompe-toi, j'adore le sport… Enfin, j'adorais.

J'eus un petit pincement au cœur.

— Tu faisais quoi ? De la danse ?

Le tram venait d'arriver. Nous y montâmes, et Justin s'assit en face de moi.

— Comment tu as deviné ? l'interrogeai-je, assez impressionnée.

— Déjà, tu es toute menue, ça élimine pas mal de sports comme la natation où tu aurais eu des épaules de malade, ou encore le foot, le base-ball, le rugby… Mais en fait, je l'ai deviné le jour où tu m'as dit que tu ne pouvais plus danser. Tu avais l'air… vraiment bouleversée.

J'acquiesçai et restai silencieuse en regardant le paysage défiler par la vitre.

— Je ne sais pas quel modèle tu as, mais c'est encore possible, tu sais, reprit-il après de longues minutes.

Je tournai la tête vers lui.

— Quoi ?

— Ben, tu sais, avec les prothèses bioniques, maintenant tu peux tout faire, même danser.

— Tu ne crois pas que j'en aurais déjà une si je le pouvais ? Ça coûte au moins 100 000 dollars.

— Moi, à ta place, je resterais chez mes parents afin d'économiser de l'argent et je travaillerais plusieurs années s'il le faut pour me la payer. Suite à quoi, je reprendrais les études qui m'intéressent vraiment.

Il commençait déjà à m'énerver.

— Sauf que tu n'es pas à ma place, Justin. Tu n'as pas vécu ce que j'ai vécu. Tu n'as jamais été amputé d'une jambe. Alors, quand on ne sait pas, on se tait.

Il se gratta la nuque, embarrassé. Je m'en voulais un peu d'avoir été aussi directe et froide, mais je détestais vraiment qu'il se croie meilleur que tout le monde. Que ce soit dans sa nature ou non, il allait falloir qu'il apprenne à se maîtriser ou ça n'allait pas fonctionner entre nous.

Attendez, j'avais bien dit « fonctionner entre nous » ?

— Désolé, je voulais juste te faire part de ma façon de voir les choses, se justifia Justin.

— Bah, c'est mieux que tu ne le fasses plus dorénavant.

Il soupira.

— Alors quoi ? Il faut que je me taise durant tout le trajet ?

Je rigolai intérieurement mais gardai un air sérieux et contrarié.

— De toute façon, tu n'en serais pas capable.

Il haussa les sourcils.

— Tu veux parier ?

Cette fois-ci, je ne pus m'empêcher de lâcher un petit rire. Si cela l'amusait, alors pourquoi pas, au moins j'aurais la paix durant les quarante-cinq minutes de tramway restantes.

— Bonne chance, lui souhaitai-je en appuyant la tête contre la vitre.

Contre toute attente, Justin n'ouvrit pas la bouche une seule fois. Bien que je sente plusieurs fois son regard se poser sur moi, il tint le coup jusqu'à ce que nous arrivions devant le Roberto's Trattoria, un restaurant italien que je ne connaissais pas.

— Alors ? Impressionnée par mon exploit ? demanda-t-il en m'ouvrant la porte.

— Franchement, tu devrais faire partie du livre des records, répondis-je d'un ton sarcastique.

J'entrai et étudiai rapidement l'endroit. Bien qu'il ne s'agisse pas d'un resto étoilé, l'intérieur était assez chic et raffiné avec ses murs jaune d'or, sa moquette rouge sombre et ses miroirs et tableaux décoratifs.

— Vous avez réservé ? nous questionna le réceptionniste après nous avoir salués.

— Oui, au nom de Braxton, pour deux, répondit Justin.

L'homme vérifia sur son ordinateur, puis demanda à un jeune serveur de nous conduire jusqu'à notre table située dans un coin de la salle.

Après avoir retiré ma veste, je m'assis en face de Justin.

— Tu voulais m'allumer, ou quoi ?

Je sursautai en l'entendant me dire une chose pareille, et surtout parce que le serveur, un jeune homme avec une moustache, était encore là. D'ailleurs, la question de Justin sembla l'amuser, puisqu'il me tendit mon menu avec un petit sourire malicieux.

J'attendis qu'il s'en aille avant de lui répondre :

— Justin Braxton, si j'avais voulu t'allumer, sache que je n'aurais rien mis sous ma veste.

Justin haussa les sourcils avant de me regarder droit dans les yeux.

— J'aurais bien aimé voir ça, murmura-t-il.

Je frissonnai et baissai les yeux sur la liste des plats devant moi. *Pourquoi est-ce que je m'amuse à flirter de cette façon* ? songeai-je en faisant semblant de lire les différentes entrées proposées. Mais la vraie question que je me posais était : *Pourquoi ses paroles me font-elles autant d'effet ?*

Je relevai rapidement les yeux de la carte et remarquai qu'il me fixait encore.

— Tu sais déjà ce que tu veux prendre en entrée ? lui demandai-je pour changer de sujet.

— Non, mais je sais déjà ce que je veux en dessert.

Je frissonnai une nouvelle fois, mais ne détournai pas les yeux de son regard plein d'avidité.

— T'es sérieux là ?

Il hocha doucement la tête.

— T'as vraiment cru que j'allais coucher avec toi si tu m'invitais au resto ?

— Honnêtement, je n'y ai pas du tout pensé jusqu'à ce que tu me dragues.

— Je ne t'ai jamais dragué.

— Désolé, mais j'ai cette image de toi nue sous une veste dans mon esprit, je ne sais pas du tout comment elle est arrivée là, répondit-il en faisant semblant de méditer.

— Ce n'est pas ma faute si tu as l'esprit mal tourné, c'est sûrement à force de coucher avec trop de filles.

Ma petite remarque le fit légèrement blêmir. Je fronçai les sourcils, sa réaction était trop étrange. Et plus je continuais à le fixer, plus il semblait mal à l'aise.

— Je t'assure que je n'avais couché avec personne depuis deux semaines jusqu'à aujourd'hui ! finit-il par m'avouer d'un air coupable.

Sérieusement ?! Mais comment a-t-il pu…

Un nœud se forma dans mon estomac. Je fermai les yeux et inspirai profondément. Sophie avait raison, ce mec ne cherchait rien de sérieux. Je n'étais pas plus qu'une petite distraction à ses yeux. Une fille qui lui résistait et qu'il essayait d'amadouer en l'emmenant au resto afin de coucher avec elle. Après quoi, j'étais sûre qu'il me laisserait tomber et qu'il m'oublierait tout comme les multiples conquêtes qu'il avait eues. Quelle ordure, ce mec !

— T'es vraiment le champion pour foutre en l'air chacune de nos soirées, dis-je froidement en me levant.

— Qu'est-ce que tu fais ?

— Je m'en vais.

— Attends ! (Il se leva à son tour et me regarda d'un air affligé.) Jenny, s'il te plaît, laisse-moi t'expliquer et…

— Il n'y a rien à expliquer, l'interrompis-je sèchement, tu as couché avec une meuf juste avant de me voir, c'est assez clair et net pour moi. Bonne soirée, Justin.

Remontée, je quittai le restaurant aussi vite que je le pus sous les regards curieux de certaines personnes présentes et n'enfilai ma veste qu'une fois dehors. Merde, il pleuvait.

Je décidai de rester un instant sous le porche de l'entrée.

En effet, super soirée, encore une fois.

Pourquoi avais-je consenti à sortir une nouvelle fois avec lui, alors que ce mec gâchait toujours tout ?

Je sentis une larme rouler sur ma joue. Je n'étais même pas énervée contre lui, du moins pas encore, j'étais seulement triste. Triste de m'être fait avoir par ses mots. Triste d'avoir accepté ce rencard (parce que oui, là c'en était officiellement bien un). Et triste de l'avoir laissé entrer ne serait-ce qu'un peu dans ma vie.

Au bout du compte, les hommes étaient tous les mêmes. Nous faire souffrir leur était complètement égal. Et je ne faisais pas seulement allusion à Ian, qui m'avait trompée. Le premier petit copain que j'avais eu au collège avait aussi rompu avec moi pour sortir avec une de mes amies.

— Jenny, je suis désolé.

J'essuyai rapidement ma larme. Il n'était pas question qu'il me voie pleurer à cause de lui. D'ailleurs, il n'était même pas question que je pleure, ce mec n'en valait pas la peine !

— T'es vraiment un connard, dis-je en me retournant, le pire de tous les connards de l'univers, tu le sais ?

Il hocha la tête d'un air navré.

— J'ai appelé Rachel aujourd'hui parce que je pensais vraiment que tu ne me reparlerais plus jamais, m'expliqua-t-il d'une voix agitée, et puis juste après que je lui ai dit de venir, tu m'as ajouté sur Facebook, Rachel est arrivée et…

— Mais putain, Justin, tais-toi ! Tu n'as aucune excuse !

Et je n'avais vraiment pas envie de l'entendre me raconter ses ébats sexuels avec cette pétasse.

— Mais ce n'est pas comme si nous étions ensemble ! se défendit-il.

— Ah, bah alors là ça justifie tout ! Moi aussi, je vais aller me faire sauter par un mec ce soir, vu qu'on n'est pas ensemble, tu n'y vois aucun inconvénient, pas vrai ?

Je commençais enfin à être vraiment énervée. Bien qu'en soi il n'ait pas totalement tort : nous n'étions pas en couple.

Mais cela montrait bien à quel point j'étais insignifiante pour lui. À ses yeux, je ne représentais pas plus qu'une simple nana qu'il aurait ajoutée à son palmarès de baise.

Se taper une fille juste avant de m'emmener au resto… Il n'avait même pas eu une once de respect à mon égard.

Qu'il ne réponde pas à ma question me confirma que, de son côté, cela lui aurait été complètement égal que je me tape quelqu'un avant de sortir avec lui.

Je n'attendis pas une seconde de plus et m'avançai sous la pluie en protégeant ma tête à l'aide de ma veste. Après m'être assise sur un banc à l'arrêt de tramway, je priai pour que Justin ne me rejoigne pas aussitôt. J'en avais ras le bol de lui. Ras le bol de ses mensonges et de toutes ses conneries. Je voulais être seule et qu'il me laisse tranquille.

Je posai la tête contre le mur et fermai les yeux.

— Jenny.

Non, mais c'était une blague ? J'ouvris les paupières et lui lançai un regard noir.

— Sérieusement, tu n'as pas compris que je voulais être…

— S'il te plaît, écoute-moi. (Il passa nerveusement une main dans ses cheveux avant de reprendre :) Je sais que j'ai grave merdé ce soir, et je suis vraiment et sincèrement désolé de t'avoir blessée, ce n'était pas du tout mon intention…

— Évidemment, puisque ton intention était de réussir à me mettre dans ton lit.

Il secoua la tête.

— Tu te trompes. Je n'ai jamais voulu coucher avec toi, enfin pas ce soir.

J'eus un petit rire sarcastique. Pas ce soir… Ouais, en gros, ça voulait dire « quand j'aurais été OPÉ » pour le faire.

— C'est bon, tu as fini ? demandai-je en apercevant le tramway arriver.

— Non, je…

— En fait, je m'en fous. Je ne veux plus jamais te parler ni te voir, c'est clair ? Laisse-moi tranquille, Justin Braxton.

Je quittai mon banc et m'avançai vers le tramway.

Justin

Après que Jenny fut montée, je m'étais faufilé discrètement derrière elle pour m'asseoir trois sièges plus loin. Elle ne m'avait pas vu monter, mais elle se doutait certainement de ma présence puisque je devais tout comme elle retourner sur le campus.

J'appuyai la tête contre la vitre et fixai droit devant moi ses longs cheveux bruns. Cette fois il n'y avait plus de énième chance possible. J'aurais pu m'excuser mille fois, me mettre à genoux, la demander en mariage, bref, elle dirait non à tout. De toute façon, mon comportement n'était pas excusable, et je le savais. Je n'aurais pas dû coucher avec Rachel. Mais bon sang, comment dire non à une femme se trouvant nue devant vous ?

Prenant mon visage entre mes mains, je me maudis intérieurement. J'avais tout fichu en l'air avec la première fille qui m'intéressait réellement — et pas que pour son physique —, pour coucher avec la fille la plus sexy et la plus hot du campus. Y avait-il un remède contre la stupidité ? Si oui, il fallait me l'envoyer tout de suite, parce que ça devenait urgent.

Lorsque les portes du tramway s'ouvrirent à notre arrêt, je

laissai un peu d'avance à Jenny pour qu'elle puisse descendre et mis au moins cent mètres de distance entre nous.

Sauf qu'au bout de cinq minutes de marche, elle s'arrêta pour porter son téléphone à son oreille. Repérant une longue haie d'arbustes à ma droite, je me faufilai derrière et m'avançai furtivement jusqu'à elle.

— Quoi ? Attends, tu peux répéter plus calmement ? Sophie, je suis vraiment désolée, mais je n'ai pas de voiture… Justin ? Non, il ne se trouve pas avec moi actuellement…

— En fait, si, je suis là ! criai-je.

Jenny sursauta en entendant ma voix. Elle sursauta une nouvelle fois en me voyant surgir de derrière les branches d'arbre.

Son visage affichait une expression inquiète, mais ce n'était sûrement pas à cause des quelques feuilles et brindilles que j'avais sur la tête.

— Qu'est-ce qu'il y a ? demandai-je en ébouriffant mes cheveux.

Elle se crispa, puis posa sa main sur le combiné afin que Sophie ne nous entende pas.

— Rien du tout, répondit-elle froidement, tu peux partir.

— Apparemment, non, puisque Sophie m'a demandé à l'appareil. Que puis-je faire pour elle ?

Jenny se mordit légèrement la lèvre avant de répondre :

— Elle a besoin que quelqu'un aille la chercher devant la cathédrale Saint-Louis…

Qu'est-ce qu'elle foutait là-bas ? La messe du dimanche soir était finie depuis longtemps…

— Très bien, je vais aller récupérer ma voiture à la villa. Dis-lui que j'en ai pour quinze minutes grand max.

Jenny répéta ce que je venais de dire à son amie avant de raccrocher.

— Justin, dit-elle pour m'arrêter avant que je m'élance en direction de chez moi, ça ne changera rien.

Je déglutis et cachai tant bien que mal ma déception.

— Ouais, je sais, mentis-je. Je fais ça pour Sophie, parce que je l'aime bien.

Puis, n'ayant pas vraiment envie de continuer cette discussion, qui de toute façon n'allait mener nulle part, je commençai à partir vers la villa avant de stopper brusquement.

— Au fait, lançai-je à Jenny en me retournant, tu peux nous attendre à l'intérieur, il y a forcément quelqu'un, donc ne reste pas dehors sous la pluie.

Elle ne répondit pas et se contenta de me fixer jusqu'à ce que je reparte en courant jusqu'à la villa.

Une fois arrivé, je grimpai dans mon pick-up noir et pris la direction de la cathédrale Saint-Louis.

Chapitre 14

Jenny

Alors que je ne voulais plus rien avoir à faire avec lui, voilà que Justin Braxton était allé chercher mon amie !

Une part de moi lui était sincèrement reconnaissante, parce que Sophie avait l'air paniquée au téléphone et que je n'aurais pas pu aller la chercher en voiture… Mais l'autre part, la plus grande, lui en voulait de s'être une fois de plus immiscé dans ma vie privée et dans celle de mon amie.

« Je fais ça pour Sophie, parce que je l'aime bien. »

Laissez-moi rire, il ne la connaissait même pas et j'étais sûre qu'il se moquait de ce qui pouvait bien lui arriver.

Mais pourquoi se donnerait-il autant de mal pour essayer de se faire pardonner s'il se fiche de toi ? Et puis, tu oublies qu'il l'a laissée dormir chez lui le soir de la fête…

Je chassai ces pensées en arrivant devant la villa. Qu'on soit bien clair, bien que Justin me l'ait conseillé, je n'avais pas du tout l'intention de mettre un seul pied dedans. Si j'étais venue ici, c'était uniquement pour attendre Sophie. Il était hors de question que je m'en aille sans m'être assurée de son état. D'ailleurs, j'espérais vraiment qu'il ne lui était rien arrivé de grave.

Je m'abritai sous le porche et enroulai mes bras autour de moi pour me réchauffer. On avait beau être encore en septembre, les nuits commençaient un peu à se rafraîchir.

— Jenny ?

La voix masculine me fit sursauter.

Je tournai la tête et aperçus un jeune homme à la silhouette athlétique et aux cheveux noirs avancer dans ma direction.

— Ah ! fis-je en le reconnaissant.

Il s'agissait de Kyle.

— Pourquoi tu n'es pas avec Justin ? demanda-t-il en me rejoignant sous le porche.

Je fronçai les sourcils.

— Justin t'a dit qu'on sortait ensemble ce soir ?

Il hocha la tête.

— Évidemment, c'est mon meilleur ami. Mais si tu veux tout savoir, je ne suis pas le seul à qui il ait parlé de toi. En fait, je crois que tous les membres de la fraternité sont au courant.

J'en restai stupéfaite. Pourquoi parler de moi alors que… Kyle ouvrit la porte d'entrée et me fit signe d'avancer à l'intérieur.

— Tu ne vas quand même pas rester dehors dans le froid, ajouta-t-il avant de me faire un petit clin d'œil.

En fait, si, c'est ce que j'avais prévu, songeai-je.

Mais je n'avais pas non plus envie de passer pour la cinglée qui aime attendre sous la pluie.

Je me mordis la joue et entrai à contrecœur.

De toute façon, je ne faisais pas ça pour Justin, mais parce que Kyle m'avait gentiment invitée. À peine eus-je posé un pied dans le salon que plusieurs paires d'yeux se posèrent sur moi. J'avais légèrement oublié que Justin avait quatorze colocataires… Et uniquement des mecs.

— Waouh, siffla l'un d'entre eux assis sur le « canapé interdit », je ne savais pas que tu avais pécho, Kyle ! Comment s'appelle l'heureuse élue ?

— Moi, je ne savais pas qu'il aimait les petites poitrines ! ajouta un grand blond accoudé au bar de la cuisine avant de poser une main sur sa bouche. Désolé, ma jolie, c'est sorti tout seul, mais on ne peut pas dire que j'ai tort. Tu fais quoi ? Du 70 B ?

Devant mon air abasourdi, il leva son pouce en signe d'approbation. Je jetai un petit coup d'œil à ma poitrine. Comment ce mec avait-il deviné ma taille de soutif en un regard ? C'était vraiment flippant !

— Désolé de casser votre joie, les mecs, mais il s'agit de Jenny, les informa Kyle en haussant les épaules.

Tous les mecs présents lâchèrent un grand « AHHHH » d'étonnement avant de venir s'attrouper autour de moi.

— Alors, c'est elle ! s'exclama un rouquin.

Le grand blond me regarda d'un air sceptique.

— Je l'imaginais quand même plus…

— Voluptueuse ? proposa un beau brun.

Ce mec était vachement séduisant. Ce n'était certes pas la même beauté naturelle qu'avait Justin (parce que oui, fallait bien avouer que Justin pouvait être canon après son entraînement de course, ébouriffé et le corps transpirant…) mais, en tout cas, il savait se mettre en valeur. Cheveux coiffés en arrière, barbe courte bien taillée, il portait une chemise bleu foncé à manches courtes légèrement ouverte pour que le regard des femmes se pose sur le haut de ses pectoraux, un pantalon noir assez moulant et une paire d'espadrilles rayées pour compléter ce look de mec à la fois classe et décontracté.

— Ouais, c'est vrai que Justin aime les femmes avec un minimum de formes, renchérit le grand blond. Là, c'est vraiment tout le contraire…

— T'es bien sûr de toi, Kyle ?

— Ouais, c'est elle qui m'a rendu ma balle, répondit le concerné.

Je commençais sérieusement à me sentir mal à l'aise.

— Euh…, fis-je d'une petite voix.

— Attention, la femme du chef va parler ! les prévint le grand blond.

Je soupirai, agacée.

— De un, je ne suis pas la « femme du chef » et de deux, il n'y a rien du tout entre Justin et moi, les informai-je.

Tous haussèrent les sourcils.

— Sérieux ? Il a encore tout foiré ? s'écria Kyle.

— D'un côté, ça ne m'étonne pas, ajouta le beau brun, ce mec ne sait sûrement pas comment s'y prendre avec les filles. Faut dire qu'il n'a jamais eu à en draguer une seule, il n'a qu'à claquer des doigts pour qu'elles accourent toutes vers lui, comme si c'était une star de cinéma.

Kyle se tourna vers moi.

— Qu'est-ce qui s'est passé ?

Je n'avais pas vraiment envie de leur raconter notre soirée, mais quand vous avez l'impression d'être une brebis au milieu d'une meute de loups qui vous dévisagent avec intérêt, peut-être est-il préférable de leur répondre…

— Il a couché avec une fille avant de m'emmener au resto, leur dis-je avant de me masser la nuque.

— Ah, je comprends mieux pourquoi Rachel était là tout à l'heure, marmonna le beau brun.

— De toute façon, Rachel, elle est toujours là pour ça, Collin.

— En tout cas, Justin est vraiment con, me dit le grand blond en posant une main réconfortante sur mon épaule. Il doit avoir une bite à la place du cerveau.

— D'un côté, Jenny, et je ne dis pas ça pour le défendre

parce que je suis son meilleur pote hein, reprit Kyle, mais Justin n'a jamais eu de petite amie. Enfin, peut-être à la maternelle…

— Non, moi, je suis sûr qu'il avait déjà des plans à trois dans la petite cabane en bois de la cour de récréation ! ricana un autre gars.

Collin lui mit un coup de coude dans le ventre.

— On est là pour essayer d'améliorer la réputation de Justin, pas pour le descendre davantage, gros débile.

— Bref, reprit Kyle, je ne sais pas comment te dire ça, mais tu es la première fille qui l'intéresse vraiment, et pas seulement pour le cul. Tu peux penser qu'il t'a invitée à la soirée de vendredi ou qu'il t'a emmenée au resto dans le seul but de coucher avec toi après, mais c'est faux. Je te jure que je n'ai jamais vu mon pote courir après une meuf, et c'est pourtant ce qu'il fait avec toi. Quand il a découvert que tu m'avais rendu ma balle, il est devenu fou, sérieusement, il m'a demandé pourquoi, comment, enfin bref, il voulait savoir tous les détails de notre échange. Je ne l'avais jamais vu dans cet état… Et puis il n'a pas pu s'empêcher d'aller te voir en fin de journée pour aller soi-disant te remercier, mais on savait tous les deux que c'était une excuse bidon pour simplement aller te voir, parce que tu lui plais.

— Et puis il est carrément allé voir ta pote au café pour lui demander s'il avait encore une chance avec toi, ajouta Collin. Tu crois qu'un mec qui voudrait simplement te baiser ferait autant d'efforts ?

— Peut-être que c'est son fantasme de coucher avec elle, suggéra un mec.

— Tu crois vraiment que son fantasme, c'est de coucher avec une 70 B ? répliqua le grand blond.

— Les mecs, et surtout toi, Sean, vous pouvez la fermer deux minutes ? les réprimanda Kyle, avant de reprendre à mon intention : Justin n'aurait pas dû coucher avec Rachel aujourd'hui. Je comprends que tu lui en veuilles parce que c'est moche de t'avoir fait ça, mais je te jure que ce mec tient à toi. J'en mets ma main à couper.

— C'est gentil, Kyle, mais quand on tient aux gens, on ne les fait pas souffrir.

— Si tu souffres, ça veut dire que tu tiens à lui également, non ? rétorqua Sean. Ce serait con de foutre en l'air une histoire qui pourrait être magnifique à cause d'une stupide erreur… On fait tous des erreurs, Jenny, on n'est pas parfait.

Certes, mais…

— Mais qui me dit qu'il n'en fera pas encore ?

Je n'avais pas envie de me sentir humiliée, utilisée, et blessée à nouveau.

— Malheureusement, le risque zéro n'existe pas dans une relation. Il se peut que Justin te fasse de la peine encore une fois, comme il se peut également que ce soit toi qui lui en fasses un jour, même involontairement. Mais avant que cela n'arrive, vous pouvez vivre beaucoup de moments de bonheur… Après, c'est à toi de décider si ça vaut la peine de prendre le risque.

Moi qui pensais que ce grand blond était seulement le blagueur de la bande, il faut croire qu'il pouvait aussi être de bon conseil…

En attendant, j'avais vécu bien plus de moments de grande déception avec Justin que des moments merveilleux.

— Je pense que… Je vais y réfléchir, finis-je par leur dire.

Même si, en réalité, je ne comptais toujours pas pardonner quoi que ce soit à Justin.

Ses amis hochèrent tous la tête avant de se tourner vers la porte d'entrée qui venait de s'ouvrir.

— Ah, il arrive pile au bon moment ! fit Kyle en s'écartant

suffisamment pour me permettre de voir Justin entrer dans la maison, suivi de près par Sophie.

Celui-ci avait la lèvre en sang tandis que mon amie pleurait à chaudes larmes.

— Mais que s'est-il passé, bon sang ? m'écriai-je en m'avançant vers eux.

— Euh, c'est peut-être préférable qu'on monte dans ma chambre, m'informa Justin en remarquant que tous ses colocataires étaient présents dans la pièce.

Justin prit la main de Sophie et l'entraîna à l'étage.

— Il s'est encore foutu dans la merde, marmonna Collin avant de se pousser pour me laisser passer.

Je les rejoignis dans ce qui devait être la chambre de Justin. Elle était d'ailleurs plutôt bien rangée pour la chambre d'un mec, mais là n'était pas mon sujet de préoccupation actuelle.

— Sophie, tu vas bien ? m'enquis-je en prenant le visage de mon amie entre mes mains.

Elle hocha la tête en reniflant et en séchant ses larmes. Je me retournai vers Justin, qui regardait à quoi ressemblait sa lèvre meurtrie sur l'écran de son téléphone.

— Est-ce que tu peux m'expliquer ? demandai-je en m'approchant de lui.

Disons que Sophie n'avait pas l'air d'être en état de me raconter toute l'histoire sans se remettre à pleurer…

— Attends, tu es bien en train de m'adresser la parole, là ? répondit-il avant de sourire ironiquement.

— Je ne plaisante pas, Justin, marmonnai-je en levant les yeux au ciel.

Il soupira.

— Elle n'a rien voulu me dire dans la voiture, mais je crois que son mec est violent. En tout cas, il l'a été avec moi vu qu'il m'a frappé, l'enfoiré. Mais ne t'inquiète pas je lui en ai remis une derrière, et ça l'a calmé.

J'écarquillai les yeux.

— Pourquoi il t'a frappé ?

Il pencha la tête vers moi.

— Est-ce que tu t'inquiéterais pour moi ? Toi qui ne veux plus me voir ni me parler, ni m'entendre ni me…

Je le fusillai du regard.

— J'essaie juste de comprendre ce qui s'est passé, mais tu ne me facilites pas la tâche avec tes conneries !

— OK, OK, j'arrête. Quand je suis arrivé là-bas, elle et son mec se disputaient devant la cathédrale, m'expliqua-t-il. Le gars l'insultait de tous les noms, alors je suis sorti de la voiture en appelant Sophie et c'est là qu'il est venu m'en coller une sans aucune raison. Du coup, je lui ai remis une pêche, normal quoi. Ensuite, j'ai pris Sophie par la main et l'ai fait monter dans la voiture. Puis, vu que le mec ne s'était toujours pas relevé, on est rentrés direct.

— Euh, « pas relevé » ? Tu es sûr qu'il allait bien au moins ?

— Franchement, je m'en fous complètement, c'était de la légitime défense.

Ouais, enfin, s'il était mort, la légitime défense n'allait certainement pas marcher. Surtout si Justin avait pris la fuite sans s'inquiéter de son état.

Bien qu'elle ne semble avoir aucune trace de violence sur le visage, je me retournai vers Sophie et lui posai tout de même la question.

— Est-ce que Michael t'a frappée, Sophie ? l'interrogeai-je en la regardant droit dans les yeux.

— Non… Mais… j'ai eu peur qu'il le fasse, m'avoua-t-elle avant de sangloter à nouveau.

Je la pris dans mes bras et caressai ses cheveux encore humides à cause de la pluie, pour essayer de la calmer.

— Écoute, tout va bien maintenant, il ne t'arrivera rien. Tu vas rester ici avec nous cette nuit, d'accord ? Et on reparlera de ce qui s'est passé demain matin.

— « Rester ici avec nous » ? répéta Justin, surpris.

Je m'écartai légèrement de mon amie.

— Est-ce qu'elle peut aller se sécher les cheveux dans la salle de bains ? demandai-je à Justin en ignorant sa question.

Il hocha la tête et donna à mon amie une serviette propre.

— Si tu vas dans la même salle de bains que la dernière fois, Collin cache son sèche-cheveux dans le troisième tiroir de la commode.

— Merci, répondit-elle en prenant la serviette avant de sortir dans le couloir.

Je refermai la porte derrière elle et m'avançai vers Justin en croisant les bras sur ma poitrine.

— C'est toi qui l'as ramenée ici, non ? Alors oui, elle va rester, parce que tu l'aimes bien, n'est-ce pas ?

— Ce n'est pas ce que j'ai voulu dire… Tu vas rester, toi aussi ?

— Évidemment. Je ne vais pas la laisser toute seule, et encore moins avec toi. J'aurais trop peur que tu profites d'elle étant donné que tu te tapes tout ce qui bouge et qui a un vagin.

— Ouille, dit-il en grimaçant, mais je l'ai bien mérité.

Nous restâmes silencieux durant quelques secondes, avant qu'il ne reprenne la parole :

— Euh, sinon… (Il passa une main dans ses cheveux.) Qu'est-ce qu'on va faire pour elle ?

Je fus surprise qu'il me pose cette question. Peut-être qu'il ne se fichait pas autant de Sophie que je le pensais. Après tout, si

Justin avait été un vrai connard sans cœur, jamais il ne se serait inquiété pour elle.

Je réfléchis un instant et repensai à *la* soirée.

— S'il s'agit seulement de violence verbale, je ne pense pas que l'on puisse faire grand-chose, et puis ce n'est pas comme s'ils étaient mariés. Ils sont juste en couple, alors le mieux serait que Sophie décide de son plein gré de le quitter, mais ça, ce n'est pas dit qu'elle le fasse.

— Pourquoi ne voudrait-elle pas le quitter ? s'étonna t il.

— Parce que je pense que ce n'est pas la première fois que Michael se montre violent verbalement. Vendredi soir, avant de quitter ta fête, j'ai demandé à Sophie si je devais appeler Michael pour qu'il vienne la chercher, et elle m'a répété plusieurs fois « Pas Michael ».

— Ah, maintenant que tu le dis, je me souviens qu'elle me l'a sorti aussi quand j'ai voulu la faire ramener chez elle en taxi.

— Cela doit faire un moment qu'elle a peur de lui. Peut-être même qu'il est comme ça depuis le début de leur relation…

— Mais comment peut-elle rester avec un type pareil ?

— Je n'en sais rien. Peut-être que c'est parce qu'elle l'aime et qu'il n'est pas violent tous les jours. Ou alors parce qu'elle a peur de lui et de ce qu'il pourrait lui faire si elle décidait de le quitter.

Justin sembla réfléchir un instant à mes propos avant d'acquiescer.

— Tu ferais un bon flic.

Je secouai la tête.

— Ce ne sont que des hypothèses… Et c'est souvent pour ces raisons que les femmes mariées n'osent pas quitter leur conjoint violent. J'ai vu un reportage là-dessus. En tout cas, je ferai tout mon possible pour l'aider. Sophie ne mérite pas ce qui lui arrive, c'est vraiment une fille géniale.

— Non, c'est toi la fille géniale, Jenny.

Je détournai le regard, mal à l'aise.

— Est-ce que tu peux arrêter ?

Je l'entendis s'approcher de moi.

— « Arrêter quoi » ? De te dire que je suis un con qui a foiré toutes ses chances de sortir avec une fille vraiment géniale ? Si tu savais comme je regrette, Jenny… J'aurais aimé faire les choses autrement mais je ne peux pas…

Je relevai les yeux vers lui.

— Tu as couché avec…

— Je sais, me coupa-t-il en hochant tristement la tête, je…

Il déglutit.

— T'as raison, je ne te mérite pas.

Il se retourna en soupirant de regret. Je levai la main vers lui. Qu'étais-je censée faire ?

Mon ventre gargouilla et je baissai aussitôt mon bras avant que Justin se retourne vers moi.

— Peut-être qu'on devrait aller manger un truc…

— Qu'est-ce que tu proposes ?

— Italien ? J'ai des spaghettis et de la sauce tomate en boîte…

Je rigolai.

— OK, si tu veux…

Après m'être levée, je le suivis dans le couloir.

— Ah et, Justin…

— Ouais, je sais, m'interrompit-il, ça ne changera rien et à partir de demain on s'ignorera comme si on ne connaissait pas. Pas de souci.

Je réprimai un sourire.

— En fait, je voulais juste te dire que j'allais prévenir Sophie au cas où elle nous chercherait.

— Ah. Euh, tu peux aussi lui dire de nous rejoindre si elle

n'a pas mangé et qu'elle a faim. Et si elle est fatiguée, elle peut coucher dans ma chambre. Les draps sont propres, et je dormirai dans la chambre de Noah, il n'est pas là ce soir.

J'acquiesçai.

— Et euh… La salle de bains est où ?

— Troisième porte à gauche. Je vais mettre l'eau à chauffer.

Je le regardai descendre les marches deux à deux. Mon cœur se serra légèrement.

Es-tu sûre de ne pas vouloir lui pardonner, Jenny ?

Chapitre 15

Justin

Lorsque Jenny me rejoignit dans la cuisine quelques minutes plus tard, j'étais à la recherche du nombre de calories sur la boîte de spaghettis.

— Sophie est allée se coucher, m'informa-t-elle en s'accoudant au bar, tu cherches quoi ? Le nombre de calories ?

Je haussai les sourcils, surpris. Cette fille commençait à me connaître aussi bien que moi-même.

— Non, mentis-je, juste le temps de cuisson. Mais c'est écrit en italien, alors je ne comprends rien.

Ça faisait un peu pitié si je lui avouais que je regardais réellement le nombre de calories, non ? Mais à cause de mon entraînement sportif, Rangers me faisait suivre un régime alimentaire assez strict et je n'avais droit qu'à un seul « repas bien gras » par semaine.

Je ne respectais pas toujours à la lettre son programme diététique, en revanche j'avais pris l'habitude de jeter un petit coup d'œil à la composition de ce que je mangeais quand je pouvais, et notamment quand il s'agissait des pâtes italiennes ramenées par Lucas de je-ne-sais-où.

— *Non credo ad una parola della tua storia del cazzo*[1], dit Jenny en secouant la tête.

Je n'avais pas compris un strict mot de ce qu'elle venait de me dire.

— Tu parles italien ?

Cette fille était vraiment incroyable.

— Un petit peu, m'avoua-t-elle avec une once de fierté dans la voix. Les grands-parents de ma meilleure amie vivent en Suisse, mais dans le canton du Tessin. Là-bas ils ne parlent qu'italien.

— Et alors ? m'enquis-je avec curiosité. Que signifie cette phrase ?

Jenny se racla la gorge.

— De toute façon, même si je te le disais en anglais, tu ne comprendrais pas, répondit-elle avant de sourire légèrement.

Je haussai les sourcils.

— Tu insinues que je suis débile ?

— Je n'ai jamais dit ça, mais en attendant, monsieur le surdoué… l'eau déborde de la casserole…

Merde, j'avais oublié la casserole ! Je me retournai vivement et baissai le volume du feu en marmonnant dans ma barbe.

— Euh, au fait… Tes potes ont disparu ou bien tu les as tués ? m'interrogea Jenny.

Devais-je lui dire que je les avais chassés du salon afin que l'on ne soit que tous les deux ? D'un autre côté, j'étais sûr que Jenny n'aurait pas apprécié toutes les conneries que pouvaient sortir mes colocs à la seconde.

— Euh, je crois qu'ils sont allés se coucher, dis-je en allant chercher le pot de sauce tomate dans le frigo.

1. « Je ne crois pas à ton histoire à la con. » (Toutes les notes sont de l'auteure.)

Je l'entendis rigoler.

— À 23 heures ? Très crédible, Justin…

— Ils étaient fatigués, et puis on a entraînement demain.

— Vous faites vraiment tous de l'athlétisme ? m'interrogea-t-elle, suspicieuse.

Elle n'allait clairement pas lâcher l'affaire.

— Hum, presque.

En fait, nous n'étions que trois à en faire actuellement, mais j'étais sûr que la plupart de mes frères avaient déjà participé à des cross…

— Sinon, repris-je, j'aimerais bien que tu me dises de quoi tu m'as traité en italien. Histoire de savoir si tu mérites tes pâtes ou pas…

— Si je les mérite ? répéta-t-elle d'un air abasourdi. Honnêtement, après ce que tu m'as fait ce soir, c'est plutôt toi qui ne les mériterais pas…

Je soupirai.

— Et tu comptes me rappeler ma connerie toutes les cinq minutes ou bien ?

— Oui. Ça, tu le mérites amplement par contre.

— OK, très bien, encaissai-je en plantant ma fourchette dans une pâte. Tu peux venir goûter, madame la pro de la cuisson ?

Elle me rejoignit de l'autre côté du comptoir et prit la fourchette que je lui tendis. Elle croqua dans la pâte après avoir soufflé plusieurs fois dessus pour la refroidir.

— C'est bon, m'informa-t-elle, tu peux les égoutter.

Je hochai la tête et terminai rapidement la préparation des spaghettis à la sauce tomate tandis que Jenny farfouillait dans les tiroirs des buffets, très certainement à la recherche de la vaisselle.

J'allais lui faire remarquer qu'elle pouvait tout simplement demander, mais elle trouva les assiettes et les couverts avant même que je n'ouvre la bouche.

Le temps qu'elle mette la table, j'arrivais déjà avec la casserole de pâtes. Nous nous assîmes face à face, et elle se servit la première une énorme ration de spaghettis. Je n'avais jamais vu une fille en prendre autant. Soit elle avait les yeux plus gros que le ventre, soit elle n'avait pas mangé depuis plusieurs jours…

J'optai pour la seconde option lorsqu'elle attaqua son assiette alors que je n'avais pas fini de me servir. Je mangeai tout en la regardant avaler ses pâtes à une vitesse impressionnante, à tel point qu'elle s'éclaboussa légèrement le visage avec de la sauce tomate.

Je ne pus m'empêcher d'éclater de rire.

— Qu'est-ce qu'il y a ? m'interrogea-t-elle en relevant la tête de son assiette pratiquement vide.

— Tu as un peu de sauce…

Elle attrapa aussitôt un essuie-tout et s'essuya la bouche, là où elle n'en avait pas.

— Approche, lui ordonnai-je en tendant ma main au-dessus de la table.

Elle ne bougea pas d'un poil.

— Dis-moi simplement où et je m'essuierai.

Ha, qu'elle était agaçante parfois !

— Sur ton nez et un peu en dessous. Heureusement qu'on n'est pas restés au resto parce que, honnêtement, tu ne sais vraiment pas manger proprement, Jenny Menser.

Elle s'essuya, un peu gênée, puis me fusilla du regard comme si c'était encore une fois ma faute.

Après plusieurs secondes, Jenny se leva, débarrassa sa place et se dirigea avec ses couverts vers l'évier situé juste derrière moi.

N'entendant pas l'eau couler, je tournai la tête, mais pas assez vite pour empêcher Jenny de me renverser sur le crâne la sauce restant dans son assiette.

— Oh putain ! m'écriai-je en bondissant de ma chaise.

Jenny éclata de rire.

— Je ne vois vraiment pas ce qu'il y a de drôle, lui dis-je d'une voix agacée.

Jenny rigola de plus belle tandis que je commençais à sentir la sauce dégouliner sur mon front. Je m'essuyai d'un revers de la main.

— Non mais t'es pire qu'un enfant. En plus, je m'étais lavé les cheveux tout à l'heure… Ça fait vachement chier, là.

Elle rigola une nouvelle fois avant d'ajouter :

— Et toi, t'es pire qu'une fille à te plaindre pour de la tomate. En plus, tu devrais être contente, madame la coquette, ça va nourrir ta belle chevelure et lui donner plus d'éclat !

Et c'était reparti pour un nouveau fou rire. Elle n'était pas croyable mais… L'entendre rire, même si c'était pour se moquer de moi, était tout ce que je pouvais rêver de mieux pour finir cette soirée qui avait si mal commencé.

Bizarrement, moi qui m'attendais à ce que Jenny m'ignore complètement et à ce qu'elle s'en aille aussitôt après que j'avais ramené Sophie à la villa, et bah, cela ne s'était pas du tout déroulé comme ça. Qui aurait cru que la fille que j'avais blessée et qui me détestait au plus haut point deux heures plus tôt serait là avec moi, dans ma cuisine, en train de rigoler ?

Je ne comprenais pas pourquoi Jenny avait décidé de rester ni pourquoi elle agissait comme s'il ne s'était rien passé, alors qu'elle ne voulait pas me pardonner. J'espérais simplement que, demain, elle reste telle qu'elle était maintenant, joyeuse et… heureuse ?

J'attrapai mon assiette sur la table, et ce geste suffit à la faire taire.

— Justin, arrête-toi tout de suite, m'avertit-elle en reculant de quelques pas. Tu n'as pas intérêt à faire ça, je te le déconseille vraiment, sinon…

Je haussai les sourcils.

— Sinon quoi ? Tu ne me parleras plus ? Tu ne me verras plus ?

Elle acquiesça en espérant certainement que cela me fasse renoncer.

— Je prends le risque, dis-je en m'avançant vers elle. Je vais t'en donner, moi, de l'éclat, tu vas voir…

Jenny recula de quelques pas, jusqu'à ce que son dos touche le frigo. Je pus lire le désespoir dans son regard. Elle n'avait aucune chance de s'enfuir, c'était trop tard, j'allais l'avoir.

— Non, sérieusement, Justin, ne fais pas ça, je t'en prie, ne…

Elle écarquilla les yeux en me voyant lever mon assiette dans sa direction, puis les ferma aussitôt lorsque la sauce tomate lui atterrit de plein fouet sur le visage. Elle resta immobile durant plusieurs secondes, laissant le liquide rougeâtre s'écouler lui-même sur le sol.

— Tu veux la guerre, l'entendis-je murmurer.

Euh…

Me regardant avec défi, elle se retourna pour ouvrir le frigo et saisit… du lait de coco.

— Oh non, pas ça ! la suppliai-je. C'est le péché mignon d'Eddie, et s'il n'en a plus demain, il va me tuer !

Elle plissa les yeux.

— « Te tuer » ? répéta-t-elle en faisant mine de réfléchir.

Elle sourit vicieusement.

— Au moins il m'épargnera le sale boulot !

Puis elle ouvrit le bouchon de la bouteille et renversa son contenu sur le sol devant moi.

J'aurais pu l'en empêcher… J'aurais pu sauver le lait de coco, j'aurais pu lui arracher la bouteille des mains, mais… Son geste me laissa bouche bée un instant.

Quel gaspillage ! Mon visage se décomposa lentement comme la dernière goutte de lait tombait sur le sol.

Je serrai les dents. Il fallait… Il fallait que je me reprenne et que je me venge, pour Eddie ! Et pour le lait de coco !

— Toi ! fis-je en pointant la coupable du doigt. Tu es vraiment cruelle !

Elle croisa les bras sur sa poitrine et hocha la tête d'un air fier et satisfait.

Je m'avançai d'un pas et l'attrapai par les hanches pour la soulever du sol avant de la balancer sur mon épaule. Elle était si légère que je n'eus aucun mal à la maintenir d'un seul bras tandis qu'elle se débattait et criait comme une fillette de cinq ans.

Heureusement que j'avais ordonné à mes potes de ne pas débouler dans le salon quoi qu'il se passe, sinon ils auraient vraiment gâché ce super moment que je passais avec Jenny. J'adorais l'embêter, et je pouvais mettre ma main à couper qu'elle aussi, elle aimait ça.

— Fais-moi descendre tout de suite ! m'ordonna-t-elle à maintes reprises tout en me frappant le dos et en me donnant des coups de pied dans le ventre.

Mais mon ventre était si solide désormais que j'étais certain qu'elle était la seule à avoir mal en cognant dedans. Je marchai jusqu'au salon et laissai tomber Jenny sur le canapé « interdit ».

— Ah ! cria-t-elle en se souvenant de ce que je lui avais dit à son sujet.

Elle roula sur le côté et s'écrasa sur le sol.

Merde. Sa prothèse.

— Ça va ? Tu n'as rien ? m'inquiétai-je en m'accroupissant à côté d'elle.

Elle baissa les yeux sur sa jambe en comprenant ma question, puis secoua la tête.

Tant mieux. Je savais que ces machins-là en métal étaient assez résistants aux chocs, mais ils n'étaient certainement pas incassables.

— N'empêche que tu as osé me poser sur ce canapé impur ! me reprocha-t-elle d'une voix mécontente. Tu es vraiment horrible !

Elle grimaça de dégoût, et cela me fit rire un instant. Elle soupira, puis son regard resta fixé au mien. Nous nous observâmes silencieusement durant plusieurs secondes avant que Jenny décide de se mettre debout.

Je la devançai et lui proposai ma main. Bien évidemment, elle la refusa.

— Comme si j'allais accepter l'aide de mon ennemi, maugréa-t-elle en réajustant son haut.

— Parce que je suis ton ennemi ?

Elle releva la tête pour me dévisager.

— Tout à fait. Et sache que la guerre n'est pas finie, Justin Braxton, je me vengerai. Mais nous allons toutefois faire une trêve pour la nuit… À moins que tu ne veuilles subir un réveil horriblement désagréable… C'est toi qui vois.

Euh… C'était peut-être préférable de ne pas prendre le risque. Cette fille avait l'air d'être une vraie peste quand elle le voulait.

— Non, je suis OK pour la trêve également. Et donc, euh… La guerre reprendra demain, c'est ça ?

Elle hocha la tête.

— Et c'est quoi, l'enjeu ?

Elle leva les yeux au ciel avant de me répondre :

— L'enjeu est juste devant toi. Mais je te préviens, ça va être très dur pour toi de gagner…

Je haussai les sourcils. L'enjeu, c'était elle ? Ce qui signifiait que si je gagnais cette « guerre », alors quoi… je conquérais Jenny ? Elle me pardonnerait et accepterait de sortir à nouveau avec moi ? Mais en quoi consistait cette guerre exactement ?

— En gros, ton but, c'est de me faire des sales coups et de voir si je suis capable de les endurer sans broncher ?

Elle parut surprise que j'aie découvert ses intentions machiavéliques aussi rapidement.

— C'est un peu ça, oui. Mais bien sûr, tu peux renoncer dès maintenant et déclarer forfait si…

— Jenny, je suis un sportif, l'interrompis-je. J'aime relever les défis et la compétition. Tu penses vraiment que je serais du genre à abandonner aussi facilement ?

Elle pencha son visage vers le mien, et je crus un instant qu'elle allait m'embrasser, mais non.

— Alors, bonne chance, Justin, souffla-t-elle près de mon oreille avant de s'écarter.

— Je n'ai pas besoin de chance, j'ai gagné d'avance, ma belle.

Elle prit mon visage entre ses mains et le serra.

— S'il te plaît, ne m'appelle plus jamais comme ça… J'ai l'impression d'être Rachel. Sur ce, je vais me nettoyer la première puisqu'il te reste la vaisselle à faire !

Elle me lâcha puis se dirigea vers l'escalier avant de s'arrêter et de se retourner vers moi avec une moue triste et déçue.

— Dommage qu'on soit en trêve, sinon j'aurais bien dormi dans tes draps propres couverte de sauce tomate…

C'était vraiment une garce mais, plus je découvrais des facettes de sa personnalité, plus cette fille me plaisait.

Chapitre 16

Jenny

La douche n'étant pas adaptée pour ma jambe, j'avais essayé de me laver tant bien que mal au lavabo. De retour dans la chambre de Justin, vêtue d'un bas de survêtement gris et d'un T-shirt noir beaucoup trop grands pour moi que j'avais piqués dans l'armoire de mon hébergeur, je refermai la porte derrière moi et me laissai glisser par terre.

Mais qu'est-ce qui m'avait pris, bon sang ? me sermonnai-je en prenant ma tête entre mes mains.

OK, c'était une très bonne idée pour me venger de ce qu'il m'avait fait ce soir mais… Et s'il gagnait ? Et s'il encaissait vraiment tous les sales coups que je comptais lui faire ?

Ne fais pas comme si tu n'avais pas envie qu'il gagne…

Bon, c'est vrai que si je ne voulais pas lui pardonner, jamais je ne lui aurais proposé ce défi qu'il pouvait probablement gagner. Je lui laissais donc une énième chance. Je prenais encore une fois le risque de me retrouver blessée ou humiliée par ce mec…

Cependant, le moment que nous venions de passer ensemble dans la cuisine n'avait pas été désagréable, loin de là. Je ne m'étais même jamais autant amusée depuis mon accident. D'ailleurs, avais-je une seule fois vraiment ri depuis mon amputation ? Je n'en étais pas sûre…

Moi qui pensais avoir perdu tout goût à la vie, Justin avait su me prouver que ce n'était pas le cas. Il avait réussi à me faire oublier tous mes problèmes et, je dirais même, à me rendre heureuse le temps d'une soirée. Mais peut-être était-ce plus que ça.

J'avais beau regarder ma jambe droite, toutes les pensées négatives qui me submergeaient à chaque fois que je la fixais semblaient avoir déserté ma tête. Les seules choses qui envahissaient mon esprit à l'heure actuelle étaient Justin et la divertissante soirée que je venais de passer avec lui.

Je soupirai en me rendant compte de l'influence, aussi négative que positive, que ce mec commençait à avoir sur moi.

— Jenny ? C'est toi ?

Je relevai les yeux vers Sophie.

— Euh oui, répondis-je en me relevant difficilement. Désolée, je ne voulais pas te réveiller.

Elle secoua lentement la tête.

— Hum, non, c'est bon, je ne dormais… pas…

Et là, j'étais certaine qu'elle s'était rendormie.

Je laissai dans un coin de la pièce mes vêtements sales encore imprégnés de sauce tomate ainsi que mon portable avant de rejoindre mon amie dans le lit.

Une fois allongée à côté d'elle, j'éteignis la lumière et fermai les yeux. Mais je ne pensais pas pouvoir m'endormir avant un bon bout de temps. Mon esprit était bien trop agité à cause de tout ce qui se passait en ce moment.

Accepter de laisser entrer Justin dans ma vie signifiait beaucoup pour moi. Moi, la fille qui ne croyait plus en l'amour ni en ma capacité à séduire, voilà que j'avais réussi par je ne sais quel moyen à plaire à un homme. Et à un homme pas mal du tout, d'ailleurs.

Des images du visage, et pas que, de Justin me traversèrent l'esprit. D'accord, il m'attirait, je devais bien me l'avouer.

Je gigotai sur le lit, n'arrivant pas à chasser Justin Braxton de ma tête. Il était pire qu'une sangsue, à venir me coller jusque dans mes rêves éveillés… Ce mec ne me laisserait donc jamais tranquille ?!

Des éclats de rire me réveillèrent. C'est vrai que Justin vivait ici avec quatorze autres mecs… Je n'allais certainement pas réussir à m'y faire.

Je me retournai sur le lit et remarquai que Sophie n'y était plus. Inquiète, je me levai rapidement puis m'arrêtai un instant en constatant que je n'avais, une fois de plus, pas fait de cauchemars cette nuit. C'était bizarre, mais je n'allais pas m'en plaindre. Pouvoir dormir sans se réveiller en plein milieu de la nuit avec des sueurs froides, c'était un vrai bonheur.

J'allais ouvrir la porte mais je m'aperçus au même moment qu'un post-it était collé dessus.

Désolé, j'ai dû y aller, j'ai entraînement ce matin, mais vous pouvez rester à la villa autant de temps que vous le souhaitez.

P-S 1 : Si les mecs vous font chier, dites-le-moi, et je m'en occuperai ce soir.

P-S 2 : T'aurais pas 5 dollars pour le lait de coco d'Eddie ? Oui, ça coûte cher, car il ne boit que du lait BIO.

P-S 3 : Non, je rigole, pas besoin de me les donner, je te les ai déjà piqués dans ton porte-monnaie.

Justin.

Sérieusement ? Il m'avait vraiment piqué 5 dollars ? Bon, d'accord, je lui aurais remboursé le prix de la bouteille s'il y tenait tant que ça, mais il aurait quand même pu me demander avant !

Ah et… Attendez, il était entré dans sa chambre pendant que l'on dormait ? Enfin, oui, il fallait certainement qu'il prenne des vêtements pour aujourd'hui.

Je ramassai en vitesse mon portable posé sur le sol et étudiai mon visage dans le reflet de l'écran noir. Bon, au moins, Justin m'avait vue sous mon plus mauvais aspect : cheveux ébouriffés, yeux fermés et bouche ouverte, le tout accompagné de très légers ronflements.

Si après ça, il voulait encore de moi, eh bien… soit. De toute façon, j'étais certainement loin d'être la seule fille à avoir une sale tête en dormant.

J'appuyai sur la touche centrale de mon téléphone, mais ce dernier ne s'alluma pas. Il devait être déchargé.

Sur un soupir, je sortis dans le couloir. Les gloussements provenaient d'en bas et sans aucun doute d'une personne de sexe féminin.

Je descendis rapidement les marches et découvris que Sophie était non seulement assise sur le canapé « impur », mais surtout en train de jouer à un jeu vidéo en compagnie d'un mec que je n'avais pas vu la veille. Les cheveux blonds, le visage ovale et souriant, peut-être s'agissait-il de Noah, il ne se trouvait pas à la villa hier soir.

— Mais comment t'es trop forte ! s'exclama-t-il, avoue-le, t'es une joueuse pro, hein ?

Elle s'esclaffa.

— Pas du tout, mon coco, c'est la première fois que je joue à ce jeu ! Mais je crois que je viens de me découvrir un nouveau talent…

Elle avait l'air d'aller mieux, du moins en apparence… Mais j'espérais tout de même qu'on aurait, plus tard, une petite conversation au sujet de ce qui s'était passé.

Je toussotai légèrement, et tous deux tournèrent simultanément la tête vers moi.

— Ah, Jenny ! T'es enfin réveillée ! s'enthousiasma Sophie en sautant du canapé.

Elle courut vers moi pour me prendre dans ses bras. Euh… Que me valait ce geste empli de tendresse ?

— Il est quelle heure ? demandai-je en m'écartant. Mon portable s'est éteint, il n'avait plus de batterie.

— On a le temps, il est seulement 11 heures.

Déjà ?

— Moi, je n'ai pas vraiment le temps. Il faut que je passe à ma chambre me changer, je dois aussi préparer mes affaires pour cet aprèm et…

— Stop, me coupa Sophie en levant les yeux au ciel, comment fais-tu pour être aussi stressée dès le réveil ? Tu ne veux pas faire une petite partie de *Kill Everybody* pour te détendre ? Ce jeu est génial !

Je secouai la tête.

— Rien que le nom, ça ne me donne pas vraiment envie… Je suis de nature pacifiste, tu sais… Sinon tu as déjà mangé ?

— Ouais, on a fait des pancakes ! me répondit le blondinet à sa place.

Je me penchai dans sa direction.

— Salut, tu es Noah ?

Il m'offrit un charmant sourire.

— Lui-même, enchanté.

J'acquiesçai, ravie d'avoir fait sa connaissance, puis me dirigeai vers la cuisine pour voir à quoi ressemblaient leurs pancakes. Bon, ils ne m'avaient pas l'air trop mal.

— Le sirop d'érable et la pâte à tartiner sont dans le placard du haut tout à gauche, m'informa Noah, les confitures sont au frigo.

— Ça marche, lui répondis-je, merci.

Après avoir ouvert le placard du haut, j'attrapai le sirop, en versai un peu sur un pancake puis le croquai à pleines dents. Ça faisait super longtemps que je n'en avais pas mangé.

— Alors, un vrai régal, hein ? me lança Sophie depuis le canapé.

Elle avait repris sa place et sa partie de jeu. En guise de réponse, je me resservis.

Une fois que j'eus l'estomac bien rempli, je partis sans plus attendre chercher mes affaires dans la chambre de Justin. Avant d'en ressortir, j'attrapai un post-it et un stylo sur son bureau et lui laissai à mon tour un petit mot que je collai sur sa porte.

Je rentre me préparer pour mes cours, plus de batterie. Si tu veux me voir, je finis à 18 heures aujourd'hui, amphi K.

Il ne s'agissait pas du tout d'un rencard. Loin de là. En réalité, je finissais mes cours à 17 heures. Mais si Justin était prêt à tout pour moi, alors il viendrait à cet horaire-là, et s'il venait, je pourrais lui faire subir ma prochaine attaque. Rien que d'y penser, j'étais certaine que ça allait être GÉNIAL !

Quand je fus de retour au salon, Sophie ne releva même pas la tête de l'écran de télévision lorsque je l'informai de mon départ. Soit son jeu était aussi bien qu'elle le prétendait, soit elle cherchait à m'esquiver, ou plutôt à éviter la conversation qui devait avoir lieu prochainement. Mais je n'avais pas envie de forcer les choses pour l'instant. Si elle avait besoin d'être seule et de réfléchir un peu à sa situation avec Michael, alors je la laisserais tranquille.

Arrivée dans ma chambre, je mis immédiatement mon téléphone à charger avant d'aller me changer et de faire mon sac. Finalement, j'étais en avance, mais ce n'était pas plus mal, il fallait que je prépare mon futur assaut !

Je sortis et quittai le campus universitaire. La pharmacie la plus proche que je connaissais se trouvait à trois minutes de tramway et dix minutes de marche.

Une fois là-bas, je me dirigeai aussitôt vers un pharmacien et lui demandai avec un grand sourire diabolique :

— Bonjour, est-ce que vous auriez du shampoing contre les morpions ?

Chapitre 17

Justin

Cela faisait plus de dix minutes que j'attendais Jenny devant l'amphi K. Je savais qu'elle mettait plus de temps que les autres à sortir à cause de sa prothèse, mais là, personne n'était sorti. Qu'est-ce qu'ils pouvaient bien faire ? Leur prof les retenait en otages, ou quoi ?

Je patientai cinq bonnes minutes supplémentaires avant de me décider à ouvrir la porte. Au pire, s'ils étaient encore en cours, eh bien, je n'aurais qu'à m'excuser et la refermer.

Mes yeux s'écarquillèrent lorsque je découvris que l'amphithéâtre était totalement vide. Jenny avait disparu, ainsi que tous les autres étudiants et bien évidemment leur prof. Ou alors… Jenny avait fini plus tôt et elle ne m'avait pas prévenu parce que… elle n'avait toujours pas rechargé son portable ? Elle aurait au moins pu se connecter sur le wi-fi du campus et m'envoyer un message sur Facebook.

À moins que… nous soyons toujours en guerre. Peut-être que cette petite fourbe m'avait tendu un piège ! Me faire venir ici alors qu'elle n'avait pas cours, ouais, c'était bien son genre, ça. Quelle garce !

Je ravalai ma fierté et rentrai chez moi à la villa.

À mon arrivée dans le salon, tous mes frères de fraternité se lancèrent des petits coups d'œil gênés entre eux.

— Qu'est-ce qu'il y a ? les questionnai-je en me dirigeant vers la cuisine.

De nouveaux regards embarrassés furent échangés à travers la pièce. OK, y avait clairement quelque chose.

J'ouvris le frigo pour me prendre une canette de coca et la décapsulai en cherchant Kyle parmi mes amis. Lorsque mes yeux se posèrent sur lui, debout près de l'escalier, je lui fis signe d'approcher.

Évidemment, en tout bon vice-président, meilleur ami et esclave fidèle qu'il était, Kyle me rejoignit à contrecœur. Après avoir bu une gorgée de coca, je laissai ma canette sur le comptoir et posai les mains sur ses épaules.

— Donc, je vais répéter ma question, qu'est-ce qu'il y a ?

Kyle pinça les lèvres.

— Rien du tout, mec.

Je soupirai, n'en croyant pas un mot.

— Si tu me mens encore une fois, je te déshérite de ton titre de vice-président et je te chasse de la villa.

Kyle écarquilla les yeux.

— Mais tu ne peux pas me faire ça !

Je fis mine de réfléchir un instant avant de m'adresser à l'ensemble de mes potes.

— En fait, je peux même tous vous mettre à la porte, puisque c'est mon père qui paie les trois quarts du loyer. Donc, maintenant, soit y en a qui se décident à parler, soit vous dégagez sur-le-champ.

Bien évidemment, je n'allais pas virer mes potes parce qu'ils me cachaient quelque chose, mais vu que Jenny m'avait légèrement contrarié avec son sale coup, j'étais sûr que mon air mécontent en ferait faiblir au moins un !

Bingo ! Mais ce n'était pas celui auquel j'aurais pensé. Sean venait de se lever du canapé « interdit » en brandissant un shampoing anti-poux dans ma direction.

Je fronçai les sourcils et, devant mon air d'incompréhension totale, il précisa :

— Jenny nous a tout raconté… Pour les morpions.

— Pardon ? demandai-je, nageant en pleine confusion.

— Eh bien, elle nous a dit que tu ne voulais pas que tout le monde le sache, mais elle voulait quand même nous prévenir, étant donné que c'est contagieux, tu sais, par transmission sexuelle et puis par les vêtements…

— D'ailleurs, à part avec Rachel, t'as couché avec qui ? m'interrogea avec curiosité Collin. Si tu peux me faire une liste, ce serait sympa, histoire d'éviter que tes poux arrivent jusqu'à moi…

— Ah et j'ai aussi informé Rachel, ajouta Kyle. J'ai pensé que ce serait bien qu'elle le sache afin qu'elle puisse se soigner rapidement et ne pas les refiler à tous les sportifs de la fac… Mais elle m'a promis qu'elle ne le dirait à personne.

Je les regardai tous un par un, dans l'espoir que ce qu'ils étaient en train de me dire était une grosse et vilaine blague, mais je n'observai aucune trace d'humour sur leurs visages, pas même un petit sourire qui aurait pu les trahir.

Bordel de Dieu, mais qu'est-ce que Jenny avait encore fait ?!

J'inspirai profondément.

— OK, les mecs, je vous explique, je n'ai pas et je n'ai jamais eu de morpions.

Aucun ne parut me croire. Super, la confiance entre frères !

— Sérieusement ! Je me suis épilé la semaine dernière devant et derrière, donc je ne vois vraiment pas où ces satanés poux auraient bien pu se cacher, si ce n'est dans mon anus. Vous voulez vérifier par vous-mêmes ?

— Sans façon, répondirent Lucas et Tyler.

Les autres avaient l'air hésitants, probablement car ils étaient curieux de savoir si je disais ou non la vérité.

Je ne leur laissai pas davantage le temps de répliquer et baissai mon jogging avec mon caleçon afin de leur prouver mes propos.

Sean s'avança vers moi en plissant les yeux.

— C'est vrai que t'as aucun poil, constata-t-il. Par contre, j'ai l'impression que t'as la peau tout irritée autour des boules, t'es sûr que tu ne fais pas une allergie à la cire ?

Je baissai les yeux sur Popaul, mais il n'y avait aucun souci à se faire, ma peau réagissait toujours de cette façon à cet endroit-là.

Je remontai mes vêtements sur moi tandis que Collin demandait à Sean :

— Mec, t'es sûr de ne pas être gay ? Enfin, j'ai rien contre les homos, mais la façon dont tu regardais sa bite, c'était assez flippant…

Sean roula des yeux.

— À croire que tu n'en as jamais regardé d'autres que la tienne, rétorqua-t-il, moi au moins, je me sens mieux après avoir vu celle de Justin.

Je haussai les sourcils.

— Tu vas essayer de me faire croire que la tienne est plus grosse ? Désolé, mec, mais on les a déjà toutes mesurées l'année dernière et t'étais loin d'être en tête.

— Et alors ? En un an, ça pousse, mec !

Assis sur le canapé, Eddie éclata de rire.

— Sean, il a cru que sa bite c'était une plante !

Tout le monde finit par rigoler, tout le monde sauf moi. Cette histoire de morpions allait sans aucun doute me foutre dans une merde pas possible.

Je me massai le crâne.

— En tout cas, merci, les gars, d'en avoir parlé à Rachel. Grâce à vous, d'ici demain, je peux être sûr que toute la fac sera au courant !

Ça, c'était inévitable. J'allais bientôt avoir une nouvelle réputation : L'homme qui a des poux au pubis. GÉNIAL !

Jenny devait très certainement être fière de son sale coup à l'heure qu'il est. Grâce à elle, plus aucune fille du campus n'oserait m'approcher à moins de dix mètres tant que je serais « contagieux ». Et même après, j'étais certain que plus aucune meuf de l'université ne voudrait plus coucher avec moi. Pas même les impopulaires.

— Désolé, dit Kyle. On croyait vraiment que c'était vrai… D'ailleurs, pourquoi est-ce que Jenny raconterait de la merde sur toi ?

Je serrai les poings.

— Parce qu'on est en guerre.

— En guerre ? répéta-t-il. À vous entendre rigoler comme des malades hier soir, on était tous certains qu'elle t'avait pardonné et que vous vous étiez réconciliés.

— Disons qu'on est en voie de réconciliation mais, en attendant, Jenny compte se venger pour ce que je lui ai fait et je vais devoir encaisser chacune de ses crasses jusqu'à ce qu'elle en ait assez.

Les mecs se lancèrent à nouveau des regards complices entre eux.

— Quoi encore ? m'exaspérai-je.

— Ben, tu te rends compte de ce que t'es prêt à faire pour cette fille ? me fit remarquer Kyle. T'es amoureux, mec ?

« Amoureux » ?

Je secouai la tête.

— Je n'ai jamais été amoureux de quiconque, alors…

— Justement, me coupa-t-il, tu n'as jamais aimé une fille, alors évidemment tu ne sais pas ce que ça fait, mais tu vois bien que tu agis différemment d'avec Rachel, ou n'importe quelle autre fille. Tu parles constamment d'elle, tu lui cours après, tu fais tout pour te faire pardonner, tu la laisses répandre une sale rumeur sur toi sans lui en vouloir ne serait-ce qu'un peu. Ouais, c'est certain, Justin, tu es amoureux de cette fille.

Je déglutis. Si c'était vraiment le cas, c'était flippant.

— Il ne reste qu'un seul moyen de le vérifier, m'informa Eddie en quittant son canapé.

Il nous rejoignit dans la cuisine et se positionna bien devant moi.

— Qu'est-ce que tu ressens quand tu es avec elle ?

— Je suis heureux, répondis-je sans réfléchir.

Eddie grimaça avant de s'adresser à tous mes potes :

— Ouais, c'est certain, il est amoureux.

— T'en es vraiment sûr ? demandai-je, légèrement angoissé à l'idée que cela puisse être vrai.

Il hocha tristement la tête.

— Mec, je te jure, c'est limite si tu n'avais pas des petits cœurs roses qui scintillent à la place des yeux.

Je soupirai. C'était vraiment la merde, ça, parce que même si je n'avais jamais été amoureux auparavant, je savais ce que cela signifiait de l'être. Il suffisait que je repense à Lucas avec sa copine. Oh ! mon Dieu, ce qu'il était niais avec… et sans Nina à ses côtés, c'était encore pire ! Il me parlait constamment d'elle et de leur relation, même quand il ne se passait absolument rien. En gros, ça donnait un peu ça : « On est allés au supermarché et elle a acheté du lait démaquillant, mais franchement je lui ai dit mille fois qu'elle n'avait pas besoin de maquillage, sa peau est déjà naturellement parfaite ! Puis elle a acheté des courgettes et des tomates parce qu'elle fait attention à sa ligne. D'ailleurs, elle va aussi à la salle de sport faire un peu de musculation, parce que… » C'était insupportable à écouter.

Avais-je moi aussi l'air d'un gros débile complètement prêt à tout pour une fille ? Bien sûr que non ! Justin Braxton ne s'abaisserait jamais à ce niveau.

Même si elle me plaisait vraiment, il n'était pas question que je laisse Jenny gagner cette guerre sans lui mettre quelques bâtons dans les roues. Je filai en vitesse dans ma chambre sous les moqueries de mes frères. Ils devaient penser que j'avais honte d'être amoureux et que je m'enfuyais, mais c'était faux. Il fallait simplement que je me replie dans un endroit calme afin de réfléchir à ma vengeance.

Qui aime bien châtie bien, non ?

Chapitre 18

Jenny

J'explosai de rire en remarquant que la rumeur concernant Justin et ses poux circulait déjà sur la page Facebook de l'université deux heures après que j'en avais informé ses colocataires. Rachel était sûrement pour quelque chose dans cette rapidité de diffusion.

Cependant, je n'aurais jamais pensé que les gens seraient autant dégoûtés, et iraient même jusqu'à traiter Justin de « gros porc immonde ». Sa popularité allait en prendre un sacré coup.

Je me mordis la joue, regrettant un peu d'être allée aussi loin dans cette pseudo-guerre. Mais au moins, si Justin ne me pardonnait pas, cela prouverait qu'il n'avait jamais eu l'intention d'être sérieux avec moi et que son honneur était plus important que la fille qu'il essayait de conquérir à tout prix.

Après avoir quitté l'application Facebook de mon portable, je cherchai le numéro de Sophie dans mes contacts. Elle n'était pas venue en cours aujourd'hui et ne m'avait même pas prévenue. Je l'avais déjà appelée cinq fois, je lui avais laissé plusieurs messages, mais je n'avais pas eu de réponses en retour.

J'hésitai à l'appeler une sixième fois. Je n'avais pas non plus envie de la harceler. Peut-être qu'elle se reposait simplement chez elle et qu'elle n'avait pas envie d'être dérangée.

Mais peut-être que Michael était à ses côtés. Et même si je ne savais pas de quoi il était capable, je savais qu'il était suffisamment dangereux pour que mon amie ait peur de lui. Et avoir peur de son petit ami était loin d'être une chose normale.

Finalement, j'appelai Sophie, mais tombai aussitôt sur sa messagerie. Nerveuse, je passai une main dans mes cheveux. J'espérais vraiment qu'il ne lui était rien arrivé… Mais je n'avais pas non plus envie d'avoir l'air d'une grosse parano qui imagine toujours le pire.

Si Sophie ne venait pas en cours demain, alors j'irais chez elle voir si tout allait bien. Et si Michael lui faisait du mal d'ici là ? Bon, OK, rien ne me coûtait d'aller vérifier comment elle se portait aujourd'hui. Puis mieux valait ça que de passer la nuit à regretter de ne pas y être allée.

Je quittai ma chaise de bureau, mon portable dans les mains, lorsque celui-ci vibra. Quelqu'un m'avait envoyé un message sur Messenger. Et ce quelqu'un n'était autre que Justin…

Petite info pour toi, madame la maligne, je te rappelle que si je gagne cette guerre, tu devras sortir avec le mec aux poux ! Ma jolie réputation te retombera également dessus !

Honnêtement, ce ne pouvait pas être pire qu'être la fille à la jambe boiteuse.

Et bientôt, en plus d'être le mec aux poux, tout le monde saura que t'es gay.

Ma réplique, totalement mensongère, le fit répondre en moins d'une minute.

Comment ça ? Qu'est-ce que tu as fait encore ?!

Je réfléchis un instant. Heureusement, j'avais toujours beaucoup d'imagination.

Je t'ai inscrit sur un site de rencontres gay et je t'ai fait une belle description :

« Salut à tous les coquins qui viendront sur mon profil ! Je m'appelle Justin Braxton, je suis en troisième année à l'université Washington à Saint-Louis dans le Missouri. Je suis à la recherche de mon âme sœur. Je recherche de préférence un homme beau (comme moi, en fait, hihi) et très affectueux.

« Si vous êtes intéressés, ajoutez-moi sur Facebook ou venez carrément me voir sur le campus, je m'entraîne tous les lundis matin au stade… XOXO, les beaux gosses !

« P-S : Si vous êtes trop timides pour m'aborder, n'hésitez pas à demander à mes potes (Kyle Peterson ou Sean Gray, par exemple) de vous parler de moi, ils ont l'habitude, ce sont des mecs bien ! »

T'en penses quoi ? Ça te correspond bien, non ?

J'aurais tout donné pour voir la tête qu'il devait faire. Mais si je lui avais raconté cette blague en face à face, je n'aurais pas pu me retenir de rigoler en voyant son air choqué et épouvanté. Remarquant qu'il n'était pas en train d'écrire — peut-être avait-il fait un malaise ? —, je posai mon portable sur mon bureau pour enfiler mes baskets et ma veste avant de partir chez Sophie.

Lorsque je le récupérai, Justin n'avait toujours pas répondu. Devais-je m'inquiéter pour lui aussi ? En tout cas, il passerait après Sophie. Je rangeai mon téléphone portable dans mon sac à main et quittai ma chambre.

À ma descente du tramway, non loin de la cathédrale Saint-Louis, j'hésitai un instant à informer Justin de mes projets. Néanmoins, si je lui disais que je comptais voir Sophie, j'étais certaine qu'il m'ordonnerait de l'attendre pour y aller. Et s'il m'accompagnait, il était fort possible que les choses dérapent encore entre lui et Michael, si ce dernier se trouvait aussi à l'appartement. Après tout, ils s'étaient déjà battus la veille, il était peut-être préférable de ne pas les confronter à nouveau aussi vite. En tout cas, je devrais me montrer prudente, et surtout méfiante, envers ce Michael.

J'entrai dans le bâtiment situé en face de la cathédrale. Même si Sophie ne m'avait pas donné son adresse, il s'agissait du seul immeuble d'habitation aux alentours.

Malheureusement il n'y avait aucune boîte aux lettres au nom de famille de Sophie dans le hall d'entrée, et quatre des habitants avaient apparemment un prénom commençant par la lettre M. Il y avait donc quatre possibilités pour que le nom de famille de Michael soit : « Pike », « Miller », « Anderson », ou bien « Green ». Super, j'allais m'amuser à frapper aux portes de ces quatre appartements…

Une vieille femme aux cheveux grisonnants vêtue d'un large pull, d'une longue jupe et de sandalettes par-dessus des chaussettes montantes blanches, surgit sur ma droite.

— Vous cherchez quelqu'un ? me demanda-t-elle d'une petite voix aiguë.

— Euh, bonsoir, je suis une camarade de classe de Sophie Jones.

— Sophie Jones ? répéta-t-elle en réfléchissant. Ça ne me dit rien…

— Elle habite avec un certain Michael, précisai-je.

— Ah ! Michael ! Oui, oui, je vois très bien qui c'est, celui-là : il écoute tous les soirs du métal. C'est insupportable, on l'entend dans tout l'immeuble ! Il habite au quatrième, deuxième porte à droite.

— Merci !

J'avançai jusqu'aux premières marches de l'escalier.

C'est parti pour quatre étages ! m'enthousiasmai-je en grimpant.

Selon le petit morceau de papier collé sur la sonnette, il s'agissait finalement de Michael Miller. J'appuyai dessus et patientai quelques minutes avant que la porte s'ouvre légèrement. Un grand type aux cheveux noirs rasés sur les côtés et à la barbe bien taillée me dévisagea. Michael était certes intimidant, mais pas autant que je l'imaginais.

— C'est pourquoi ?

— Euh… Salut, je suis une amie de Sophie. Elle est là ?

Il hésita à me répondre avant de lâcher :

— Ouais… Mais elle est occupée.

Il s'apprêtait à refermer la porte, mais je la retins en posant les mains dessus.

— Attends, je peux la voir un instant ? S'il te plaît, c'est important.

Contre toute attente, Michael ouvrit la porte en grand et me laissa entrer dans l'appartement.

Le petit hall d'entrée donnait directement sur le salon. Ce dernier n'était d'ailleurs pas très chaleureux ni très lumineux. Les murs étaient d'un marron foncé tout comme le parquet en bois. Le canapé en faux cuir noir face à la petite télévision allumée et les longs et épais rideaux couleur rouille rendaient la pièce sombre. Je n'aurais jamais imaginé que Sophie puisse vivre dans un endroit pareil.

Je me retournai face à Michael.

— Où est-elle ?

Il me désigna une porte dans un angle de la pièce, et je me hâtai vers elle. Lorsque je l'ouvris, je repérai aussitôt Sophie, allongée sur un vieux lit, un livre de cours entre les mains. Elle leva les yeux de son bouquin et haussa les sourcils en m'apercevant.

— Jenny ? Qu'est-ce que tu fais là ?

Elle se redressa en posant son livre sur la commode à côté du lit et s'approcha de moi.

— J'ai cru qu'il t'était peut-être arrivé quelque chose, lui avouai-je. Tu n'es pas venue en cours cet aprèm et tu ne répondais pas à mes appels ni à mes messages, alors…

Elle sourit avant de me prendre dans ses bras.

— T'es adorable ! Mais tu n'aurais pas dû t'inquiéter autant pour moi, tout va très bien.

Je la regardai d'un air sceptique.

— Tu es sûre ?

Elle jeta un rapide coup d'œil derrière moi.

— Oui, oui, tu peux rentrer chez toi. Je reviendrai bientôt en cours.

« Bientôt » ?

Je fronçai les sourcils en analysant son visage aux traits anxieux. Elle ne semblait pas avoir de marque de violence, mais j'étais certaine qu'elle me mentait depuis le début.

— Jenny, insista-t-elle en me faisant signe d'y aller.

Michael toussota derrière moi.

— Ton amie est au courant, n'est-ce pas ?

Je me tournai sur le côté de sorte à pouvoir les regarder tous les deux tour à tour. Qu'étais-je censée savoir ?

— Elle n'est au courant de rien puisqu'il n'y a rien eu, répondit Sophie dans un soupir agacé.

Michael m'attrapa par les épaules et me tourna face à lui. Son geste m'effraya un peu, mais j'essayai de garder mon calme.

— Avec qui était-elle à cette soirée, vendredi soir ? m'interrogea-t-il en me fixant droit dans les yeux.

— Michael, je t'ai déjà dit que j'ai dormi chez une amie…

— Ce n'est pas à toi que je cause, Sophie, la remballa-t-il sans cesser de m'observer.

OK, j'espérais sincèrement que Sophie ne lui en avait pas raconté plus que ça, sinon ce que j'allais dire risquait d'empirer les choses.

— C'était moi, cette amie. Sophie a dormi chez moi vendredi soir, parce qu'elle avait trop bu pour rentrer seule chez vous.

Michael m'étudia attentivement durant quelques secondes.

— Tu mens, cracha-t-il avant de me relâcher. Je suis sûr qu'elle était chez ce mec !

— Ce mec ? répétai-je.

— Celui qui est venu la chercher hier soir ! Je sais qu'elle était avec lui et qu'ils se voient derrière mon dos à la fac !

Ah, il parlait donc de Justin…

— Michael, sérieusement, arrête, je ne t'ai jamais trompé ! s'exclama Sophie en se laissant retomber sur son lit.

— Le gars qui est venu la chercher hier soir, c'était mon copain, dis-je. C'est moi qui lui ai dit d'y aller parce que je ne peux pas conduire.

Michael leva les yeux au ciel, il ne me croyait pas du tout. Et pour cause, je n'étais pas en couple avec Justin.

— Tu la protèges parce que c'est ton amie, mais ce sont des conneries ! Je sais que cette garce m'a trompé avec lui et j'en aurai la certitude quand il lui écrira !

Il brandit devant mes yeux le portable de Sophie. OK, c'était donc lui qui l'avait.

— En attendant, toi non plus, tu ne sortiras pas d'ici tant que ce mec ne lui aura pas écrit, m'informa-t-il. Il est hors de question que tu ailles le prévenir ! D'ailleurs, passe-moi ton portable.

— Non, dis-je d'un ton incertain.

— Non ? répéta-t-il.

J'inspirai profondément avant de lui faire part de ma soudaine idée.

— Écoute, Michael, au lieu d'attendre un message qui ne viendra jamais, tu n'as qu'à demander à Sophie d'appeler Justin en haut-parleur, comme ça tu pourras constater par toi-même que leur relation n'est rien d'autre qu'amicale.

Il sembla réfléchir un instant avant d'approuver ma proposition et de rendre son portable à Sophie. Cette dernière se redressa sur le lit pour appeler Justin, mais le concerné ne décrocha pas.

Michael soupira.

— Bon, on va attendre qu'il te rappelle. Mais je veux vos portables à toutes les deux. Tout de suite.

Nous obéîmes et, une fois en possession des deux mobiles, Michael quitta la pièce en refermant la porte derrière lui. Je m'approchai de Sophie et la regardai, abasourdie.

— Tu peux m'expliquer ce qu'il se passe ?

Elle poussa un long soupir.

— Tu veux la version courte ou la version longue ?

— On est vraiment retenues prisonnières dans cet appart, là ?

Elle hocha tristement la tête.

— On peut dire ça comme ça.

— Bon bah, va pour la version longue.

— En gros, quelques jours après ma rentrée à la fac, Michael est tombé sur le message d'un gars de notre amphi qui me draguait sur Facebook. Message auquel je n'ai pas répondu, mais Michael s'est quand même persuadé que, parce qu'il n'était plus H24 avec moi, comme c'était le cas au lycée, j'en profitais pour séduire d'autres mecs.

Elle s'arrêta un instant pour lever les yeux au ciel, me faisant comprendre que jamais elle n'en serait capable en étant en couple.

— Bref, reprit-elle, quand je lui ai dit que j'allais à une fête vendredi soir, alors là, laisse tomber, il était certain que j'y allais pour voir des mecs ! Il m'a interdit de sortir, mais j'y suis quand même allée et je n'avais vraiment pas envie de rentrer le soir, parce que j'étais certaine qu'il allait péter un câble.

Ce qui expliquait pourquoi elle n'arrêtait pas de répéter « Pas Michael »… Ça et le taux élevé d'alcool qu'elle devait avoir dans le sang.

— Bon, au final, quand je suis rentrée le lendemain après le boulot, j'ai quand même eu droit aux réprimandes, puis, hier, Michael est revenu sur le sujet. J'ai eu beau lui répéter cent fois que j'avais dormi chez une amie, il ne me croyait pas. Ça m'a tellement soûlée que je lui ai dit que je ne resterais pas avec lui et c'est là qu'il a commencé à vraiment s'énerver.

— Donc, tu m'as appelée pour que je vienne te chercher, devinai-je.

— Ouais, mais Michael ne voulait pas que je parte. Il m'a retenue de force plusieurs fois…

— Comment as-tu réussi à sortir ? m'enquis-je.

— C'est moi qui l'ai frappé, me révéla-t-elle fièrement. Je lui ai mis un bon coup de pied là où il faut et je me suis enfuie en courant. Sauf qu'une fois devant la cathédrale Justin n'était pas encore arrivé, et Michael a eu le temps de me rejoindre. Il m'a traitée de tous les noms, et j'ai vraiment cru qu'il allait me frapper à son tour… Par chance, il n'en a pas eu l'occasion, car Justin est arrivé.

— Et je suppose que Michael a cogné Justin en pensant que c'était avec lui que tu le trompais…

— Exactement. Ensuite, je suis rentrée ce matin pour dire à Michael que je le quittais, parce que je n'en peux plus de sa paranoïa, de son manque de confiance en moi et de son agressivité. Je t'avoue que j'ai eu un peu peur que Michael se montre à nouveau violent, mais il a simplement voulu passer un deal avec moi.

— Comment ça ?

— J'ai accepté de rester ici jusqu'à ce que Justin m'envoie un message.

Je fronçai les sourcils, ne comprenant pas du tout où elle voulait en venir.

— Mais dans quel but ?

— Michael pense que je souhaite rompre avec lui à cause de quelqu'un d'autre, mais je veux lui prouver le contraire. Que c'est ma décision à moi seule et que je le quitte parce que je n'aime pas ce qu'il est devenu. Si le message n'arrivait pas, Michael devait admettre qu'il avait tort et me laisser partir sans un mot ; mais si le message arrivait, alors Michael souhaitait avoir une confrontation avec Justin. Pour lui casser la gueule, je suppose…

Moi, j'aurais fait plus simple à sa place : appeler la police… Mais je n'étais pas venue ici pour juger les décisions de Sophie.

— Du coup, si je comprends bien, en demandant à Michael d'appeler Justin, j'ai complètement foutu en l'air ton plan, là.

Elle acquiesça puis se leva.

— Mais en fait, ce n'est pas plus mal. Étant donné qu'on n'avait pas prévu de limite de temps dans notre accord, peut-être que Michael comptait me garder en captivité dans cet appart indéfiniment. Maintenant que tu es là, je pense qu'il est temps pour nous d'agir.

— Comment ça ? Tu ne comptes pas attendre que Justin te rappelle ?

Elle secoua la tête, et ses lèvres se retroussèrent en un petit sourire malicieux. J'avais comme un mauvais pressentiment. Sophie avait l'air d'aimer jouer avec le feu…

Chapitre 19

Justin

Cela faisait plus d'une heure que je parcourais tous les sites gays existants de la planète à la recherche de mon profil, mais en vain.

Pourtant, étant donné mon physique et la super description que Jenny m'avait faite, j'aurais certainement dû être dans le top 10 des gays les plus sexy sur les sites de rencontres ! Or ce n'était pas le cas… Ce qui voulait dire que :

1. soit Jenny m'avait menti,
2. soit je n'attirais pas autant de mecs que je l'aurais imaginé…

Si la deuxième solution était la bonne, cela signifiait que mon profil se trouvait quelque part parmi les autres millions existants. En conclusion : c'était impossible que je tombe dessus avant qu'un homosexuel me contacte. Super… J'avais vraiment hâte !

Mon portable se mit soudain à vibrer dans mes mains.

Ah, après que Sophie m'eut dérangé pendant mes recherches, voilà qu'un numéro inconnu s'affichait sur mon écran. Et si… Et s'il s'agissait déjà d'un prétendant ?!

Les mains tremblantes, je décidai de prendre cet appel.

— Allô ! fis-je d'une voix hésitante.

— Vous êtes bien Justin Braxton ?

Je frissonnai en ne reconnaissant pas cette voix. L'existence d'un profil en mon honneur sur un site gay semblait se confirmer de seconde en seconde.

— Euh, ouais, c'est qui ?

— J'ai vu votre profil sur le site « rencontreunmalesauvage.com ».

Mon cœur rata un battement.

Oh ! mon Dieu, Jenny, je vais te tuer…

— Euh, écoutez, je vous arrête tout de suite, je ne suis pas gay. C'était une blague, une amie m'a inscrit sur ce site, mais je suis à cent pour cent hétéro ! Même à deux cents pour cent !

— C'est dommage… Vous êtes sûr que vous n'aimeriez pas tenter l'expérience ? À ce qu'il paraît, plus c'est étroit, plus c'est bon.

Une soudaine image de moi en train de… Doux Jésus. Une remontée gastrique me prit de court.

— NON ! m'écriai-je en bondissant de ma chaise de bureau. Jamais, jamais !

Et je raccrochai aussitôt. Je devais être aussi rouge qu'une tomate, sans parler du coup de chaud que je venais de prendre. Ce n'était donc pas une blague, Jenny m'avait réellement inscrit sur un site de rencontres, et cet appel risquait de ne pas être le dernier.

Trente secondes plus tard, le même numéro s'afficha à nouveau sur mon écran. Oh non, voilà qu'il insistait…

Je décrochai, cette fois bien décidé à m'énerver, mais la personne me devança :

— Attends, Justin, c'est Jenny !

Hein ?

Je retirai le portable de mon oreille et fixai l'écran. Il s'agissait pourtant bien du même numéro, je n'avais pas rêvé.

— Attends, c'était toi à l'instant ?! Mais… Et ta voix ?

— Tu ne t'es jamais amusé à prendre une fausse voix quand t'étais gosse ? Eh oui, c'était une blague, rassure-toi, je ne t'ai inscrit sur aucun site… Mais vu ta réaction, ça valait vraiment le coup de te le faire croire !

Elle semblait se retenir de rire à l'autre bout du fil.

— Sérieusement, je te déteste pour ce que tu as fait.

— Mais non, je sais que tu m'aimes !

Même si son ton était ironique, l'entendre me dire ça alors qu'il s'agissait de la vérité… Voilà que je venais de me prendre mon deuxième coup de chaud de la journée !

— Justin ? T'es toujours là ?

Je toussotai pour m'éclaircir la voix.

— Ouais, euh, comment t'as eu mon numéro, en fait ?

— C'est Sophie qui me l'a filé. D'ailleurs, j'aurais besoin que tu me rendes un petit service.

Je soupirai d'agacement.

— Après tous les sales tours que tu m'as faits, tu t'attends vraiment à ce que j'accepte ?

— Tu veux que je te donne une seconde chance oui ou non ? rétorqua-t-elle.

Je grognai. Cette peste savait déjà qu'elle avait gagné d'avance.

— Je t'écoute.

— Il faut que tu viennes me chercher chez Sophie.

Je fronçai les sourcils.

— Chez Sophie ? Sophie et Michael ? Qu'est-ce que tu fais là-bas ?

— C'est trop long à expliquer au téléphone. Je te raconterai tout quand tu seras là. Je suis au quatrième étage de l'immeuble situé juste en face de la cathédrale.

— OK, je pars de la villa. Euh, je prends le tram, je suppose ?

— Ouais, de préférence…

— OK.

J'allais raccrocher quand elle m'arrêta.

— Merci, Justin.

Et elle mit fin à l'appel.

J'attrapai mes baskets, les mis au pied et filai aussitôt dehors. Même si Jenny avait eu l'air sereine au téléphone, je ne pouvais pas m'empêcher de penser qu'il lui était peut-être arrivé quelque chose de grave pour qu'elle me demande de venir. D'un autre côté, j'étais heureux qu'elle ait fait appel à moi.

Par chance, le tramway arriva en même temps que moi à l'arrêt. Dix minutes plus tard, je me retrouvais devant la cathédrale Saint-Louis. Je traversai la route et entrai dans l'immeuble situé juste en face, avant de me rendre au quatrième étage, comme me l'avait indiqué Jenny.

Je me figeai net en l'apercevant. Elle était assise sur les marches de l'escalier menant à l'étage supérieur, sa prothèse de jambe dans les bras.

— Jenny, ta jambe ! Mais que s'est-il passé ? m'exclamai-je en avançant rapidement vers elle.

Elle me regarda et m'adressa un petit sourire pour me rassurer.

— T'inquiète pas…

Je levai les yeux au ciel.

— Sans blague… Sérieusement, Jenny, pourquoi tu as enlevé ta prothèse ? Elle te fait mal ?

— Non, elle s'est juste dévissée.

— Dévissée ? répétai-je d'un ton ahuri.

Ces trucs-là se dévissent tout seul ? Si c'est le cas, c'est vachement dangereux, bon sang !

— En fait, je l'ai eue samedi. Elle est nouvelle, et je pense que mon prothésiste ne me l'a pas assez vissée… Ce qui explique pourquoi elle s'est détachée de ma cuisse dans ma chute.

— Dans ta chute ? Tu es tombée dans l'escalier ? m'inquiétai-je en jetant un petit coup d'œil aux marches supérieures.

Jenny secoua la tête.

— Mais avant que je te raconte, promets-moi de ne pas t'énerver, d'accord ?

Je m'assis à côté d'elle, et bien que je la sente mal son histoire, je me contentai d'acquiescer.

— En fait, Sophie n'est pas venue en cours cet aprèm. Elle ne m'a donné aucun signe de vie de la journée. Du coup, j'ai décidé de passer chez elle voir si elle allait bien.

— Pourquoi tu ne m'as pas prévenu ? demandai-je. J'aurais pu venir avec toi… D'autant plus que si Michael était là…

— Justement, me coupa-t-elle, je savais que c'était une mauvaise idée de te confronter à Michael, qui d'ailleurs se trouvait bel et bien à l'appart.

— Attends, c'est à cause de lui que tu es tombée ?

Jenny posa une main sur mes poings, que je venais instinctivement de serrer.

— Hé, tu as promis de ne pas t'énerver, me rappela-t-elle d'une voix calme et douce.

J'inspirai profondément pour me détendre et hochai une nouvelle fois la tête. Malheureusement, c'était trop tard, j'étais déjà énervé. Pas contre elle, mais contre Michael. Si cet enfoiré avait osé ne serait-ce que poser un doigt sur elle, il le regretterait.

— C'est en partie à cause de lui que je suis tombée, répondit-elle avant d'ajouter aussitôt : Mais crois-moi, il est bien plus à plaindre que moi. Le pauvre, il s'est fait embarquer par les pompiers il y a dix minutes.

J'écarquillai grand les yeux.

— Quoi ? Mais qu'est-ce que…

— Attends, je vais y venir, m'interrompit-elle en rigolant. Donc, quand je suis arrivée chez eux tout à l'heure, Sophie allait bien, mais Michael était persuadé qu'elle le trompait avec toi.

— Avec moi ? répétai-je.

— Ouais, tu sais, quand tu es allé la chercher l'autre soir, Michael a cru que tu étais son amant.

Je ricanai.

— Eh ben, purée, il devait avoir de la crotte dans les yeux, celui-là, parce que Sophie et moi, ça ne risque pas d'arriver, ne pus-je m'empêcher de préciser.

— Bref, reprit Jenny en ignorant ma remarque. Du coup, Michael attendait que tu envoies un message à Sophie afin d'avoir une preuve de votre relation « secrète », et il lui a interdit de quitter leur appart tant que tu ne l'aurais pas contactée.

— Comment Sophie a-t-elle bien pu accepter de sortir avec un type aussi cinglé ?

Jenny haussa les épaules.

— Elle m'a dit qu'apparemment il n'était pas comme ça avant qu'elle aille à la fac.

— En tout cas, Michael aurait attendu longtemps, car je ne risquais pas d'envoyer un seul message à Sophie si je n'avais pas une bonne raison de le faire.

— C'est pour ça que je pense que j'ai bien fait de me mêler de cette histoire, finalement. Même si je t'avoue qu'au début j'ai cru que les choses allaient mal se terminer pour nous, car Michael a également refusé de me laisser partir. Il avait peur que je te mette au courant de la situation, et donc que tu n'envoies jamais de message. Puis j'ai eu l'idée que Sophie t'appelle devant Michael, afin de lui prouver que votre relation était purement amicale… Mais tu n'as pas décroché.

— Désolé, mais j'avais plus important à faire, comme essayer de trouver le super profil que tu m'as fait, et qui au final n'existe pas, répondis-je d'un ton sarcastique.

Elle haussa les épaules.

— De toute façon, Sophie a décidé qu'il était temps d'agir et a mis en œuvre un plan d'attaque. (Elle leva les yeux au ciel en secouant la tête.) Je savais que c'était une mauvaise idée, mais elle a dit qu'elle tenterait de sortir avec ou sans moi, alors j'ai accepté de l'aider. Du coup, pendant qu'elle parlait à Michael pour faire diversion, je devais essayer de sortir en douce de l'appart… Sauf que Michael a entendu le bruit du crochet de sécurité lorsque je l'ai retiré. Il m'a rattrapée et m'a poussée vers la chambre. C'est là que j'ai trébuché et que je suis tombée. Ma chute n'était pas bien méchante, mais ça a suffi à détacher ma prothèse.

— Et ensuite ? demandai-je impatiemment.

— Ensuite, tu vas rigoler, Michael s'est décomposé lorsqu'il a vu que ma jambe droite n'était plus rattachée à mon corps, il a commencé à tituber, puis il est tombé dans les pommes. On a essayé de le réveiller avec Sophie, mais il est resté inconscient. Du coup, on a appelé les pompiers, qui sont arrivés dix minutes plus tard et l'ont embarqué.

Jenny parut légèrement déçue que son histoire totalement farfelue ne me fasse pas rire. Mais comment rire alors qu'il aurait pu lui arriver quelque chose ! Michael aurait très bien pu se montrer violent envers elle ou envers Sophie. Comment avait-elle pu être aussi imprudente ?!

— Et où est Sophie d'ailleurs ? m'enquis-je tout en gardant mon sang-froid.

— Elle est partie avec Michael à l'hôpital… Non qu'elle s'inquiéte réellement de son état, mais elle a dit qu'elle en profiterait pour le menacer un peu à son réveil. Du genre, lui dire qu'on irait porter plainte pour séquestration et agression s'il ne la laissait pas tranquille.

— Et euh, comment a réagi Sophie en voyant ta jambe ?

Un peu embarrassée, elle se massa la nuque.

— J'aurais préféré qu'elle découvre la vérité autrement, car elle a vraiment flippé. Heureusement, je me suis dépêchée de la rassurer en lui disant que c'était une prothèse. Mais sinon, je pense qu'elle ne m'en veut pas trop de lui avoir caché mon handicap. Elle a l'air d'avoir compris que ce n'était pas quelque chose dont j'aimais parler. Puis, vu que les pompiers sont arrivés assez vite, on ne s'est pas étendues sur le sujet.

— Je vois… Donc, par rapport à ta jambe, il faut que je t'emmène à l'hôpital ?

Elle secoua la tête.

— Non, je dois aller chez mon prothésiste pour qu'il la règle à nouveau. Mais je préfère y aller plus tard avec mes parents. M. Kan risque de me demander ce qu'il s'est passé, et c'est peut-être mieux si je lui dis que je suis tombée dans ma chambre.

Je fronçai les sourcils.

— Bah, tu peux toujours lui dire ça.

Mal à l'aise, elle joua avec ses doigts.

— Ah, lâchai-je en comprenant la vraie raison, tu as peur qu'il parle de moi à tes parents…

— Ce n'est pas contre toi, Justin, mais… C'est mieux que ce soit mes parents qui me trouvent dans ma chambre et qui m'emmènent chez le prothésiste.

Bien sûr… Bon, après tout, c'était peut-être un peu trop tôt pour que nos parents respectifs apprennent notre relation ambiguë. Quoique, les miens ne risquaient pas d'être au courant étant donné que ma mère était décédée depuis mes quinze ans et que mon père vivait en Californie. C'est-à-dire à plus de cinq heures d'avion.

— Bon bah, allez, c'est parti pour chez toi, dis-je, prépare-toi.

— À quoi ?

Je glissai une main sous ses cuisses et entourai son buste de l'autre avant de la soulever avec aisance. Elle poussa un petit cri de surprise avant de rigoler.

— Qu'est-ce qu'il y a ? demandai-je, intrigué.

— Rien, j'imaginais juste la tête des gens lorsqu'ils vont me voir comme ça.

Je baissai les yeux sur sa prothèse.

— C'est vrai que ce n'est pas courant de se balader avec une jambe dans les bras, répondis-je d'un ton un peu plus froid que prévu.

Elle le remarqua et fronça les sourcils.

— C'est quoi le problème ? Tu m'en veux de ne pas te laisser m'emmener chez mon prothésiste ?

Je secouai la tête et commençai à descendre les marches.

— J'ai seulement du mal à comprendre pourquoi tu as agi de cette façon. Je te croyais quand même un peu plus réfléchie comme fille. Tu sais qu'il aurait pu t'arriver bien pire que de perdre ta prothèse ? Ça aurait pu être toi à la place de Michael sur le brancard !

Jenny parut choquée de ma réponse et mit plusieurs secondes avant de déclarer :

— De un, je ne pense pas que j'aie mal agi. Peut-être que si je n'étais pas intervenue, il serait arrivé quelque chose à Sophie, on n'en sait rien. De deux, tu te prends pour qui pour me faire la morale comme ça ? On n'est pas ensemble, et tu n'es pas mon père, alors garde tes reproches pour toi.

Je m'arrêtai dans l'escalier et la regardai droit dans les yeux. Elle me prenait pour son esclave, ou quoi ? Depuis quand la liberté d'expression avait-elle été abolie en Amérique ?

— Alors, je suis quoi pour toi exactement ? Un passe-temps ? Un jouet avec lequel tu peux t'amuser et que tu jetteras quand tu en auras marre ou quand je ne ferai plus tout ce que tu veux que je fasse ?

Son visage resta impassible.

— Parce que c'est exactement l'impression que j'ai quand tu me traites de cette façon, comme si j'étais totalement insignifiant pour toi, continuai-je. Alors, si ton but, c'est simplement d'essayer de me blesser ou de me pourrir la vie, c'est peut-être mieux qu'on arrête tout ça…

Merde, je venais vraiment de dire ça ? Moi, le mec qui était prêt à tout pour elle ?

Après de longues secondes, elle soupira.

— Alors, comme ça, tu déclares forfait aussi rapidement ? Après même pas deux jours ? Tu me déçois, Justin.

— Je n'abandonne rien du tout, car cette guerre n'a pas lieu d'être. Ou disons qu'au final, quoi que je fasse, tu seras toujours celle qui en sortira victorieuse. Je ne vois vraiment pas l'intérêt de continuer à me laisser avoir et utiliser de cette manière.

Elle fit la moue.

— C'est dommage… Aujourd'hui, tu venais de marquer des points. Beaucoup de points même.

Son petit sourire en coin m'attendrit contre ma volonté. Elle allait encore réussir à m'avoir, parce que j'étais faible pour lui résister.

— OK, très bien, je te laisse une dernière chance, déclarai-je.

Elle pouffa.

— J'ai l'impression que les rôles sont inversés, là… Mais… je suis désolée de t'avoir inquiété. Je ne pensais pas que tu tenais autant à moi.

Exténué, je soupirai à mon tour après avoir remarqué qu'elle se pinçait les lèvres pour s'empêcher de rire à nouveau.

— Eh bah, maintenant tu le sais, répondis-je d'un ton très sérieux. Alors, la prochaine fois que tu vas te jeter dans la gueule du loup, s'il te plaît, préviens-moi avant, OK ?

— Oui, papa…

Je grimaçai.

— Ne m'appelle plus jamais comme ça, c'est encore plus glauque que de te balader avec ta prothèse dans les mains.

— Ouais, tu as raison, admit-elle en souriant. Ah et, Justin… merci… d'être venu.

Je la dévisageai un instant. Cette fois-ci, elle semblait sincère. Mon cœur se souleva dans ma poitrine et, malgré une forte envie de poser mes lèvres sur les siennes depuis le début de notre conversation, je me contentai de hocher la tête et de reprendre la route.

La guerre n'était pas finie. Il restait encore une bataille à mener.

Chapitre 20

Jenny

Je crus l'espace d'un instant que Justin allait m'embrasser, mais il n'en fit rien. Il se contenta de descendre les dernières marches de l'escalier et de prendre la direction du tramway sans baisser une seule fois les yeux sur moi.

Il remplissait à merveille le rôle du preux chevalier, tout à fait respectable et irréprochable, et cela m'agaçait pas mal à vrai dire.

Oui, j'aurais préféré que Justin ne soit pas aussi parfait aujourd'hui. J'aurais préféré qu'il oublie cette stupide guerre et qu'il m'embrasse.

Je savais qu'il en avait envie. Sa respiration semblait plus lourde, et je sentais son cœur battre plus vite dans sa poitrine. En plus, ses bras et son visage étaient ultra-tendus. S'il ne me regardait pas, c'était sûrement pour éviter d'être encore plus mal à l'aise. Faut dire que le fait que mon visage se trouve à quelques centimètres du sien n'arrangeait pas les choses.

Je poussai un long soupir de frustration et penchai légèrement la tête en arrière pour le regarder.

J'avais enfin eu la confirmation que j'attendais. J'avais enfin eu la preuve que Justin tenait réellement à moi. Il s'était énervé en apprenant ce que j'avais fait aujourd'hui, et quand un homme s'énerve envers une fille qui a agi de façon déraisonnable, cela signifie qu'il s'inquiète pour elle.

Mais c'est surtout en entendant Justin me dire qu'il avait l'impression de ne rien représenter à mes yeux que j'ai compris que je comptais vraiment pour lui.

Justin baissa brusquement les yeux sur moi et fronça les sourcils.

— Qu'est-ce qu'il y a ? demanda-t-il en s'arrêtant.

Et voilà que mon cœur commençait également à s'emballer.

— Euh, rien du tout, répondis-je en secouant la tête.

Il me regarda durant quelques secondes supplémentaires, mais apparemment pas assez pour remarquer mes joues en train de virer au cramoisi, puis reprit la route. Voilà que c'était moi qui étais mal à l'aise maintenant.

Par chance, le reste du trajet se déroula sans aucun autre incident. Justin essaya d'emprunter les chemins les moins fréquentés sur le campus, ce dont je lui fus reconnaissante, et le peu de personnes que nous croisâmes ne nous portèrent heureusement pas le moindre intérêt.

Une demi-heure plus tard, nous arrivions devant la porte de ma chambre. Je passai les clés à Justin, qui ouvrit avec agilité bien qu'il me tienne toujours dans ses bras. Nous entrâmes, et Justin me déposa doucement sur le lit.

Le voir ici me rappela le lendemain de sa super soirée. Il m'avait tout de même sauvée des mains d'un violeur et ramenée chez moi alors que j'étais droguée et complètement dans les vapes.

D'ailleurs, j'espérais sincèrement qu'il ne se souviendrait pas de la promesse que je lui avais faite, celle d'aller porter plainte au commissariat le jour même, car je n'y étais pas allée.

Et si une autre fille s'était fait droguer et violer à cause de ton inaction ?

Je chassai cette pensée de mon esprit. Il était hors de question que je culpabilise maintenant. D'autant plus que les chances pour que ma plainte soit recevable étaient minces. Après tout, que valaient les déclarations de deux personnes qui avaient participé à une fête et qui avaient bu de l'alcool ? Et concernant mon agresseur qui prétendait s'appeler Mathew, s'il n'était pas bête, il avait probablement dû quitter la ville dans la nuit.

Justin toussota, et je relevai la tête pour le regarder.

— Euh, tu peux y aller, dis-je en sortant mon téléphone. Je vais appeler mes parents pour qu'ils viennent me chercher. Ils travaillent tous les deux à Saint-Louis, alors ils ne devraient pas tarder.

Il acquiesça mais ne bougea pas d'un poil. Qu'est-ce qu'il attendait ? Il voulait s'assurer que je les contacte bien, ou quoi ?

Je fronçai les sourcils et composai le numéro de mon père en espérant ne pas le déranger en pleine séance de photographie. Il décrocha avant la deuxième sonnerie et, par chance, il m'apprit qu'il était dans son bureau et travaillait sur des retouches. Je lui expliquai que j'avais trébuché sur mon chargeur et que ma prothèse s'était dévissée dans ma chute. Il me demanda à maintes reprises si je ne m'étais pas blessée, puis m'informa qu'il allait prévenir ma mère et qu'ils seraient bientôt là.

— Ils arrivent dans quinze minutes, annonçai-je à Justin après avoir raccroché.

Il hocha une nouvelle fois la tête.

— Il faut que je te raccompagne jusqu'à la porte ou bien ?

J'attrapai ma paire de béquilles posées sur le sol et me redressai face à lui.

— Raconte-moi, dit-il enfin, pour ta jambe.

Je clignai plusieurs fois des yeux, surprise qu'il me demande ça tout d'un coup.

— Ce n'est pas le moment de parler de ça. Mes parents vont bientôt arriver, alors tu ferais mieux de…

Je m'arrêtai net en le voyant défaire le bouton de son jean.

— Attends, attends, tu fais quoi là ?! m'exclamai-je tandis qu'il descendait son pantalon jusqu'à ses genoux.

Mais ma confusion se dissipa lorsque mes yeux se posèrent sur les cicatrices que recouvraient ses cuisses. Je relevai la tête vers Justin et le regardai avec incompréhension.

— Durant toute mon enfance et mon adolescence, tu ne vas pas me croire, mais j'étais encore plus mince que toi.

À le voir aussi musclé que maintenant, j'avais du mal à l'imaginer.

— Je me faisais insulter par mes camarades de classe, poursuivit-il d'un air sérieux, certains s'amusaient à me frapper dans les toilettes ou dans les vestiaires, je n'avais pas beaucoup d'amis…

— Ce sont tes camarades qui t'ont fait ça ?

— Non, ça c'est moi. J'étais tellement mal dans ma peau que c'était le seul moyen que j'ai trouvé pour extérioriser ma souffrance. Tous les soirs dans ma chambre, je prenais un cutter et je me faisais des entailles. Ça me soulageait sur le coup, mais je devais chaque jour recommencer.

Mon cœur se serra alors que j'écoutais ces révélations. Jamais je n'aurais pensé que Justin Braxton avait vécu ces choses horribles.

— Ça a été les pires années de ma vie, continua-t-il, des années où je ne voyais que du noir. J'ai même pensé au suicide plusieurs fois…

Il s'arrêta un bref instant pour secouer la tête, comme si avoir envisagé de se donner la mort lui paraissait totalement stupide et inconcevable aujourd'hui, puis il reprit :

— Mais je n'ai jamais eu le courage de passer à l'acte, et heureusement. Un jour, en me promenant dans ma ville, je suis tombé sur une salle de sport et j'ai décidé d'entrer. Un des entraîneurs de la salle m'a fait un programme de musculation pour prendre du volume, et ça a vachement bien marché sur moi…

Je pouvais en effet le constater de mes propres yeux.

— À côté de cela, j'ai commencé le tapis de course et à force j'ai remarqué que j'adorais ça, courir. Parce que quand je courais, j'oubliais tous mes problèmes. Je ne pensais qu'à une chose, l'objectif que je m'étais fixé. Et c'est sûrement grâce à la course de distance que j'ai repris goût à la vie et qu'aujourd'hui… je peux dire que je me sens bien dans ma peau. Bref, tout ça pour te dire qu'on n'est pas si différents l'un de l'autre au final. Toi, tu traverses ta mauvaise passe maintenant, alors que moi, je l'ai déjà traversée. Et même si tu penses ne pas avoir envie de te confier à qui que ce soit, je peux t'assurer que parler à quelqu'un te fera le plus grand bien.

Je pris sur moi pour ne pas lui montrer à quel point ses paroles m'avaient touchée.

— Tu ne peux pas savoir ce qui est le mieux pour moi, Justin, répliquai-je, sur la défensive.

Je n'avais pas envie de me braquer ou de m'énerver une fois de plus contre lui, mais je détestais le fait qu'il ait raison.

— Et toi non plus, tant que tu n'auras pas essayé. Alors, ta jambe ?

Serrant les dents, je soutins son regard plein de défi. Il n'allait pas abandonner. Pas cette fois-ci.

— Accident de voiture ? suggéra-t-il.

Je ne répondis pas. Ou du moins, pas avant que de longues secondes se soient écoulées.

— De moto, lâchai-je sur un ton froid.

— Toi ? s'étonna-t-il. Tu faisais de la moto ?

— Désolée, mais il n'y a pas que les mecs qui en font. J'adore la moto. Enfin… j'adorais.

Justin croisa les bras sur son torse et me dévisagea.

— Que s'est-il passé ?

Je frémis en entendant ces mots. Pourtant, dès l'instant où j'avais commencé à lui parler de mon accident, je savais que cette question était inévitable. Mais y répondre était tellement dur, notamment parce que c'était la première fois que je parlais de mon accident à quelqu'un.

Certes, ma famille était au courant, mais je n'avais jamais eu à leur raconter tous les détails, car ils savaient déjà à mon réveil qu'une voiture m'avait percutée… Et les médecins leur avaient également déjà expliqué la façon dont les pompiers m'avaient trouvée : ma jambe droite complètement écrasée par ma moto.

Quant à mes deux psys, eux aussi avaient déjà été mis au courant de mon accident avant même que je les rencontre. Et même si à chaque séance ils me demandaient toujours d'en parler, je refusais et changeais de sujet. D'ailleurs, c'était sûrement pour cette raison que je les voyais toujours : tant que je refuserais de parler de mon accident, je ne pourrais pas aller mieux. Tant que je refuserais d'en parler, je serais toujours dans cet état de choc post-traumatique m'empêchant de monter à nouveau dans une voiture par crainte d'un nouvel accident de la route.

Je pris une profonde inspiration. Il fallait que je le fasse… pour aller mieux. Pas pour Justin, pas pour ma famille, pas pour les autres, mais pour moi.

— Je revenais d'une soirée, je n'avais pas bu ni fumé. J'étais un peu fatiguée, mais ça allait, quoi. Je me sentais encore capable de conduire et de rentrer chez moi sans craindre de m'endormir sur la route. Je roulais prudemment. Je faisais attention…

Je sentis les larmes me monter aux yeux et ma voix se briser légèrement au fur et à mesure que je progressais dans mon récit.

— Je faisais attention, répétai-je, je faisais vraiment attention alors… Je ne comprends pas pourquoi… Je ne comprends pas, bon sang… Pourquoi…

Justin fit un pas vers moi, mais je l'arrêtai en levant ma main vers lui. S'il m'empêchait de continuer maintenant, alors je ne serais plus jamais capable de raconter mon histoire à qui que ce soit.

— Une voiture est passée au feu rouge. J'ai tourné le guidon pour l'éviter, et… ma jambe droite n'a pas pu supporter le poids de la moto… Il a fallu amputer. Il a fallu… amputer.

Je fermai les yeux tandis que la scène de mon accident défilait à toute vitesse dans mon esprit. La voiture passant au feu rouge à toute allure, moi tentant de l'éviter, ma moto se renversant…

Mon corps s'était mis à trembler. Une main chaude se posa sur la mienne, et je me forçai à chasser ces images pour rouvrir les yeux.

Même s'il n'affichait pas cette expression pleine de pitié que j'avais décelée chez tous ces gens et ces médecins à l'hôpital, je ne pus pas m'empêcher de lui en vouloir à cet instant précis.

— Tu es content ? lui reprochai-je en sentant des larmes couler sur mes joues. Tu as eu ce que tu voulais ? Alors, maintenant, va-t'en.

Je lâchai ma béquille pour retirer sa main de la mienne et manquai de tomber sur le sol. Justin me rattrapa de justesse en enroulant un bras autour de mon corps.

— Lâche-moi, dis-je en sachant très bien que, s'il le faisait, je finirais par terre.

— D'une certaine façon, ce n'est pas plus mal que tu aies eu cet accident, me dit-il d'un ton très sérieux, parce que si tu ne l'avais pas eu, on ne se serait jamais rencontrés. Tu n'aurais jamais reçu cette balle que j'ai lancée, parce que le bâtiment de danse se trouve à l'autre bout du campus. Tu aurais plein d'amis, toutes des danseuses, peut-être qu'on se serait croisés… Mais si tu avais été une fille ordinaire, je n'aurais jamais fait attention à toi. On aurait été trop différents. Et en plus, tu serais sûrement sortie avec un danseur étoile.

Moi, avec un danseur étoile ? Ça ne risquait pas d'arriver… Mais au moins, cela eut le don d'interrompre mes larmes, et même de me calmer complètement.

— Honnêtement, si j'avais eu le choix entre me faire amputer en sachant que j'allais te rencontrer ou garder ma jambe droite et ne jamais te connaître, je pense qu'il n'y avait même pas à réfléchir.

Il pencha la tête vers mon visage et sourit.

— Mais je suis quand même un bon lot de consolation, non ?

Mon regard parcourut lentement les traits de son visage, avant de se poser sur ses lèvres.

— Alors, prouve-le, dis-je dans un murmure.

Son souffle se fit court et sa bouche se pressa aussitôt contre la mienne.

Ce que c'était bon… Je passai les bras autour de sa nuque, et Justin me tira un peu plus contre lui pour approfondir notre baiser. Je sentais son cœur battre à tout rompre dans sa poitrine, ou peut-être était-ce le mien.

Malheureusement, Justin mit rapidement fin au baiser. Tout comme moi, il semblait à bout de souffle.

— Tes parents, dit-il entre deux respirations, ils ne vont pas tarder.

Je ravalai un soupir de mécontentement. J'étais à la fois contente que Justin se soit arrêté avant que ça aille plus loin, ou devrais-je dire, trop loin entre nous. Mais également très déçue, je n'en avais pas eu assez, mon corps en réclamait davantage.

— OK, tu peux me porter jusqu'au lit ? lui demandai-je.

— À vos ordres, princesse, répondit-il en me soulevant aussitôt dans ses bras.

La seconde suivante, mon derrière se posa délicatement sur le matelas. Justin ramassa mes béquilles et les mit à ma portée, au cas où je souhaite me déplacer.

— Bon, euh, je vais y aller, m'annonça-t-il d'un air gêné en enfonçant les mains dans les poches de son jean.

À présent, je trouvais très bizarre qu'il souhaite s'en aller aussi vite. Mais peut-être qu'il avait, tout comme moi, besoin de se remettre les idées en place après ce qui venait de se passer entre nous.

— Je t'enverrai un message lorsque je serai rentrée, l'informai-je.

Il acquiesça avec un petit sourire en coin, puis recula d'un pas lent vers la porte.

— Sinon, je suppose que j'ai gagné ?

Je me contentai de hausser les épaules en guise de réponse, et de le regarder sortir de ma chambre dans le plus grand des silences.

Tsss… S'il a gagné, c'est seulement parce que je l'ai bien voulu.

Chapitre 21

Justin

— 11 s 9, m'informa Rangers tandis que je reprenais mon souffle. Tu as pris de la drogue ?

Je fronçai les sourcils.

— Vous êtes sérieux, m'sieur ?

— Étant donné que tu n'es jamais descendu sous les 11 s 10. Oui, je suis très sérieux. Alors ?

Je secouai la tête. Mon entraîneur me scruta un instant avant d'acquiescer.

— OK, très bien. Dis-toi que si tu avais participé aux JO de 1896, tu aurais remporté la médaille d'or à la place de Thomas Burke.

Ouais, enfin, je l'aurais aussi remportée en ayant fait 11 s 59, étant donné que Thomas Burke avait mis 12 secondes pour faire 100 mètres. Mais faut dire qu'à l'époque, la piste était sablonneuse et que si j'avais dû courir aux JO d'été de 1896, j'aurais mis bien plus que 12 secondes.

Mon objectif actuel était de descendre en dessous des 11 secondes, afin de battre le temps de Frank Jarvis aux JO de 1900. Si je n'y arrivais pas, je n'aurais plus qu'à me reconvertir dans le droit car, après leurs carrières sportives, Thomas Burke et Frank Jarvis avaient tous les deux fini par devenir avocats.

— Va boire un coup, et ensuite file prendre ta douche, tu empestes la transpiration.

Chose logique après avoir fait du sport…

— Ouais, m'sieur, répondis-je en me retournant.

Jenny était là, assise sur les marches des gradins, les bras croisés sur la poitrine.

Je m'avançai vers elle tout en me demandant ce qu'elle faisait ici. Jenny m'avait envoyé un message hier soir pour m'informer qu'elle était bien rentrée chez elle, mais elle n'avait pas voulu que je l'appelle, alors je n'avais pas insisté. Peut-être que sa journée l'avait épuisée ou que notre baiser de la veille la travaillait. De mon côté, je mourais d'envie de recommencer et, à l'air déçu qu'elle avait affiché quand je m'étais brusquement arrêté, c'était réciproque.

Néanmoins, être attiré par quelqu'un était une chose, s'engager dans une relation en était une autre. Jusqu'à ma rencontre avec Jenny, je ne m'étais intéressé qu'au sexe. Sortir avec une fille, l'emmener au resto, au ciné, lui acheter des cadeaux, être exclusif, ça ne me disait rien. Cependant, Jenny n'était pas comme les autres filles. C'était ma première vraie relation, et je ne savais pas très bien comment la rassurer sur mes intentions. Mais elle m'avait accordé une seconde chance, et je comptais tout faire pour éviter de la gâcher.

Je m'arrêtai en bas des marches, face à Jenny, et croisai son regard. Je ne savais pas où notre histoire allait nous mener, mais en tout cas j'avais vraiment envie d'essayer avec elle.

— Comment va ta jambe ? l'interrogeai-je avec intérêt.

— Elle est comme neuve, me rassura-t-elle en la tendant dans le vide.

Je hochai la tête, ravi pour elle.

— Tu aurais dû me dire que tu venais, dis-je en grimpant sur la première marche.

Elle haussa les épaules.

— Ça aurait changé quelque chose ?

Je montai une marche supplémentaire.

— J'aurais certainement fait un meilleur temps.

Elle sourit.

— Tu cours vite.

Cette fois, ce fut à mon tour de hausser les épaules.

— Vite, mais pas assez. Je suis loin d'être le seul à parcourir 100 mètres en 11 secondes et quelques.

— Tu es encore jeune, tu vas t'améliorer. De toute façon, en s'entraînant quotidiennement, on ne peut que mieux faire.

— Tu t'entraînais vraiment tous les jours ? lui demandai-je avec curiosité.

— Oui, tous les jours après les cours, me révéla-t-elle avec une certaine fierté. Et puis, dès que j'avais du temps libre, par exemple pendant les intercours et les pauses déjeuner au lycée, j'en profitais pour aller dans une salle travailler mes pointes ou faire des mouvements… Bon sang, je donnerais tout pour pouvoir faire un grand jeté[1] une toute dernière fois…

Elle ferma les yeux un court instant, comme si elle s'imaginait en train de le faire, puis me regarda à nouveau, la mine attristée.

— Jenny…

— Ne t'inquiète pas, ça va, dit-elle avant d'ajouter : Mais en tout cas, je t'assure que si tu persévères dans tes efforts, tu deviendras le meilleur.

Je souris, ravi qu'elle m'encourage de la sorte. Soudain, j'eus une idée.

1. Saut en l'air avec ouverture des jambes en grand écart.

— J'ai une compétition samedi, ça te dirait de venir ? Elle a lieu ici même, à 15 heures.

Elle sembla réfléchir.

— Tu n'as pas assez de supportrices ?

Jenny lança un petit coup d'œil derrière moi, et la curiosité m'obligea à tourner la tête. Un groupe de cinq filles m'observait avec admiration, debout un peu plus loin sur le gazon. Apparemment, la fausse rumeur qu'avait fait courir Jenny sur moi ne les avait pas fait toutes fuir.

Je reportai mon attention sur Jenny avec un sourire en coin.

— T'es déjà jalouse ?

Elle ricana.

— Moi ? Jalouse ? Non, vraiment pas. Mais sache que si j'apprends un jour que tu t'es tapé une nana derrière mon dos, y a plutôt intérêt que tu coures tes 100 mètres en moins de 11 secondes.

Je rigolai.

— OK, j'ai compris le message, Héra[1]. Mais en tout cas, ça me ferait vraiment plaisir que tu viennes samedi.

Jenny se leva et s'étira devant moi.

— J'ai pas mal de trucs à faire ce week-end, commença-t-elle, mais peut-être que je pourrai passer…

— Cool, répondis-je avec un sourire.

— Bon, il faut que j'y aille, mes cours vont bientôt reprendre.

Elle descendit prudemment les marches jusqu'à moi.

— À plus, dit-elle seulement.

— Attends, l'arrêtai-je en posant ma main sur son bras.

1. Dans la mythologie grecque, déesse du mariage. Elle décide un jour de se venger de son époux infidèle, Zeus, en le ligotant durant son sommeil pour l'empêcher de séduire des mortelles.

Elle tourna la tête vers moi, et ses magnifiques yeux bleu clair parcoururent mon visage. Je remontai lentement ma main sur son épaule jusqu'à pouvoir attraper sa nuque et attirai son visage vers le mien pour l'embrasser tendrement. Je sentis les mains de Jenny se poser sur ma taille, et sa bouche se pressa davantage sur la mienne. C'était encore meilleur que la première fois, mais, cette fois-ci, ce fut Jenny qui mit fin au baiser.

— Il faut vraiment que j'y aille, murmura-t-elle en s'écartant.

Je hochai la tête et la regardai descendre les dernières marches.

— Tu veux passer à la maison ce soir ? demandai-je soudain.

Elle grimaça.

— Désolée, pas ce soir, faut vraiment que je commence à réviser pour mes premiers exams.

— Et mercredi ?

Elle grimaça une nouvelle fois, ce qui m'arracha un soupir.

— OK, j'ai compris, tu m'enverras un message quand tu auras une place de disponible pour ton petit ami dans ton emploi du temps overbooké, madame la ministre.

— « Petit ami » ? répéta-t-elle d'un air amusé.

— Ouais, exactement. Je vais même t'envoyer une demande officielle sur Facebook, et tu as intérêt à accepter.

Elle rigola avant de me répondre très sérieusement :

— C'est un peu trop tôt pour officialiser quoi que ce soit, Justin. On est ensemble que depuis hier. Si tu continues à cette allure, je sens que tu vas me demander en mariage d'ici la fin de la semaine.

— Et tu dirais oui ?

Elle me fixa comme si j'étais débile.

— Bien sûr que non.

Dommage. Mais j'étais sûr de pouvoir la faire changer rapidement d'avis. Je n'avais pas encore révélé tous mes atouts : une fois qu'elle aurait vu ce dont j'étais capable sous la couette, elle ne voudrait plus jamais s'en aller !

— Allez, vas-y ou tu vas vraiment finir par être en retard.

Après m'avoir regardé quelques secondes de plus, elle finit par tourner définitivement les talons.

Me marier avec Jenny Menser ? Cela me semblait être une idée tout à fait insensée et excessive… J'adorais ça !

Jenny

« Petit ami. » Il s'était lui-même désigné comme tel, et je trouvais ça assez… mignon.

En tout cas, être en couple à nouveau me procurait une sensation assez étrange. Je ne savais pas du tout ce qui m'avait pris de venir assister à son entraînement du mardi matin. J'avais l'impression de ressembler à ces groupies qui étaient déjà en train de baver sur lui quand j'étais arrivée. Faut dire que Justin était quand même vachement sexy lorsqu'il courait, dans son débardeur noir moulant et son short de course. Il n'avait pas cet air stupide qu'il affichait d'habitude, il était concentré et regardait droit devant lui, se focalisant sur son objectif : faire le meilleur temps possible.

Cela me donnait envie de le connaître davantage avant que les choses aillent plus loin entre nous. C'était pour cette raison que j'avais refusé de me rendre chez lui ce soir, non pas que je n'eusse pas envie de lui, mais ça aurait été beaucoup trop rapide et… J'avais peur qu'une relation précipitée ne se termine aussi vite qu'elle avait commencé.

Et même si le fait qu'il me manque une jambe ne semblait pas poser de problème à Justin, je redoutais l'instant où il me verrait sans vêtements. En plus de cela, je me sentais étrangement nerveuse lorsque Justin me touchait ou m'embrassait. Jamais je n'avais éprouvé ça avec un garçon. Pas même avec Ian, mon premier amour et le seul avec qui j'avais couché.

Mais peut-être était-ce dû au fait que je connaissais Ian depuis toujours. Maternelle, primaire, collège, lycée, à chaque fois nous nous étions retrouvés dans la même classe. Bien que nous n'ayons pas traîné ensemble au collège, faute d'amis en commun, Ian et moi savions qu'il y avait quelque chose entre nous.

Par chance, nos groupes d'amis s'étaient fréquentés au lycée, et lorsque nous avions tous les deux été invités à une soirée chez un certain William, Ian n'avait pas hésité un seul instant à m'embrasser et à me demander de sortir officiellement avec lui. Évidemment, j'avais accepté. Nous avions passé trois années magnifiques, découvrant ensemble ce qu'étaient le sexe et la joie d'être amoureux, tout semblait beau et parfait jusqu'à ce qu'il me trompe en classe de terminale, peu avant mon accident.

Dire que je l'avais pensé incapable de me faire du mal, finalement, il fallait croire que non. C'était sûrement en partie pour cette raison que j'avais eu des difficultés à accorder ma confiance à Justin.

Cependant, j'avais réussi à voir en Justin plus que le gros macho égoïste qu'il semblait être. Peut-être qu'il me ferait souffrir ou que notre relation ne mènerait nulle part, mais la personne que je découvrais petit à petit méritait que je lui laisse sa chance.

Je repensai à ces marques sur son corps et à la façon dont il m'avait raconté son histoire. J'étais certaine que rares étaient les personnes au courant de ce qu'il avait traversé. Malgré tout, Justin s'était confié à moi, et cela m'avait vraiment touchée.

— Excuse-moi…

Comprenant que cette voix féminine s'adressait à moi, je me

retournai et découvris une jeune femme magnifique aux longs cheveux brun foncé avec des reflets plus clairs.

— En fait, je suis nouvelle, j'ai atterri ce matin à Saint-Louis, et je suis complètement perdue. J'ai mis deux heures à trouver l'université et là je cherche le bâtiment D2. Est-ce que tu saurais où il est ?

La grosse valise posée par terre à sa droite me confirma qu'elle venait bel et bien d'arriver. Et sûrement de loin, car elle avait un drôle d'accent. Elle n'était pas d'origine américaine, ça c'était certain.

Je savais où était situé le bâtiment D2. Je connaissais même parfaitement sa localisation, c'était celui où se donnaient les cours de danse. Je l'avais visité aux portes ouvertes en début d'année, avant mon accident.

— Tu es totalement à l'opposé. Il y a des raccourcis mais, puisque tu ne connais pas encore le campus, c'est préférable que tu retournes à l'entrée principale et que tu prennes à gauche jusqu'à la fontaine, et ensuite c'est à droite.

— OK, merci beaucoup !

Elle baissa les yeux sur sa grosse valise et soupira.

Je regardai l'heure sur ma montre. De toute façon, j'étais déjà en retard pour mon prochain cours.

— Viens avec moi, dis-je en prenant la route, je vais te montrer un raccourci.

— Sérieusement ? s'étonna-t-elle en me suivant. Oh merci beaucoup ! Au fait, moi, c'est Sonia !

— Jenny.

Le fait que Sonia ne marche pas très vite à cause du poids de sa valise m'allait parfaitement.

— Tu es en danse, toi aussi ? m'interrogea-t-elle.

Si seulement…

Je secouai la tête.

— Non, je suis en éco.

— Ah d'accord, parce que tu es fine, tu as de longues jambes et ta silhouette est vraiment gracieuse. En plus, tu sembles bien connaître les bâtiments et…

Je m'arrêtai brusquement et ravalai mes larmes en fermant les yeux.

— Ça ne va pas ? s'enquit Sonia.

Après avoir inspiré profondément, je la regardai à nouveau en lui adressant un faux sourire.

— Si, tout va très bien. On est bientôt arrivées.

Moins de cinq minutes plus tard, nous tombions sur le bâtiment D2.

— Merci beaucoup, dit Sonia, tu m'as fait gagner un temps fou !

Elle continua de parler mais je ne l'écoutais plus, mon esprit était focalisé sur les étudiants en train d'entrer et sortir de ce bâtiment. J'aurais dû être parmi eux. C'était là ma place, ici et nulle part ailleurs.

— Il faut que j'y aille, déclarai-je à la fois pour moi et pour Sonia. J'espère que tu deviendras une extraordinaire danseuse. Toi aussi, tu as le physique pour.

Elle me sourit.

— Merci, Jenny. J'espère que tu réussiras tes études d'économie et que tu deviendras ce que tu as toujours rêvé d'être. À la prochaine !

Après s'être retournée, elle se dirigea vers le bâtiment D2, celui que je ne pourrais jamais intégrer.

Devenir ce que j'ai toujours rêvé d'être ? Dans une autre vie peut-être…

Chapitre 22

Justin

Quelle ne fut pas ma surprise de découvrir à mon réveil un message de Sophie m'annonçant que Jenny n'était pas allée en cours hier après-midi et que cette dernière l'avait également informée qu'elle n'y irait pas aujourd'hui.

Je me redressai dans mon lit et lui demandai aussitôt :

Elle t'a dit pourquoi ?

La réponse de Sophie ne tarda pas.

Non, c'est justement pour ça que je t'en parle. Vu que je ne sais pas où elle habite sur le campus, est-ce que tu pourrais passer chez elle voir si tout va bien ?

Elle n'avait pas besoin de me le demander, j'étais déjà debout en train d'enfiler un jean et un T-shirt blanc.

J'attrapai les clés de ma voiture et sortis rapidement de ma chambre. Tant pis pour la douche et le lavage de dents matinal, Jenny passait bien avant mon bien-être personnel.

Durant le trajet jusqu'à sa résidence, je m'interrogeai sur ce qui avait bien pu arriver pour que Jenny m'ait menti hier soir, lorsque je lui avais demandé par message si elle avait passé une bonne journée et qu'elle m'avait simplement renvoyé un « Oui ».

D'ailleurs, c'était justement à cause de ses réponses très brèves que j'avais préféré ne pas l'appeler ce matin pour savoir quel était le souci. Avec Jenny, le mieux était de communiquer en face à face.

Une fois devant sa résidence, j'appuyai sur l'interphone, attendant vainement qu'elle décroche. Heureusement, j'avais prévu le coup en emmenant mon plan B : une épingle à cheveux. C'était la première fois que je crochetais une serrure, et cela s'avéra bien plus compliqué que je ne le pensais.

— Vous en avez encore pour longtemps ou je peux utiliser mes clés ? m'interrompit une voix.

OK, je venais de me faire carrément griller. Je me retournai en passant nerveusement une main dans mes cheveux.

C'était une jeune, et très sexy, jeune femme aux yeux noisette. Je m'écartai, la laissant utiliser ses clés pour ouvrir la porte.

— Vous voulez entrer, je suppose ?

Je secouai la tête en prenant un air tout à fait innocent.

— Non, non, je ne faisais que m'entraîner sur une serrure au hasard !

Elle éclata de rire.

— Vous êtes aussi doué pour mentir que pour ouvrir les portes !

Je rigolai à mon tour, la suivant dans le hall, puis dans le couloir du rez-de-chaussée. Elle s'arrêta devant une porte, deux chambres plus loin, tandis que je frappai à celle de Jenny.

— Au fait, me dit-elle en revenant sur ses pas. Moi, c'est Sonia, ravie de t'avoir rencontré, le cambrioleur.

Je souris et la regardai entrer chez elle, attendant toujours que Jenny ouvre sa fichue porte. Je cognai à nouveau dessus, n'obtenant toujours pas de réponse. Ça commençait à en devenir inquiétant !

Je sortis à nouveau mon épingle et tentai un deuxième essai. Brusquement, la porte s'ouvrit sur une Jenny dans un état assez… lamentable.

Finalement, ce n'était pas si grave que ça que je ne me sois pas encore douché. Elle baissa ses yeux cernés sur l'épingle que je tenais dans la main et fronça les sourcils.

— Y a pas grand-chose à voler chez moi, tu sais, Justin, marmonna-t-elle en se poussant pour me laisser entrer.

Son teint était encore plus pâle que d'habitude, ses cheveux semblaient emmêlés, et sa chambre, qui était d'ailleurs plongée dans le noir, sentait affreusement le renfermé.

Je me dirigeai aussitôt vers la fenêtre et ouvris les volets. Jenny se protégea les yeux avec ses mains, à croire qu'elle n'avait pas vu la lumière du jour depuis des mois. J'examinai rapidement l'état de la pièce : des paquets de chips vides traînaient par terre ainsi que des canettes de coca, et une console de jeux était posée sur son lit avec un casque. Je regardai Jenny d'un air étonné.

— Tu jouais aux jeux vidéo ?

Elle retira ses mains de son visage avant de se souvenir brusquement de quelque chose.

— Oh non ! Ne me regarde pas ! s'écria-t-elle en se cachant de nouveau.

Je levai les yeux au ciel.

— Si ça peut te rassurer, je n'ai pas eu le temps de passer par ma salle de bains avant de venir ici.

— Ça ne me rassure pas du tout, marmonna-t-elle. En plus, je porte un pyjama avec des pingouins…

Je baissai les yeux sur le pyjama en question. En effet, des petits pingouins jouant avec de la neige y étaient dessinés.

— C'est mignon, dis-je en m'approchant d'elle.

Je retirai doucement ses mains de son visage, et elle grimaça en me regardant.

— Qu'est-ce qu'il s'est passé, Jenny ? l'interrogeai-je, inquiet.

Elle soupira.

— Rien, j'avais besoin de me changer les idées, c'est tout.

— En passant vingt-quatre heures à jouer à la console ? Tu jouais à quoi comme jeu ?

— *Assassin's Creed*, la dernière version.

— Sérieusement ?

Jamais je n'aurais pensé que Jenny jouerait à ce genre de jeux d'action-aventure.

Elle croisa les bras sur sa poitrine et afficha un air sérieux.

— Très. J'ai bientôt fini l'histoire principale, il y a neuf séquences et j'en suis à la huitième. Bon, je t'avoue qu'actuellement je galère un peu… Faut dire que je pensais que le mode facile était pour les gamins, alors j'ai choisi le difficile… Tu veux m'aider ?

Je n'avais pas cours avant 14 heures, et il était actuellement 10 h 45. Même si je ne comprenais pas son obsession pour ce jeu, j'avais largement le temps de lui donner un coup de main. Et il était peut-être préférable que je reste un peu avec elle pour m'assurer qu'elle n'avait pas pété les plombs.

— OK, dis-je en allant m'asseoir sur son lit.

Je retirai mes baskets, m'adossai contre le mur et allongeai mes jambes sur le matelas. Jenny me rejoignit et s'assit en tailleur à ma droite, avant de me tendre la console de jeux et de m'expliquer comment jouer.

Après plusieurs minutes d'entraînement, elle me laissa me débrouiller tout seul, même si je devais continuellement suivre ses conseils… Jusqu'à ce qu'elle finisse par se taire au bout de trois quarts d'heure.

— Ça y est, tu me fais enfin confiance, *sensei*[1] ?

Je mis le jeu sur « pause » et tournai la tête vers elle. Elle s'était endormie, sa tête sur mon épaule. Je la regardai silencieusement dormir, me demandant ce qui avait pu se passer hier pour qu'elle en arrive là.

Je posai mes lèvres sur son front et, me sentant soudain fatigué à mon tour, fermai les yeux un instant. Juste un instant…

Lorsque j'ouvris à nouveau les paupières, je remarquai que Jenny dormait encore contre moi. Je sortis délicatement mon portable de la poche de mon jean et regardais l'heure : 15 h 3.

Merde.

J'envoyai aussitôt un message à Kyle, lui demandant d'informer la prof que j'avais une violente gastro et que je lui apporterais un certificat médical au prochain cours. Rater les cours magistraux n'était pas un problème, mais rater un cours de travaux dirigés, c'était autre chose. Sans motif valable, on risquait d'être déclaré comme « défaillant » dans cette matière, ce qui signifiait aller obligatoirement au rattrapage.

Je soupirai. Jamais je n'aurais pensé m'endormir.

Pour sa part, Jenny semblait plongée dans un profond sommeil. Je l'entendais même ronfler légèrement. Elle était adorable.

J'attrapai la console et continuai le jeu vidéo. Autant rater les cours pour faire quelque chose de bien, non ?

Jenny

Ce fut la faim qui me réveilla. Faut dire que se nourrir uniquement de chips et de coca pendant vingt-quatre heures, ce n'était pas une super idée.

1. « Maître » en japonais.

— Ah, ce n'est pas trop tôt ! râla Justin.

Je levai les yeux vers lui, surprise.

— C'est quelle heure ? demandai-je en me redressant sur le lit.

— 18 heures.

« 18 heures » ?! Et il était resté tout ce temps avec moi ?

— Tu n'avais pas cours aujourd'hui ?

Il haussa les épaules et me tendit ma console.

— Y avait mieux à faire, tiens, regarde.

Je cliquai sur « Reprendre le Jeu », et le générique de fin s'afficha sur l'écran.

— Quoi ?! m'exclamai-je. Tu l'as fini ?! Tout seul ?!

Il acquiesça, fier de lui.

Je souris de toutes mes dents. Jamais je n'aurais pensé un jour que finir un stupide jeu vidéo me rendrait aussi heureuse. Je laissai tomber la console sur le matelas entre nous, posai les mains sur ses épaules et me penchai pour l'embrasser avec passion.

— Merci, Justin, murmurai-je, émue par ce qu'il avait fait pour moi.

— Maintenant, va te préparer, je t'emmène manger dehors.

— T'as entendu mon estomac, toi aussi ? m'étonnai-je.

Il hocha la tête en rigolant. Je quittai le lit et ouvris mon placard pour en sortir un jean et un T-shirt, puis les reposai et me tournai vers Justin, soudain décidée à lui révéler toute l'histoire.

— J'ai croisé une fille hier, commençai-je, une étudiante en danse. Je l'ai conduite jusqu'au bâtiment D2, et…

Justin se leva et s'approcha de moi. Je lus dans ses yeux pleins de compassion qu'il savait précisément de quoi je parlais.

— Je comprends, dit-il.

Secouant la tête, je le regardai tristement.

— Non, tu ne peux pas comprendre… La danse, c'était tout pour moi et…

Il me prit dans ses bras et me serra contre lui.

— Tu peux pleurer si tu veux…

J'avais toujours envie de pleurer lorsque je repensais à ma passion. Mais les larmes ne voulaient pas sortir, pas cette fois… Parce qu'il était là. J'enroulai mes bras autour de lui et écoutai les battements de son cœur contre sa poitrine pour m'apaiser.

— Ça va aller, Jenny, souffla-t-il près de mon oreille. Tu n'es plus seule.

M'écartant doucement, je pris son visage dans mes mains.

— Tu me promets de ne pas me laisser ?

Il hocha doucement la tête.

— Je te le promets. Maintenant habille-toi, tu as besoin de reprendre des forces.

— Tu veux prendre une douche avant d'y aller ?

— T'as une serviette à me passer ?

J'allai lui en chercher une dans le placard, et il me remercia d'un signe de tête avant de se rendre dans la salle de bains.

Étant donné que je m'étais déjà douchée à l'aube, je profitai de ces quelques minutes pour m'habiller, me recoiffer, me parfumer, et me mettre un petit coup de blush sur les joues afin de camoufler mon absence de sommeil de cette nuit.

Une fois prêts, nous quittâmes la chambre et partîmes silencieusement en direction du tramway. Justin m'emmena dans un fast-food, ambiance années 1950, vieux postes radio, Cadillac et juke-box. Sans parler des serveuses qui devaient toutes porter un petit ensemble rose bonbon et des rollers aux pieds.

Nous nous assîmes face à face à une table, sur des banquettes rouge pétant, tandis que l'une des serveuses nous laissait le menu. Justin la remercia d'un bref sourire et commença à regarder ce qu'il y avait de bon à manger. Diffusée dans tout le restaurant, la chanson *I Wanna Be Loved By You*[1] interprétée par Marilyn Monroe me fit sourire.

Justin releva le nez de son menu et m'observa d'un air amusé.

— Qu'est-ce qu'il y a ? demanda-t-il.

Je désignai d'un geste de la main la salle.

— Tout. Cet endroit… Je n'avais jamais mis les pieds dans ce genre de resto.

— Et alors ? Qu'est-ce que t'en penses ?

— C'est tellement cliché ! En plus, mettre des chansons de Marilyn Monroe…

— Tu n'aimes pas Marilyn ? « *I wanna be loved by you, just you, nobody else but you*[2] »…, commença-t-il à chanter.

Oh mon Dieu, quelle horreur !

— Oh non, Justin, arrête, s'il te plaît !

Mais il continua :

— « *I wanna be kissed by you, just you, nobody else but you*[3] »…

J'éclatai de rire. Qu'est-ce qu'il pouvait chanter faux !

— À notre prochain rendez-vous, je t'emmènerai dans un karaoké, m'informa-t-il avec un petit sourire en coin.

— Pff…

J'ouvris le menu et étudiai les multiples choix proposés, c'est-à-dire : burgers ou pizzas.

Lorsque la serveuse revint quelques minutes plus tard pour prendre notre commande, je choisis un cheeseburger, contrai-

1. Composée à l'origine pour le film *Good Boy* (1928), cette chanson a ensuite été interprétée dans le film *Certains l'aiment chaud* (1959) par Marilyn Monroe. Musique de Herbert Stothart et de Harry Ruby, paroles de Bert Kalmar.

2. « Je veux que tu m'aimes, seulement toi et personne d'autre que toi. »

3. « Je veux que tu m'embrasses, seulement toi et personne d'autre que toi. »

rement à Justin, qui opta pour une pizza new-yorkaise, avec tomates, bœuf haché, bacon, emmental et cheddar.

Lorsque la musique *Blue Suede Shoes* de Carl Perkins se lança dans le juke-box, je ne pus m'empêcher de remuer, ce qui fit sourire Justin à son tour.

— Bah quoi ? C'est sympa !

— Tu veux danser ? proposa-t-il.

Il semblait sérieux. Je tournai la tête vers la pseudo-piste de danse du restaurant, qui était complètement déserte.

— Il n'y a personne, et puis tu sais bien que…

Il haussa un sourcil, se mit debout et me tendit sa main.

— Allez, viens, on va tous les impressionner.

Par « tous », il voulait certainement parler des serveuses et des trois autres clients présents dans le restaurant. Je secouai la tête, quittai la banquette à mon tour et pris sa main jusqu'à la piste de danse.

— Et maintenant ? l'interrogeai-je tandis qu'il se dandinait devant moi.

Il m'attrapa par la taille et me souleva du sol.

— Pose tes pieds sur les miens, me souffla-t-il.

Je lui obéis, curieuse de voir ce qu'il comptait faire, et passai les bras autour de sa nuque.

— Et ensuite ?

— Ensuite, on danse, me répondit-il en remuant au rythme de la musique.

Je rigolai et finis par poser la tête contre son épaule, le laissant m'entraîner dans sa danse absolument ridicule. Le pire, c'est qu'il ne s'arrêta même pas lorsqu'une nouvelle chanson s'enclencha.

— Tu aurais dû aller en cursus de danse, me moquai-je.

— Ouais, je sais, on me le dit souvent.

Fermant les yeux un moment, je me laissai emporter par les mouvements de Justin.

— Ça fait du bien, soufflai-je contre son cou.

— Tant mieux, me répondit-il sur un ton satisfait.

Lorsque je rouvris les yeux, j'aperçus la serveuse arriver avec notre repas. Quelques clients nous observaient, amusés par notre façon de danser, mais cela m'était égal.

Justin me reconduisit jusqu'à notre table et, essoufflé, se servit aussitôt un grand verre d'eau. Quant à moi, affamée, je découpai aussitôt mon burger et mangeai.

— Alors, t'en penses quoi ? C'est pas mal, hein ?

La bouche pleine, je me contentai de hocher la tête. Honnêtement, ça n'avait rien d'extraordinaire, c'était juste un burger… Mais être avec Justin en ce moment précis, ça c'était vraiment super.

Après le plat principal, nous prîmes tous les deux un gigantesque milk-shake à emporter, que nous bûmes sur le chemin du retour tout en discutant.

— Alors, je suppose que Marilyn Monroe est ta chanteuse préférée ? demandai-je en me souvenant qu'il connaissait l'une de ses chansons pratiquement par cœur.

— Faux, c'est Whitney Houston.

— « *And I… Will Always Love Youuuu* », chantai-je à mon tour.

Justin s'arrêta et me regarda, surpris.

— Tu sais que tu chantes vachement bien ?

Je levai les yeux au ciel.

— En tout cas, on peut difficilement faire pire que toi…

Il me lança un regard faussement vexé, puis nous recommençâmes tranquillement à marcher.

— Sinon, je me demandais… tu habites où ? l'interrogeai-je

avec curiosité. Puisque tu as une villa juste à côté du campus, je suppose que tu n'es pas de Saint-Louis.

— Non, je viens de Californie.

Je haussai les sourcils, étonnée.

— Ça fait loin, dis donc. Cinq heures d'avion…

— Tu y es déjà allée ? me demanda-t-il.

— Non, j'y ai juste ma meilleure amie… Enfin, je ne sais pas si on l'est encore à l'heure actuelle mais, en tout cas, elle est en Californie pour ses études. Je l'avais aidée à trouver un billet d'avion pas cher pour son départ, c'est comme ça que je sais pour le temps…

— Elle te manque beaucoup ?

Cette fois-ci, ce fut à mon tour de m'arrêter et de regarder Justin.

— De temps en temps, lui avouai-je, mais c'est ma faute. Je lui ai dit des choses horribles après mon accident, des choses que je regrette énormément, mais qui sont impardonnables. Et pas seulement à elle, d'ailleurs. Je me suis mis tous mes amis à dos, parce que… je me détestais et je détestais ce que j'étais devenue.

Je baissai les yeux sur ma jambe droite, puis détournai le regard.

— Peut-être qu'ils comprendront si tu leur expliquais.

Peut-être. Mais je n'étais pas encore prête à le faire.

— Sinon, pourquoi es-tu venu à Saint-Louis ? demandai-je pour changer de sujet.

Mais apparemment, ma question sembla un peu le déstabiliser.

— J'avais envie de changement… tu sais, avec ce qui s'est passé quand j'étais ado. Je ne voulais pas rester là-bas. Et l'université Washington de Saint-Louis avait également une très bonne réputation en matière sportive. Apparemment, il n'en ressort que de futurs champions.

— En fait, tu as fui, résumai-je.

— Bien sûr que non.

Je m'arrêtai devant lui, à seulement quelques centimètres.

— Est-ce que tu es déjà retourné chez toi depuis que tu as emménagé ici ?

— Non, mais…

— Ça veut tout dire, conclus-je, tes parents ne t'en veulent pas ?

— Ma mère est morte quand j'avais quinze ans…

J'ouvris la bouche, puis la refermai, ne sachant pas vraiment quoi dire.

— … Et mon père est très occupé par son boulot, ajouta Justin, il est médecin. Alors, même si je rentrais pour les vacances, y a peu de chances qu'on se croise.

— Je suis désolée pour ta mère, murmurai-je au bout de quelques secondes.

Il secoua la tête et me fit signe de continuer mon chemin.

— Ça fait longtemps.

En plus de tout ce qu'il avait subi à l'école, il avait également fallu que Justin perde sa mère durant son adolescence. J'aurais aimé le prendre dans mes bras et pouvoir le réconforter comme il l'avait fait avec moi, mais il avait déjà repris la marche. Je soupirai intérieurement et le suivis.

Quelques minutes plus tard, nous arrivâmes devant ma résidence.

— Merci pour aujourd'hui, lui dis-je en m'appuyant contre la porte d'entrée, c'était super sympa.

Justin parcourut mon visage du regard et s'avança vers moi pour m'embrasser passionnément. Mon cœur s'emballa. Ses mains se posèrent sur ma taille tandis que son corps se collait davantage au mien à mesure que le baiser prenait de l'ampleur. Sa bouche finit par quitter la mienne pour aller embrasser mon cou, et je sentis ses mains se glisser doucement sous mon haut. Le contact de ses doigts sur ma peau me fit frissonner.

— Justin, l'arrêtai-je d'une voix légèrement éraillée.

Il releva la tête et me regarda avec compréhension.

— Ne t'inquiète pas, je sais qu'il ne se passera rien ce soir.

Au contraire, j'avais envie qu'il se passe quelque chose. Mais ce n'était pas très raisonnable, pas après seulement deux jours de relation.

Si Ian le savait, il me tuerait ! Dire que je l'avais fait attendre plus d'un an, le pauvre…

Mais en soi les choses étaient différentes avec Justin. Je me sentais prête, alors pourquoi attendre ?

Alors que je m'apprêtais à le lui dire, Justin s'écarta doucement de moi, retirant ses mains de ma peau brûlante de désir.

— Envoie-moi un message si tu veux qu'on se voie demain ou vendredi…

J'acquiesçai.

— Bonne nuit, Jenny.

— Bonne nuit, Justin…

Chapitre 23

Jenny

Je passai le reste de la semaine à bosser et à rattraper les cours que j'avais manqués pour pouvoir jouer aux jeux vidéo. Justin dut se contenter de quelques petits messages, mais je lui promis d'être présente samedi à sa compétition. En effet, j'avais réussi à reporter mes rendez-vous médicaux en milieu de semaine prochaine et prévenu mes parents que je rentrerais en fin de journée, car j'avais encore des « trucs à faire » à la fac.

Le stade était déjà bien rempli à mon arrivée, un peu avant 15 heures, à tel point que je ne repérai aucune place disponible dans les gradins pour m'asseoir. Les organisateurs avaient tout prévu puisqu'ils avaient installé, non loin des gradins, un grand comptoir où l'on servait à boire et à manger, avec des tables et des chaises. Mais n'étant pas sûre de pouvoir y voir quelque chose de là-bas, je préférai aller m'appuyer sur les barrières au bord du stade.

— Bonjour à tous ! résonna une voix.

Je repérai non loin devant moi un homme âgé, à la carrure imposante, et tenant un micro dans la main. Ce devait être l'un des organisateurs de la compétition.

— Tout d'abord, merci d'être venus si nombreux à cette

compétition amicale de course. La première épreuve du 100 mètres ne va pas tarder à commencer, alors si vous ne voulez pas la rater, je vous conseille de prendre place dès maintenant, car avec les coureurs qu'il va y avoir, elle ne risque pas de durer bien longtemps !

Il énuméra ensuite le nom de chacun des participants, ainsi que l'université dont ils faisaient partie, puis leur souhaita à tous de donner le meilleur d'eux-mêmes.

Après son petit discours, de la musique retentit dans les haut-parleurs installés autour des gradins, et des pom-pom girls entrèrent sur le stade, suivies quelques secondes plus tard par les coureurs. Je repérai aussitôt Justin, accompagné de son entraîneur, mais le perdis de vue lorsqu'un petit groupe de personnes s'attroupa autour de lui pour lui parler.

— Hé, salut !

Comprenant que cette voix s'adressait à moi, je me retournai face à… Sonia. Que faisait-elle ici ?

Je sentis mon cœur se serrer en repensant aux conséquences qu'avait eues sur moi notre rencontre, mais réussis tout de même à garder mon assurance.

— Salut, répondis-je tandis qu'elle s'appuyait à côté de moi contre la barrière.

— Euh, encore merci pour l'autre jour…

Je lui adressai un petit sourire.

— C'est normal.

La sentant nerveuse à mes côtés, sûrement du fait de ma froideur, je me sentis obligée d'ajouter :

— Tes premiers cours se sont bien passés ?

— Honnêtement, c'était vraiment fatigant. Les profs sont super exigeants mais, après tout, ce sont les meilleurs de l'État, alors je me dis que la souffrance vaut le coup. Oh tiens, c'est le gars de l'autre jour…

Je suivis son regard, qui semblait s'être posé sur Justin, en train de s'échauffer sur la piste.

— Tu le connais ? demandai-je avec curiosité.

— Ouais, il essayait de rentrer dans ma résidence en crochetant la serrure de la porte d'entrée, comme un cambrioleur. Au final, je lui ai ouvert car j'ai pensé qu'il avait simplement oublié ses clés, et puis… il n'avait pas l'air bien méchant.

Je réfléchis un instant et repensai à la fois où Justin avait essayé d'entrer dans ma chambre de la même façon.

— Attends, tu habites dans la résidence universitaire grise ? Celle juste à côté des amphithéâtres ?

Elle parut étonnée.

— Oui, comment le sais-tu ? Il n'y avait plus de chambres disponibles dans les résidences proches du bâtiment de danse étant donné que je suis arrivée en cours d'année, alors ils m'ont mise dans ce bâtiment, là où il restait encore de la place.

Super…

— Tu l'as vu entrer dans la résidence, toi aussi ?

— Euh, ouais…

— En tout cas, il est vraiment pas mal, tu ne trouves pas ?

Faut dire que dans son débardeur et son short rouge ultra-moulant, il était même vachement pas mal.

— T'as raison, soupira Sonia, c'est débile de s'intéresser à un mec comme lui. Je n'ai aucune chance.

Mais je n'avais strictement rien dit ! Devant son air chagriné, je ne pus m'empêcher de la réconforter.

— Tu sais, les mecs ne s'intéressent pas toujours qu'au physique. En plus, tu es vraiment très jolie, alors…

Merde ! Mais qu'est-ce que j'étais en train de faire ?

— C'est vrai ? Tu penses que je pourrais lui plaire ?

Euh… Comment pouvais-je répondre sans l'inciter à tenter sa chance avec mon copain ?

— Tu pourrais plaire à quelqu'un comme Justin, oui… Peut-être pas à lui, mais en tout cas à quelqu'un de son niveau.

Je soupirai intérieurement. C'était moins une.

— Merci, Jenny ! Oh… Il nous regarde !

Sonia remit une mèche de cheveux derrière son oreille et lui sourit. Devais-je lui indiquer l'adresse du fan-club de Justin ?

Lorsque je levai les yeux vers lui, je remarquai que Justin venait de rendre son sourire à Sonia, tout en lui faisant un petit signe de la main.

Attendez… Il venait de la draguer ouvertement devant moi, là, non ?

Apparemment mon air à la fois choqué et contrarié l'amusa, puisqu'il éclata de rire.

— Même si je préfère la danse, j'ai toujours adoré l'athlétisme, m'avoua soudain Sonia. À Outstylouh, chaque année ils organisent une course réservée aux amateurs de tous niveaux à laquelle je participe avec mes parents. Alors, quand j'ai vu qu'il y avait une compétition aujourd'hui, je n'ai pas pu m'empêcher de venir y jeter un coup d'œil.

— À Outstylouh ? répétai-je avec difficulté.

Elle sourit, amusée.

— C'est le nom de ma ville natale en Ukraine.

Cela expliquait son accent étranger…

— Ça fait quand même loin, constatai-je avec étonnement. Pourquoi es-tu venue en Amérique ? Vous n'avez pas de bonnes écoles de danse là-bas ?

— Parce que c'est l'Amérique, Jenny. Je ne pense pas être la seule Européenne à vouloir y vivre. Et puis, je me suis toujours imaginé danser dans une compagnie de ballet américaine, alors quand mes parents m'ont annoncé qu'ils étaient d'accord pour me payer mes études à l'étranger, évidemment que je suis venue. Oh ! la course va commencer !

En effet, les participants s'étaient tous mis en place, positionnant leurs pieds dans les starting-blocks.

Lorsque le coup de feu partit, tous décollèrent aussi vite que des fusées. J'inspirai profondément et serrai les poings, priant pour que Justin gagne. Il allait très vite, encore plus vite que la dernière fois, il gagnerait, j'avais confiance en lui.

Mon regard ne le quitta pas un seul instant jusqu'à ce qu'il franchisse, le premier, la ligne d'arrivée. Je soupirai de soulagement et souris, heureuse pour lui.

— *Yes !* s'exclama Sonia à mes côtés. Justin a dû faire un temps incroyable ! Dommage que ce ne soit qu'une simple compétition amicale, sinon je suis sûre qu'il aurait décroché un titre et une médaille !

Sûrement… J'attendais vraiment de connaître son temps.

Après quelques minutes, l'organisateur de la course s'avança vers le centre de la piste et déclara dans son micro :

— Le gagnant du sprint sur 100 mètres est… Justin Braxton… Avec un magnifique temps de… 10 s 54 !

Waouh, c'était quand même assez impressionnant. S'il réussissait à passer sous la barre des 10 secondes un jour, il pourrait sans aucun doute participer aux JO et aux championnats du monde d'athlétisme.

À côté de moi, Sonia sauta de joie. L'organisateur fit ensuite un petit speech sur Justin, comme quoi il était « une étoile montante dans l'athlétisme » et aussi « l'espoir de notre université ». Puis il invita tout le monde à aller boire et manger en attendant la prochaine épreuve de course, un sprint sur 200 mètres auquel Justin ne participait pas.

Sonia me demanda de l'accompagner à la buvette, et voyant que Justin était en train de discuter avec son coach, j'acceptai. Il y avait pas mal de petites choses alléchantes, et je ne pus résister à une part de moelleux au chocolat. Sonia, quant à elle, opta pour une part de tarte aux pommes.

— Oh ! Justin vient dans notre direction ! me souffla-t-elle.

Oh ! merde.

Avalant ma dernière bouchée de gâteau en vitesse, je parcourus la foule du regard. Lorsque mes yeux se posèrent sur Justin, je m'élançai vers lui après avoir adressé un rapide « je reviens » à Sonia.

— T'as encore un peu de chocolat sur le coin des lèvres, se moqua Justin lorsque j'arrivais à sa hauteur.

Je m'essuyai la bouche d'un revers de la main tout en m'assurant que nous étions suffisamment loin de Sonia pour parler librement.

— Alors, impressionnée ? me demanda-t-il en souriant.

Je haussai les épaules.

— Mouais, t'aurais pu mieux faire, le charriai-je.

Il rigola.

— Tu veux me tuer, ou quoi ? Mais tu sais que, grâce à toi, j'ai encore battu mon record ?

— Je ne vois pas en quoi j'y suis pour quelque chose…

Quand il fit un pas de plus vers moi, je ne pus m'empêcher de reculer, sentant le regard de Sonia peser derrière moi. Je ne sais pas pourquoi, mais j'étais mal à l'aise de flirter avec Justin devant elle, alors que je ne l'avais même pas informée que nous étions en couple. D'ailleurs, pourquoi ne lui avais-je rien dit ? Il allait falloir que je le fasse juste après, parce que cela devenait gênant.

— Crois-moi, Jenny, tu y es pour beaucoup. D'ailleurs, vu mon super temps, je vais certainement participer à la prochaine compétition qui aura lieu dans quelques semaines. Et si je gagne, je serai champion universitaire du 100 mètres dans l'État du Missouri. C'est pas mal, hein ? Tu viendras ?

— À une seule condition.

— Laquelle ?

— Tu devras faire bien mieux que 10 s 54.

Il hocha la tête d'un air sûr de lui.

— Marché conclu. Maintenant, on peut s'embrasser ? J'en meurs d'envie depuis que je t'ai vue derrière ces barrières…

J'hésitai. Il y avait beaucoup de monde autour de nous, et puis… Je me retournai à la recherche de Sonia, qui s'était rapprochée pour mieux nous observer. C'était un peu flippant, d'ailleurs…

— Moi aussi, j'en ai envie, mais là on ne peut pas, il faut d'abord que je fasse quelque chose.

Justin grogna, mécontent.

— J'ai gagné une course pour elle, et je n'ai même pas le droit à un simple petit bisou, se plaignit-il.

— Je suis toujours là, tu sais. Mais maintenant, j'y vais, alors si tu veux te plaindre, vas-y !

Je le laissai et rejoignis aussitôt Sonia.

— De quoi avez-vous parlé, tous les deux ? m'interrogea-t-elle avec curiosité. Si c'était pour le féliciter, tu aurais pu m'attendre !

— En fait, il faut que je te dise quelque chose, Sonia…

— Quoi donc ?

Je détestais vraiment devoir briser ses espoirs, mais je ne pouvais pas continuer à lui mentir.

— Justin a déjà une copine, finis-je par lâcher.

— Sérieusement ? Ha… Je savais que c'était fichu d'avance,

de toute façon. Elle doit être vraiment magnifique, plus belle que nous deux réunies !

OK, c'était gentil pour moi ça.

— Bah, en fait… c'est moi, sa copine.

J'attendis une réaction de sa part, n'importe laquelle, mais elle se contenta de me dévisager un moment avant de lâcher un simple « OK ».

— Tu m'en veux ? lui demandai-je, embarrassée. Je suis désolée de ne pas te l'avoir dit plus tôt, mais tu avais l'air si joyeuse que je ne voulais pas plomber l'ambiance.

— Et pourquoi me le dire maintenant, alors ?

— Parce qu'on vient de se voir. Alors j'ai pensé que c'était mieux si tu l'apprenais par moi avant que tu le découvres par toi-même.

Elle scruta mon visage durant de longues secondes.

— Jenny, tu me déçois.

Hein ?

— Tu n'es pas obligée de me mentir, ajouta-t-elle. Si tu as des vues sur Justin, toi aussi, il suffisait simplement de me le dire. De toute façon, on sait toutes les deux qu'on n'a aucune chance et que ce n'est qu'un fantasme.

J'étais en train de rêver ou elle ne m'avait réellement pas crue ?

— Euh, Sonia… Je ne t'ai pas menti. On est réellement ensemble tous les deux.

Elle me sourit.

— Alors, moi aussi, je suis avec lui ! On forme un super couple à trois.

OK, cette situation devenait ultra-bizarre. Il fallait que je retrouve Justin au plus vite afin qu'il m'aide à régler ce petit souci. Finalement, il aurait été préférable qu'il m'embrasse devant elle.

Je le cherchai du regard parmi la foule, mais il avait disparu. Par chance, je repérai son coach en train de déguster une brochette de fruits à quelques mètres de nous. Je laissai Sonia pour aller lui demander s'il savait où se trouvait notre champion.

— Sûrement dans les vestiaires, répondit-il sans même me jeter un regard.

Je le remerciai et partis en direction du gymnase. Une fois à l'intérieur, je frappai à la porte des vestiaires.

— Justin, tu es là-dedans ?

Pas de réponse.

— Euh… S'il y a quelqu'un, attention, une fille va entrer !

Mieux valait prévenir au cas où quelqu'un serait en train de se changer.

J'ouvris la porte et remarquai que la pièce était déserte. Mais un sac de sport et des vêtements étaient posés sur un banc.

La seconde suivante, des sifflements me parvinrent d'un petit couloir situé à gauche, je pivotai et… Oh mon Dieu ! Je fermai aussitôt les yeux tandis que les sifflements s'arrêtaient pour être remplacés la seconde suivante par des éclats de rire.

— Je t'assure que je n'ai rien vu, fis-je en me retournant.

Mais si, j'avais tout vu ! Et c'était impressionnant !

— En es-tu bien certaine ? se moqua Justin.

Je l'entendis marcher derrière moi. Mais aussi, quelle idée de se promener tout nu dans les vestiaires ! La serviette, ça se portait autour de la taille et pas autour de la nuque, bon sang !

— Je suis actuellement morte de honte, donc si tu pouvais éviter d'en rajouter une couche et t'habiller, le priai-je.

— Jenny, on est en couple, je te rappelle. Puis c'est pas comme si tu n'avais jamais vu d'homme à poil ou de pénis de ta vie, hein.

Bah, des pénis comme le sien, non, en effet, je n'en avais jamais vu.

— Passe-moi mes vêtements, s'il te plaît, me demanda-t-il.

Après avoir attrapé la pile, je fermai les yeux et me retournai face à lui en tendant les bras.

— T'attends qu'il pleuve, ou quoi ? m'exaspérai-je.

Je sentis ses mains se poser sur les miennes et me tirer contre lui. Un frisson d'excitation me parcourut. Justin me fit relever la tête et je sentis ses lèvres se poser sur les miennes la seconde suivante.

— Tu veux bien ouvrir les yeux maintenant ?

Je finis par lui obéir en soupirant et plongeai mon regard dans le sien avant de l'embrasser à nouveau avec enthousiasme. Il se serra davantage contre moi, et je ne tardai pas à sentir son entrejambe durcir contre mon ventre.

Détends-toi, m'ordonnai-je mentalement.

J'avais déjà vu des pénis, ou du moins celui de Ian, j'avais même déjà fait l'amour, alors pourquoi étais-je aussi agitée en ce moment même ?

— Attends deux secondes, dis-je en écartant légèrement mon visage du sien.

Nous profitâmes de cette pause pour reprendre notre souffle, et je ne pus m'empêcher de baisser à nouveau les yeux sur son engin, déjà bien tendu à quelques centimètres de moi.

Il était vraiment impressionnant. Je songeai soudain que les cas de *penis captivus* étaient bien plus courants qu'on ne le pensait. Et si ça nous arrivait ? Et s'il restait bloqué en moi ?

Déglutissant, je relevai les yeux sur son visage. Les siens m'observaient avec une telle avidité que ça en devenait déstabilisant.

— Ne t'inquiète pas, me rassura-t-il. Il ne va rien se passer dans les douches du gymnase aujourd'hui.

Pourtant, je trouvais l'idée absolument excitante, ça et aussi la façon qu'il avait de me regarder comme s'il me désirait plus que tout au monde, malgré ma jambe en moins. Peut-être que cela le repousserait, une fois que j'aurais enlevé mon pantalon, mais en dépit de cette crainte, mon cœur battait à tout rompre dans ma poitrine, j'étais prête à prendre ce risque. Pour lui.

J'inspirai profondément avant de répondre :

— Pourquoi pas ? Il n'y a personne d'autre que nous ici, alors…

Il haussa les sourcils, surpris.

— C'est une blague ou bien ?

En guise de réponse, je passai une main dans ses cheveux encore humides, puis la fis lentement descendre le long de son visage, de son cou, de son torse… Sa respiration se fit de plus en plus lourde tandis que mes doigts parcouraient chaque partie de son corps. Chaque muscle que j'effleurais se contractait sous mon toucher. J'adorais provoquer ce genre de réaction chez lui et, à la façon dont il frémissait de temps à autre, il adorait lui aussi.

Justin m'attrapa brusquement la main avant que je n'aille plus loin et ferma les yeux un court instant.

— Je n'ai pas de préservatif sur moi et… si tu continues… ça va être difficile pour moi de m'arrêter.

— Je ne pensais pas que Justin Braxton perdait aussi vite le contrôle, le taquinai-je.

Il lâcha ma main et m'embrassa passionnément.

— Tu ne te rends pas compte de l'effet que tu as sur moi, Jenny Menser, murmura-t-il. Je dois constamment prendre sur moi pour ne pas t'arracher tes vêtements et te faire l'amour jusqu'à ce que tu n'en puisses plus.

Ces mots firent naître une chaleur dans mon bas-ventre.

— Espèce de sauvage, rigolai-je contre sa bouche, mais je t'avoue que l'idée me plaît assez.

Il m'écarta de lui.

— Si tu ne veux pas que je mette cette idée à exécution là maintenant sans protection, tu ferais mieux de m'attendre dehors.

Il semblait extrêmement sérieux. Waouh, jamais je n'avais autant excité un homme en étant encore totalement habillée.

— D'accord, soupirai-je.

Je reculai lentement jusqu'à la porte, et le regard très intéressé que je posai sur son corps le fit sourire.

— Toi qui ne voulais pas ouvrir les yeux il y a cinq minutes, avoue que le tableau te plaît assez, pas vrai ?

— J'ai vu mieux, mentis-je en ouvrant la porte des vestiaires.

Il secoua la tête en rigolant, et je sortis dans le couloir. À peine la porte se referma-t-elle derrière moi que je m'éventai avec ma main.

Il avait fait très chaud dans cette pièce… Bon sang, si rien que de le voir nu et le toucher me mettait dans tous mes états, qu'est-ce que ça allait être lorsque nous coucherions ensemble pour de bon ? Justin allait définitivement réussir à me faire perdre la raison ! Mais c'était loin d'être une mauvaise chose…

Chapitre 24

Justin

Bon sang, jamais une fille ne m'avait fait autant d'effet rien qu'en me touchant. Et dire qu'elle n'avait même pas eu besoin de retirer un seul de ses vêtements… C'était complètement dingue ! Qu'est-ce que ça allait être lorsque nous coucherions ensemble pour de bon ? Jenny allait me rendre complètement fou !

Je m'habillai rapidement et sortis dans le couloir. Elle n'était pas là. Sûrement était-elle allée m'attendre dehors. Je sortis du gymnase et me retrouvai nez à nez avec la jolie brune qui m'avait surpris en train de crocheter la serrure de sa résidence. Elle portait un ravissant combishort rouge décolleté mettant en valeur ses jolies formes et ses yeux verts.

— Salut, me dit-elle en souriant.

— Salut.

— Tu es aussi entré par effraction dans les vestiaires ?

Je souris à mon tour.

— Non, cette fois, c'était en toute légalité, la rassurai-je. Merci de n'avoir rien dit à personne à ce sujet d'ailleurs.

— De rien. Tu avais oublié tes clés ?

— Non, je venais voir ma petite amie, en fait. Mais vu qu'elle ne répondait pas à l'interphone, j'ai fini par tenter le coup avec une épingle à cheveux.

— Ta « petite amie » ? répéta-t-elle, surprise.

— Ouais. D'ailleurs, tu étais avec elle tout à l'heure, elle s'appelle Jenny.

Son visage sembla se décomposer.

— Tout va bien ? m'inquiétai-je en penchant la tête vers elle.

— Euh ouais… Enfin, non, Jenny m'a dit tout à l'heure que vous étiez ensemble, mais je ne l'ai pas crue.

Je haussai les sourcils.

— Et pourquoi ce serait si difficile à croire ?

Elle sembla embarrassée et se balança sur ses pieds.

— Jenny est assez mignonne, enfin, elle a un beau visage… Mais elle ne se maquille pas et ne porte pas de vêtements très féminins. Je ne dis pas ça méchamment car, même si je ne la connais pas vraiment, je la trouve très gentille… Mais sincèrement, on sait tous les deux qu'il y a une différence entre elle et toi. Tu es beau, sportif, et vraiment séduisant. Tu peux trouver bien mieux qu'elle.

Ouh là. Si j'avais su qu'elle avait des vues sur moi, jamais je ne me serais amusé à la saluer tout à l'heure avant mon sprint.

— Écoute, euh…

Tiens, d'ailleurs, je ne connaissais même pas son nom.

— … T'es vraiment super canon, et crois-moi, si je t'avais rencontrée il y a deux semaines, j'aurais couché avec toi sans hésiter, mais là, ce n'est plus possible. Je suis avec Jenny et… et je l'aime. Alors, je me fous que tu sois la femme la plus sexy du monde ou non, tu n'obtiendras rien de moi.

La brune sembla contrariée.

— Je ne t'ai jamais demandé de coucher avec moi. Je… Je pensais juste que tu préférerais sortir avec une fille de ton niveau.

— Désolé, de toute façon, je suis déjà pris.

Elle hocha la tête, me faisant signe qu'elle avait compris le message, puis tourna les talons.

Même si je m'étais imaginé une microseconde en train de faire des choses pas très catholiques avec cette belle brune, je n'éprouvais en réalité pas de désir pour elle. La seule dont j'avais envie, c'était Jenny, et peu m'importaient les autres femmes, si sexy soient-elles.

Quelqu'un toussota derrière moi, et je sursautai en découvrant qu'il s'agissait de Jenny. Elle me regardait étrangement, les bras croisés sur la poitrine.

— Euh… Tu es là depuis combien de temps ? l'interrogeai-je, légèrement anxieux.

— Depuis le début.

Je me raidis.

— Donc, tu as entendu tout ce qu'on a dit ?

Elle hocha la tête d'un air impassible. Je me grattai la nuque, complètement embarrassé. Je ne lui avais jamais dit que je l'aimais, car cela me paraissait beaucoup trop tôt pour lui avouer mes sentiments.

— Écoute, je…

— Il faut que j'y aille, m'interrompit-elle.

— Que tu ailles où ?

— Chez moi, enfin chez mes parents.

— Je croyais que tu rentrais en fin de journée.

— Oui, mais il faut encore que je fasse ma valise… Et aussi que je range un peu ma chambre. Alors, je vais y aller maintenant, puisque de toute façon tu as déjà couru… Alors… Euh…

OK, m'entendre dire que je l'aimais l'avait clairement mise mal à l'aise. Mais je ne savais absolument pas comment rattraper le coup, lui dire en face que je l'aimais ? Et si cela lui faisait encore plus peur et qu'elle décidait de rompre ?

— Tu veux que je te raccompagne jusqu'à ta résidence ?

— Non, c'est bon. D'ailleurs, je crois que ton coach te cherchait. Alors… tu devrais aller le voir.

OK, j'avais compris le message.

— D'accord… Tu m'envoies un message quand tu seras arrivée, OK ?

Elle acquiesça et, alors que je m'avançais vers elle pour l'embrasser, elle fit semblant de ne pas m'avoir vu et partit.

Merde, j'avais encore foiré sur ce coup-là…

Jenny

Justin avait dit qu'il m'aimait. Il m'aimait, moi. Bon sang…

OK, Sonia m'avait aussi salement critiquée, mais ce n'était pas le plus important.

Après avoir ouvert la porte de ma chambre, je filai dans la salle de bains pour m'asperger le visage avec de l'eau froide. Je relevai la tête et fixai mon reflet dans le miroir.

Justin était amoureux de moi. Ce n'était pas qu'une simple attirance, non, il avait des sentiments pour moi. Je n'étais pas encore prête à laisser quelqu'un s'attacher autant à moi. Savait-il à quel point j'étais brisée à l'intérieur ? Savait-il réellement ce que m'aimer signifiait ? Après tout, j'étais sa première petite amie « officielle ».

Je n'étais pas digne de son amour. Tant que je ne m'aimerais pas moi-même, je ne méritais pas d'être aimée par qui que ce soit. Et encore moins par quelqu'un d'aussi bien que Justin Braxton.

Je baissai les yeux sur ma prothèse, et une soudaine envie

de m'en défaire me prit de court. J'enlevai mon pantalon et la retirai à toute allure, avant de faire de même avec ma gaine. Je dus me retenir au lavabo afin de ne pas perdre l'équilibre.

Des fois j'allais bien, ou du moins je pensais aller bien, notamment lorsque j'étais avec Justin. J'oubliais mon passé, le fait que j'avais une prothèse, que j'étais désormais différente des autres, que je ne pouvais plus courir ni danser, que j'étais à présent handicapée. Je ne pourrais jamais suffisamment le remercier pour tous ces moments qui m'avaient permis de me sentir à nouveau vivante et heureuse.

Mais lorsque Justin n'était plus là, la réalité reprenait le dessus. On m'avait amputée, on m'avait retiré une partie de mon corps, une partie de moi-même… Et malgré tous ces petits moments de bonheur, ma vie ne pourrait plus jamais être la même qu'avant.

J'inspirai profondément et chassai ces pensées négatives dans un coin de mon esprit. Après avoir rattaché ma prothèse, je me rhabillai, attrapai ma valise déjà préparée et jetai un dernier petit coup d'œil à ma chambre parfaitement rangée avant de sortir dans le couloir.

Il n'était pas question que je reste ici une minute de plus. J'avais besoin de me changer les idées, et voir ma famille me ferait le plus grand bien.

— Jenny ? s'étonna ma mère en m'ouvrant la porte. Tu ne devais pas rentrer en fin de journée ?

Je haussai les épaules et pénétrai dans la maison.

— Il y a du monde ? demandai-je en entendant des voix en provenance du salon.

Ma mère soupira.

— Seulement Nick, mais c'est bien suffisant.

Je souris. Ma mère et Nick, le meilleur ami de mon père, ne

s'appréciaient vraiment pas. J'avais demandé à ma mère plusieurs fois pourquoi, et la seule réponse que j'avais pu obtenir était : « Il est préférable que tu ne le saches pas. »

Après avoir laissé ma valise dans l'entrée, je suivis ma mère au salon.

— Hé, salut, l'unijambiste ! m'accueillit Nick.

Assis à côté de lui sur le canapé, mon père lui donna un coup de coude dans le ventre.

Je t'ai déjà dit d'arrêter d'appeler ma fille comme ça, Nick, le sermonna-t-il en se levant.

Il s'approcha et me prit dans ses bras.

— Si j'avais su que tu rentrais plus tôt, je ne l'aurais pas invité.

— Encore heureux. Au fait, Nick, tu as réussi à retrouver Jared depuis la dernière fois ? l'interrogeai-je en m'écartant de mon père.

Il sembla réfléchir un instant, comme s'il avait oublié qui était Jared, avant que ses yeux ne s'illuminent soudain.

— Ah oui ! Je l'ai retrouvé dans un parc en fin de matinée. D'ailleurs, tu avais raison, il dormait dans l'herbe, cet abruti.

— En fin de matinée ? répétai-je en grimaçant. Lydie avait déjà appelé la police ?

— Non, mais elle avait le téléphone à la main lorsqu'on est rentrés. On l'a échappé belle. Enfin, Jared est privé de vélo pendant un mois et, même si pour lui c'est la fin du monde parce qu'il va devoir prendre des moyens de transport qui polluent, moi je trouve qu'il ne s'en tire pas trop mal.

J'approuvai d'un hochement de tête.

— Bon, et si tu ramenais tes fesses sur le canapé, Jen, me lança-t-il ensuite, faut qu'on cause de choses plus sérieuses maintenant !

Mon père lui adressa un regard noir.

— Ma fille n'a pas envie d'écouter tes conneries, alors laisse-la tranquille !

— En fait, si, pour une fois, je veux bien savoir ce qu'il a de si intéressant à dire.

À la grande surprise de mes parents, j'allai m'asseoir dans le fauteuil situé juste en face du canapé. Nick me sourit de toutes ses dents, enfin… de toutes ses dents restantes, car il lui en manquait pas mal.

— En réalité, c'est plutôt toi qui as des choses à nous dire, ma cocotte.

Je fronçai les sourcils.

— Comment ça ?

— Paraît que t'avais des « trucs à faire » cet aprèm. On peut savoir de quoi il s'agissait ?

Je rigolai.

— Sérieusement ? Tu te prends pour mon père ?

Nick sourit de plus belle et se tourna face à mes parents.

— Elle était avec un garçon, ça se lit à des kilomètres sur son visage !

Finalement, je commençais à regretter d'avoir accepté cette conversation. À croire que tout me ramenait à Justin.

J'allai me lever lorsque Nick m'arrêta avec une nouvelle question :

— Vous avez fait des trucs ?

Alors que j'ouvrais la bouche pour répliquer, des images de ce qui s'était passé tout à l'heure entre Justin et moi dans les vestiaires me revinrent en mémoire. Sentant mes joues s'empourprer, je déglutis.

Nick écarquilla grand les yeux.

— Purée, Zach, t'as vu ça ! Ta fille est complètement morte de honte, ce qui signifie qu'elle a réellement fait des choses pas très raisonnables avec un garçon !

Je me levai une bonne fois pour toutes, prête à filer le plus vite possible dans ma chambre. Mais ce fut au tour de mon père de me poser une question.

— Comment s'appelle-t-il ?

Sérieusement ?

— Tu ne vas quand même pas croire tout ce que dit cet imbécile ?! m'irritai-je. Et puis, arrêtez avec vos questions sur ma vie privée, j'ai l'impression de passer un interrogatoire, là…

— Attends, s'il te plaît, Jen, j'en ai une dernière ! s'écria Nick avant que je ne quitte la pièce. Est-ce que tu as dû le harceler constamment pour le faire tomber dans tes bras ? Parce que, apparemment, c'est une technique qui marche assez bien, pas vrai, Élodie ?

Je regardai mes parents tour à tour, puis m'arrêtai sur ma mère.

— T'as harcelé papa ?

Ma mère sembla gênée.

— Mais non, enfin… Nick ne savait pas qu'il y avait déjà quelque chose entre ton père et moi à l'époque.

— Bah, si t'avais pas forcé les choses, y aurait jamais rien eu hein, répliqua Nick, pas vrai, Zach ?

Ma mère foudroya Nick du regard, et mon père poussa un long soupir avant de se tourner vers elle.

— C'est vrai que tu as quand même un peu forcé les choses, Élodie, dit-il en la regardant droit dans les yeux, mais je suis content que tu l'aies fait.

Ma mère posa une main sur sa joue et l'embrassa amoureusement. Mal à l'aise, je détournai le regard et croisai celui de Nick, qui, d'ailleurs, semblait écœuré.

— Si j'avais su que vous alliez vous embrasser, j'aurais jamais posé cette question, marmonna-t-il en grimaçant.

— Sinon, euh… mon copain s'appelle Justin, finis-je par lâcher pour je ne sais quelle raison.

— Ah tiens ! Je vous l'avais bien dit ! s'exclama Nick en s'applaudissant.

— « Justin », répéta mon père comme pour se souvenir de son prénom. Il est en fac d'éco avec toi ?

— Non, il est en troisième année dans un autre cursus, mais on s'est rencontrés sur le campus.

— Ah, donc il a environ vingt ans, en déduisit ma mère.

J'acquiesçai.

— Et euh… Ça fait combien de temps que vous sortez ensemble ?

— Moins d'une semaine, c'est pour ça que je ne voulais pas en parler. Peut-être qu'on ne sera plus ensemble d'ici la semaine prochaine, alors…

Ma mère sembla réfléchir un instant avant de me proposer :

— Tu ne voudrais pas l'inviter à déjeuner à la maison le week-end prochain ? Si vous êtes encore ensemble, bien sûr.

— Maman ! m'exclamai-je. Je viens de te dire qu'on est ensemble depuis moins d'une semaine !

— Et alors ? Depuis quand faut-il respecter une date précise pour présenter son copain à ses parents ? Dis-toi que ton père a dîné avec ma famille bien avant que l'on sorte ensemble…

Je soupirai. Elle n'allait désormais plus me lâcher avec ça. Je ne savais pas pourquoi, mais ma mère adorait rencontrer mes petits copains. Enfin, en tout cas, elle adorait inviter Ian à manger le week-end lorsque nous étions ensemble.

— OK, je lui demanderai, mentis-je afin qu'ils me laissent tranquille.

— Attends, dit Nick en bondissant du canapé. Tu peux me

passer ton portable deux secondes, j'ai plus de batterie sur le mien et faut que j'envoie un message urgent à Lydie.

Je trouvai sa requête légèrement bizarre, mais le lui prêtai quand même. Il pianota sur mon portable pendant quelques secondes, puis me le rendit avec un clin d'œil.

— Voilà, je lui ai proposé samedi prochain à midi. Ça te va, Élodie ?

Je jetai un regard noir à Nick. Comment avait-il osé ? Je regardai le message exact qu'il venait d'envoyer à Justin :

Repas chez moi avec ma famille samedi prochain à midi, t'as intérêt à être là !

Suivi de trois petits cœurs et de mon adresse.

Trois petits cœurs ?!

Je serrai les dents et maudis davantage Nick lorsque la réponse de Justin s'afficha sur mon écran quelques secondes plus tard :

OK, je viendrai.

Super.

— Il viendra, les informai-je sur un ton froid avant de quitter le salon une bonne fois pour toutes.

Je partis m'enfermer dans ma chambre et me laissai tomber sur mon lit, les yeux rivés au plafond. Un repas avec Justin et mes parents… Manquait plus que ça dans ma vie !

Je posai un bras sur mes yeux et soupirai. Sans oublier que… Justin Braxton était amoureux de moi.

Chapitre 25

Justin

Jenny m'évitait constamment. Elle ne répondait que très brièvement à mes messages, jamais à mes appels. Lorsque j'étais passé une première fois à sa chambre, le mardi en début de soirée, elle avait fait comme si elle n'y était pas et m'avait expliqué par message le lendemain qu'elle était allée réviser à la bibliothèque universitaire jusqu'à sa fermeture. Lors de ma seconde visite, cette fois-ci à 20 h 30, qui s'était révélée également infructueuse, le supposé motif d'absence de Jenny avait été « Désolée, je me suis couchée tôt, les cours m'ont épuisée ».

Ainsi, le jeudi, j'avais décidé de l'attendre devant sa résidence en fin de journée, quitte à patienter plus d'une heure. Et quand je l'avais aperçue arriver à pas rapides vers moi, une main sur la bouche, j'avais eu droit à une troisième excuse bidon : « Désolée, je crois que j'ai la gastro, faut que j'aille aux toilettes. » Je n'avais même pas eu le temps de répondre que la porte d'entrée s'était refermée devant moi, Jenny ayant déjà disparu à l'intérieur du bâtiment.

Je me massai les tempes, et poussai un profond soupir agacé. Je commençais sérieusement à en avoir marre d'être ignoré constamment par ma petite amie. Si être en couple se résumait pour elle à se voir tous les trente-six du mois, ça n'allait vraiment pas le faire. Et même si elle était toujours mal à l'aise à cause du fait que je l'aimais, ce n'était pas une raison suffisante pour me mettre des vents. D'ailleurs, cette situation ne pourrait s'améliorer que lorsque nous aurions mis les choses au clair tous les deux. Et j'espérais que le plan que j'avais élaboré dans la journée avec mes amis fonctionnerait.

Après avoir sorti mon portable de la poche de mon jean, j'envoyai un message à Sophie :

Tout est OK pour ce soir ? Jenny ne se doute de rien ?

Sa réponse ne se fit pas longue.

T'inquiète pas, je gère.

Parfait.

J'attrapai mon blouson teddy rouge à manches blanches et sortis de ma chambre au pas de course.

— Sean, Collin, vous êtes prêts ? les appelai-je en dévalant l'escalier.

Mes deux potes m'attendaient déjà devant la porte d'entrée.

— Vous savez qu'on n'y va pas pour draguer, hein ? leur rappelai-je en les analysant.

Sean portait des baskets blanches, un jean déchiré, avec un T-shirt gris par-dessus lequel il avait revêtu sa longue veste style militaire. Collin, quant à lui, était dans un style un peu plus classe : jean classique, chemise blanche à col ouvert, ses cheveux bruns toujours bien coiffés en arrière comme à son habitude.

— Ouais, ouais, on sait, me répondit ce dernier en se remettant un petit coup de parfum dans le cou. On ne fait que se mettre dans la peau de notre personnage !

Mon Dieu, il était pire qu'une meuf, celui-là !

— Je ne crois pas qu'il y ait une grande différence entre toi et ton personnage, se moqua Sean en ouvrant la porte d'entrée.

— Euh, c'est quoi cette histoire de personnages ? les interrogeai-je en les suivant dehors.

— Oh rien, on s'est juste mis sur notre trente et un pour rendre ta petite histoire plus crédible. Comme ça, même si on n'y va pas pour draguer, Jenny croira sans aucun doute le contraire !

— Mais je ne veux pas qu'elle croie que je vais dans ce bar pour draguer, hein ! On est en couple, je vous rappelle !

Mes deux amis se regardèrent entre eux.

— Mais, euh, tu n'y vas pas pour essayer de la reconquérir ?

Je poussai un long soupir exaspéré.

— Jenny m'évite parce qu'elle m'a entendu dire que je l'aimais. Certes, on est un peu dans une période de froid tous les deux, mais on est toujours ensemble à ce que je sache.

— Finalement, on aurait plutôt dû opter pour une tenue décontracte, marmonna Collin. Là, c'est vrai qu'elle risque de penser qu'on est tous venus pour choper de la donzelle. Mais bon, étant donné qu'elle va aussi dans ce bar, si elle te fait une réflexion là-dessus, tu n'auras qu'à lui faire la même.

Sean acquiesça.

— Ouais, et rien n'empêche que Collin et moi y allions pour draguer, et toi, tu es simplement là pour nous surveiller et nous ramener à la villa une fois qu'on aura trop bu.

De toute façon, il était trop tard pour qu'ils se changent. Sean était rapide, mais Collin, il lui fallait minimum vingt minutes pour s'habiller.

— OK, ça marche, dis-je, allons-y.

Nous prîmes ma voiture, et je conduisis durant une bonne

quinzaine de minutes jusqu'à arriver devant The Blues Bar. Je me garai sur le parking à l'arrière, et nous fîmes la queue à l'entrée.

Bien qu'il soit seulement 21 h 38, je constatai, une fois à l'intérieur, que le bar était déjà bien rempli. Il y avait une grande pièce principale avec des tables avec deux billards et trois machines de jeux d'arcade. La seconde pièce à l'arrière comportait quant à elle encore quelques tables et une large piste de danse. D'ailleurs, je pouvais déjà apercevoir des personnes se déhancher sur le dernier hit de Liam Payne.

Je balayai la foule du regard mais ne repérai pas Jenny. Pourtant, Sophie m'avait bien dit qu'elles y seraient pour 21 heures et que, s'il y avait un souci ou que Jenny souhaitait rentrer, elle m'enverrait un message pour me prévenir.

— Hé, mec, tu veux quelque chose à boire ? me demanda Collin par-dessus mon épaule.

Secouant négativement la tête, je scrutai une nouvelle fois chaque personne présente dans la pièce.

— T'es sûr ? Parce que là, t'as vachement l'air du mec qui est venu exprès ici pour trouver quelqu'un.

— Bon, OK, prends-moi un Coca Zero.

Je l'entendis s'éloigner vers le bar, et… mon regard se posa la seconde suivante sur Sophie. Elle était vers l'entrée de la deuxième pièce, debout contre le mur, et… seule. Où était Jenny ?

Après m'être approché d'elle à grands pas, je n'eus pas besoin de lui poser la question qu'elle y répondit :

— Aux toilettes. On a déjà bu trois cocktails, fallait que ça sorte.

Cette dernière précision n'était peut-être pas nécessaire…

— Elle a bu de l'alcool ? m'étonnai-je simplement.

— Pourquoi ? Ça pose un problème ?

Évidemment ! La conversation que je m'apprêtais à avoir avec elle risquait d'être largement influencée par son taux d'alcool !

Mais je ne réprimanderais pas Sophie. Après tout, je ne lui avais jamais demandé d'interdire à Jenny de boire. Et si ma petite amie était ici ce soir, c'était bien grâce à elle. D'ailleurs, je me demandais bien par quel moyen Sophie avait réussi à la convaincre de sortir de chez elle.

— Oh tiens, la voilà ! s'exclama Sophie. Jennyyyyy, regarde qui est là !

Sophie commençait visiblement à être un peu pompette. Il allait falloir que je la surveille, sinon elle risquait de cracher le morceau sans s'en rendre compte.

Je tournai la tête et croisai le regard de Jenny. Elle n'avait pas l'air très surprise ni énervée de me voir ici.

En fait, c'était certainement moi le plus étonné de nous deux, parce que… Jenny était en robe. Elle portait une jolie petite robe noire à manches courtes évasée en bas. Elle avait un collant noir opaque, et de ce fait personne ne pouvait voir sa prothèse. C'était bien la première fois que je la voyais s'habiller ainsi, et cela lui allait à ravir.

— Bon euh, je vais vous abandonner tous les deux ! J'ai repéré un bel Homo sapiens près de la piste dansante, à plus !

Sophie s'éloigna rapidement, me laissant seul face à Jenny.

— Euh… salut, commençai-je, je ne savais pas que…

— Te fatigue pas, je suis au courant, me coupa-t-elle en soupirant.

— Au courant ? répétai-je

— De ton plan pour qu'on discute tous les deux.

Je me figeai. Ah… C'était très embêtant… Et aussi extrêmement gênant.

— Jamais je n'aurais dû lui faire confiance, marmonnai-je en faisant allusion à Sophie.

— Oh non, elle ne m'a rien dit. C'est juste qu'elle a agi de façon tellement étrange pour me convaincre de venir ici que ce n'était pas bien difficile à comprendre.

— Euh… Qu'est-ce qu'elle t'a dit au juste ?

Jenny s'appuya contre le mur et me répondit d'un ton amusé :

— Qu'elle voulait absolument fêter son anniversaire qui n'a lieu que dans un mois et que j'étais obligée d'y aller car c'était « hyper important » pour elle de le fêter aujourd'hui, juste avec moi… C'était évident qu'il y avait quelqu'un derrière tout ça. Et étant donné que je ne connais personne d'autre que toi ici…

— Ça aurait pu être Kyle ! me défendis-je.

Jenny rigola.

— Ouais, Kyle est toujours le responsable de toute manière.

En reconnaissant *Eye of the Tiger*, une chanson très motivante, je redevins sérieux.

— Si tu savais pour moi… pourquoi as-tu quand même accepté de venir ?

Elle soupira.

— Parce que je ne peux pas continuer à t'éviter éternellement. Mais tu veux vraiment qu'on parle de ça ici ? En plus, j'ai un peu peur de me prendre une droite dans la figure, là…

La plupart des mecs dans le bar s'étaient mis à remuer en se donnant des coups de poing « amicaux » entre eux. Ça, c'était l'autre effet qu'avait la musique de *Rocky* sur les gens.

— OK, viens, on sort.

Je lui pris la main et essayai de nous frayer un chemin parmi la foule. Soudain, je sentis ses doigts lâcher les miens. Lorsque je me retournai, Jenny était sur le sol et foudroyait du regard un grand type aux cheveux châtains avec un nez imposant.

— Tu ne peux pas faire attention ?! s'énerva le mec.

Non mais c'était une blague, là. Il venait de la bousculer

assez brutalement pour la faire tomber, et il osait en plus le lui reprocher ?! Non, mais j'hallucinais complètement.

Je proposai mon aide à Jenny, mais elle refusa et se releva seule, assurément contrariée. Le gars était toujours là, à nous observer d'un air supérieur, comme s'il attendait que ma copine lui fasse des excuses.

Il pouvait toujours rêver ! Et j'allais…

— Justin, laisse tomber, me dit Jenny en secouant la tête.

J'hésitai un instant, puis finis par desserrer les poings.

Ha ! Je détestais qu'elle ait raison. Se battre avec un mec bien torché dans un bar n'en valait pas la peine. Et de toute façon, la musique de *Rocky* venait de s'arrêter, lui coller une belle droite ne serait pas passé inaperçu.

— Putain, mec, elle te tient vraiment par les couilles, ta meuf ! s'exclama le type avant d'éclater de rire. En plus, elle ne tient même pas debout, cette conne !

Mon sang ne fit qu'un tour, et mon crochet du gauche lui arriva en pleine face avant que j'aie le temps de réfléchir. Il tituba, mais quelqu'un eut la gentillesse de le rattraper par-derrière. Comme le gars semblait encore à l'ouest suite à mon coup et que personne n'osait riposter à sa place, je me retournai vers Jenny.

Je ne savais pas trop si elle était contrariée par le fait que j'avais frappé ce connard mais, au bout de quelques secondes, elle sembla brusquement terrifiée.

— Justin, attention !

J'eus à peine le temps de me retourner que quelque chose de dur se brisa violemment sur mon crâne.

Alors que j'étais complètement sonné, les coups suivants me semblèrent arriver de nulle part. Je pris une droite puis une gauche, puis encore une droite et…

La voix de Jenny s'éleva près de moi :

— Arrêtez ! hurlait-elle. Vous allez le tuer !

J'étais par terre et des bouts de verre gisaient autour de moi. Je ne sais pas quand ni comment j'avais fini par m'étaler sur le sol, mais en tout cas c'était arrivé.

Je sentis deux bras me soulever le haut du corps, puis deux autres me soulever les jambes. On me porta plus loin, jusqu'à me laisser à nouveau sur un sol froid et dur.

— Oh mon Dieu, Justin… Je suis tellement désolée !

C'était Jenny. J'avais l'impression qu'elle pleurait mais, même lorsque j'ouvrais les yeux, je ne pouvais pas la voir. Tout était noir et… Bon sang, qu'est-ce que j'avais mal !

— J'ai appelé les pompiers, ils ne vont pas tarder ! Merde, il saigne vachement !

C'était une autre voix. Sophie peut-être ?

— Oh non, Jenny… J'entends des cris à l'intérieur du bar, je crois que ça dégénère. Attends, je vais voir !

Par je ne sais quel miracle, je réussis à discerner le visage de Jenny au-dessus de moi. Il était légèrement flou, mais je le percevais enfin.

Elle ne me regardait pas, et je dus expirer lourdement pour qu'elle baisse les yeux sur moi.

— Justin ? Tu me vois ?

Je réussis à bouger légèrement la tête, et elle poussa un long soupir de soulagement.

— J'ai cru que tu étais inconscient. Les pompiers ne vont pas tarder, d'accord ? Ça va aller…

— Non, ça ne va pas aller ! s'écria la seconde voix. C'est parti en baston générale à l'intérieur ! Les potes de Justin ont vu ce qui s'est passé et ils s'en sont pris au mec et à ses potes ! Les flics vont débarquer d'une minute à l'autre, faut qu'on se tire illico, ou sinon on va finir la nuit en garde à vue !

— Mais je ne peux pas l'emmener comme ça, Sophie ! Tu as vu sa plaie ? Il s'est pris une bouteille en verre sur le crâne, il a besoin de soins et de points de suture !

— É… écoute-la, réussis-je à prononcer, sinon on pourrait avoir des problèmes…

Et avoir un casier judiciaire n'est pas la meilleure façon de commencer une carrière sportive…

Soudain, ma vue se brouilla à nouveau.

— Jenny, je t'en prie, il faut qu'on se tire ! insista Sophie.

Jenny inspira profondément.

— OK, OK… Tu peux fouiller ses poches ? Il doit y avoir ses clés, et je ne peux pas enlever les mains de sa plaie.

Sophie sembla s'exécuter, puisque je sentis ses petites mains baladeuses me tripoter un peu de partout.

— C'est bon, je les ai, déclara-t-elle. Il doit être garé sur le parking.

— OK, maintenant déchire un bout de ma robe et attache le tissu autour de sa tête en enveloppant bien son œil droit.

— Tu es vraiment sûre de vouloir déchirer cette robe ?

— Sophie ! Dépêche-toi.

Quelques secondes plus tard, la pression se retira de mon crâne, et un tissu m'enveloppa une bonne partie du visage ainsi que l'œil droit.

— Je ne sais pas combien de temps ça va tenir, alors on va le soulever et l'emmener rapidement à la voiture.

Brusquement on me releva et on me tira un peu dans tous les sens. J'entendis Sophie se plaindre de mon poids, le son de leurs lourdes respirations, puis des soupirs de satisfaction. On me reposa par terre un court instant. Une portière de voiture s'ouvrit et, je ne sais comment, Jenny et Sophie réussirent à m'allonger sur la banquette arrière. Je retrouvai un semblant de vue et fixai le plafond de ma voiture au-dessus de moi.

— Je ne peux pas monter avec vous, dit Jenny, mais je vous retrouve à la villa, d'accord ?

— Oh non, tu ne peux pas me laisser toute seule avec lui ! Et s'il lui arrive quelque chose sur la route, qu'est-ce que je suis censée faire, moi ? En plus, j'ai bu !

— Sophie, on a pas le choix, je… Je ne peux pas monter dans une voiture.

— Bien sûr que si, murmurai-je.

— Toi, tais-toi ! Si tu ne l'avais pas frappé, rien de tout cela ne serait arrivé !

Ah, c'est ma faute maintenant…

— Il… Il t'avait insultée…

— Ce mec était soûl comme un trou, pourquoi tu es rentré dans son jeu, imbécile ?! Si tu voyais de quoi tu as l'air en ce moment, tu le regretterais vraiment, crois-moi.

Bourré ou pas, ce type l'avait bien mérité.

— Je m'en fous…

Honnêtement, je ne m'en foutais pas tant que ça, surtout si je finissais avec une cicatrice sur la gueule. Mais au moins, je pourrais dire que je l'avais eue pour la bonne cause.

En tout cas, même si j'avais perdu le combat ce soir, ce mec n'avait aucune fierté d'avoir gagné de façon complètement déloyale. La prochaine fois que je le reverrais, je comptais bien le lui faire payer très cher !

— Jenny, tu viens alors ? demanda Sophie d'un ton impatient. J'entends les sirènes de police… Faut vraiment bouger, là.

— Je… Je ne peux pas… La voiture, c'est…

Je levai la main vers ma tête, réussis à agripper le pseudo-bandage que Sophie m'avait fait et le retirai.

— Mais qu'est-ce que tu fais, Justin ?! s'énerva Jenny en appuyant aussitôt les mains sur ma plaie.

— J'ai besoin de toi… Alors, reste.

Le moteur de ma voiture ronronna.

— Jenny ? appela Sophie.

Un frisson me parcourut quand je me rendis compte que Sophie allait conduire mon bébé. Sophie, qui d'ailleurs était encore bien bourrée… Je priai intérieurement pour qu'il ne lui arrive rien, à ma voiture, bien sûr.

— OK, vas-y, lui répondit finalement Jenny, mais doucement, d'accord ?

Elle monta avec moi à l'arrière et eut tout juste le temps de refermer la portière que ma voiture démarra.

— Je… Je ne peux pas, murmura Jenny d'une voix tremblante. Je ne peux pas… Sophie, s'il te plaît, arrête-toi !

— Jenny, murmurai-je, regarde-moi… Ça va aller, OK ?

Elle secoua la tête, mais ne me quitta pas des yeux. Je savais que Jenny n'était encore jamais remontée dans une voiture ou sur une moto depuis son accident, mais je savais aussi qu'elle était forte et que, si j'étais à ses côtés, elle pouvait réussir à surmonter sa peur.

— Je ne vais pas dépasser les vingt kilomètres/heure, promis, nous assura Sophie à l'avant.

Encore heureux.

Jenny eut l'air de tenir le coup pendant une minute, puis sa respiration s'accéléra, et elle commença à avoir du mal à respirer.

— Hé, hé, fis-je, calme-toi et respire profondément… On est bientôt arrivés, d'accord ?

— Je… je ne peux plus respirer.

Sophie nous ouvrit les fenêtres à l'arrière, mais cela ne sembla pas suffire.

— Jenny… embrasse-moi.

Elle me regarda comme si je venais de dire quelque chose de complètement stupide.

— Fais ce que je te dis…

— Tu es… plein de sang…

— L'autre fois, je ne m'étais pas lavé les dents, lui avouai-je.

— Et ce soir ?

— J'ai même fait un bain de bouche saveur menthe en prime…

Sa respiration s'apaisa légèrement tandis qu'elle approchait son visage du mien. La seconde suivante, ses lèvres se posèrent doucement sur les miennes. Je fermai les yeux et savourai cette sensation de bien-être qui m'envahissait.

— Jenny ! Je te prierais de ne pas abuser d'un malade dans la voiture ! la charria Sophie.

Jenny s'écarta légèrement et me sourit. Son début de crise d'angoisse s'était estompé, elle allait mieux. Quant à moi, j'en avais presque oublié ma douleur. Je soupirai, soulagé.

Sinon, j'avais quand même le droit de faire ce que je voulais dans ma caisse, non ?

— D'ailleurs, Justin, reprit Sophie, si tu succombes malencontreusement à tes blessures, je peux avoir ta voiture ?

Oh mon Dieu ! J'eus un brusque regain d'énergie et réussis à ne pas fermer mon seul œil disponible jusqu'à ce que nous arrivions à la villa, par miracle sans aucun incident. Il n'était pas question que cette blondinette me vole ma voiture ! Si je devais mourir, alors ma bagnole mourrait avec moi !

Chapitre 26

Jenny

Mon Dieu, je n'arrivais pas à croire que j'avais pu remonter dans une voiture sans que cela se termine par une crise d'angoisse. Jamais je n'aurais pensé pouvoir y parvenir aussi tôt, et pourtant aujourd'hui j'avais réussi. Grâce à lui.

Mon regard se posa sur Justin, allongé sur le canapé « interdit ». Tous ses amis l'entouraient… Enfin, presque tous.

Collin et Sean manquaient à l'appel. Sophie et moi pensions que les flics les avaient arrêtés et qu'ils étaient actuellement en garde à vue pour avoir tabassé ce type et ses potes. Même si leur situation nous préoccupait vraiment, l'état de Justin passait avant tout.

Il saignait toujours et son visage était dans un piteux état. Cependant, il refusait catégoriquement qu'on l'emmène à l'hôpital de peur que les flics n'y soient pour rechercher les potentiels participants de la bagarre. Il est vrai qu'après réflexion je pouvais comprendre que Justin craigne d'avoir des problèmes. Après tout, c'était lui qui avait donné le premier coup.

— Je vais appeler ma grand-mère, déclarai-je en sortant mon portable de mon sac à main.

— Elle est médecin ? me demanda Kyle.

Je secouai la tête.

— Elle était infirmière, mais c'est mieux que rien.

Je savais que j'aurais dû l'appeler dès notre arrivée à la villa, mais j'avais eu, et j'avais toujours, peur des conséquences. La mettre au courant de cette histoire allait me mettre dans de beaux draps. En plus, il était déjà tard et je la réveillerais sans doute, mais je ne pouvais pas laisser Justin dans cet état.

Après avoir composé son numéro, je priai pour qu'elle réponde. Par chance, elle décrocha avant la dernière sonnerie.

— Allô !

Sa voix légèrement pâteuse me confirma que je l'avais bel et bien tirée d'un profond sommeil.

— Euh, bonsoir, grand-mère… Je suis vraiment désolée de te déranger aussi tard mais j'aurais besoin de ton aide.

— Hum… Là, maintenant ? Ça ne peut pas attendre demain, ma chérie ?

— Pas vraiment… Ah, et si tu pouvais aussi prendre ton kit médical avec toi.

— Tu es blessée ?! s'inquiéta-t-elle.

Pour le coup, elle semblait totalement réveillée.

— Non… Enfin pas moi.

— Jenny, que se passe-t-il ? Tes parents sont au courant ?

— Non… Je promets de tout te raconter quand tu seras là, je t'envoie l'adresse par message.

— D'accord, je vais me préparer et j'arrive le plus vite possible.

Je raccrochai alors qu'un sentiment de malaise me gagnait petit à petit. Ma grand-mère me tuerait pour ne pas avoir emmené Justin à l'hôpital et, bien sûr, mes parents seraient au courant de toute cette histoire dès demain matin. J'allais donc mourir deux fois en l'espace de quelques heures…

Sophie posa une main réconfortante sur mon épaule.

— Tout va bien se passer, Jenny, ne t'en fais pas. Je ne pense pas que Justin soit vraiment dans un état critique, même s'il a l'air d'avoir perdu beaucoup de sang.

Ses mots ne me rassurèrent pas vraiment. À tel point que je commençais même à me ronger les ongles et à trembloter quand ma grand-mère arriva, quinze minutes plus tard.

Je poussai un long soupir de soulagement en lui ouvrant. Je réalisai qu'elle avait fait au plus vite en remarquant que ses cheveux bruns étaient en bataille et qu'elle portait la veste de mon grand-père.

— Merci d'être venue !

— Je n'allais quand même pas faire faux bond à ma petite-fille, voyons !

Elle prit une profonde inspiration et remit quelques mèches rebelles derrière ses oreilles.

— Bon alors, qui a besoin de soins ici ?

Je la fis entrer dans le salon, et elle repéra aussitôt le blessé.

— Que s'est-il passé ? nous interrogea-t-elle en s'avançant vers lui.

Les amis de Justin se poussèrent pour la laisser passer, et ma grand-mère grimaça légèrement en examinant l'étendue des plaies de mon petit ami. Je préférai rester en retrait pour me faire oublier.

— Bagarre dans un bar. Il s'est pris un violent coup de bouteille de bière sur la tête, puis plusieurs coups de poing dans le visage, lui résuma Sophie.

— Il faut l'emmener aux urgences ? demanda Kyle.

— Ça, il fallait peut-être y penser avant, mon grand, non ? répliqua ma grand-mère avant de me lancer un regard contrarié.

— Ce n'est pas leur faute, dit Justin, c'est moi qui n'ai pas voulu y aller.

Ma grand-mère leva les yeux au ciel, puis s'assit sur le canapé à côté de lui. Elle commença par lui poser plusieurs questions personnelles sans réel intérêt, et même si Justin semblait encore un peu dans les vapes, il lui répondit sans problème.

— Vous ne devriez pas plutôt vous occuper de ses blessures en premier ? finit par demander Ed.

— Ses plaies externes sont superficielles, répondit ma grand-mère. Il faut d'abord s'assurer qu'il n'a pas de commotion cérébrale ou d'autres blessures internes plus importantes. Même si votre ami est plutôt réceptif aux questions que je lui ai posées, il faut absolument qu'il fasse une radio et peut-être même un scanner pour confirmer que tout va bien à l'intérieur de son petit crâne.

— Mais alors, pourquoi saigne-t-il autant si ce n'est pas très grave ? s'étonna Sophie.

— Parce que c'est l'arcade sourcilière. À cet endroit-là, on saigne beaucoup, mais sa plaie ne me semble pas très profonde. Il aura seulement besoin de quelques points de suture. Pour le reste, lèvre enflée et œil au beurre noir, il faudra simplement appliquer des sachets de glace pour diminuer le gonflement.

— Pour le scanner, tu penses que ça peut attendre demain ? demandai-je à mon tour.

Ma grand-mère soupira.

— On ne sait jamais, Jenny. Il suffit qu'il fasse une hémorragie intracrânienne ou qu'il ait un hématome extradural…

— Euh, c'est quoi, tout ça ? s'inquiéta Kyle.

— L'hémorragie intracrânienne, ça veut dire qu'il peut avoir des saignements à l'intérieur du crâne, autour ou dans le cerveau. Quant à l'hématome extradural, c'est une accumulation de sang entre l'os du crâne et l'enveloppe fibreuse du cerveau. Pour faire court, si un traumatisme crânien n'est pas pris en charge à temps, cela peut causer la mort de la personne.

Alors qu'un grand silence régnait dans la pièce, ma grand-mère se mit soudain à rigoler tout bas. Elle hocha la tête.

— Désolée, je sais qu'il n'y a absolument rien de drôle, c'est juste que… cette situation m'a rappelé tes parents quand ils étaient jeunes.

— Comment ça ? demandai-je, intriguée.

— Oh rien, c'est une longue histoire…

— Moi, ça m'intéresse, intervint Sophie avec curiosité.

Je fronçai les sourcils. Devais-je lui rappeler que cela concernait mes parents, et donc ma vie privée ? Mais je devais bien avouer que j'avais envie de savoir, moi aussi.

— Grand-mère ? fis-je.

Elle pinça les lèvres, regrettant très certainement d'avoir évoqué ce sujet.

— Ce n'est pas à moi de te raconter cette histoire, et puis il faut que je m'occupe de ce jeune homme.

Ma grand-mère ouvrit sa trousse de soins, en sortit des gants, de l'antiseptique, une aiguille bien évidemment stérilisée et du fil de suture. Après avoir nettoyé et désinfecté la plaie, elle commença à la recoudre sous les grognements mécontents de Justin.

J'avais mal pour lui rien qu'à le voir grimacer. Par chance, cela ne dura que quelques minutes, pendant lesquelles tout le monde observa en silence, fascinés par la technique de couture de ma grand-mère.

— Voilà, c'est terminé, lâcha-t-elle une fois le travail fini.

— Merci, lui dit Justin.

— Tu es certain de ne pas vouloir aller à l'hôpital ?

Il secoua légèrement la tête.

— Ça va mieux, je pense que la radio peut attendre demain.

Ma grand-mère hocha la tête.

— Très bien, comme tu veux. Bon, puisque j'ai fini mon boulot, je vais retourner dormir chez moi.

Bien que j'eusse préféré moi aussi que Justin reçoive de vrais soins ce soir, il semblait en meilleur état que tout à l'heure et cela me rassura un peu.

Ma grand-mère rangea ses affaires dans son petit sac médical puis se leva.

— Jenny, je peux te parler un instant seule à seule avant de partir ?

— Oui, bien sûr.

Je l'accompagnai dehors et refermai la porte derrière nous.

— Grand-mère, est-ce que tu pourrais ne rien dire à mes parents ? la suppliai-je aussitôt. S'il te plaît…

Je comptais leur dire la vérité car, de toute façon, les blessures de Justin seraient toujours visibles samedi et ils se poseraient des questions, et je préférais leur expliquer plutôt que ce soit grand-mère.

— Ce garçon… tu l'aimes ?

Sa question m'étonna, et je pris le temps d'y réfléchir. Déjà que je me sentais mal à l'aise à l'idée qu'il soit amoureux de moi, alors imaginer que je le sois, moi aussi… Je ne pouvais pas aimer Justin Braxton, et pourtant il me suffisait de repenser à tout ce qui s'était passé ce soir pour que mon cœur se serre dans ma poitrine.

— Je… je pense, finis-je par avouer.

— Alors je ne dirai rien à tes parents.

J'écarquillai grand les yeux, surprise.

— Vraiment ? Seulement parce que je t'ai dit que je l'aimais ?

C'était vachement bizarre !

Ses lèvres se retroussèrent en un petit sourire malicieux.

— Tu comprendras plus tard, Jenny. Allez, j'y vais ou Eric va se faire du souci pour moi. D'ailleurs, j'ai failli oublier de te dire qu'il faut que tu réveilles Justin toutes les deux ou trois heures dans la nuit pour vérifier qu'il va bien. Et, même s'il semble avoir le crâne solide, emmène-le aux urgences dès demain matin, d'accord ?

— Promis, lui assurai-je. Et merci encore d'être venue ce soir.

Elle m'enlaça un instant avant de s'écarter.

— Fais attention à toi, d'accord ?

J'acquiesçai puis la regardai regagner sa voiture et prendre la route. J'avais vraiment la meilleure des grands-mères.

De retour dans la villa, je constatai que le salon était désert. Apparemment, les garçons avaient aidé Justin à monter dans sa chambre.

— Ah, Jen ! m'appela Sophie depuis la cuisine. J'allais lui apporter des poches de glace avant de partir, mais tu veux peut-être y aller à ma place ?

— Euh… Ouais, d'accord. Mais tu ne comptes pas dormir ici ?

Elle secoua la tête.

— Je vais prendre le tram et rentrer dormir dans ma petite maison familiale.

Car oui, depuis sa rupture avec Michael, Sophie était retournée vivre chez ses parents, et je ne l'avais jamais vue aussi heureuse et rayonnante. Faut croire que le célibat lui réussissait plutôt bien !

— Tu es sûre ? Il est bientôt minuit…

— Ouais, t'en fais pas, j'ai du gaz lacrymo au cas où dans mon sac à main. Bon, allez, j'y vais ! On se voit demain… Enfin peut-être… Bisous !

Elle m'envoya un baiser invisible de la main, puis prit la direction de la sortie. Je souris, heureuse d'avoir une amie comme Sophie.

Après avoir récupéré les poches de glace qu'elle avait laissées sur le comptoir de la cuisine, je montai dans la chambre de

Justin. Ce dernier était allongé dans son lit tandis que Kyle se tenait debout, dos à moi, au téléphone.

— Maintenant ? OK, j'arrive…

Il se retourna et eut un petit mouvement de recul en m'apercevant.

— Collin et Sean ? m'inquiétai-je.

— Ils vont bien, nous rassura Kyle en raccrochant, ils ont réussi à s'enfuir avant que la police n'arrive et ils sont actuellement…

Kyle s'arrêta et me lança un petit regard gêné.

— Hum… dans un club de strip-tease, termina-t-il.

Je soupirai, soulagée.

— En tout cas, vous avez bien fait de partir, reprit Kyle. Justin aurait pu être accusé de coups et blessures, et même de troubles à l'ordre public.

— Kyle étudie le droit en cours, précisa Justin à mon intention avant de tourner la tête vers le concerné. Merci, maître Peterson, pour toutes ces informations précieuses, mais nous n'avons plus besoin de vous pour cette nuit. Vous pouvez vous en aller.

Kyle leva son majeur en guise de réponse.

— Veille sur lui, me lança-t-il.

J'acquiesçai et attendis qu'il referme la porte de la chambre derrière lui pour m'avancer vers Justin.

— Comment tu te sens ?

Il haussa les épaules.

— J'ai connu mieux, mais j'ai retrouvé mes esprits.

Je m'assis sur le bord du lit et posai les poches de glace sur son visage, une sur son œil au beurre noir, l'autre sur sa lèvre meurtrie. Nous nous regardâmes silencieusement durant de longues secondes avant que je me décide à prendre la parole :

— Tu sais que tu m'as fait peur, crétin… En plus, tu es salement amoché. Tu aurais pu éviter à un jour de ta présentation officielle devant mes parents. Ils vont croire que je sors avec un gangster.

— Eh bah, au moins je leur plairai, étant donné qu'ils ont, selon ta grand-mère, vécu un truc pareil.

Je lui donnai un petit coup dans le ventre.

— Ce n'est pas drôle… En plus, je n'ai absolument aucune idée de ce qui a bien pu se passer dans leur jeunesse. Je les avais déjà questionnés deux ou trois fois, mais leurs réponses ont toujours été assez vagues et je n'ai jamais insisté davantage. Enfin bref, pour l'instant, mon cerveau n'arrive pas encore à assimiler tout ce qui s'est passé cette nuit.

— Et le mien n'arrive toujours pas à assimiler le fait que tu t'es mise en robe ce soir…

— Pourquoi ? dis-je en me braquant aussitôt. J'ai le droit de me mettre en robe, non ?

— Ouais et c'est dommage que tu n'en mettes pas plus souvent, parce que tu es vachement sexy avec…

Je me sentis légèrement rougir et essayai de changer de sujet.

— Et euh… Je voulais aussi te remercier… Pas seulement pour ce type mais…

— Ah, je croyais que tu m'en voulais de l'avoir frappé…

— Bien sûr que je t'en veux ! Tu n'aurais jamais dû, regarde dans quel état tu es maintenant et…

Je m'arrêtai au beau milieu de ma phrase et pris le temps de réfléchir avant de poursuivre plus calmement :

— Mais… je suis contente que tu aies pris ma défense… Vraiment. Et puis, grâce à toi, j'ai pu remonter dans une voiture pour la première fois depuis mon accident. Si tu savais à quel point j'angoissais à l'idée de revivre un nouvel accident. Jamais je n'aurais pensé réussir un jour à surmonter cette peur, et pourtant… Je t'en serai éternellement reconnaissante, Justin. Et…

Et je crois que je t'aime moi aussi, ajoutai-je en silence.

— Et ? répéta-t-il en attendant la suite avec un petit sourire en coin.

— Et c'est tout, lâchai-je.

Super, Jenny, super…

— Tu comptes arrêter de m'ignorer ?

Je détournai la tête, mais il se redressa aussitôt dans son lit pour me faire face. Les poches de glace tombèrent sur la couette entre nous.

— Jenny… J'aurais préféré que tu l'entendes d'une autre façon et à un autre moment, mais c'est trop tard. Écoute, savoir ce que je ressens pour toi ne va absolument rien changer entre nous, OK ? Ce n'est pas comme si j'avais envie de me marier ou de vivre avec toi. Là, on parle juste d'amour, et il paraît que c'est un sentiment qu'on ressent assez souvent lorsqu'on est en couple, d'ailleurs…

Je posai doucement un doigt sur ses lèvres en faisant attention à sa blessure.

— Tu as raison, excuse-moi, Justin. Je ne vais plus t'ignorer, d'accord ?

Il hocha la tête et planta ses yeux dans les miens. Même si ce que je représentais pour lui me faisait encore un peu peur, ce n'était rien comparé à ce qu'il signifiait pour moi désormais. Car oui, malgré son visage salement amoché, mon cœur ne cessait de battre à tout rompre depuis qu'il me fixait avec intensité.

Pourquoi avait-il fallu que je tombe à mon tour amoureuse… ?

Chapitre 27

Justin

Jenny dormait à poings fermés, sa poitrine se soulevant doucement à chaque respiration. Malheureusement, et même si j'adorais la regarder dormir paisiblement, je n'allais pas tarder à devoir la réveiller. Disons qu'elle avait eu la mauvaise idée de poser la tête sur mon bras avant de s'endormir, et qu'une douloureuse crampe venait de s'y installer.

J'essayai de retirer lentement mon bras, mais Jenny ne cessa de gigoter et se réveilla quand je réussis enfin à me dégager.

— Salut, fis-je en m'étirant.

Déjà que je devais avoir une sale gueule, avec mon bras levé, j'avais probablement l'air d'un vrai débile.

— Il est quelle heure ? me demanda-t-elle d'une voix encore ensommeillée.

— Aucune idée, mon portable est sur mon bureau... Apparemment, il ne fait pas encore jour.

Elle se redressa légèrement pour jeter un coup d'œil à la fenêtre ouverte et à l'obscurité qui régnait toujours dehors, puis se laissa retomber dans le lit face à moi.

— Ça va, toi ? demanda-t-elle en parcourant du regard chacune de mes blessures.

Je haussai les épaules.

— Disons que je ne me suis pas encore regardé dans un miroir. Ça fait peur à voir ?

Jenny étudia une nouvelle fois mon visage avant de grimacer.

— Je vois, soupirai-je, heureusement que la raison de ces coups en valait la peine…

Elle eut un petit sourire en coin.

— Sinon, repris-je, et comme tu dormais profondément, j'ai dû éteindre toutes les deux heures les réveils qui sonnaient sur ton portable, l'informai-je d'un air faussement mécontent. Toi qui étais censée veiller sur moi, ce n'est pas très sérieux tout ça, hein…

— Désolée, dit-elle, je ne m'en suis même pas rendu compte.

Son petit air coupable me fit sourire à mon tour. Elle était trop mignonne.

— Je rigole, et puis regarde, je suis toujours vivant. Au fait… tu as reçu un message pendant la nuit. Je l'ai vu s'afficher pendant que je coupais une de tes alarmes. Ça venait d'un certain Ian.

Jenny se tendit légèrement.

— Qu'est… qu'est-ce qu'il a dit ?

Je réfléchis.

— Un truc du genre « T'as fait une erreur, tu ne trouveras jamais mieux, surtout maintenant », hum, voilà voilà.

J'omis de lui dire que j'avais failli répondre à ce mec et lui donner rendez-vous pour lui casser la gueule. Mais après ce qu'il s'était passé au bar, et aussi parce que je ne connaissais pas toute l'histoire avec ce Ian, j'avais préféré m'abstenir de faire une connerie.

Jenny lâcha un profond soupir.

— Il devait encore être bourré, dit-elle d'un air pensif.

— C'est qui ? l'interrogeai-je, en essayant de garder mon sang-froid.

— Mon ex.

Devant mon air faussement serein, elle ajouta d'une voix posée :

— Après trois ans de relation, j'ai découvert qu'il me trompait, alors j'ai décidé de rompre.

— Et il t'en veut alors que c'est lui qui était en tort ?! m'exclamai-je, scandalisé.

Justin, reste calme…

— Il ne voulait pas qu'on se sépare, m'expliqua-t-elle, il me disait qu'il m'aimait, que cette fille ne représentait rien à ses yeux, qu'il ne recommencerait plus jamais. Des conneries, bien sûr. Mais il m'en veut toujours pour avoir mis un terme à notre histoire et, quand il boit en soirée, ça lui arrive de m'envoyer ce genre de message.

— Non mais quel connard, grognai-je.

— Je ne dirai pas le contraire, mais tu sais, j'ai de la peine pour lui à présent, m'avoua-t-elle. Notre histoire s'est terminée avant mon accident, et pourtant j'ai l'impression qu'il n'a toujours pas accepté qu'elle soit finie. Il pensait tellement que j'allais lui laisser une seconde chance que, lorsque j'ai refusé, sa fierté en a pris un gros coup…

— Pourquoi ne lui as-tu pas laissé de deuxième chance ?

— Parce que j'avais une confiance aveugle en lui, et il l'a brisée. Et même si je l'aimais encore à l'époque, je savais que les choses ne seraient plus jamais comme avant entre nous.

Je restai silencieux un instant avant de lui demander :

— Pourquoi tu m'as laissé une seconde chance ?

Elle ne répondit pas immédiatement.

— Eh bien… parce que tu es populaire !

Je ricanai face à cette absurdité. Si Jenny avait accepté de sortir avec moi, c'était bien pour toutes les raisons possibles excepté celle-là. D'autant plus que si ma réputation avait pris un sale coup suite à l'histoire des poux, c'était bien à cause d'elle !

— Tu aurais quand même pu trouver plus crédible, non ?

Elle rigola, puis fit mine de réfléchir sérieusement.

— Hum… parce que tu es sexy ?

Je hochai la tête.

— C'est quand même beaucoup mieux.

— Et… parce que je pense être amoureuse de toi.

Mon cœur rata un battement. Avais-je bien entendu ou était-ce simplement ce que je rêvais d'entendre un jour de sa part ? À la voir s'agiter nerveusement, je compris que je n'avais pas été victime d'une hallucination.

En tout cas, sa révélation me laissa sans voix. Tout ce que je trouvai à faire fut de rapprocher mon visage du sien et de poser ma bouche sur la sienne.

— Tu n'as pas mal ? me demanda-t-elle contre mes lèvres meurtries.

La douleur était très supportable. Je secouai la tête et l'embrassai à nouveau, plus passionnément. Sans arrêter le baiser, Jenny vint lentement s'allonger sur moi et enfouit ses mains dans mes cheveux. Je sentis mon rythme cardiaque s'accélérer, ou peut-être était-ce le sien, mais en tout cas je préférai ralentir la cadence.

Il n'était pas question que nous couchions ensemble pour la première fois alors que mon visage était amoché. Déjà qu'en tant normal je devais tirer une sale tête en prenant mon pied. D'ailleurs, je me demandais comment Jenny pouvait encore me désirer, alors même que je ne ressemblais à rien.

Elle avait dit qu'elle m'aimait. Jamais je n'avais été aussi heureux.

— Merci, murmurai-je.

Jenny me regarda avec amusement.

— Merci pour quoi ?

— De m'aimer en retour.

Elle se mordit nerveusement la lèvre et détourna les yeux, embarrassée. Je pris son visage entre mes mains et la forçai à me regarder à nouveau.

— Pourquoi tu es gênée ?

— Je n'en sais rien… Avec Ian je n'ai jamais eu du mal à lui dire ce que je ressentais, mais avec toi, c'est différent… C'est… plus fort.

Elle posa les mains sur mon torse et agrippa le haut de mon T-shirt.

— Je n'ai jamais éprouvé ça… Je n'ai jamais eu autant envie de quelqu'un comme j'ai envie de toi.

Attendez, c'était bien Jenny que j'avais en face de moi ? Ou peut-être que le coup que j'avais reçu à la tête me faisait réellement halluciner, parce que jamais je n'aurais pensé qu'un jour elle s'ouvrirait autant à moi.

Enflammé par ses propos, je la fis basculer de l'autre côté du lit, prenant sa place au-dessus, et retirai mon T-shirt d'un geste rapide. Nos respirations se firent plus lourdes. Ses mains vinrent agripper mon dos et rapprocher mon corps du sien tandis que ma bouche descendait le long de son cou, puis, après s'être trouvée confrontée à un barrage vestimentaire, revint se poser sur la sienne.

Quelqu'un frappa à ma porte et nous fit tous deux sursauter.

— C'est Kyle, précisa le perturbateur.

— Qu'est-ce que tu veux ? demandai-je, le souffle court.

— Je peux rentrer ?

— Non.

— Pourquoi ? Vous êtes à poil ?

Putain, non, mais il était sérieux ? En quoi ça l'intéressait de savoir si on était nus ou pas ?

— Mec, qu'est-ce que tu veux ? m'énervai-je.

Jenny fit lentement glisser ses doigts le long de mes bras, ce qui me fit frissonner. Elle semblait en totale admiration devant mes muscles. Comme quoi, mon physique d'Apollon ne la laissait pas indifférente.

— Bah, je vous ai entendus discuter, j'en ai déduit que vous étiez réveillés, et donc qu'il serait peut-être temps d'aller à l'hôpital passer une radio…

Sérieusement ? Il venait nous casser les couilles pour une stupide radio ? Il avait quoi à se soucier autant de mon état de santé ? Il m'aimait, ou quoi ?

Exaspéré, je soupirai, puis sautai du lit pour aller lui ouvrir la porte.

— Merci de t'inquiéter pour moi, mais je vais très bien ! Maintenant retourne t'astiquer le poireau dans ta chambre !

J'entendis Jenny éclater de rire derrière moi.

— « Le poireau » ? répéta-t-elle.

Je refermai la porte au nez de Kyle et m'approchai d'elle.

— Tu veux voir le mien ? fis-je en déboutonnant mon jean.

— Même si tu as l'air en pleine forme, tu devrais quand même aller passer une radio, répondit-elle en redevenant sérieuse.

— OK, très bien, dis-je. Purée, j'ai l'impression de vivre encore chez mes parents.

Elle se redressa sur ses coudes.

— Dis… est-ce que je peux utiliser ta salle de bains pour me rafraîchir un peu ?

— Tu veux prendre une douche ? demandai-je.

Elle secoua la tête.

— Ça risque d'être assez délicat avec ma jambe…

Ah ouais, j'avais oublié ce petit détail.

— Désolé, vas-y, tu trouveras tout ce qu'il te faut. Y a même des brosses à dents neuves dans le tiroir du bas.

Elle acquiesça puis se leva. J'attendis qu'elle sorte de la chambre pour aller regarder l'heure sur mon téléphone : 6 h 40. On était tous bien matinaux aujourd'hui, dis donc.

J'enclenchai le mode appareil photo et poussai un petit cri aigu en découvrant mon reflet sur l'écran. Quand Jenny m'avait dit que je ne serais pas présentable pour la rencontre avec ses parents demain, j'avais pensé qu'elle exagérait. Mais en fait, non, pas du tout.

Je sortis dans le couloir et frappai à la porte de Collin. Pas de réponse, je rentrai tout de même. Mon pote dormait comme un gosse dans son lit, roulé en boule, son oreiller entre les bras. J'approchai mon pied de son visage et lui chatouillai les narines avec mon gros orteil.

— Hum… Laisse-moi dormir, maman… Je ne veux plus nettoyer les toilettes.

Euh… Traumatisme d'enfance ?

— Réveille-toi. J'ai besoin de toi, là.

Il finit par ouvrir les yeux et sursauta.

— Ouais, je sais, je fais peur à voir, mais ce n'est que moi. Bon, dis-moi, où tu caches ton fond de teint ? J'en ai besoin, là.

— Mec, je ne suis pas gay, je n'ai pas de fond de teint, désolé. Maintenant, laisse-moi dormir.

— Tu as bien un sèche-cheveux et un peigne rose. Allez, crache le morceau. Promis, je ne dirai rien aux gars. (Je me penchai vers son oreille pour lui murmurer :) Ce sera notre petit secret…

— Va te faire foutre, rétorqua-t-il en me repoussant.

Pff, qu'il était chiant.

— Puisque c'est comme ça, tu seras chargé du nettoyage

des toilettes cette semaine, l'informai-je en espérant peut-être une réaction de sa part.

Mais non, aucune. Je soupirai et m'éloignai vers la porte. J'allais sortir lorsque j'entendis une petite voix m'informer :

— Troisième tiroir, sous mon stock de capotes.

Ah, il avait donc bien été traumatisé par les toilettes... Intéressant.

— Merci, mec !

Après que j'eus toqué à la porte de la salle de bains, Jenny m'ouvrit et s'écarta pour me laisser entrer.

— Qu'est-ce qu'il y a ? s'inquiéta-t-elle tandis que j'ouvrais le tiroir du bas.

Quand je soulevai la boîte de capotes, Jenny eut un mouvement de recul. Je rigolai.

— Ne t'inquiète pas, ce n'est pas ce que je suis venu chercher.

— En tout cas, vous avez de la réserve, constata-t-elle.

Après avoir attrapé une petite trousse noire, je l'ouvris. Le fond de teint était bel et bien là.

— Attends... me dis pas que tu te...

— C'est à Collin, la rassurai-je aussitôt.

Elle écarquilla grand les yeux.

— Collin se maquille ?

— Ouais, enfin bref, j'ai pensé que je pourrais en mettre demain pour, tu sais, masquer un peu l'étendue des dégâts.

— C'est hors de question, Justin. Vraiment, c'est mort. Tu mets une goutte de ça sur la tronche, et je te quitte.

— Sérieusement ?

Elle prit mon visage entre ses mains et me regarda droit dans les yeux.

— Écoute, ne t'en fais pas pour mes parents, ils sont vraiment cool. Et de toute façon, je vais leur dire ce qui s'est passé hier, alors tu n'as aucune raison de t'en faire. Je pense même qu'ils vont te remercier de m'avoir défendue et tu auras déjà gagné leur confiance sans avoir dit un seul mot.

— Bon, comme tu veux. Mais tu sais que Collin a sursauté en me voyant ? Si je fais pleurer des enfants et provoque des infarctus à des petits vieux dehors, ce sera ta faute.

Elle leva les yeux au ciel.

— T'abuses tellement ! T'es loin d'être le premier homme sur terre à s'être pris des coups dans le visage. Et tu restes quand même sexy avec un œil au beurre noir, une lèvre enflée et des points de suture…

Flatté, je souris et reposai le maquillage à sa place tandis que Jenny commençait à se brosser les dents.

— Dis, tu n'as pas cours ce matin ?

Elle sembla réfléchir avant de hausser les épaules.

— Ce ne sont pas des cours obligatoires. Et puis… j'ai envie d'être avec toi.

Je la regardai, intrigué.

— Il t'arrive quoi aujourd'hui ? Tu sais que tu es ultra-romantique ?

— Va te faire foutre, rétorqua-t-elle avant de cracher dans le lavabo.

Je rigolai.

— Mais j'aime beaucoup cet aspect de toi… Même si t'es dix fois plus mignonne quand tu t'énerves.

Elle se rinça la bouche avant de m'éclabousser avec de l'eau.

— Tu veux vraiment qu'on recommence une bataille ? l'interrogeai-je. Je te rappelle que j'ai gagné la dernière.

Elle me plaqua contre la porte et se rapprocha de moi.

— Si tu as gagné, c'est uniquement parce que je l'ai bien voulu, souffla-t-elle au creux de mon oreille.

Je ricanai et l'attrapai par les épaules avant de me pencher pour mordiller le lobe de son oreille.

— Crois ce que tu veux. En tout cas, j'ai quand même réussi à t'avoir, ma belle.

Je la sentis frissonner, puis elle s'écarta de moi et ouvrit brusquement la porte, me faisant trébucher en avant.

— Dépêche-toi de te changer, on part dans cinq minutes !

Jenny

Nous avions passé la matinée à l'hôpital. Par chance, la radio de Justin ne montra aucune séquelle au cerveau suite au coup de bouteille qu'il avait reçu la veille. Tous deux rassurés, nous allâmes chez moi pour que je me change, puis décidâmes de prendre un brunch dans un petit restaurant. Et bien que j'eusse préféré passer le reste de la journée avec Justin, mon petit ami réussit à me convaincre d'aller en cours parce que « c'était important ».

Je trouvais ce comportement vachement bizarre ! Je commençais même à douter très sérieusement de la véracité de son amour pour moi…

Sophie fut d'ailleurs du même avis que moi et suggéra même l'hypothèse complètement débile que Justin pourrait bien avoir une double vie. Heureusement le cours débuta peu de temps après que je me fus installée dans l'amphi. Sophie dut se taire pour nous permettre de prendre des notes.

À la fin de ces trois longues heures de finance publique, Sophie me proposa d'aller boire un milk-shake dans un café, et j'acceptai. On passa un agréable moment toutes les deux, à parler de tout et de rien, comme le feraient deux bonnes amies. Cela m'avait manqué.

Depuis que j'étais remontée dans une voiture, je me sentais revivre en quelque sorte. Certes, ça ne m'avait pas permis de mieux accepter mon handicap, non, ça, je n'étais pas sûre de pouvoir l'accepter un jour, mais j'étais désormais certaine de réussir à mieux vivre avec.

Jamais je n'aurais cru qu'un homme réussirait à m'aider à me sentir mieux dans ma peau. Et encore moins que cet homme serait Justin Braxton. Dire que, lorsque je l'avais rencontré, tout ce que je voulais était qu'il me laisse tranquille… En fin de compte, j'étais heureuse de l'avoir laissé entrer dans ma vie.

J'ouvris la porte de ma résidence avec un sourire idiot sur les lèvres, sourire qui disparut lorsque mon regard croisa celui de Sonia, debout devant moi dans le couloir.

— Salut, fit-elle d'une voix un peu gênée.

Après ce qu'il s'était passé lors de la compétition d'athlétisme, je préférai l'ignorer et continuer mon chemin. Le bruit de ses talons m'indiqua qu'elle me suivait.

— Attends, dit-elle alors que j'ouvrais la porte de ma chambre. Est-ce que je peux te parler ?

Je me retournai face à elle, décidée à ne pas lui faciliter la tâche.

— Ce n'est pas ce que tu es en train de faire ?

Elle prit un air attristé.

— Je suis vraiment et sincèrement désolée de ne pas t'avoir crue l'autre jour, je te jure que je m'en veux terriblement. C'est juste que…

— Que je ne me maquille pas, que je ne suis pas très féminine ?

Surprise, elle ouvrit grand la bouche, mais ne répondit pas avant de longues secondes.

— Je… Je ne savais pas que tu étais là.

— Eh bien, maintenant tu le sais, je peux rentrer chez moi à présent ?

— Non, attends !

Elle fouilla dans son sac pour en sortir un papier et me le tendre.

— Qu'est-ce que c'est ? demandai-je en regardant l'imprimé.

Il y avait une photographie sur laquelle deux danseurs effectuaient un porté, et tout en haut était écrit « Concours du roi et de la reine du Bal d'hiver ». Sonia me regarda avec plein d'espoir.

— Je vous ai inscrits, Justin et toi… Pour me faire pardonner.

— Tu… tu as fait quoi ? bredouillai-je.

— Vous formez un super beau couple, et je suis sûre que vous allez gagner, ne t'en fais pas. En plus, je demanderai à toutes mes amies de voter pour vous !

Elle me serra brusquement dans ses bras.

— Je suis contente qu'on se soit reparlé ! me souffla-t-elle avant de s'écarter.

Puis elle quitta la résidence avant même que je réalise ce qui venait de se passer.

Elle nous avait inscrits Justin et moi au concours du roi et de la reine du Bal d'hiver ! Bal auquel je n'avais jamais eu l'intention d'aller et dont je ne connaissais pas l'existence jusqu'à aujourd'hui.

Exténuée, je me massai le front, et rangeai le papier dans mon sac. Comme si j'allais aller à un bal… En fait… et si j'y allais ? Même si je ne pouvais plus danser comme avant, avec Justin à mes côtés, j'étais sûre que la soirée serait magique.

Chapitre 28

Justin

Une fois prêt, je descendis l'escalier sous les regards scrutateurs de mes colocataires.

— Qu'est-ce que vous en pensez ? les questionnai-je. Ça fait trop ?

Sean fut le premier à éclater de rire.

— Mec, franchement, je ne saurais dire si tu vas à un mariage, à un enterrement ou à un entretien d'embauche !

Assis sur le canapé « interdit », Collin et Ed secouèrent simultanément la tête.

— OK, c'est vrai que les parents de Jenny risquent de te soumettre à un interrogatoire, mais le costard, c'est vraiment le truc à ne pas mettre, J.

— D'accord, soupirai-je, donc vous me conseillez quoi ?

Collin sauta du canapé et me fit signe de remonter à l'étage. Une fois que nous fûmes dans ma chambre, il fouilla mon armoire et en sortit un jean ainsi qu'une chemise blanche et une veste noire ajustée.

— C'est exactement ce que tu dois porter pour ce genre d'événement : classe et décontracté à la fois.

Je fixai un instant les vêtements, sceptique. Mais si Collin, le pro de la mode et de la séduction, le disait, c'est qu'il avait sans doute raison. Je retirai mon costard et m'habillai rapidement avant d'aller inspecter le résultat dans le miroir de la salle de bains.

Ouais, ce n'était pas trop mal. Collin, qui m'avait accompagné, me tendit son pot de gel.

— Relève tes cheveux légèrement en arrière, mais ne te tartine pas le crâne avec, OK ? Faut vraiment en mettre à peine, sinon c'est dégueulasse.

— OK, merci.

Je suivis son conseil expert à la lettre puis, une fois que j'eus terminé, je redescendis au salon.

Les mecs approuvèrent tous d'un signe de tête, sauf Sean, qui rigola une nouvelle fois.

— Désolé, c'est juste qu'avec ton visage défiguré l'ensemble est assez drôle.

— Bon, allez, je me casse, fis-je en ignorant sa remarque.

De toute façon, j'avais suffisamment eu d'avis positifs sur mon style.

— Arrête-toi chez le fleuriste en chemin et prends un bouquet de fleurs pour sa mère, m'ordonna Ed en allant se préparer un sandwich dans la cuisine.

C'est une bonne idée. J'acquiesçai et sortis. Je grimpai dans ma voiture et sursautai en voyant l'heure s'afficher sur mon tableau de bord. J'étais déjà en retard, super.

Je m'arrêtai tout de même acheter un bouquet de fleurs en vitesse chez le fleuriste du coin avant de reprendre la route jusqu'à Fairview Heights.

Quelques minutes plus tard, je me garai devant la petite maison blanche aux volets verts et au toit jaune foncé avec le numéro 36. Comparée à la maison du voisin, qui était complètement bleue et ne comportait qu'une seule fenêtre en forme de hublot, celle des parents de Jenny n'était pas si originale que ça.

Je sortis nerveusement de la voiture, mon bouquet de fleurs à la main, et montai les deux petites marches en pierre avant de frapper à la porte d'entrée.

Allez, Justin, ça va bien se passer…

Ce fut Lyam Menser, la star du base-ball de Saint-Louis, qui m'ouvrit la porte en personne. Je manquai de m'étouffer avec ma propre salive. Il était d'ailleurs bien plus grand que ce que je pensais.

Si Kyle avait été à ma place, il lui aurait très certainement sauté dans les bras.

— Salut, me dit-il en me dévisageant curieusement.

— Euh… Salut, je suis Justin, le petit ami de Jenny.

Il hocha la tête avant de me demander :

— Sympa le visage, tu t'es fait ça comment ?

Ah, Jenny ne leur avait pas raconté ce qu'il s'était passé ?

— Jenny m'a frappé.

Ce fut à son tour de manquer de s'étouffer. Puis, comprenant à mon petit sourire en coin que je déconnais, il rigola.

— Oncle Lyam, qu'est-ce que tu fais ?! entendis-je derrière lui.

Jenny le poussa sur le côté pour me faire face, et il tourna les talons en soupirant.

— Salut ! s'exclama ma petite amie en souriant de toutes ses dents.

Le célèbre Lyam Menser faisait donc bel et bien partie de sa famille. Mais ce n'était pas ce qui m'intéressait le plus en ce moment.

Jenny était ravissante. Son jean taille basse et son chemisier violet foncé ne la mettaient pas spécialement en valeur, tout comme le fait qu'elle avait relevé ses cheveux en un chignon un peu trop strict à mon goût, mais son visage respirait la joie de vivre. Elle semblait vraiment heureuse aujourd'hui, et il n'en fallait pas plus pour qu'elle soit magnifique à mes yeux.

— Pourquoi tu me regardes comme ça ? m'interrogea-t-elle en rigolant.

— Et je te regarde comment ?

Elle s'avança vers moi et m'embrassa rapidement avant de s'écarter pour me laisser entrer.

— Ce n'est pas parce que tu m'as embrassé que tu es dispensée de me répondre, dis-je en pénétrant chez elle.

Déjà que de l'extérieur sa maison paraissait assez petite, une fois qu'on était à l'intérieur, c'était vraiment étroit.

Néanmoins, lorsque je mis les pieds dans le salon, je me sentis étrangement bien. Le parquet en bois, la cheminée et les murs couleur marron taupe sur lesquels étaient accrochées diverses photographies donnaient à la pièce à vivre un côté très chaleureux et agréable. Je m'approchai d'un cadre et souris en reconnaissant Jenny, enfant, en pleine descente sur un toboggan, les bras en l'air. On aurait dit qu'elle faisait le truc le plus génial du monde.

C'est fou ce qu'un rien peut nous rendre heureux quand on est gosse, songeai-je.

— Je devais avoir neuf ans, dit-elle avec un petit soupir, c'était le bon vieux temps.

Je me déplaçai sur la droite et me trouvai face à une nouvelle photographie sur laquelle Jenny ne figurait pas. Il s'agissait d'un jeune couple, assis sur un banc dans un parc au soleil, la femme semblait rire aux éclats tandis que l'homme la taquinait en lui agitant un brin d'herbe sous le nez.

— Tes parents ? demandai-je en jetant un petit regard en biais à Jenny.

Elle acquiesça.

— Mais il serait peut-être temps que tu les voies en vrai, non ?

— En effet, admis-je en essayant de rester détendu.

— Tout le monde est dans le jardin, m'informa-t-elle en se dirigeant vers une baie vitrée au fond de la pièce. Mon père a décidé de faire un grand barbecue.

— « Tout le monde » ? répétai-je, mais il y a qui au juste ?

— Euh, mes parents, mon oncle et sa fiancée, mes grands-parents et un ami de mon père.

Bon sang, moi qui croyais qu'il ne s'agissait que d'un petit repas avec ses parents, voilà que j'allais devoir réussir à passer le test du « petit ami idéal » devant toute sa famille au complet !

— Si ça peut te conforter, je n'étais absolument pas au courant qu'il y aurait autant de monde, marmonna-t-elle, c'est Nick qui a eu cette merveilleuse idée…

Ça ne me confortait pas le moins du monde. Même si j'étais assez confiant, il s'agissait tout de même d'une grande première pour moi, et il allait falloir que j'assure grave !

— Nick ?

— L'ami de mon père. D'ailleurs, c'est à cause de lui que tu es là aujourd'hui…

— Tu veux dire que ce n'est même pas toi qui m'as invité à déjeuner ?

Elle pinça les lèvres.

— Pour moi, c'était encore trop tôt pour que tu rencontres mes parents. Mais bon, puisque tu as accepté, eh bien, ce sera aujourd'hui. Au fait, tu as sérieusement acheté des chrysanthèmes pour ma mère ?

— Pourquoi ? Je les trouvais jolis.

Elle rigola.

— Tu ne sais vraiment pas ce que ces fleurs signifient ?

Devant mon air ignorant, elle m'expliqua :

— En Europe de l'Ouest, c'est la fleur généralement dédiée à la commémoration des morts, on l'utilise pour fleurir les tombes.

Ah...

— Et si on oublie cette tradition, ajouta-t-elle devant mon visage probablement blême, il me semble que les chrysanthèmes roses symbolisent un amour naissant... Alors, offrir ça à ma mère peut paraître très étrange.

Ce n'était pas étrange, c'était carrément ultra-gênant !

Embarrassé, je lui tendis les fleurs.

— OK, garde-les. La prochaine fois, je viendrai avec une bouteille de vin, comme ça il n'y aura aucun doute sur mes véritables et respectueuses intentions.

Jenny rigola et ouvrit la baie vitrée. En effet, il y avait bien du monde sur leur petit terrain. La plupart étaient installés à une grande table, sauf deux hommes qui discutaient très certainement de la cuisson de la viande près du barbecue. En tout cas toutes les personnes assises avaient le regard rivé sur nous, ou plutôt sur moi.

Même si en raison de ma popularité, j'avais l'habitude d'être souvent observé sur le campus, la situation présente était complètement différente. Je voulais faire bonne impression à la famille de Jenny, et toute cette attention dont je faisais soudain l'objet me mettait assez mal à l'aise.

Sentant quelque chose m'effleurer la main, je baissai les yeux et vis Jenny entrelacer ses doigts aux miens.

— Tout va bien se passer, me dit-elle discrètement avant de m'emmener auprès de sa famille.

Une très belle femme aux longs cheveux blonds vêtue d'une petite robe en soie fleurie se leva de table et vint me saluer en personne. Il me semblait reconnaître la jeune femme sur la photographie que j'avais vue dans le salon.

— Bonjour, Justin. Je suis la mère de Jenny, ravie de te rencontrer enfin.

Elle m'enlaça affectueusement.

— Enchanté, madame Menser, répondis-je à mon tour.

— Appelle-moi Élodie, s'il te plaît, me pria-t-elle avec un sourire amical.

J'acquiesçai et remarquai que tous les autres s'étaient également levés pour venir me saluer à leur tour. Je reconnus Meghan, la grand-mère de Jenny, qui était venue me soigner en personne deux jours plus tôt. Elle m'adressa un petit sourire en coin tandis qu'une plus jeune femme aux courts cheveux bruns et au ventre bien rebondi venait également me prendre dans ses bras.

— Salut, Justin. Moi c'est Brianna, je suis la copine de Lyam, l'oncle de Jenny.

— Depuis le temps qu'on est ensemble, Brie, tu pourrais simplement dire que tu es sa tante, observa Lyam.

Brianna lui lança un regard noir.

— Si tu continues avec tes remarques absolument inutiles, je vais choisir le prénom de notre enfant sans toi !

Je souris, amusé.

— Apparemment, ils sont comme ça depuis le lycée, m'informa Jenny en soupirant, mais je crois que c'est encore pire depuis que Brianna est enceinte.

— Oh ! les femmes, vous pouvez vous pousser ? Je n'ai toujours pas pu dire bonjour à ce jeune garçon ! rouspéta un vieil homme habillé de façon décontractée, en venant me serrer la main. Je suis le grand-père de Jenny, Eric.

— Enchanté, lui dis-je, avant d'apercevoir les deux autres hommes du barbecue s'avancer vers nous.

Le grand brun, encore plutôt bien baraqué pour sa quarantaine, me regarda avec un réel intérêt, tandis que le second homme, avec de courts cheveux blonds, ricana en me fixant.

— Vu comment il a bien ramassé, je me demande s'il sera capable de protéger ta petite fille chérie, remarqua-t-il à l'intention du père de Jenny.

— Je n'ai pas besoin d'être protégée, Nick, répliqua Jenny, mais merci de t'en inquiéter.

— Bien sûr que si. Tiens, si ton père n'avait pas été là pour ta mère, alors…

Le père de Jenny assena un coup de coude dans le ventre de son ami pour le faire taire.

Je jetai un petit regard à Jenny, qui fronçait les sourcils. D'après ce qu'avait raconté sa grand-mère, il était certain que les parents de Jenny lui cachaient pas mal de choses à propos d'eux et de leur passé.

— Alors, il paraît que tu l'as défendue ? me lança son père en croisant les bras sur son torse.

Mon regard se posa un instant sur le grand faucon tatoué sur son épaule avant de revenir à son visage. C'était assez impressionnant.

— Euh… Oui, monsieur.

— Et tu serais prêt à le refaire ?

Jenny lâcha brusquement ma main et imita son père en croisant à son tour les bras sur sa poitrine.

— C'est quoi ces questions, papa ? s'exaspéra-t-elle. Nick, sors du corps de mon père, s'il te plaît…

M. Menser rigola, et il aurait très certainement changé de sujet si je n'avais pas répondu avec sérieux :

— Je la défendrai toujours, même si je dois encore me prendre un coup de bouteille sur le crâne.

Ma réponse sembla le satisfaire, puisqu'il m'invita à aller m'asseoir à table. Jenny s'installa à ma droite et secoua la tête.

— Désolée, me dit-elle. Et s'ils ont des questions déplacées, tu n'es absolument pas obligé de répondre, d'accord ?

À la voir aussi tendue, je décidai de poser discrètement une main sur sa cuisse sous la table pour la rassurer mais, sentant le regard de son père peser sur moi, je préférai la retirer aussi vite. Je n'avais pas encore réussi le test.

— Alors, Justin, reprit Élodie, assise en face de moi aux côtés de son mari, Jenny nous a dit que tu étais dans un autre cursus universitaire qu'elle, on peut savoir ce que tu étudies ?

— Euh, eh bien, j'étudie les sciences, la biologie, la physique…

— Ce sont des domaines très vastes. Tu sais ce que tu veux faire plus tard ? m'interrogea son père.

— En fait, à côté, je fais de l'athlétisme, et j'espère que c'est plutôt ce domaine-là qui m'ouvrira des portes.

— C'est quoi ton meilleur temps ? me questionna Nick avec un petit sourire en coin.

Le regard de ce type était assez flippant.

— 10 s 54 au 100 mètres, répondit Jenny à ma place.

— Tu t'en souviens ? m'étonnai-je.

Elle acquiesça.

— Il me semble que c'est vraiment pas mal, constata Lyam.

— Qu'est-ce que t'en sais ? rétorqua Brianna. Tu fais du baseball et non de l'athlétisme à ce que je sache.

Son copain leva les yeux au ciel, agacé.

— Et si tu ne réussis pas dans le milieu sportif, qu'est-ce que tu comptes faire ? enchaîna M. Menser.

— Eh bien, mon père est directeur de cliniques privées en Californie, alors même si je n'aime pas l'idée d'avoir un boulot plus facilement que les autres, je sais qu'après l'obtention de ma licence en sciences je pourrai toujours bosser pour lui dans le pire des cas.

— Je croyais que ton père était médecin, releva Jenny d'un air surpris.

— C'est le cas, il pratique toujours en plus de son statut de directeur.

— Quelle est sa spécialité ? s'enquit Mme Menser.

— Euh… Chirurgie plastique.

Nick ricana.

— C'est quand que tu lui emmènes notre petite Jenny ? Ça ne lui ferait pas de mal de passer un peu sur le billard…

— Zach, pourquoi est-ce que tu as invité cet abruti ?! s'énerva Élodie. Jenny, ne l'écoute pas, ta poitrine est très bien et tu n'as aucunement besoin de te la refaire !

— Mais je n'ai jamais parlé de sa poitrine ! se défendit Nick.

Je ne pus réprimer un sourire. Complètement morte de honte, Jenny se cacha le visage avec ses mains.

— On pourrait changer de sujet, s'il vous plaît ? demanda-t-elle d'une petite voix.

Tout le monde rigola à table et je fis de mon mieux pour me retenir et montrer mon soutien à ma petite amie.

— Bon, allez, je vais chercher la viande ! nous annonça Eric en se levant.

Le reste du repas se passa plutôt bien. Hormis d'autres petites questions sur mes cours ou sur comment se déroulaient mes entraînements sportifs, la plupart des discussions s'orientèrent plutôt sur Lyam et ses prochains matchs de base-ball car, bien qu'il ne soit plus tout jeune, il restait l'un des meilleurs, sur la naissance du futur enfant (en espérant que ce soit un garçon et qu'il devienne une grande star du base-ball comme son père), ou encore sur le travail de photographe qu'exerçait Zach, le père de Jenny.

L'ambiance était très joviale. Cela faisait des années que je n'avais pas fait de repas de famille, et j'étais vraiment heureux d'avoir été invité à celui-là.

Étrangement, personne ne me questionna sur ma mère. Jenny les avait-elle informés de son décès ? Dans tous les cas, c'était mieux ainsi.

Après que nous eûmes mangé le dessert, Jenny me fit signe de quitter la table.

— Je vais lui faire visiter la maison, dit-elle à l'intention de sa famille.

— Tu vas surtout lui faire visiter ta chambre, la corrigea Nick, qui affichait encore ce petit sourire en coin.

Ce mec est vraiment sans gêne…

Jenny l'ignora, et nous retournâmes à l'intérieur de la maison. Elle me guida jusqu'à une petite porte dans le couloir et l'ouvrit.

— Ne t'attends pas à grand-chose, parce que… c'est assez vide.

En effet, sa chambre semblait inhabitée. Il y avait seulement des meubles, mais aucune trace pouvant me confirmer que Jenny ou une quelconque autre personne vivait bien ici.

— Je t'avais prévenu, rigola Jenny devant mon air stupéfait.

— Pourquoi ne l'as-tu pas décorée ou au moins personnalisée ? demandai-je, intrigué, en faisant rapidement le tour de la pièce.

Elle s'assit sur son lit.

— Elle l'était, me révéla-t-elle. Autrefois, j'avais des tonnes de photos accrochées sur les murs, et puis tu pouvais être certain qu'il y avait toujours du linge ou du maquillage traînant sur mon bureau… Ainsi qu'une tonne de bouquins sur la danse près de ma table de nuit. Mais après mon accident, je ne supportais plus de voir tout ça, alors j'ai tout enlevé.

— Est-ce que… tu accrocherais une photo de nous deux ? lui demandai-je avec curiosité.

Elle me regarda, visiblement surprise que je lui pose cette question.

— On n'a jamais pris de photos ensemble, remarqua-t-elle.

Je sortis mon portable de ma poche et m'assis à côté d'elle sur le lit.

— On va remédier à ce problème tout de suite.

— Euh… Tu es sûr de vouloir prendre une photo aujourd'hui ?

Je ne compris ce qu'elle voulait dire que lorsque le reflet de mon visage apparut sur l'écran. Épouvanté par mon aspect, je verrouillai aussitôt mon téléphone et le rangeai dans la poche de mon jean.

— OK, on fera ça un autre jour. D'ailleurs, je me demandais, pourquoi ton oncle ne semble pas savoir ce qui m'est arrivé dans le bar avant-hier ?

— Ah ça, c'est parce qu'il est arrivé en retard, tout comme toi d'ailleurs. J'avais déjà expliqué à tout le monde que tu avais pris ma défense dans un bar et que l'autre gars t'avait plutôt bien refait la face en retour. Je leur avais également demandé de ne pas aborder le sujet avec toi, mais mon père et Nick n'ont pas pu s'en empêcher…

— En parlant de Nick… je t'avoue que je le trouve assez dérangé et plutôt flippant comme type !

Jenny s'esclaffa.

— C'est vrai qu'il est spécial et qu'il lui manque quelques cases, mais il n'est pas méchant. Et puis, mon père le considère un peu comme son deuxième frère.

— Je vois… En tout cas, tu as une très belle famille.

Elle posa la tête sur mon épaule.

— Ouais, c'est vrai.

La seconde suivante, elle se redressa et me regarda avec un mélange de curiosité et d'appréhension.

— Ta famille te manque ? me demanda-t-elle finalement.

Je haussai les épaules.

— Je n'ai jamais été très proche de mon père. Comme je te l'ai déjà dit, il est toujours occupé par son travail… J'ai aussi des grands-parents, mais ils habitent au Mexique et m'appellent seulement une fois par an, alors…

— Et ta mère ?

Dire que je pensais ne pas avoir à en parler aujourd'hui, j'avais crié victoire un peu trop vite. Jamais je n'avais parlé ouvertement de ma mère à qui que ce soit. Et pourtant, quelque chose chez Jenny me poussa à le faire maintenant.

Mon estomac se serra tandis que je laissais des souvenirs de mon enfance se balader librement dans mon esprit.

— Ses pancakes à la myrtille me manquent. Elle m'en faisait tous les week-ends sans exception, et ils étaient dignes d'un restaurant 5 étoiles.

Jenny sourit.

— J'aurais aimé les goûter…

— Tu aurais adoré, crois-moi. Et… lorsque je ne trouve pas le sommeil, il m'arrive de repenser à elle et aux histoires qu'elle me racontait le soir pour m'endormir.

— C'était quel genre d'histoire ?

Je rigolai en repensant à l'une d'entre elles.

— On t'a déjà raconté celle du grand corbeau et du harfang des neiges[1] ?

1. Récit tiré de *Contes Inuit*, de Peggy Nille, Coll. Contes du monde, éditions Rue des enfants, 2008.

Jenny secoua négativement la tête et attendit patiemment que je la lui relate.

— Autrefois tous les oiseaux étaient blancs. Mais un jour, Corbeau et Harfang se sont amusés à peindre leur plumage.

Jenny s'esclaffa.

— Je ne sais pas ce qui est le plus drôle dans ton histoire, le fait que tous les oiseaux soient blancs, ou qu'ils aient décidé de faire de la peinture ! D'ailleurs, où l'ont-ils trouvée ?

Je crois qu'ils ont mélangé du gras de phoque avec autre chose…

— Du gras de phoque ? Sérieusement ?

— Ouais, en fait, dans l'histoire, les deux oiseaux se trouvent dans un igloo, certainement en Antarctique, d'où l'utilisation du gras de phoque…

Jenny rigola une nouvelle fois avant de me faire signe de continuer.

— Donc, continuai-je, Corbeau a plongé son aile gauche dans la peinture noire et a peint les ailes de son ami. C'est pourquoi, aujourd'hui, Harfang porte encore des touches de noir sur son plumage.

Jenny prit un faux air étonné.

— Tout s'explique ! s'exclama-t-elle.

— Mais tu vas me laisser finir, oui ?

Elle plaqua les mains sur sa bouche.

— Où en étais-je ? Ah oui, Harfang, satisfait, a donc offert à son ami une belle paire de *kamiik* pour le remercier. Ce sont les bottes en peau de phoque que portent les Inuits.

Jenny sembla se retenir de rire à nouveau.

— Corbeau s'est alors mis à sauter de joie tandis que Harfang souhaitait à son tour peindre. Énervé qu'il ne se calme pas, Harfang a fini par prendre le pot de peinture et l'a renversé entièrement sur Corbeau. Et donc, depuis ce jour, les corbeaux sont tous noirs.

Jenny m'applaudit.

— C'est une histoire vraiment... intéressante, commenta-t-elle avec un petit sourire moqueur.

Je lui donnai un coup d'épaule en rigolant.

— Ouais, je sais, fallait pas s'attendre à une histoire de dingue, mais elle me plaisait beaucoup quand j'étais petit. Disons que j'étais naïf et que je croyais réellement que les corbeaux étaient noirs à cause de ça. Du coup, dès que j'en voyais un dehors, je criais toujours à ma mère : « Regarde, maman, lui aussi s'est pris de la peinture ! »

Jenny sourit.

— Et quand as-tu arrêté d'y croire ?

— Hum... Bonne question.

— Ne me dis pas que tu crois encore à cette histoire ! s'exclama-t-elle.

Je secouai la tête en rigolant, puis nous restâmes silencieux un long moment.

— De quoi est-elle morte ? me demanda soudain Jenny.

Dans mon esprit, une nouvelle image succéda aux bons moments partagés avec ma mère : elle, allongée dans un lit d'hôpital, un masque d'oxygène sur le visage, le teint livide, les traits tirés et le regard vide. C'était ce à quoi elle ressemblait le jour où j'avais compris que son combat contre la maladie était fini et qu'elle allait... partir.

— Cancer inflammatoire du sein. Il était déjà à un stade avancé lorsqu'on l'a découvert. Et puisqu'il s'agissait d'une forme de cancer rare et très agressive, les chances de survie étaient minces. Elle n'a tenu que trois mois avant de nous laisser, mon père et moi.

— Je suis désolée…

Mon estomac se contracta une nouvelle fois tandis que d'autres souvenirs défilaient devant mes yeux. Ceux que j'avais enfouis au plus profond de ma mémoire et qui ne remontaient pratiquement jamais : ma mère à l'hôpital, des médecins essayant de la réanimer, l'électrocardiogramme plat, un médecin arrêtant le massage cardiaque, puis un autre se tournant vers mon père et moi avec un air navré, juste avant qu'il ne secoue la tête et annonce l'heure du décès.

Une affreuse sensation de manque me gagna petit à petit. Je sentis des larmes me monter aux yeux et me levai. Il était hors de question que Jenny me voie pleurer. De un, parce que j'étais un homme et qu'un homme se doit d'être viril. Et de deux, parce qu'il s'agissait de Jenny. Je ne pouvais pas lui montrer ma faiblesse, alors qu'elle avait tant besoin que je sois fort pour elle.

— Justin ?

J'inspirai profondément, ravalai mes larmes et me retournai.

Merde. Mais pourquoi avait-elle l'air aussi triste tout d'un coup ?

— Qu'est-ce que…

Avant que j'aie le temps de terminer ma phrase, elle se leva à son tour et se blottit contre moi. Je me demandai alors qui de nous deux avait le plus besoin de réconfort. Ne trouvant pas la réponse, je me décidai à fermer les yeux et à laisser la chaleur de son corps m'envelopper entièrement.

Lentement, je repris le contrôle sur mes émotions, et mon esprit redevint serein. L'effet apaisant de Jenny avait totalement fonctionné sur moi.

— Merci, lui dis-je finalement après de longues secondes de silence.

Elle ne répondit pas, mais je sentis son étreinte se resserrer autour de moi. Je souris.

D'accord, on va rester encore un peu comme ça, me dis-je avant de fermer à nouveau les yeux et de me laisser bercer par le son de nos respirations.

Chapitre 29

Jenny

Je ne sais pas durant combien de temps nous restâmes ainsi, debout, enlacés l'un contre l'autre. Mais lorsque ma mère vint frapper à la porte de ma chambre, m'annonçant que mes grands-parents ainsi que mon oncle et Brianna allaient bientôt partir, j'en conclus que cela faisait un bon moment.

Justin s'écarta doucement, et je relevai la tête vers lui. Il souriait et semblait aller beaucoup mieux.

Quel soulagement ! Jamais je n'aurais pensé que l'absence de sa mère le faisait autant souffrir. Il faut dire qu'avant aujourd'hui je ne l'avais jamais réellement questionné à son propos. Est-ce que je regrettais de l'avoir fait ? Pas vraiment. Voir Justin aussi abattu m'avait beaucoup chagrinée, mais j'étais heureuse d'avoir découvert cette part de fragilité en lui.

Cependant, même si j'avais su le réconforter, sa douleur était toujours enfouie en lui, et je savais que malgré tout ce que je pourrais faire ou dire pour l'aider à supporter cette peine, seule une personne partageant la même chose le comprendrait mieux que quiconque.

J'informai rapidement ma mère que nous descendrions pour

dire au revoir à tout le monde dans cinq minutes, puis reportai mon attention sur Justin.

— Écoute, tu ne vas sûrement pas aimer ce que je vais te dire maintenant, mais… je pense que tu devrais retourner en Californie. Voir ton père.

Son sourire disparut aussitôt, remplacé par un air à la fois surpris et contrarié.

— Pourquoi ?

— Parce que je pense que tu as besoin de lui… Et puis je suis sûre que tu dois lui manquer.

Il ricana.

— « Lui manquer » ? Non, je ne pense pas.

— Tu es son fils. Et même si ta mère n'est plus là, vous êtes toujours une famille.

Justin secoua négativement la tête et recula d'un pas.

— On devrait descendre, ta mère…

Je me rapprochai et attrapai sa main par peur qu'il ne prenne la fuite.

— S'il te plaît, réfléchis-y.

Il soupira.

— De toute façon, il n'y a pas à réfléchir. Même si j'y allais, je t'ai déjà dit qu'il ne trouverait pas le temps de me voir…

— Ça, tu n'en sais absolument rien étant donné que tu n'as jamais remis un pied chez toi depuis plus de deux ans.

Sa mâchoire se contracta. Je compris que je commençais à l'agacer, mais je compris également qu'il savait que j'avais raison.

— Tu ne vas pas abandonner, hein ? marmonna-t-il.

Je secouai la tête et fis lentement remonter mes doigts le long de son bras. Il frémit lorsque ma main glissa sous la manche de sa chemise.

Ouais, user de la séduction pour faire chanter quelqu'un n'était pas très correct, mais bon… Si c'est pour une bonne cause, on ne va rien dire, hein ?

— OK, lâcha-t-il brusquement.

Je sursautai, ne m'attendant vraiment pas à ce que ma technique fonctionne et qu'il cède aussi rapidement.

— OK ? répétai-je en haussant les sourcils.

— Oui, mais j'y vais à une seule condition.

— Euh… Laquelle ? demandai-je en ayant un mauvais pressentiment.

Il me regarda avec une telle intensité que j'en fus déstabilisée.

— Tu viens avec moi.

J'écarquillai grand les yeux, surprise une nouvelle fois.

— Tu veux que je t'accompagne en Californie ?

Il hocha la tête d'un air sérieux.

— On pourrait y aller pendant les vacances d'octobre et on y resterait quelques jours pour que tu puisses visiter la ville…

Je fronçai les sourcils, il avait l'air vraiment sérieux.

— Attends, y a même pas trente secondes, tu étais fermement opposé à cette idée, et là, t'es déjà en train de nous prévoir un voyage de couple… J'ai raté un épisode, ou quoi ?

Il pencha son visage vers moi.

— Il suffit que tu me touches pour me faire accepter n'importe quoi, murmura-t-il au creux de mon oreille.

Son souffle chaud me fit frissonner.

— Bon, allez, viens, ajouta-t-il en s'écartant, il faut qu'on aille dire au revoir.

— Attends, je ne sais pas trop quoi en penser.

Enfin, j'aimais Justin et j'adorais passer du temps avec lui. Mais de là à partir plusieurs jours seule avec lui dans un autre État, juste lui et moi. Hum, c'est vrai que dit comme ça, l'idée était encore plus tentante…

Mais il restait un gros problème, celui du coût du voyage. Je n'avais clairement pas les moyens de me payer un billet d'avion ! À moins que le patron du Coffee and Co me rajoute un paquet d'heures supplémentaires… D'autant plus qu'il s'agissait de l'argent prévu pour payer ma nouvelle prothèse.

Dans tous les cas, il fallait déjà que je demande à mes parents s'ils étaient d'accord pour me laisser partir. Certes, j'étais majeure et quelqu'un d'assez indépendant, mais partir à plus de cinq heures d'avion de chez soi n'était pas rien. Surtout dans ma condition physique, et avec un garçon que je connaissais depuis seulement un mois !

— Tu as le temps d'y réfléchir, dit Justin avec un clin d'œil.

Il ouvrit la porte de ma chambre et sortit dans le couloir. Mettant dans un coin de mon esprit sa proposition, je soupirai et le suivis.

Justin

La probabilité pour que mon père daigne me consacrer un peu de son temps était infime. Déjà, lorsque ma mère était encore là, je ne le voyais quasiment jamais mais, après l'enterrement, si je n'avais pas su qu'il bossait à la clinique, j'aurais très bien pu le porter disparu !

Jenny avait dit que même en l'absence de ma mère nous formions encore une famille, mais je n'étais pas d'accord. Pour moi, ce n'était pas ça une famille. Avec ma mère, nous en formions une. Nous étions proches, très complices. Mais avec mon père, il y avait un fossé entre nous. Certes, je pouvais toujours compter sur lui, ou plutôt sur son argent quand j'en avais besoin. Après tout, c'était lui qui finançait mes études, mon logement et tous mes besoins. Mais ce n'était pas vraiment une façon de me montrer qu'il tenait à moi, non, c'était plutôt une façon de se faire bien voir dans son entourage. Il aurait très bien pu me couper les vivres dès ma majorité, mais quel bon père de famille ferait ça à son enfant ?

Si j'avais accepté de retourner en Californie, c'était uniquement pour Jenny. Changer d'air lui ferait certainement le plus grand bien, et revoir son ancienne meilleure amie encore plus.

Chapitre 30

Jenny

Une heure après le départ des membres de ma famille, ce fut au tour de Justin de s'en aller. Si je ne lui avais pas gentiment demandé de partir, il serait très certainement resté jusqu'à l'heure du dîner. Mais même si j'adorais passer du temps avec lui, j'avais un gros devoir à faire en gestion financière pour lundi et à cause de mon travail au Coffee and Co demain, il fallait que je m'y mette cet après-midi si je voulais espérer le finir à temps.

Justin ouvrit la porte d'entrée en soupirant.

— Bon, puisque tu ne veux plus de moi, j'y vais.

Je levai les yeux au ciel.

— Tu sais très bien que ça n'a rien à voir.

— Je te taquinais. En tout cas, sache que j'ai passé un très bon moment aujourd'hui. Tu as des parents géniaux, et toute ta famille l'est, d'ailleurs. Je pense aussi qu'ils m'ont tous plutôt bien apprécié !

J'acquiesçai puis, repensant à notre discussion à propos de sa mère, je pris sa main dans la mienne.

— Tu sais, même si ça ne fait pas très longtemps qu'on sort ensemble, tant que tu seras avec moi, tu pourras aussi les considérer comme ta famille.

Il approcha son visage du mien et m'embrassa sur le front.

— Alors, je pense qu'on peut déjà annoncer à ta famille nos fiançailles…

— Quoi ?! m'exclamai-je en m'écartant légèrement.

— Je n'ai absolument pas l'intention de te quitter un jour, Jenny.

Je rigolai.

— Ne dis pas des trucs comme ça. Peut-être que demain tu rencontreras une autre fille, plus belle et beaucoup moins compliquée que moi à vivre, alors…

Il me fit taire en m'embrassant.

— Tu sais très bien ce que je ressens pour toi, alors même si Madison Taylor voulait sortir avec moi, je refuserais sans aucune hésitation.

Je pouffai. Justin pensait me flatter, mais je n'étais pas sûre de tenir la comparaison par rapport à cette grande star du RnB. Je décidai de le taquiner.

— Mais bien sûr ! Comme si tu allais dire non à Madison Taylor ! En tout cas, sache pour ma part que si Luke Shawn me proposait un rendez-vous, je ne dirais pas non.

Il haussa les sourcils.

— Sérieusement ? Tu trouves ce chanteur à minettes plus beau que moi ?

— Chanteur à minettes ? répétai-je, contrariée par son expression moqueuse.

— Bah, faut dire que sa voix ne casse pas des barres, hein. S'il a réussi à percer dans la musique, c'est seulement grâce à son physique.

— Donc, tu reconnais qu'il est pas mal, jaloux, va. Enfin bref, là n'était pas le sujet ! Personne ne sait ce dont l'avenir est fait, alors… Même si tu m'aimes aujourd'hui, peut-être qu'un jour ce ne sera plus le cas.

Il secoua la tête d'un air dépité.

— C'est fou à quel point tu peux être optimiste. C'est une qualité que j'adore chez toi.

— Ouais, je sais. Bon, allez, maintenant, va-t'en, car j'ai un super devoir qui m'attend.

Il râla, puis m'embrassa une dernière fois avant de quitter la maison.

— En plus, ajouta-t-il en avançant à reculons jusqu'à sa voiture. Je t'ai déjà fait comprendre que si tu n'étais pas aussi « compliquée », jamais je ne me serais intéressé à toi, Jenny Menser.

Je croisai les bras sur ma poitrine.

— Et si un jour je ne le suis plus ? Si je finis par accepter mon handicap et que je redeviens la personne que j'étais avant l'accident ?

— Tu ne pourras pas changer ce que tu as vécu. Cet accident fait partie de ta vie maintenant.

Je ne répondis pas, sûrement parce qu'il avait raison.

— Je t'envoie un message dès que je suis rentré, me prévint-il en ouvrant la portière.

— Mais je ne t'ai rien demandé, rétorquai-je avec un sourire narquois, et en plus, je ne répondrai pas, car je serai très occupée !

— Je vais brûler tes cours, tu vas voir.

— Essaie un peu.

Justin m'adressa un dernier petit sourire avant de monter dans son véhicule. Je le regardai prendre la route, puis refermai la porte d'entrée.

Bon… À nous deux, saleté de devoir ! songeai-je en me dirigeant vers ma chambre.

*
* *

Après que j'eus passé plus d'une bonne heure et demie la tête dans mes cours, mon cerveau m'ordonna de faire une pause. J'entrai dans le salon. Ma mère repassait du linge tandis que mon père feuilletait un de ses albums photo.

— Tu t'en sors avec tes devoirs, ma chérie ? me questionna-t-elle.

Honnêtement ? Pas vraiment. Déjà parce que je détestais la gestion financière, et ensuite parce que je n'avais pas réussi à me concentrer complètement. Faut dire que depuis que Justin m'avait proposé de l'accompagner en Californie, je n'avais plus que ça en tête. L'océan, la plage, nous deux au bord de l'eau…

— Euh… Je peux vous parler un instant ? demandai-je en ignorant sa question.

Ma mère posa son fer à repasser, et mon père releva la tête de son album pour m'observer.

— Oui, bien sûr, ma chérie, qu'y a-t-il ? s'enquit-elle.

Je m'avançai au centre de la pièce.

— Rien de grave, hein. En fait, Justin m'a invitée à passer quelques jours chez son père en Californie pendant les vacances d'octobre.

— Et ? fit seulement mon père.

— Et je voulais savoir ce que vous en pensez.

Mes parents échangèrent un regard entendu.

— On n'y voit aucun inconvénient, me répondit ma mère.

Je fronçai les sourcils, ne comprenant pas leur réaction.

— Attendez… Ne me dites pas que Justin vous a déjà mis au courant ?!

— Pas du tout, m'assura mon père, mais nous te faisons

confiance et nous lui faisons confiance. À partir de là, vous êtes libres de faire ce que vous voulez et d'aller où bon vous semble.

— Seulement parce qu'il m'a défendue et qu'il a réussi à me faire remonter dans une voiture ? m'étonnai-je.

Bon, d'accord, je devais admettre que ces deux raisons étaient déjà largement suffisantes.

— En partie, répondit ma mère, mais surtout parce qu'il te rend heureuse à nouveau, Jenny. Et si tu es heureuse, alors nous le sommes aussi.

— Et je pense que changer d'air te fera vraiment du bien, ajouta mon père.

Bon…

J'allai m'asseoir sur le canapé à côté de lui et jouai nerveusement avec mes mains.

— Sinon, j'ai une autre question… Que vous est-il arrivé quand vous étiez plus jeunes ?

Ma mère manqua de se brûler avec son fer.

— Élodie, ça va ? s'inquiéta mon père en se levant aussitôt.

— Je n'ai rien, le rassura-t-elle en éteignant l'appareil. Pourquoi cette question, ma chérie ?

Je haussai les épaules.

— J'ai l'impression que toute la famille est au courant de vos petits secrets d'adolescents sauf moi. Comme je suis votre fille biologique, j'ai le droit de savoir ce genre de trucs, non ? À ce que j'ai entendu, papa se serait battu pour toi… Et j'aimerais bien que vous m'expliquiez pourquoi.

Mon père sourit, probablement amusé par ma résolution soudaine.

— Il faut reconnaître qu'elle a de bons arguments, dit-il à l'intention de ma mère.

Cette dernière soupira et vint prendre place à côté de moi sur le canapé.

— Chérie, crois-moi, si on ne t'en a jamais parlé auparavant, c'est uniquement parce que ce n'est pas une histoire facile à raconter, et que tu ne vas vraiment pas aimer ce que tu vas entendre.

— Ou plutôt, parce que ce n'est pas une histoire, la corrigea mon père en se rasseyant à ma gauche. Tout ce qu'on va te dire maintenant nous est bel et bien arrivé à ta mère et à moi.

Je les regardai tour à tour, prenant conscience que leurs révélations risquaient d'avoir un gros impact sur moi.

— Je ne sais pas si j'ai vraiment envie de savoir ce qui s'est passé, tout à coup, leur avouai-je.

Ma mère me prit la main.

— Je suis venue habiter à Saint-Louis avec mes parents et ma sœur lorsque j'avais dix-sept ans. La ville n'était pas ce qu'elle est aujourd'hui. Le lycée dans lequel j'étais craignait beaucoup, les professeurs avaient peur des élèves et n'avaient aucune autorité sur eux. Moi qui venais d'un lycée privé de Londres, où régnaient l'ordre et le calme, je peux te dire que j'avais l'impression de nager en plein délire. Enfin bref, c'est là que j'ai rencontré ton père.

Ma mère eut un petit sourire pour lui, puis poursuivit :

— Il avait une très mauvaise réputation, et il venait de sortir de prison.

J'écarquillai grand les yeux et regardai mon père.

— Sérieusement, papa ? Mais pour quelle raison ? Et pourquoi tu ne me l'as jamais dit ?

Mes questions semblèrent l'amuser plus qu'autre chose.

— Attends de savoir la suite, tu risques d'être encore plus surprise, me répondit-il simplement.

Je me retournai face à ma mère et attendis qu'elle reprenne la parole.

— Personne ne savait pourquoi il avait fait de la prison, mais malgré toutes les rumeurs qui couraient à son sujet, je savais au fond de moi que ton père n'était pas quelqu'un de dangereux. J'en avais la certitude. Alors, j'ai essayé de me rapprocher de lui…

— Tu m'as harcelé, corrigea mon père.

Ma mère leva les yeux au ciel et soupira.

— OK, si tu veux, Zach. Donc j'ai harcelé ton père, parce qu'il me plaisait et m'intriguait énormément. Et il faut croire que mon harcèlement a porté ses fruits puisque ton père a fini par tomber sous mon charme à son tour. Nous sommes sortis ensemble, et il m'a enfin révélé la raison pour laquelle il avait fait un an de prison.

— Laquelle ? demandai-je avec curiosité.

— Tu vois la cicatrice de ta grand-mère ?

Je me tournai à nouveau vers mon père, surprise une nouvelle fois.

— C'est toi qui as fait ça à grand-mère ?!

Ma mère me donna une petite tape sur la tête.

— Ne dis pas n'importe quoi, Jenny. Il s'agissait d'une femme qui avait une liaison avec ton grand-père… Et ta grand-mère l'a accidentellement tuée lors d'une dispute.

Je sursautai face à cette révélation. Ma grand-mère avait tué quelqu'un ?! Je n'arrivais pas à y croire.

— Ton père est allé à sa place en prison afin que ta grand-mère puisse s'occuper de ton oncle Lyam qui n'était qu'un enfant à l'époque.

Waouh… Déjà que j'admirais beaucoup mon père, mais alors là, il m'épatait.

— Enfin, bref, ce n'est absolument pas le plus important.

— Je viens d'apprendre que ma grand-mère a tué une femme, que mon père a fait de la prison, et tu me dis que ce n'est pas important ? Tu rigoles, j'espère…

Ma mère ignora ma remarque et poursuivit. Son histoire parlait de trafic de drogue, de trahison, de menaces de mort, d'assassinat et de kidnapping. Au début, tout cela me parut totalement absurde, mais cela expliquait en fait pourquoi je n'avais jamais rencontré mes grands-parents maternels, même si je savais qu'ils étaient au courant de mon existence, étant donné que ma mère était toujours en contact avec sa petite sœur, Sara, qui vivait à Londres.

— Mais quand j'ai réalisé que ton père représentait tout pour moi, j'ai décidé de rester définitivement à Saint-Louis. Voilà, maintenant tu sais tout[1], Jenny, termina-t-elle.

Je respirai profondément. J'avais grand besoin de réfléchir seule à tout ça.

— Vous auriez quand même pu me sortir une histoire un peu plus crédible, leur reprochai-je en me levant.

Ils ne répondirent rien, et j'en profitai pour quitter la pièce le plus rapidement possible.

Je retournai dans ma chambre et, après avoir refermé la porte derrière moi, me laissai glisser, difficilement, contre celle-ci. Je pris ma tête entre mes mains. Comment ma mère avait-elle pu me raconter toutes ces choses comme si elles étaient d'un banal absolu ?! Il était préférable, pour moi comme pour eux, que je fasse semblant de ne pas avoir cru un seul mot de leur histoire digne d'un thriller.

Mais voyons le bon côté des choses : mes parents avaient

1. L'histoire d'Élodie et de Zach a été racontée dans le roman *Good Girls Love Bad Boys*, de Alana Scott, Harpercollins France, 2018.

finalement pu avoir une vie plus ou moins tranquille, et s'aimer librement. D'ailleurs, je comprenais enfin comment et pourquoi leur couple était toujours aussi solide malgré les années. Ma relation avec Justin pourrait-elle devenir aussi forte que la leur ?

Justin avait déjà su me redonner goût à la vie, et pour ça je lui en serais éternellement reconnaissante.

Je me relevai et récupérai mon téléphone portable sur mon bureau. J'allai dans mes messages et lui en envoyai un. Même si je savais qu'il prendrait ça à la rigolade, pour ma part, j'étais très sérieuse.

Oui, j'étais sûre que, nous deux, ça pouvait durer.

Chapitre 31

Justin

C'est OK pour les fiançailles. Je t'aime.

Je manquai de m'étouffer avec mes haricots verts. Même si elle devait plaisanter pour les fiançailles, c'était la première fois qu'elle me disait « je t'aime » par message. Mon cœur battait à cent à l'heure dans ma poitrine.

Assis en face de moi à table, Sean ricana.

— Qu'est-ce qu'il y a ? Jenny t'a envoyé une photo d'elle à poil ?

Je secouai la tête et me levai.

— Pire que ça. Faut que je l'appelle.

Mais pour dire quoi ?

Après m'être rendu dans ma chambre, je composai nerveusement son numéro. Elle décrocha presque aussitôt.

— Hé, fis-je en m'adossant contre le mur.

— Hé.

Finalement, évoquer le contenu de son message ne me paraissait pas une si bonne idée. Ce n'était certainement qu'une blague.

Il y eut plusieurs secondes de silence avant que je reprenne la parole :

— Hum… Alors, ce « super devoir » ? demandai-je en faisant quelques pas dans la pièce.

— J'ai eu ma dose pour aujourd'hui. D'ailleurs, si j'ai la moyenne, ce sera un miracle.

— Je vois…

Un nouveau silence s'installa, mais ce ne fut absolument pas gênant. Le simple fait de sentir la présence de l'autre nous suffisait.

— Sinon, reprit Jenny après un moment, mes parents sont OK pour la Californie. Du coup, si le patron du Coffee and Co est aussi OK pour me faire travailler davantage, c'est d'accord pour notre voyage.

Je fronçai les sourcils.

— Attends, je ne comprends pas, pourquoi tu veux travailler davantage au café ?

Elle rigola.

— T'as cru que les billets d'avion étaient gratuits ? En plus, je dois garder mon salaire de base pour payer ma prothèse, et il est hors de question que mes parents dépensent un seul cent pour me payer ce voyage. Ils en ont déjà fait suffisamment pour moi depuis mon accident.

Je soupirai.

— Jenny, en tant qu'invitée, il est hors de question que tu payes quoi que ce soit.

— T'es malade ! Tu ne vas quand même pas me payer un billet d'avion ! Ça doit coûter plus de 300 dollars !

— De toute façon, tu n'auras pas le choix. Une fois que j'aurai averti mon père de ta présence, il tiendra à te l'offrir en cadeau de bienvenue.

Ce que je venais de dire concernant mon père ne se vérifierait peut-être pas, mais je comptais bien veiller personnellement à ce que Jenny ne dépense pas un seul cent durant le voyage.

Je l'avais quand même un peu forcée à m'accompagner après tout. Et puis, c'était le rôle d'un petit ami de prendre soin de sa copine, non ?

— Justin, s'il te plaît, laisse-moi payer ce fichu billet. J'aimerais une fois de plus ne pas dépendre des autres pour m'acheter quelque chose d'important.

— C'est fou à quel point tu peux être têtue ! râlai-je.

— Je sais. Désolée. Bon…

— Ouais… Je vais te laisser.

— Jenny ?!

— Oui ?

— Moi aussi, je t'aime.

Inquiet, je fermai les yeux et attendis qu'elle réponde quelque chose.

— Je… Je peux venir chez toi ?

Mon cœur fit un bond dans ma poitrine.

— Euh, tu veux dire là, maintenant, ce soir ?

— Ouais.

Je déglutis.

— Hum, oui, bien sûr… Tu veux que je vienne te chercher ?

— Non, c'est bon, le tramway passe encore. Je serai chez toi dans moins d'une heure.

Et elle raccrocha.

Oh purée. Oh purée.

Si Jenny voulait venir passer la nuit chez moi… Est-ce que cela signifiait qu'elle voulait qu'on couche ensemble ? Oh le stress. Il fallait que je change les draps, que je me douche, que je me repasse un coup de rasoir et que je me prépare !

Je commençais à m'agiter, ne sachant pas par quoi commencer, quand quelqu'un frappa à la porte.

— Quoi ? fis-je en retirant sauvagement les draps de mon lit.

Kyle ouvrit et fronça les sourcils.

— Qu'est-ce que tu fais ?

— Jenny vient ce soir.

Il ne sembla pas saisir le message subliminal jusqu'à ce que je lui désigne mon lit d'un regard insistant.

— Ah ! Tous les deux, vous allez enfin…

— Ouais, l'interrompis-je. Donc, j'aimerais vraiment que toi et les mecs fichiez le camp de la villa pour la soirée si possible.

— Pour aller où ?

— Je n'en sais rien. Mais en tout cas, le premier qui nous dérange, je le tue.

— Mec, t'es sûr que ça va ? s'enquit mon meilleur ami. C'est la première fois que tu nous demandes ça, et t'as l'air aussi tendu qu'un puceau.

Honnêtement, je me sentais tout comme. Jenny me mettait vraiment dans tous mes états.

— Va prendre ta douche, ajouta-t-il en remarquant mon désarroi. Je m'occupe de ton lit.

— Euh, merci.

J'attrapai des vêtements propres et filai me préparer.

Jenny

Je ne sais pas ce qui m'avait pris, mais mon cœur m'avait poussé à agir de la sorte. J'avais besoin de le voir et de passer du temps avec lui.

Après avoir toqué à la porte de la villa, j'attendis que quelqu'un vienne m'ouvrir. Ce fut Justin. Un sentiment de bonheur me parcourut.

— Tes colocataires sont là ? demandai-je en entrant.

Il secoua la tête tout en me regardant de bas en haut.

— Quoi ?

— T'es jolie.

Je rigolai.

— Tu sais que je porte exactement la même tenue que ce midi ?

Contrairement à lui qui semblait s'être douché et avait revêtu un jean délavé et un T-shirt gris. Mais quoi qu'il porte, Justin était toujours très attirant.

— Ah…

Fronçant les sourcils, j'approchai mon visage du sien. Il semblait nerveux. Mais pourquoi…

Ah. Bon sang, j'aurais dû me douter qu'il interpréterait les choses de cette façon ! Demander soudain à son petit ami de venir passer la soirée chez lui sans raison particulière pouvait en effet porter à confusion. Quelle idiote j'étais !

Bon, eh bien, nous étions désormais deux à être nerveux. D'un autre côté, savoir que je mettais dans cet état l'ex-Casanova du campus me ravissait. Cela prouvait que je n'étais pas n'importe qui à ses yeux.

— Euh…

— On monte dans ma chambre ? me proposa-t-il.

— OK.

Il parut soulagé de ma réponse.

Bon sang, cette situation devenait de plus en plus embarrassante.

— Justin, attends, dis-je avant qu'il monte l'escalier.

Il se retourna.

— Je…

Merde, comment pouvais-je lui dire ça ?

— Je ne suis pas venue ce soir dans l'unique but qu'on

couche ensemble, finis-je par lâcher. J'avais juste envie de passer du temps avec toi.

— Ah… (Il jeta un coup d'œil vers le haut des marches et se gratta la nuque.) C'est… très embêtant.

— Pourquoi ?

— Hum, tu vas comprendre par toi-même. Viens.

Intriguée, je le suivis à l'étage et, lorsqu'il ouvrit la porte de sa chambre, j'écarquillai grand les yeux. Des bougies étaient allumées un peu partout dans la pièce, et le lit était recouvert de pétales de rose.

— Et attends, ce n'est pas fini.

Justin avança jusqu'à son bureau où son ordinateur portable était allumé. Il appuya sur la barre « espace » et *I've Had The Time of My Life*, la très vieille chanson interprétée par Jennifer Warnes et Bill Medley, démarra.

Sérieusement ? On ne pouvait pas faire plus dans les clichés !

— « *Now I've had the time of my life* », chanta-t-il très faux.

Je rigolai, et mon rire s'accentua quand il commença se déhancher devant moi. Je secouai la tête.

— C'est toi qui as fait tout ça ?

— Disons que Kyle et Sean m'ont un peu forcé la main. Je leur ai dit que tu n'étais pas du genre romantique mais, selon eux, les femmes adorent toujours !

Je grimaçai légèrement. Même si je trouvais bizarre qu'il ait mis ses frères dans le coup, cela me montrait qu'il voulait vraiment tout faire pour que cette nuit soit parfaite.

Il coupa la musique et s'appuya sur son bureau en soupirant.

— Bon… J'ai vraiment tout foiré aujourd'hui.

Souriant, je m'approchai de lui. Son air désolé le rendait tellement adorable !

— Je plaisante ! J'aime beaucoup, et puis…

Je passai mes bras autour de son corps et l'embrassai, ayant soudain très envie de lui.

— Puisque tu as tout préparé, je pense qu'on devrait en profiter, ajoutai-je en glissant les mains sous son T-shirt.

Son corps se tendit, et il me dévisagea.

— Tu en es sûre ?

Je fis remonter mes doigts le long de son dos musclé.

— Absolument, confirmai-je avant de l'embrasser à nouveau.

Sa respiration s'accéléra, tout comme la mienne. Même si je n'étais pas venue chez Justin pour cette raison à l'origine, ma libido s'était complètement réveillée à présent.

Justin posa son front contre le mien, puis il commença à déboutonner lentement mon chemisier, le souffle court. Bien qu'un peu inquiète, je ne voulais pas qu'il arrête.

Lorsqu'il eut fini, je le retirai tandis qu'il en faisait autant avec son T-shirt. Mon regard s'attarda quelques secondes sur son torse.

Bon sang, ce qu'il est bien foutu.

— On n'est pas vraiment à égalité, là, remarqua-t-il, retourne-toi.

Amusée par son faux ton autoritaire, j'obéis. Il posa les mains sur mes épaules, descendit lentement ses doigts le long de mes omoplates puis s'arrêta au milieu de mon dos pour dégrafer mon soutien-gorge. Il fit ensuite glisser les bretelles le long de mes bras, et je laissai mon sous-vêtement rejoindre mon haut sur le sol. Mon sang bouillait dans mes veines. J'essayai de respirer calmement mais, lorsque je sentis le corps de Justin se presser contre le mien, une nouvelle vague de chaleur me submergea. Je penchai la tête sur le côté tandis que ses lèvres parcouraient mon cou.

— Ta peau est brûlante, dit-il en caressant doucement mes hanches.

Tu n'imagines pas à quel point…

Impatiente, je finis par me retourner et l'embrasser passionnément.

— Retire ton jean, murmurai-je entre deux baisers.

Probablement amusé par mon empressement, il sourit contre mes lèvres tout en s'exécutant. Il retira même en prime son caleçon.

— Oh.

Devant mon air ébahi, il rigola.

— Ça va, ce n'est pas comme si tu ne l'avais jamais vu.

Certes, mais il restait toujours aussi impressionnant.

Bon… À mon tour.

Après avoir inspiré un bon coup, je défis le bouton de mon jean et le descendis le long de mes jambes. Mon regard s'attarda un instant sur ma prothèse. Le moment que je redoutais tant était enfin arrivé.

Tu peux le faire, Jenny.

Justin prit mon menton dans ses mains et me releva la tête.

— Ne t'inquiète pas pour ça, me rassura-t-il en me regardant droit dans les yeux. Je m'en fous. Je t'aime, Jenny, et c'est tout ce qui compte.

Sa sincérité me toucha énormément. J'étais heureuse qu'il me désire malgré ma jambe en moins.

— Moi aussi, je t'aime… Peu importe la taille.

Il fronça les sourcils.

— La taille ? Ah !

Je rigolai, puis enroulai mes bras autour de sa nuque pour l'embrasser. Sans arrêter notre baiser, Justin me souleva dans ses bras. Il marcha jusqu'à son lit pour finalement m'allonger dessus. Il s'assit à côté de moi et regarda curieusement ma prothèse.

— Je peux te l'enlever ? me demanda-t-il en posant une main dessus.

Bien qu'un peu surprise, je lui fis signe que oui, et le regardai avec amusement essayer vainement de la défaire.

— Ah c'est bon ! s'exclama-t-il fièrement au bout d'une bonne minute.

Il me la retira lentement, ainsi que ma gaine, avant de poser ses mains sur ma culotte. Une vague d'excitation me parcourut.

Prenant appui sur ma jambe gauche, je relevai mon bassin afin qu'il puisse me l'enlever. Son regard parcourut entièrement mon corps un long moment avant de revenir se poser sur mon visage. Est-ce que ce qu'il voyait lui plaisait ?

— Tu es magnifique, Jenny.

Embarrassée, je détournai la tête, mais Justin se positionna au-dessus de moi et m'obligea à nouveau à river mes yeux aux siens.

— Je suis sérieux. Tu es vraiment belle. Et tu es à moi, bon sang…

Je frissonnai de désir.

— Ça ne va pas ? m'inquiétai-je en le voyant inspirer profondément.

— Tu me fais trop d'effet, grogna-t-il, ce qui est un très gros problème.

Je souris malgré moi et effleurai son torse de mes doigts. Il soupira, puis attrapa ma main et la cloua au-dessus de ma tête sur le lit.

— Je suis sérieux. Si tu continues, je risque de jouir avant même qu'on ait pu faire quoi que ce soit.

Je soupirai à mon tour.

— Ben dis donc, pas très endurant, le sportif, le taquinai-je, ça se passait toujours comme ça avec tes plans cul ?

— Bien sûr que non. T'es la seule qui me mette dans un état pareil, mais…

Il fit glisser ses doigts jusqu'à mon entrejambe et eut un petit sourire en coin en entendant ma respiration agitée.

— Apparemment, je ne suis pas le seul, constata-t-il d'un air ravi.

— Alors, qu'est-ce que t'attends, Usain Bolt ? lançai-je d'une voix pleine de désir.

Il relâcha ma main et j'en profitai pour agripper son dos et rapprocher complètement son corps du mien. Son souffle se mêla au mien. Il m'écrasait légèrement, mais je m'en moquais éperdument. Comprenant tout à fait ce que je souhaitais et étant visiblement enthousiaste à l'idée de me satisfaire, il sourit.

— Il faut que je mette un préservatif, me prévint-il, attends.

— Dépêche-toi.

J'avais l'impression de ne plus pouvoir attendre, que je mourrais de frustration s'il ne comblait pas dès que possible mes envies. Il se leva, et je ne pus m'empêcher de mater ses belles petites fesses bien fermes tandis qu'il marchait jusqu'à son bureau.

Bon sang, ce que j'ai envie de lui…

Il ouvrit le paquet de capotes avec ses dents puis en enfila rapidement une avant de revenir se positionner au-dessus de moi sur le lit. Je le regardai descendre une main vers son sexe pour le guider et le faire entrer en moi.

Oh bon sang…

La pénétration ne fut pas aussi brutale que je le pensais, au contraire, c'était parfait.

Justin se pencha pour m'embrasser.

— Ça va ? me demanda-t-il dans un souffle rauque.

Je me contentai de sourire contre ses lèvres. Il remua légèrement, et je gémis. Le sentir en moi était génial. J'avais l'impression d'être remplie et, d'une certaine façon, d'être entière. Comme s'il ne me manquait rien, comme si j'étais de nouveau moi.

— Jenny ? s'inquiéta Justin en me fixant. Je t'ai fait mal ?

Il allait se retirer, mais je l'en empêchai.

— Ne bouge pas ! lui ordonnai-je en enfonçant mes ongles dans son dos.

— Mais tu as des larmes aux yeux !

Je secouai la tête en souriant.

— Je me sens vraiment bien… Alors, continue, s'il te plaît.

Rassuré, il hocha la tête, puis commença des mouvements de va-et-vient sans me quitter du regard. D'abord lentement, puis il accéléra au fur et à mesure que le plaisir nous gagnait. Je cambrai le bassin pour l'aider, et cela ne fit qu'accentuer les sensations.

— Jenny, je vais bientôt…

— Je sais, moi aussi…

L'orgasme nous fit tous deux trembler de plaisir, et Justin s'effondra sur moi dans un profond soupir d'extase. Encore euphoriques, nous restâmes silencieux pendant un moment, essayant de reprendre notre souffle et nos esprits avant que Justin ne se retire.

Il enleva son préservatif et le jeta dans la poubelle, puis revint s'allonger à côté de moi et enfouit sa tête dans mon cou. Je passai ma main dans ses cheveux.

— Je ne crois pas avoir déjà eu d'orgasmes aussi intenses que celui-là, murmurai-je.

Il se redressa sur ses coudes pour me regarder avec désir.

— Et moi donc…

J'attirai sa tête vers la mienne pour l'embrasser.

— Je t'aime, Justin.

Un sourire béat se dessina sur son visage.

— Je t'aime aussi, Jenny.

Mon cœur se serra dans ma poitrine tandis qu'il m'embrassait à nouveau.

— Dis… Je rêve ou tu as déjà envie de recommencer ? m'étonnai-je en le sentant durcir contre ma cuisse.

— Je t'ai dit que tu me faisais trop d'effet…

Je mordis sa lèvre.

— Tant mieux. Mais on va faire une pause parce que j'ai faim.

— Italien ? proposa-t-il. J'ai des spaghettis et de la sauce tomate en boîte.

Je souris.

— Il n'y a que ça que tu sais cuisiner ? le taquinai-je.

— Si c'est bon pourquoi manger autre chose ? répliqua-t-il d'un air amusé.

— Pas faux… Tu as aussi du lait de coco ?

— Pas pour toi, gaspilleuse. Allez, viens.

Il se releva et me tendit la main. Je la regardai un instant avant de reporter mon attention sur son visage.

Justin Braxton, jamais je n'aurais pensé que tu aurais un si grand impact sur ma vie…

Je saisis sa main et me redressai sur le lit.

Jamais je n'aurais pensé que, grâce à toi, je me sentirais à nouveau entière un jour.

Chapitre 32

Justin

— Tu te sens prêt à battre ton record ? me demanda mon coach.

J'inspirai profondément avant de hocher la tête. Il fallait toujours rester optimiste en course, quoi qu'il arrive.

Je jetai un énième coup d'œil vers les gradins, mais elle n'était toujours pas là. Je commençais un peu à m'inquiéter.

— M'sieur, je peux passer un coup de fil ? C'est vraiment important.

Rangers me fixa un court instant, puis sortit mon téléphone portable d'une poche de sa veste et me le donna. Normalement, il m'était interdit de l'utiliser avant un sprint pour ne pas être distrait et rester concentré sur mon objectif. Mais ces derniers temps, depuis que Rangers avait vu en moi une lueur d'espoir grâce à mon temps record de 10 s 54, il m'accordait pas mal de petites faveurs. Tant que je respectais parfaitement mon planning alimentaire et sportif, bien entendu.

— Tu as deux minutes, m'indiqua-t-il avant de s'éloigner vers un groupe de journalistes.

Il s'agissait du premier grand événement de la saison universitaire, la course réunissait les meilleurs sprinteurs du Missouri.

Même si elle avait lieu sur le campus, il y avait énormément de monde aujourd'hui. Des journalistes étaient présents pour venir découvrir les nouveaux talents, et j'avais même repéré les reporters d'une chaîne de télévision nationale. Si je gagnais cette course contre les sept autres participants, je décrocherais le titre de champion universitaire du 100 mètres de l'État. L'enjeu était important et, malgré son travail à temps partiel au Coffee and Co, Jenny m'avait assuré qu'elle viendrait m'encourager comme à la dernière compétition.

En plus, depuis notre super nuit torride, nous n'avions pas eu l'occasion de nous revoir seul à seul. Il nous arrivait de déjeuner ensemble de temps à autre avec Sophie, Kyle, ou mes autres potes, et Jenny essayait de venir me regarder courir au stade les mardis matin pendant sa pause intercours, mais c'était tout. Faut dire que les heures sup qu'elle faisait à son travail et mes entraînements sportifs qui s'étaient intensifiés ces derniers temps ne nous facilitaient pas la tâche.

Je composai son numéro et attendis. Après être tombé sur la messagerie une première fois, j'essayai à nouveau, mais sans plus de succès. Qu'est-ce qu'elle pouvait bien faire ? Et si… et s'il lui était arrivé quelque chose sur la route ?

Reste positif, Justin. Reste positif.

Ce n'était vraiment pas le bon moment pour être inquiet.

— Allez, va te mettre en place, m'ordonna Rangers en revenant vers moi.

J'inspirai profondément et lui rendis mon portable, essayant de laisser derrière moi mon angoisse et ma nervosité, puis je rejoignis mes adversaires sur la ligne du départ.

— C'est toi, Braxton ? m'interrogea le coureur numéro 3 sur ma droite.

Je le dévisageai. Il était grand, beaucoup plus mince et élancé que moi, sa peau était foncée, ses yeux verts. Son visage ne me disait absolument rien, contrairement aux autres sprinteurs que j'avais déjà rencontrés les années précédentes.

— On se connaît ?

Il secoua la tête avec un sourire malicieux.

— J'ai beaucoup entendu parler de toi, « 10,54 ».

— Et toi, c'est quoi ton record ?

— Tu verras ça d'ici quelques minutes, quand j'aurai remporté le 100 mètres.

— En effet, j'ai hâte de voir ça.

Nous nous défiâmes du regard pendant plusieurs secondes jusqu'à ce que le juge officiel de la course nous ordonne de rejoindre nos couloirs de départ.

— Prêts ? continua le juge.

Je posai mes pieds dans mon starting-block, prêt à partir, et jetai un regard en biais au numéro 3. Je ne connaissais pas ce type. Je ne savais absolument pas de quoi il était capable mais, en revanche, je savais une chose : Il était hors de question que je perde face à lui.

— Vas-y, Justin ! cria une voix que je reconnus aussitôt.

Jenny. Je sentis aussitôt une montée d'adrénaline en moi.

Le coup de feu annonçant le départ de la course retentit et je m'élançai sur la piste, regardant droit devant moi et me concentrant uniquement sur mon objectif : franchir le premier la ligne d'arrivée.

Le numéro 3 me devança durant les cinquante premiers mètres, mais je réussis à le rattraper en me laissant emporter par cette sensation de bien-être qui m'envahissait à chaque fois que je courais.

Il ne restait que dix mètres et la victoire se jouait entre nous deux. Le souffle court, j'accélérai et donnai mon maximum. Il fallait que je gagne. Je devais gagner. Pour Jenny.

Nous franchîmes la ligne d'arrivée simultanément. Bien sûr, un de nous deux était forcément premier, mais il nous fallait patienter avant de savoir lequel.

L'attente me parut interminable, bien qu'elle ne durât réellement que quelques minutes. La voix de l'organisateur de la course finit par résonner dans les haut-parleurs installés autour du stade :

— Et le gagnant au 100 mètres est… Ray Donovan, de l'université de Springfield ! Avec un magnifique temps de 10 secondes et 514 millièmes, suivi d'extrêmement près par Justin Braxton avec un temps de 10 secondes et 519 millièmes.

Merde.

— T'as fait du mieux que tu pouvais, me lança Donovan d'un air faussement désolé.

Quel connard ce mec.

— Tu sais, t'as gagné que de 5 millièmes de seconde, alors je pense que tu ferais mieux de te la fermer.

— Ou sinon quoi ?

Je serrai les poings. S'il continuait à me provoquer de cette façon, il allait bientôt finir par terre.

Par chance, Rangers arriva vers nous, et je me forçai à me détendre.

— C'est bien, Justin, tu peux être fier de toi ! me félicita-t-il.

Il me tendit une serviette, et je m'essuyai rapidement le visage avec.

— Tu n'as peut-être pas fini premier, mais tu as battu une nouvelle fois ton record, et c'est ça qui compte le plus : la progression. 10 s 51, c'est un temps excellent ! Je suis sûr que tu pourras bientôt te lancer dans une carrière au niveau national, voire international.

Ses mots me firent chaud au cœur. J'avais vraiment l'impression d'avoir fait un énorme pas de plus vers mon rêve.

— Bon, je crois que le succès t'appelle, reprit-il en regardant derrière moi. Je te laisse, on se voit plus tard !

Il eut à peine le temps de s'éclipser qu'une foule de journalistes m'encercla.

— Monsieur Braxton, une photo pour le journal local, s'il vous plaît !

Ils me photographièrent avant même que j'aie le temps de répondre quoi que ce soit. Heureusement que j'avais l'habitude que mes fans sur le campus me prennent en photo…

— Et une autre avec M. Donovan, s'il vous plaît !

Mon concurrent, sorti de je ne sais où, s'approcha soudain de moi et me posa une main sur l'épaule. Je lui lançai un regard menaçant et, heureusement pour lui, il retira sa main avant que le flash de la photo nous fasse tous deux sursauter. Il n'était pas question que l'on nous prenne pour de bons et loyaux adversaires alors que je mourais d'envie de lui en coller une.

Les reporters de la chaîne sportive d'athlétisme que j'avais repérés m'interviewèrent par la suite, me demandant mes impressions sur la course et quels étaient mes projets dans le milieu sportif. Je répondis avec aisance à leurs questions, puis, même si j'appréciais d'être au centre de l'attention, je finis par m'éclipser.

Bien que je sois dégoulinant de sueur et que je crève d'envie de prendre une douche, je me dirigeai vers les gradins pour aller retrouver Jenny et la prendre dans mes bras. Cependant, avant que j'aie franchi les barrières me séparant de la foule, mon regard croisa celui d'une personne que je n'aurais jamais imaginé voir ici.

Je crus un instant être en train de rêver, pensant qu'il devait s'agir d'une hallucination due à la chaleur et à mon effort physique, mais non. Après avoir cligné plusieurs fois des yeux, je constatai qu'il était toujours là, debout et immobile, à quelques mètres de moi. Ses courts cheveux bruns étaient toujours coiffés en arrière, il avait son air indifférent habituel, bien que cela fasse des années que nous ne nous étions pas revus.

Je pensai quelques secondes à l'ignorer et à rejoindre Jenny comme si de rien n'était, mais ma curiosité l'emporta. Je m'approchai de lui tout en soutenant son regard dur.

— Qu'est-ce que tu fais ici ?

Il soupira.

— Toujours aussi poli à ce que je vois, fiston.

— Je t'ai déjà dit de ne pas m'appeler comme ça, grognai-je.

— Pourtant, tu es bien mon fils, non ? Mais si tu veux contester notre lien de parenté, pas de soucis, je peux arrêter d'alimenter ton compte en banque dans la minute.

Je serrai les poings, énervé.

— Qu'est-ce que tu fais ici ? répétai-je seulement d'un ton plus sec.

— Justin ?

Je sursautai en entendant la voix de Jenny. J'avais été tellement concentré sur mon père que je ne l'avais même pas vue s'approcher. Elle me lança un regard interrogateur, attendant très certainement que je fasse les présentations, mais je n'en avais pas du tout envie.

Puisque je restai muet, mon géniteur finit par prendre la parole :

— Hum, bonjour mademoiselle, je suis Quentin Braxton, le père de Justin.

Jenny écarquilla grand les yeux.

— Excusez-moi, monsieur Braxton, je vous croyais en Californie. Je suis Jenny, la petite amie de votre fils.

Mon père parut étonné. Pour une fois qu'une autre expression que l'indifférence s'affichait sur son visage…

— Enchanté, Jenny, je ne savais pas que Justin avait une petite amie, tout à fait charmante qui plus est. Il faut dire que nous ne sommes pas très proches, tous les deux…

— C'est peu de le dire, ne pus-je m'empêcher d'ajouter dans un murmure à peine audible.

Jenny sembla soudain embarrassée.

— Hum… alors… il ne vous a rien dit concernant les vacances d'octobre.

Mon père haussa les sourcils, et ce fut à mon tour d'être embarrassé.

— Les vacances d'octobre ? Comment ça ?

— Je pensais venir passer quelques jours en Californie avec Jenny la semaine prochaine, expliquai-je.

Il fronça les sourcils.

— Et tu comptais me le dire quand ? Une fois en Californie ?

Je haussai les épaules.

— De toute façon, qu'est-ce que ça aurait changé pour toi ? Tu passeras la semaine à ta clinique.

— Je suis quand même venu te voir courir aujourd'hui.

Je ricanai.

— Et la mallette que tu tiens dans ta main droite, tu vas me dire qu'elle est vide ? Il est à quelle heure ton rendez-vous d'affaires ? Tu es venu ici seulement parce que tu n'avais rien d'autre à faire en attendant ta réunion.

Mon père détourna le regard. Sérieusement, comment avait-il cru pouvoir me berner aussi facilement ? Mais ce que je ne comprenais pas, c'était pourquoi il s'entêtait à vouloir faire semblant d'être un bon père, alors qu'il savait très bien que ce n'était pas le cas.

Jenny dut sentir la tension qui émanait de moi, car elle posa doucement une main sur mon bras.

— Il faut qu'on y aille, déclarai-je froidement. Salut.

J'attrapai la main de Jenny et l'entraînai le plus loin possible de cet homme. Des étudiants du campus me félicitèrent tandis que nous traversions la foule. Je ne leur accordai même pas un regard. Tout ce dont j'avais envie, c'était m'isoler pour évacuer ma colère.

— Justin, tu me fais mal.

Hors de question de la laisser seule avec cet homme. Je ne supportais absolument pas l'idée qu'il essaye de sympathiser avec ma copine.

— Justin !

Jenny s'arrêta brutalement sur le chemin et arracha sa main de la mienne.

— Désolé, dis-je, je n'avais pas fait attention…

Elle secoua la tête.

— Je ne pensais pas que voir ton père te mettrait dans cet état. Est-ce que ça va ?

Je rigolai nerveusement.

— Ouais, je vais parfaitement bien, comme tu peux le voir.

— Désolée, question bête. Tu… tu aimerais peut-être rester seul un moment ?

Ses yeux reflétaient toute l'inquiétude qu'elle éprouvait pour moi, et je m'en voulais terriblement d'être aussi froid avec elle. Mais il m'était impossible de me calmer pour l'instant.

— Oui, s'il te plaît.

Elle acquiesça. J'hésitai une seconde à lui demander de ne pas retourner vers le stade, par peur qu'elle ne croise à nouveau mon géniteur, mais par chance elle prit le chemin opposé, celui pour rentrer à sa résidence.

J'attendis qu'elle disparaisse de mon champ de vision avant de donner un violent coup de pied dans une poubelle métallique du campus. La douleur que me procura le choc ne suffit pas à me soulager, il me fallait davantage.

— Hé, seconde place ! me lança une voix agaçante que je reconnus aussitôt. T'es venu ici pour pleurer en cachette, ou quoi ?

Je me retournai pour lui faire face, et il dut rapidement lire sur mon visage la colère que je ressentais, car le sourire moqueur qu'il affichait depuis sa victoire disparut aussitôt de sa sale gueule.

— Euh mec, t'es sûr que ça va ?

Je serrai les poings.

— Fous le camp, Donovan. Tout de suite.

Malgré mon ton menaçant, mon adversaire ne bougea pas d'un pouce.

— Écoute, mon pote, c'est qu'une compétition d'athlétisme ! Faut pas se mettre dans cet état pour ça, hein ! Tu en gagneras bien des…

Je m'avançai vers lui et l'empoignai par le col de son sweat-shirt.

— C'est quoi que tu n'as pas compris dans « fous le camp » ?! m'énervai-je.

Cette fois-ci, il me prit au sérieux. Son visage blêmit devant mon air sombre, et il déglutit. Je le relâchai brusquement.

— Casse-toi, Donovan.

C'était mon dernier avertissement, et s'il n'en tenait pas compte, mon poing n'allait pas tarder à s'abattre sur lui.

Heureusement, il tourna les talons, me laissant seul avec ma rage intérieure, le sang bouillonnant encore dans mes veines.

Chapitre 33

Jenny

Voir Justin dans cet état m'avait complètement bouleversée. J'aurais aimé rester à ses côtés pour le réconforter, mais je savais qu'il était préférable de le laisser seul pour l'instant.

Je n'étais qu'à quelques mètres de ma résidence lorsque le père de Justin surgit devant moi. Je sursautai et reculai d'un pas.

— Désolé, dit-il précipitamment. Je ne voulais pas vous effrayer. Jenny, c'est bien ça ?

Hochant la tête, je le regardai, intriguée. Une foule de questions traversa mon esprit. Que faisait-il là ? Que me voulait-il ? Et puis, nous avait-il épiés, Justin et moi, pour pouvoir me suivre ?

En tout cas, il semblait assez mal à l'aise.

— Euh, je… je tenais à vous parler seul à seul d'un sujet assez délicat.

Je fronçai les sourcils.

— Si vous êtes contre notre voyage en Californie, on peut annuler. Je n'ai pas encore réservé mon billet d'avion et…

— Non, vous vous trompez, me coupa-t-il doucement, cela fait deux ans que Justin n'est pas rentré à la maison. Apprendre que mon fils et vous allez venir chez moi me comble de joie, vraiment.

— Alors, de quoi souhaitez-vous me parler ?

— Je tenais à vous remercier personnellement.

Il dut probablement lire la surprise sur mon visage, car il poursuivit :

— Vous devez savoir que nous ne sommes pas très proches, mon fils et moi. Jamais Justin ne serait revenu en Californie de lui-même. Je pense que vous y êtes pour beaucoup dans cette décision, alors merci, Jenny, sincèrement.

Je ne savais pas quoi répondre. Il est vrai que l'idée d'aller voir son père en Californie venait de moi et que Justin avait accepté à la condition que je l'accompagne, mais cela s'arrêtait là. Je n'avais pas insisté plus que ça, cette décision, il l'avait prise seul.

— Bon, reprit Quentin devant mon silence, il est temps pour moi d'y aller.

— Attendez, est-ce que je peux vous poser une question un peu indiscrète ?

Il sourit et me fit signe de me lancer.

— Pourquoi n'êtes-vous pas venu rendre visite à Justin avant aujourd'hui ? Vous êtes triste parce que votre fils n'est pas venu à vous, mais pourquoi vous, son père, n'êtes pas venu à lui ?

— Je suis déjà venu, plusieurs fois même, mais sans qu'il le sache, bien évidemment. Justin refusait catégoriquement que je vienne le voir, prétextant qu'il était très occupé par ses cours et ses activités extrascolaires… Ma première visite remonte à sa première semaine à la fac. Non pas que je fusse inquiet pour lui, je savais que Justin n'aurait aucun mal à se faire des amis et qu'il allait réussir ses études sans aucun problème, mais je suis venu pour sa mère. Kristen aurait aimé savoir que tout se passait bien pour lui.

Je doutais que la mère de Justin soit réellement la seule à

vouloir être rassurée. Rien qu'au ton de sa voix, je pouvais sentir que Quentin aimait vraiment son fils.

— Je me souviens l'avoir aperçu s'entraîner dans ce même stade où il a couru aujourd'hui, continua-t-il, je me suis assis sous un arbre et je l'ai regardé jusqu'à ce que son coach lui ordonne d'aller se doucher. Puis je suis parti à mon tour.

— Pourquoi n'êtes-vous pas allé lui parler à ce moment-là ?

— Parce que j'avais peur, tout simplement. Qu'il s'énerve de me voir ici et qu'il me repousse comme il l'a fait aujourd'hui. Cette peur était toujours présente lors de mes deuxième, troisième, et quatrième visites à Saint-Louis. À chaque fois c'était pareil, je le regardais s'entraîner puis, lorsqu'il s'en allait se doucher, je quittais le campus à mon tour.

— Qu'est-ce qui vous a donné le courage d'aller lui parler aujourd'hui ? D'ailleurs, comment étiez-vous au courant pour sa course ? Je doute que vous ayez réellement un rendez-vous d'affaires un samedi après-midi… Qui plus est, vous êtes encore ici, sur le campus.

Si Justin n'avait pas été aussi énervé contre son père, il l'aurait très certainement compris lui aussi.

Quentin eut un petit sourire en coin.

— Vous… tu as raison pour le rendez-vous mais, même si j'avais dit la vérité à Justin, je doute qu'il m'aurait cru. J'ai appris sa présence à cette compétition par le biais d'un vieil ami qui est enseignant ici.

— Je vois.

— Je lui ai parlé aujourd'hui car je voulais le féliciter, reprit Quentin. Même s'il n'a pas remporté la course, Justin a fait un temps incroyable. Mais je n'ai pas eu l'occasion de lui dire à quel point j'étais fier de lui ; comme tu as pu le constater, la conversation n'a pas fait long feu.

Un voile de tristesse sembla traverser son visage un court instant.

— J'espère que je pourrai le complimenter durant votre séjour en Californie, ajouta-t-il d'un air confiant.

— Ce serait vraiment bien, approuvai-je.

Quentin me remercia d'un charmant sourire, et c'est seulement à ce moment-là que je remarquai sa ressemblance avec Justin. C'était pratiquement son portrait craché, seuls ses cheveux bruns et ses yeux noirs le différenciaient de son fils.

— Merci, Jenny, et à très bientôt.

— Au revoir, dis-je simplement en le regardant s'en aller.

Me dépêchant de rentrer chez moi, je poussai un profond soupir de soulagement une fois dans ma chambre. Je ne savais pas trop quoi penser de cette discussion. J'avais pu constater que le père de Justin aimait beaucoup son fils et souhaitait renouer des liens avec lui. Malheureusement, Justin lui reprochait beaucoup de choses, et notamment le fait de ne pas avoir été très présent dans sa vie jusqu'à aujourd'hui. La réconciliation entre eux allait s'avérer difficile, et je ne savais pas si je pouvais, ou si je devais, jouer un rôle là-dedans. Mais si je me résolvais à intervenir, il fallait que je le fasse maintenant, avant que Justin retrouve complètement ses esprits et refuse d'aborder à nouveau le sujet.

J'inspirai profondément puis sortis de ma chambre.

Justin

Toujours aussi à cran, je m'apprêtais à rentrer chez moi lorsque je reçus un appel de Jenny. Je décrochai immédiatement.

— T'es où ? demanda-t-elle aussitôt. Faut qu'on parle.

Je fronçai les sourcils. Son ton sérieux n'indiquait rien de bon.

— Il s'est passé quelque chose ? Attends… Mon père est venu te parler ?! Qu'est-ce qu'il t'a dit ?

— On peut se voir ?

Je serrai les poings.

— Je suis toujours au même endroit, je t'attends.

Et je raccrochai pour donner un énième coup de pied dans la poubelle métallique.

Bon sang ! Je n'en revenais pas que mon père soit allé lui parler ! J'étais sûr qu'il lui avait fait son numéro du « gentil et parfait papa », et j'espérais sincèrement que Jenny ne souhaitait pas me dire qu'elle le croyait.

J'attendis impatiemment et, quelques minutes plus tard, j'aperçus ma copine arriver au loin. Je m'avançai à sa rencontre.

— Qu'est-ce qu'il t'a dit ?

Jenny prit le temps d'évaluer mon état avant de répondre :

— Il est réellement venu pour toi aujourd'hui. Il n'avait aucun rendez-vous d'affaires de prévu.

Je ne pus m'empêcher de rigoler.

— Et alors ? Tu crois que s'intéresser réellement à moi une fois en vingt et un ans est suffisant pour que je lui pardonne de ne jamais l'avoir fait auparavant ?

— L'année dernière et celle d'avant, il est venu plusieurs fois à la fac pour te voir mais, parce que tu refusais de le voir, il n'a jamais osé venir te parler.

Il avait vraiment fait ça ?

— Eh bah, il a bien fait. Autre chose à ajouter pour sa défense ?

Elle ouvrit la bouche, puis la referma, avant de l'ouvrir à nouveau pour la refermer ensuite. Elle semblait passer en revue tous les arguments qu'elle avait à l'esprit afin de sélectionner celui qui pourrait me toucher un minimum. Et si je n'étais pas aussi à cran, je l'aurais très certainement trouvée adorable.

— Je ne le défends pas, dit-elle alors. Ne crois pas que je suis de son côté et que je souhaite de tout cœur que tu lui pardonnes. J'ai simplement pitié de lui. Il semble sincèrement regretter de ne pas avoir été là pour toi par le passé et il serait prêt à tout pour que tu lui accordes un peu d'intérêt…

— Moi aussi, j'ai espéré qu'il m'accorde de l'intérêt durant mon enfance. Je ne demandais pas grand-chose, j'aurais aimé qu'il me félicite lorsque j'avais des bons bulletins scolaires et même qu'il me gronde lorsque j'avais des mauvaises notes, qu'il me remercie de lui avoir fait des cadeaux à chacun de ses anniversaires, qu'il vienne me voir jouer dans la pièce de théâtre de fin d'année en primaire… Des choses simples, quoi. Je ne pensais pas en demander beaucoup, et pourtant je n'ai jamais reçu la moindre attention de sa part.

— Tu ne fêtais pas tes anniversaires ou Noël avec lui ? me demanda-t-elle d'une petite voix.

— Pas vraiment. Enfin, il était présent lors de ces deux événements mais sans réellement l'être. C'est ma mère qui achetait mes cadeaux à chaque fois, et lorsque je les déballais, il était soit occupé à répondre à un mail important, soit au téléphone. Lorsque je soufflais mes bougies, c'était pareil. Je ne crois pas l'avoir jamais entendu m'applaudir ou me souhaiter un bon anniversaire de vive voix. Au mieux j'avais droit à un « Voilà, tu as un an de plus », et c'était tout.

Un nœud se forma dans mon ventre tandis que je repensais à ces tristes souvenirs.

— Je suis désolée, murmura-t-elle en baissant la tête.

Sa voix légèrement tremblante atténua ma colère presque

aussitôt. Je penchai la tête vers son visage et remarquai qu'elle avait les larmes aux yeux.

— Hé… Tu ne vas quand même pas pleurer…

Je sentis ses mains m'enserrer la taille et, la seconde suivante, elle se colla contre moi.

— Je suis désolée, répéta-t-elle.

Je posai ma tête sur la sienne et caressai son dos pour l'apaiser. Dire qu'à la base c'est moi qui n'allais pas bien, je me demandais sérieusement comment Jenny avait pu retourner aussi facilement la situation.

Je l'écartai légèrement de moi.

— Si tu as autre chose à me dire à propos de mon père, je t'écoute, l'informai-je en reprenant un peu d'aplomb.

Elle s'essuya le coin des yeux avant de répondre :

— Même si tu ne veux pas lui pardonner, je pense que tu pourrais quand même lui donner une chance de te prouver qu'il a changé. On fait tous des erreurs, Justin. Ton père regrette et il souhaite améliorer votre relation. Oui, c'est un peu tard pour endosser ses responsabilités et son rôle de père, tu ne pourras pas non plus oublier toutes ces années de souffrance et de solitude, mais ton père t'accorde enfin l'intérêt que tu as tant souhaité durant ton enfance, alors…

Je fermai les yeux un court instant.

— Ce n'est pas possible, Jenny. En tout cas, pas maintenant.

Elle haussa les sourcils, visiblement étonnée. Contre toute attente, elle avait tout de même su me toucher avec ses arguments. Je n'étais plus vraiment en colère, et voilà que j'envisageais même un jour d'accepter de reparler à mon père. Jamais je ne lui accorderais mon pardon, mais je serais peut-être capable avec le temps de le laisser à nouveau entrer dans ma vie.

Je soupirai.

— Allez, viens, ajoutai-je en lui prenant la main. Allons boire un coup à la buvette, je crois que j'en ai bien besoin.

J'avais surtout besoin de me changer les idées et d'oublier mon père jusqu'à notre départ pour la Californie dans quelques jours. D'ailleurs, j'espérais vraiment que cette semaine allait se dérouler sans problème…

Chapitre 34

Justin

Après que l'hôtesse de l'air nous eut aimablement indiqué nos places à bord de l'appareil, Jenny me suivit gaiement jusqu'à nos sièges. Depuis que j'étais passé la chercher en fin de matinée avec Kyle pour aller à l'aéroport, elle irradiait de bonheur.

— Ah, 78 et 79, on est là, lui indiquai-je, tu veux le hublot ?

— C'est vrai, tu me le laisses ?! s'exclama-t-elle en me faisant un grand sourire.

Je me retins de rire et acquiesçai.

— Passe-moi ton sac à main, je vais le ranger dans le porte-bagages.

Elle me le tendit puis s'installa sur le siège du fond.

— Ah, attends, Justin, tu peux me rendre mon sac ? J'ai oublié d'éteindre mon portable…

— Tu veux que je le fasse ?

Je récupérai son sac et l'ouvris, cherchant du regard son téléphone lorsque mes yeux se posèrent sur un prospectus qui me disait vaguement quelque chose. Je l'extirpai en fronçant les sourcils et me rendis compte que je l'avais déjà vu sur les murs de la fac.

— « Concours du roi et de la reine du Bal d'hiver », lus-je à voix haute. Tu veux participer à ce genre d'événement, toi ?

En relevant la tête, je remarquai que les joues de Jenny avaient viré au cramoisi.

— Ce… ce n'est pas ce que tu crois, se défendit-elle en bégayant. C'est Sonia, elle nous a inscrits sans que je le sache et…

— Quoi ? m'étonnai-je. Sonia nous a inscrits au concours ?

Elle hocha vivement la tête.

— Elle a soi-disant fait ça pour se faire pardonner…

Je ricanai.

— C'est une drôle de façon de se faire pardonner. Mais si c'est le cas, autant en profiter.

Jenny écarquilla les yeux.

— Sérieusement ? Tu veux vraiment aller à ce bal, Justin ?

Je rangeai le bout de papier dans son sac et éteignis son téléphone portable avant de lui répondre :

— Ouais, je suis sûr que ça peut être sympa. Et puis…

Après avoir à nouveau rangé son sac à main dans le porte-bagages, je m'assis sur le siège à côté d'elle.

— Je suis sûr que tu feras une magnifique reine d'hiver, terminai-je en souriant.

Elle sembla soulagée.

— En réalité, j'avais déjà songé à y aller, mais je ne pensais pas que tu serais d'accord. En tout cas, si on danse comme on l'a fait au restaurant, je te conseille de te muscler les pieds, car tu vas devoir supporter les miens pendant plusieurs chansons…

Je lui fis une petite révérence.

— Mes pieds seront toujours à votre service, ma reine.

Elle rigola, puis regarda par le hublot.

— Ça fait super longtemps que je n'avais pas pris l'avion, dit-elle d'un air nostalgique, j'ai hâte qu'on décolle !

Et moi, super longtemps que je n'ai pas remis les pieds en Californie, songeai-je en posant la tête sur son épaule.

Je fermai les yeux et essayai de refouler au plus profond de mon esprit la peur qui m'envahissait petit à petit : celle de me retrouver à nouveau dans la ville de mes cauchemars. Jenny ne devait rien savoir. Il était hors de question que je lui gâche ses vacances.

Jenny

J'avais oublié à quel point prendre l'avion était vraiment génial ! La vue qu'on avait du ciel était incroyable ! Mais ce que j'adorais surtout, c'était la sensation qu'on éprouvait lors du décollage… Celle de perdre totalement pied et de s'envoler dans les nuages.

Mon cœur palpitait encore d'excitation lorsque nous descendîmes de l'avion en milieu d'après-midi, et même lorsque nous montâmes dans un taxi en route pour la maison des Braxton une bonne demi-heure plus tard. Cette bouffée d'adrénaline m'avait fait le plus grand bien. Justin avait également le sourire, bien que nous nous trouvions actuellement à Los Angeles, la ville où demeuraient ses plus mauvais souvenirs d'enfance.

— On aurait peut-être dû prendre les transports en commun, non ? fis-je en remarquant qu'il y avait beaucoup de circulation sur la route.

— Je t'avoue que je n'ai jamais pris le métro, me répondit Justin d'un air sérieux. Mon père a un chauffeur et, à l'époque, quand j'avais besoin d'aller en ville et que mes parents n'étaient pas là, c'est toujours lui qui m'y conduisait. D'ailleurs, il voulait qu'Alec vienne nous chercher aujourd'hui, mais j'ai refusé pour qu'on soit plus tranquilles.

Je manquai de m'étouffer avec ma salive.

— Ton père a un chauffeur personnel ? Dis-moi, il est le directeur de combien de cliniques au juste ?

Justin rigola devant mon expression hébétée.

— Un bon nombre, me répondit-il.

Et il resta de bonne humeur durant tout le trajet. Il se moqua de moi lorsque je m'extasiai devant la plupart des endroits et bâtiments que nous apercevions à travers la vitre, et encore plus lorsque nous quittâmes le quartier de Westwood pour entrer dans celui de Bel-Air.

D'après mes connaissances, Elvis Presley y avait vécu à l'époque où il tournait des films pour Hollywood, tout comme l'ancien président des États-Unis, Ronald Reagan, qui était venu s'y installer pour sa retraite et y avait habité jusqu'à sa mort. Bref, Bel-Air était l'un des quartiers les plus huppés de Los Angeles, et les résidences qui s'y trouvaient étaient hors de prix.

— Tu… tu as grandi ici ? m'étonnai-je.

Justin rigola encore une fois.

— Ouais, on arrive bientôt.

En effet, après une quarantaine de minutes de trajet, le taxi s'arrêta finalement devant une gigantesque grille noire. Je sortis et déglutis en regardant l'immense allée derrière le portail.

Justin avait réellement vécu dans un endroit pareil ?! Bon sang ! Certes, j'avais bien compris qu'il venait d'un milieu aisé, contrairement à moi, mais de là à habiter dans ce type de quartier et à avoir une résidence de ce genre. J'avais l'impression de me trouver dans un film ! Son père devait inévitablement avoir un patrimoine dépassant les millions de dollars.

Après avoir réglé le chauffeur, Justin me rejoignit avec nos valises roulantes.

— C'est ta maison ?

Justin hocha la tête puis appuya sur l'interphone à côté de la grille.

— Ton père est là ?

— Non, mais euh, on a des employés de maison.

J'eus un petit rire gêné. Ils avaient carrément des employés de maison ! Non mais dans quel monde avait grandi Justin ?

La grille s'ouvrit lentement devant nous.

— T'as dû bien rigoler en voyant ma maison, lançai-je en avançant dans l'allée.

— Pas du tout, rétorqua-t-il. Crois-moi, ta maison a beaucoup plus de charme et dégage beaucoup plus de chaleur que la mienne.

Je me tournai face à lui, légèrement fâchée.

— Mais tu aurais quand même pu me dire que tu étais riche à ce point…

Il s'approcha de moi et soupira.

— Pourquoi ? Qu'est-ce que ça aurait changé ? Tu aurais agi différemment avec moi ?

Honnêtement, je n'en savais rien, mais je me sentais un peu mal à l'aise d'apprendre si soudainement que mon petit ami faisait partie d'une famille millionnaire.

Je ne répondis rien et repris mon chemin jusqu'à la grandissime villa de style victorien qui apparut devant nous au détour d'un virage. Si un jour quelqu'un m'avait dit que j'aurais la chance d'entrer dans une résidence comme celle-là, je lui aurais très probablement ri au nez.

Et dire que j'allais passer une semaine dans cet endroit… Je n'arrivais toujours pas à y croire, pas même lorsque je mis les pieds dedans.

Le hall était spacieux et très lumineux. Parquet blanc, mur blanc, grand lustre blanc.

— Bien que la maison ait été construite dans les années 1890, mes parents ont tenu à ce que l'intérieur soit très moderne… et très blanc, comme tu peux le voir, m'expliqua Justin devant ma stupéfaction.

— Bonjour, monsieur Justin ! nous salua un homme d'une quarantaine d'années en costume noir et blanc. Je suis très heureux de vous revoir parmi nous !

Son accent et son teint foncé m'indiquèrent qu'il devait être d'origine hispanique.

— Bonjour, Paolo, je suis content de vous revoir aussi. Je vous présente ma petite amie, Jenny.

Paolo me fit une petite courbette.

— Ravi de faire votre rencontre, mademoiselle. J'espère que votre séjour parmi nous vous plaira.

— Merci, répondis-je timidement.

— Viens, je vais te faire visiter, m'informa Justin. Laisse tes affaires ici, Paolo va les monter dans ma chambre.

— Euh, à ce propos, monsieur Justin, mademoiselle dormira avec vous ?

Il parut très embarrassé de nous poser cette question, et je me retins de rire lorsque la réponse de Justin le rendit encore plus mal à l'aise.

— Oui, elle dormira avec moi. Mettez toutes ses affaires dans ma chambre, sans exception.

Je souris, ravie. Justin me fit signe de le suivre dans la pièce voisine, et nous laissâmes Paolo s'occuper de nos bagages.

Je fus à nouveau subjuguée par la beauté de cette maison. Le salon était magnifique. Il y avait plusieurs sofas, blancs bien évidemment, et des tables basses en verre étaient installées devant un immense écran plat. On trouvait tout de même un peu de couleurs, certains coussins reposant sur les sofas étaient rouges, et un long tapis recouvrant une bonne partie du salon était à motifs noirs et blancs.

Le séjour s'ouvrait sur une cuisine, blanche également, mais une grande table en bois foncé et des chaises marron foncé venaient donner un peu de contraste à la pièce.

— Déjà que je trouvais ta villa sur le campus gigantesque, là... j'ai l'impression d'être chez une star.

Justin rigola.

— Attends de voir ma chambre alors, elle occupe tout le premier étage, j'ai même un salon privé et une salle de fitness pour moi tout seul.

Mon Dieu...

— Et tu as aussi une salle de cinéma et des terrains de tennis dans ton jardin ? plaisantai-je.

Justin acquiesça, et je compris à son air absolument sérieux qu'il ne rigolait pas.

— Euh, et tu as quoi d'autre au juste ?

— La maison fait plus de deux mille mètres carrés. Il y a une piscine, un terrain de tennis à l'extérieur, un garage souterrain où l'on peut ranger une dizaine de voitures, une petite salle de cinéma, une salle de fitness, cinq chambres, cinq salles de bains, une cave à vin qu'il faut d'ailleurs absolument que tu voies et...

Je posai une main sur sa bouche pour le faire taire.

— OK, ça va, j'ai compris. Si tu continues, je crois que je vais avoir mal à la tête...

Justin retira ma main et sourit.

— Tu veux boire quelque chose peut-être ? De l'eau ?

— Ah oui, de l'eau, enfin quelque chose qui n'est pas hors de prix, monsieur le riche.

Il s'avança vers la cuisine, et je m'assis sur un sofa, attendant qu'il revienne quelques secondes plus tard avec mon verre d'eau. Bien sûr, il s'agissait d'un verre à pied en cristal.

— Tu sais, dit-il en s'asseyant à côté de moi, même si j'ai grandi ici, ce n'est pas vraiment à moi… Un jour, la fortune de mon père m'appartiendra, à moins qu'il ne me raye de son testament, mais d'ici là mon compte en banque n'est pas très garni.

Ah, quelle modestie !

Je parcourus une nouvelle fois la pièce du regard et bus lentement mon verre d'eau. Tout cela ne me semblait pas réel, et pourtant j'étais bien là, dans cette splendide résidence en présence de Justin. Et puisque ce rêve s'offrait actuellement à moi, je comptais bien en profiter un maximum.

J'inspirai profondément, puis agitai mon verre vide devant les yeux de Justin.

— Sinon, dis-je en prenant une voix suave, cette cave à vin que je dois absolument voir…

Justin sourit et se leva d'un bond.

— Tu vas adorer, crois-moi, m'assura-t-il en me tendant la main.

Je la pris, et nous quittâmes aussi rapidement que possible le salon. Je présageais que mon séjour en Californie me réservait encore bien des surprises et que j'allais toutes les apprécier…

Chapitre 35

Jenny

Une bonne demi-heure plus tard, nous retournâmes à la cuisine, accompagnés d'une magnifique bouteille d'Opus One. Selon Justin, c'était LE vin de prestige californien, et j'avais hâte de le goûter.

Je m'installai au bar tandis qu'il retirait le bouchon et nous servait deux verres.

— Combien coûte une bouteille comme celle-ci ? demandai-je avec curiosité.

Il réfléchit un instant.

— Dans les 500 dollars, il me semble.

Heureusement que je n'étais pas en train de boire ce vin, car je l'aurais probablement recraché.

Je portais le verre à ma bouche et, après avoir respectueusement humé son odeur, j'y trempai délicatement mes lèvres. Justin, qui était resté debout, s'accouda au bar en face de moi.

— Alors ? m'interrogea-t-il, le sourire aux lèvres.

J'acquiesçai. C'était très certainement le meilleur vin que j'aie jamais bu.

— Très bonnes saveurs, à la fois intense et soyeux au palais, répondis-je en prenant un air très professionnel.

Il rigola, puis nous bûmes tranquillement notre verre tout en discutant des vins et de la viticulture en Californie. Je ne le savais pas mais, apparemment, cet État était numéro 1 dans la production vinicole. J'appris par la même occasion que le père de Justin était un grand amateur et collectionneur de vin, ce qui expliquait l'énorme quantité de bouteilles qu'il y avait dans sa cave.

Justin nous servit par la suite un second verre et m'invita à aller dans le jardin. Je découvris ainsi la somptueuse piscine, qui disposait d'un spa intégré. Bien que la nuit commence à tomber, je pus apercevoir le terrain de tennis un peu plus loin.

— C'est tellement beau ! m'émerveillai-je en faisant quelques pas dehors.

Comme Justin ne répondait pas, je me tournai face à lui. Il me regardait avec intérêt, les bras croisés sur son torse.

— Qu'est-ce qu'il y a ? l'interrogeai-je en me rapprochant lentement de lui.

— On pourrait aller se baigner, l'eau est chauffée.

C'était une proposition bien tentante, mais…

— Je n'ai pas de maillot.

— Pas besoin.

Justin saisit mon verre de vin quasiment vide et alla le poser avec le sien sur la grande table en verre à quelques mètres de nous.

Lorsqu'il revint, il retira son T-shirt et le jeta par terre.

— Tout nu ?! m'exclamai-je tandis qu'il détachait la ceinture de son jean.

Il rigola et se débarrassa de son pantalon.

— Allez, enlève tes vêtements, madame la pudique, ou c'est moi qui m'en charge.

L'idée qu'il s'en charge n'était pas déplaisante, à vrai dire.

— Mais… Paolo est encore ici, protestai-je. Et puis…

Justin me fit taire en m'embrassant fougueusement, ce qui déclencha en moi une vague de désir.

— J'ai dit… enlève tes vêtements, répéta-t-il contre mes lèvres.

— Et si je refuse ?

— Personne ne m'a jamais rien refusé.

Ses mains agrippèrent aussitôt le bas de mon débardeur blanc, et je levai les bras en l'air pour qu'il puisse me l'ôter. Il déboutonna mon jean et le descendit de sorte que je puisse détacher ma prothèse.

— Appuie-toi sur moi dès que tu as fini, m'ordonna-t-il.

Je lui obéis et agrippai son bras après avoir laissé mon jean et ma prothèse sur le sol.

— Et maintenant ? demandai-je, à la fois excitée et inquiète.

— Il nous reste encore des vêtements, mais je vais d'abord m'occuper de toi.

— Tu es sûr que Paolo ne va pas nous voir ? m'inquiétai-je.

Les deux grandes baies vitrées du salon donnaient directement sur l'extérieur, et plus exactement sur la piscine. S'il s'y rendait, le domestique n'aurait même pas besoin de sortir pour nous voir.

Justin soupira, tout en détachant d'une main mon soutien-gorge. Je sentis mon rythme cardiaque s'accélérer.

— PAOLO ! appela soudain Justin.

— Mais t'es fou ! m'indignai-je.

Justin sourit, amusé.

— PAOLO ! cria-t-il à nouveau. ON EST TOUT NUS DEHORS, ALORS RESTE LÀ OÙ TU ES SI TU NE VEUX PAS FAIRE DE CAUCHEMARS CETTE NUIT !

Je donnai un petit coup de coude dans le ventre de Justin, à la fois gênée et amusée par son annonce.

— À cause de toi, je ne pourrai plus regarder ton domestique droit dans les yeux…

Il haussa les épaules.

— Tant que tu me regardes moi, les autres, je m'en fous.

Mon petit cœur rata un battement. Je passai les bras autour de sa nuque et l'embrassai avec tendresse.

— Bon, on va dans l'eau ? lui demandai-je avec impatience.

Il hocha la tête, puis baissa son caleçon avant de faire la même avec ma culotte. Une vague d'excitation me parcourut tandis que Justin me regardait avec appétit. Je contemplai également son corps nu avec envie, mais je n'eus pas le temps de m'attarder sur la partie basse de son anatomie, car mon petit ami me souleva dans ses bras et marcha rapidement jusqu'au bord de la piscine.

— Tu peux me poser, tu sais, l'informai-je. Je peux y aller toute seule…

Mais il ne m'écouta pas et commença à descendre les premières marches. Il s'arrêta seulement lorsque l'eau lui arriva au ventre.

Justin lâcha un profond soupir de soulagement.

— Si je t'avais regardée un peu plus longtemps, tu peux être certaine que je t'aurais fait l'amour à même le sol, m'avoua-t-il avec une once de regret, mais ça n'aurait pas été très raisonnable, n'est-ce pas ?

Mon cœur s'emballa dans ma poitrine. Même si cette idée coquine n'était pas du tout sage, étant donné que nous n'étions pas seuls à la villa, je ne pouvais nier qu'elle m'excitait beaucoup.

— Non, ça n'aurait pas été très raisonnable, répondis-je d'une petite voix.

Justin sembla déceler ma déception mais, avant qu'il dise quoi que ce soit, je remuai joyeusement mon pied dans l'eau et ajoutai :

— En tout cas, elle est super bonne !

Justin acquiesça d'un air ravi.

— Tu peux encore me tenir un instant ? lui demandai-je. Je veux essayer quelque chose.

— Bien sûr.

Je retirai mes mains de sa nuque et me laissai doucement tomber en arrière dans l'eau. Je tendis les bras et ma jambe gauche, puis fermai les yeux tandis que mon corps flottait et que mes muscles se relâchaient petit à petit. Étrangement, cela me donnait l'impression d'être entière. Je sentis les mains de Justin glisser sur mes fesses et je souris.

— C'est pour que tu sois plus stable, se justifia-t-il.

J'ouvris un œil et le vis dévorer mon corps du regard. Il remonta brusquement jusqu'à mon visage.

— Embrasse-moi, dis-je seulement en me redressant.

Après avoir passé un bras derrière mon dos, il se pencha vers moi. Sa langue se joignit à la mienne, mes mains s'agrippèrent à ses cheveux tandis que les siennes serraient davantage mon corps pour me coller au sien.

Cela faisait quatre semaines que nous n'avions pas été aussi proches l'un de l'autre, et cela m'avait terriblement manqué. La douceur de sa peau, la chaleur qui émanait de lui, le goût merveilleux de sa bouche, la sensation de ses mains sur ma peau et celle que j'éprouvais lorsque je le touchais.

Je n'avais pour rien au monde envie que ce moment s'arrête, et pourtant…

Un toussotement nous fit tous les deux sursauter. Justin me garda bien fermement contre lui tandis que nous tournâmes simultanément la tête en direction de l'intrus… qui n'était autre que le père de Justin.

L'excitation et la passion de l'instant nous quittèrent brusquement. Par chance, Quentin Braxton avait un bras sur son visage et semblait se cacher les yeux. J'en fus soulagée, et les deux verres de vin consommés me permirent de ne pas me sentir totalement embarrassée.

— Hum, désolé de vous déranger tous les deux. Je n'ai rien vu, rassurez-vous, Paolo m'avait averti que vous étiez euh… occupés dans la piscine.

Je sentis le corps de Justin se tendre contre le mien.

— Qu'est-ce que tu fais là ? lança-t-il froidement à son père.

— Eh bien, c'est là que j'habite, figure-toi… Mais je voulais juste vous proposer de dîner avec moi, si vous en avez envie, bien sûr…

Justin s'apprêtait à répondre, mais je le devançai.

— Oui, bien sûr ! Euh, laissez-nous juste un peu de temps pour…

— Oui, oui ! m'interrompit-il en faisant demi-tour. Prenez tout votre temps, je vais me servir un verre de vin en vous attendant.

Justin allait à nouveau prendre la parole, mais je l'en empêchai en mettant les mains sur sa bouche.

— S'il te plaît, murmurai-je en l'implorant du regard.

Il leva les yeux au ciel, et je retirai mes mains.

— Tu n'es pas croyable, Jenny. Je t'ai dit que je ne voulais pas…

Je posai la tête sur son épaule et l'embrassai dans le cou. Je savais qu'il ne voulait pas lui parler ni le voir, mais… c'était plus fort que moi. Pour moi, la famille, c'était extrêmement important. Jamais je ne pourrais réellement me fâcher avec mes parents. Ça m'était déjà arrivé quelques fois de me prendre un peu la tête avec eux, mais ça ne durait jamais bien longtemps.

Certes, la relation, ou plutôt l'absence de relation, qu'avait Justin avec son père était très particulière, et je comprenais qu'il ait besoin de temps avant de lui laisser à nouveau une chance d'entrer dans sa vie. Mais ce séjour en Californie était une occasion en or pour leur permettre de faire quelques pas l'un vers l'autre.

— Merci, soufflai-je contre sa peau.

Il soupira.

— On devrait y aller.

Justin me porta jusqu'aux marches, puis m'abandonna sur l'une d'entre elles avant de sortir précipitamment de la piscine. Il m'en voulait beaucoup apparemment.

Je le regardai marcher nu jusqu'à une armoire de jardin, il l'ouvrit et revint vers moi avec deux serviettes. Même si le spectacle était beau à voir, l'ambiance glaciale qui régnait entre nous gâcha cet instant.

— Tu peux m'apporter mes vêtements ? demandai-je en me séchant rapidement.

Il alla les chercher sans un mot et les posa à côté de moi avant d'aller s'habiller plus loin.

— Tu comptes me faire la tête toute la soirée ? l'interrogeai-je en l'observant enfiler son caleçon.

— Ouais.

Je soupirai, agacée. Il se comportait vraiment comme un enfant !

— Très bien, je vais aller dire à ton père que finalement on ne mangera pas avec lui ce soir !

Justin, qui avait fini de se rhabiller, secoua la tête en me regardant.

— C'est bon, je m'en fous, on mange avec lui et après on va finir ce qu'on a commencé dans ma chambre.

Je fronçai les sourcils.

— Ce qu'on a co…

Ah… la piscine. C'est vrai que j'aimerais aussi bien reprendre là où on s'est arrêtés.

— OK.

J'enfilai ma prothèse et mes vêtements aussi vite que je le pus, et nous retournâmes dans la villa.

Justin

Amanda, ma cuisinière préférée — car oui, il y avait également Jennifer qui s'occupait des repas le week-end —, nous avait concocté un délicieux plat de *cioppino*.

— Qu'est-ce que c'est ? demanda avec curiosité Jenny en regardant son assiette.

— C'est un ragoût de poisson et de fruits de mer, répondit poliment Amanda tout en me servant. C'est un plat originaire de San Francisco, mais qu'on cuisine beaucoup à Los Angeles, et j'ai pensé que pour votre première fois en Californie, cela vous ferait plaisir de goûter quelque chose typique de chez nous.

Jenny la remercia d'un petit sourire. Elle ne semblait pas très emballée par l'aspect du ragoût, mais j'étais sûr qu'elle adorerait.

— Goûte, c'est une tuerie, lui soufflai-je à l'oreille.

— Je confirme, ajouta mon père, c'est même le plat préféré de Justin.

Jenny haussa les sourcils tandis que je prenais sur moi pour ne pas répondre méchamment à mon père. S'il savait que c'était mon plat préféré, c'était uniquement parce que ma mère le lui avait souvent dit autrefois.

Reste calme, me répétai-je plusieurs fois dans ma tête.

— En fait, non, dis-je à l'intention de Jenny, je préfère le jambon à la californienne, mais le *cioppino* est un très bon plat.

Jenny porta une cuillère de ragoût à sa bouche. Nous attendîmes tous patiemment le verdict.

Lorsqu'elle hocha la tête en souriant, tout le monde sembla se détendre.

— C'est délicieux ! dit Jenny à l'intention d'Amanda.

La cuisinière en fut ravie, et après nous avoir ouvert une bouteille de vin blanc, elle quitta la pièce pour nous laisser dîner tranquillement.

Je n'étais pourtant pas très serein, je n'avais qu'une hâte : partir pour fuir le regard scrutateur qu'avait mon père depuis le début du dîner. Manger avec lui me rappelait nos déjeuners d'autrefois. Et puisqu'ils étaient très rares, je m'en souvenais encore parfaitement bien. Mon père ne nous parlait jamais, ni à ma mère ni à moi. Il mangeait toujours silencieusement et rapidement sans nous porter le moindre intérêt. Et de temps en temps, un coup de téléphone l'obligeait à quitter la table en plein milieu du repas.

Pourquoi les choses semblaient différentes aujourd'hui ? Pourquoi n'avaient-elles pas pu l'être avant, quand ma mère était encore vivante et que j'avais besoin d'un père ?

— Hum, alors euh… Vous comptez visiter la ville demain ? nous questionna mon père.

Je m'apprêtais à lui dire que je voulais manger en silence, mais Jenny fut une fois encore plus rapide que moi.

— Oui ! répondit-elle avec enthousiasme. Et j'aimerais aussi voir l'océan, si Justin veut bien m'y emmener.

Je roulai des yeux.

— Comme si je n'allais pas t'emmener voir l'océan, alors qu'on est juste à côté, marmonnai-je avant de reporter mon attention sur mon repas.

— C'est bien, il pourra aussi te montrer son ancien collège et…

Je relevai les yeux de mon ragoût et fusillai mon père du regard, lui intimant mentalement d'arrêter là.

Lui montrer mes établissements scolaires, et puis quoi encore ? Lui présenter mes anciens et charmants petits camarades de classe ? Ceux qui passaient leur temps à m'insulter ? À me jeter des cailloux dans la cour de récréation ? À me frapper dans les couloirs et dans les vestiaires ?

Je sentis la main de Jenny se poser doucement sur ma cuisse. J'essayai de garder mon calme.

— Sinon, dit-elle à l'intention de mon père, votre journée au travail s'est bien passée ?

Mon père sourit.

— J'aurais préféré que ce soit mon fils qui me le demande, mais oui, merci, Jenny, ma journée s'est très bien passée. Épuisante, mais très intéressante. Si tu veux tout savoir, j'ai pratiqué une reconstruction mandibulaire aujourd'hui. Sept heures pendant lesquelles j'ai reconstruit la mâchoire d'une patiente qui était atteinte d'une tumeur à cet endroit-là.

Jenny grimaça tandis que je réalisais qu'en un seul repas il m'avait probablement plus parlé que depuis ma naissance.

— Merci de nous couper l'appétit, grognai-je en repoussant mon assiette.

— Mon Dieu, mais comment faites-vous pour pratiquer des opérations aussi longues et éprouvantes et diriger plusieurs cliniques en même temps ? demanda Jenny avant que mon père ne puisse me répondre.

Il soupira.

— Tout est une question d'organisation, jeune fille. D'ailleurs, pardonne-moi de ne pas avoir demandé plus tôt, mais dans quelle branche universitaire t'es-tu spécialisée ? Si tu étudies la médecine, je serai ravi de t'accueillir dans l'une de mes cliniques plus tard…

Je serrai les poings. Et allez, voilà qu'il essayait encore de l'amadouer.

Jenny secoua la tête.

— C'est très gentil de votre part, mais malheureusement je suis en économie. Bon, pour être honnête, je comptais m'inscrire en cursus de danse à l'origine, mais certains événements ont fait que je n'ai pas pu.

Mon père hocha la tête tristement.

— La vie n'est pas toujours telle qu'on aurait voulu qu'elle soit.

— Mais on s'adapte, ajouta Jenny.

— Oui, on s'adapte, répéta-t-il en lui adressant un petit sourire.

— Bon, vous avez fini votre passionnante discussion ? les interrompis-je, parce que j'ai d'autres choses à faire, en fait.

— Mais rien ne t'empêche de quitter la table, Justin, répliqua mon père. Jenny souhaite peut-être prendre un dessert.

Je jetai un petit regard en biais à la concernée. Le dessert, c'était moi, et elle allait le prendre dans ma chambre.

— Oh non, je ne pense pas pouvoir avaler quoi que ce soit d'autre ! déclara-t-elle avec un sourire.

Dommage, j'avais plein d'idées pour ce soir…

— Sur ce, fis-je en me levant, à la prochaine !

Je sortis de la pièce, et attendis, adossé contre un mur, que Jenny me rejoigne.

— Merci, entendis-je mon père lui dire.

Je fronçai les sourcils.

« Merci » ? Qu'est-ce que cela signifiait ? S'étaient-ils alliés tous les deux contre moi ?

— Pourquoi tu fais cette tête ? m'interrogea Jenny en me dévisageant.

Perdu dans mes pensées, je ne l'avais pas vue arriver devant moi.

— Pourquoi mon père t'a remerciée ? C'est lui qui t'a demandé d'accepter qu'on dîne tous ensemble ? Tu as fait ça pour lui ?

— Bien sûr que non ! se défendit-elle. Si j'ai accepté ce repas, c'était uniquement pour toi ! Parce que je ne veux pas que, plus tard, tu regrettes de ne pas lui avoir laissé au moins une chance de se rapprocher de toi.

Je me massai le front, exténué par beaucoup de choses. Par cette conversation, par ce repas avec mon père, par mon retour en Californie et les mauvais souvenirs associés à cet endroit. Tout s'était déroulé plus mal que je ne l'aurais pensé. Et même avec Jenny à mes côtés pour m'aider à traverser cette épreuve, des plaies que je pensais cicatrisées depuis des années s'étaient à nouveau ouvertes.

Je regretterais très certainement ce que j'allais dire, mais…

— Je pense que tu devrais dormir dans une autre chambre cette nuit, je vais demander à Paolo de…

— Justin, tu plaisantes, là ? m'interrompit Jenny en écarquillant les yeux.

Putain, ça me faisait encore plus mal de lui dire ça, mais il était hors de question qu'elle se rende compte à quel point j'étais affecté.

— Non, j'ai envie d'être seul ce soir. S'il te plaît.

Je contournai Jenny et pris la direction de l'escalier sans me retourner. Les larmes commençaient déjà à couler sur mes joues.

Pardonne-moi, Jenny.

Chapitre 36

Jenny

Impossible de dormir. Pas sans savoir où se trouvait Justin à l'heure actuelle. Car non, il n'était pas dans sa chambre.

Peu après son départ précipité de la cuisine, Paolo était venu me trouver dans le salon. J'étais assise sur un sofa, immobile telle une statue, me repassant en boucle dans ma tête la conversation que j'avais eue avec Justin, lorsque le domestique était venu m'annoncer que ma valise avait été déplacée dans une chambre d'amis située au deuxième étage, à droite sur le palier.

Paolo avait proposé de m'y conduire, mais j'avais gentiment refusé puisque, de toute façon, il n'y avait qu'un seul escalier et que je ne devrais pas avoir trop de mal à trouver la chambre en question.

Et puis, qu'il ne m'accompagne pas m'avait permis de m'arrêter au premier étage et de frapper à la porte de Justin. Cela avait été plus fort que moi. Il fallait que je sache pourquoi mon petit ami avait réagi de façon aussi excessive.

Malheureusement, mes questions étaient demeurées sans réponse, puisque Justin n'était pas venu m'ouvrir.

Je n'en étais pas restée là, bien sûr, j'avais ouvert la porte et j'étais entrée. Une fois dans l'immense chambre de Justin, qui était en fait un appartement d'une centaine de mètres carrés, j'avais fait précautionneusement le tour de toutes les pièces, puis j'en étais ressortie avec ma conclusion actuelle : Justin ne se trouvait pas là.

Cependant, je ne pensais pas qu'il ait pu quitter la villa sans me prévenir. Il devait très certainement se trouver quelque part dans la résidence.

J'avais hésité un instant à l'attendre dans sa chambre mais, puisqu'il ne voulait pas de ma présence ce soir, j'étais allée me doucher puis me coucher à l'étage du dessus.

Sauf que voilà, cela faisait une bonne heure que j'étais allongée dans mon lit, et impossible de trouver le sommeil. Quelle était la raison de son attitude ? Justin m'en voulait d'avoir accepté de dîner avec son père, mais il n'y avait pas que ça.

Je me redressai subitement. Et si tous les mauvais souvenirs de son enfance avaient brusquement resurgi ? Il n'y avait que ça pour expliquer une telle réaction.

Un énorme sentiment de tristesse me parcourut, mais il fut bientôt mélangé à de l'indignation et de la colère. Pourquoi ce crétin gardait toujours tout pour lui ?! Saleté de fierté masculine.

J'attrapai ma prothèse posée sur le sol et l'attachai avec agacement. Si je croisais quelqu'un, tant pis. Je n'avais pas le temps de troquer mon short de pyjama contre un pantalon.

Après avoir quitté ma chambre, je descendis une nouvelle fois frapper à celle du dessous. Pas de réponse. Je l'ouvris tout de même, mais constatai qu'elle était toujours déserte.

Je me rendis au rez-de-chaussée, fis un tour dans le salon, la cuisine, le jardin, la cave à vin, puis retournai dans le salon, épuisée.

— Mademoiselle, je peux vous aider ?

Je sursautai et me retournai face à Paolo. S'il ne portait pas ce charmant pyjama à rayures bleues et blanches, j'aurais parié qu'il était encore en service.

Son regard descendit un instant sur ma prothèse avant de remonter aussitôt sur mon visage. Par chance, il ne fit aucun commentaire là-dessus.

— Euh, je suis désolée de vous avoir réveillé, dis-je précipitamment, je cherchais seulement Justin… Vous ne l'auriez pas aperçu par hasard ?

Le domestique sembla réfléchir, non pas au lieu dans lequel pouvait se trouver Justin, mais plutôt à s'il devait ou non me le dire.

— Écoutez, Paolo, insistai-je, Justin ne va vraiment pas bien en ce moment, et il a besoin de moi, alors si vous savez quoi que ce soit…

Paolo soupira.

— Il doit très certainement être dans la chambre de Madame. Enfin, c'était à l'origine la chambre parentale, mais M. Braxton y a très rarement dormi. Il a toujours préféré le canapé de son bureau ou bien les lits d'hôpitaux…

C'était bien intéressant tout ça, mais moi, ce que je voulais savoir, c'était où trouver cette fichue chambre !

— Troisième étage, porte de gauche, ajouta-t-il comme s'il avait lu dans mes pensées.

— Merci et bonne nuit.

Étrangement, il ne me répondit rien, pas même un simple « de rien ». Soit Paolo savait que j'allais passer une très mauvaise nuit, soit il ne m'appréciait guère et je ne comprenais pas du tout pourquoi.

Enfin bref, je me contentai de monter au troisième étage, ce qui me prit cinq bonnes minutes avec ma prothèse ; puis une fois devant la porte de gauche, j'inspirai un bon coup avant d'entrer.

Je commençais à en avoir marre de frapper, puisque personne ne me répondait. Toutes les lumières étaient éteintes, mais une large baie vitrée ouverte et donnant sur une grande terrasse éclairait suffisamment la pièce pour que je puisse discerner les meubles. Un grand lit à baldaquin et une commode sur ma gauche, une grande armoire et un bureau sur ma droite.

Je m'avançai lentement vers la terrasse, puis m'arrêtai net en apercevant une ombre dans l'angle droit de la pièce. Il s'agissait en fait d'une personne, recroquevillée sur elle-même.

J'écarquillai grand les yeux.

— Justin ?!

Celui-ci releva lentement la tête. Il semblait dans un état pire que ce que j'avais craint. J'étais cependant soulagée de l'avoir enfin trouvé.

— Qu'est-ce que tu fais là ? m'interrogea-t-il d'un ton froid.

Je fis un pas dans sa direction.

— Non, ne viens pas ! m'arrêta-t-il. S'il te plaît, Jenny, retourne te coucher.

Bon sang, ce qu'il m'exaspérait ! Je serrai les poings et m'approchai malgré tout de lui. Ne pouvant pas m'accroupir à proprement parler, je m'assis difficilement sur le sol face à lui, les jambes tendues sur le côté.

Justin avait à nouveau pris sa tête entre ses mains. Décidément, il n'allait pas me rendre les choses faciles.

— Il est hors de question que je te laisse seul, le prévins-je.

Après que j'eus posé une main sur son bras, il se dégagea aussitôt, comme l'aurait fait un petit enfant qui boude dans son coin et qui veut qu'on le laisse tranquille.

Je soupirai. J'avais l'impression de me retrouver face à un mur, et je ne savais absolument pas comment faire pour passer de l'autre côté. Un frisson me parcourut l'échine, certainement dû à la fraîcheur de la nuit.

J'enroulai mes bras autour de moi pour me réchauffer. Devais-je patienter jusqu'à ce qu'il se reprenne ou tenter une nouvelle approche qui se solderait très certainement par un échec ?

— Pourquoi tu restes là ?

Ah ! Finalement, il n'était pas aussi détaché de la réalité que je l'aurais cru.

— Parce que je t'aime, répondis-je simplement.

Je pensais que mes mots n'auraient aucun effet, mais Justin finit par relever à nouveau la tête. Je croisai son regard abattu.

— Je ne voulais pas que tu me voies comme ça… aussi… faible.

— Je croyais qu'on était passés au-dessus de la fierté masculine et de tout ce qui va avec, non ?

Il ne répondit pas, et nous restâmes de longues secondes à nous fixer sans dire un mot, puis je me résolus à tendre une main vers son visage. Il ne me repoussa pas cette fois-ci, et laissa même mes doigts caresser délicatement sa joue. Elle était humide, il avait pleuré.

Mon cœur se serra et les larmes me montèrent aux yeux. Je détestais le voir souffrir et ne rien pouvoir faire pour lui. Et je détestais surtout cette maudite distance qu'il avait instaurée entre nous !

— S'il te plaît, murmurai-je, laisse-moi être là pour toi, Justin. Je t'en prie… Ne me repousse pas.

Il ferma un instant les yeux puis, lorsqu'il les rouvrit, il m'attrapa les mains et me tira près de lui, entre ses jambes. Ses bras me serrèrent fermement contre son corps, et je reposai la tête sur son torse. J'eus un petit soupir de soulagement. La distance entre nous avait enfin disparu.

— Je suis désolé, dit-il, je ne voulais pas te blesser.

Je ravalai mes larmes et respirai profondément avant de lui répondre :

— Je sais.

Nous restâmes de longues minutes dans cette position, sans bouger d'un seul centimètre. Puis Justin relâcha doucement la pression sur mon corps, et je me retournai pour le prendre à mon tour dans mes bras.

— C'est dur pour moi d'être ici, l'entendis-je murmurer près de mon oreille. Je pensais que ça irait, car tu serais avec moi, mais… rien ne va. Je n'ai aucun bon souvenir dans cette maison, ni dans cette ville. Et pour couronner le tout, c'est la première fois que j'ai eu l'impression de dîner réellement avec mon père et… j'ai pensé à ma mère. Elle n'a jamais eu droit à un vrai repas avec lui. Il était toujours là physiquement, à table avec nous, mais son esprit était ailleurs, contrairement à ce soir. Je ne comprends pas. Pourquoi aujourd'hui ?

— Tu devrais en parler avec lui…

— Non. Je ne veux pas entendre ses excuses. Si ma mère était encore vivante, j'aurais peut-être pu lui pardonner ses erreurs, mais, aujourd'hui, c'est trop tard. Il aurait dû s'en rendre compte plus tôt, il aurait dû changer avant qu'elle meure.

Une idée me traversa soudain l'esprit. Je m'écartai légèrement de lui pour le regarder droit dans les yeux.

— Tu veux qu'on aille la voir demain ? On pourrait acheter des fleurs et aller la voir. En plus, j'aimerais bien me présenter officiellement à elle comme étant ta magnifique et extraordinaire petite amie. Tu penses qu'elle m'appréciera ?

J'aperçus les lèvres de Justin s'étirer légèrement.

— Je pense que ma mère t'aurait adorée, Jenny, et oui, c'est une très bonne idée.

Je souris et pris son visage entre mes mains pour l'embrasser tendrement.

— Je t'aime, Justin Braxton, soufflai-je contre ses lèvres. Je t'aime comme je n'ai jamais aimé personne d'autre.

Il hocha lentement la tête sans me quitter du regard, puis je me blottis à nouveau dans ses bras jusqu'à ce que…

Justin

Elle s'était endormie dans mes bras. Je n'osais pas la réveiller, mais on ne pouvait pas non plus passer la nuit par terre.

Je soupirai, puis l'adossai doucement contre le mur pour me relever et défaire les draps du lit. Je retournai prendre Jenny dans mes bras et l'allongeai sur le lit avant de la couvrir et de m'asseoir à côté d'elle. Je la regardai dormir paisiblement, puis remis quelques-unes des mèches brunes tombant sur son beau visage derrière ses oreilles.

« Je t'aime, Justin Braxton. Je t'aime comme je n'ai jamais aimé personne d'autre. »

Ses paroles se répétaient en boucle dans mon esprit, refoulant ma douleur au plus profond de moi. Comment avais-je pu croire un seul instant que me voir pleurer l'aurait repoussée ? Je n'étais qu'un idiot. Jenny n'était pas comme les autres filles, elle m'aimait pour ce que j'étais, peu importaient mes faiblesses, mes peurs et toutes les larmes que je pouvais bien verser. Elle était prête à tout supporter avec moi, coûte que coûte. Jenny était exceptionnelle, et je n'avais pas intérêt à la quitter.

— Qu'est-ce que je ferais sans toi..., murmurai-je en secouant la tête.

Après plusieurs minutes, je me levai et sortis sur la terrasse. Je m'accoudai au rebord du balcon et regardai le ciel. Même si on n'y voyait pas les étoiles, je savais que ma mère était quelque part là-haut et qu'elle me regardait aussi.

— Bien sûr que tu l'aurais adorée, maman, cette fille est parfaite. En plus, elle m'aime malgré tous mes tourments. Mais elle en a aussi, tu sais. Elle a perdu sa jambe dans un accident de moto et à cause de ça elle ne peut plus danser. La danse, c'était toute sa vie, et pourtant elle arrive à mieux gérer sa douleur que moi, elle est beaucoup plus forte hein. J'aimerais être comme elle, maman, j'aimerais vraiment... Mais tu me manques tellement. Je n'avais que toi et...

Ma voix se brisa tandis que je l'imaginais me répondre :

Et maintenant tu as Jenny, Kyle, Sean, Collin, Noah, Eddie, Tyler, Rick, Sophie, et ton père...

Je secouai la tête.

— Non, pas lui.

Justin. Jenny a raison, laisse-lui une chance.

Je pris mon visage entre mes mains et chassai ces pensées. De toute façon, ce n'était pas comme si je communiquais réellement avec ma mère. Je n'étais pas fou, mais lui parler de temps en temps comme si elle était encore là avait le don de m'apaiser.

Tu n'es plus tout seul, Justin. Des gens sont là pour toi, ne les rejette pas.

Je soupirai, puis retournai à l'intérieur. Je descendis prendre une bonne douche froide à l'étage du dessous pour me changer les idées.

Lorsque je remontai dans la chambre de ma mère, une

quinzaine de minutes plus tard, Jenny dormait toujours aussi sereinement. Je m'allongeai à côté d'elle et fermai les yeux à mon tour. Bien que j'aille mieux à présent, je ne trouvai pas le sommeil avant plusieurs heures.

Chapitre 37

Justin

À mon réveil, il faisait à peine jour. Je m'étais endormi très tard et j'avais quand même réussi à me réveiller à l'aube. Mon subconscient était vraiment bizarre des fois.

J'allais m'étirer lorsque je sentis que mon bras gauche était totalement figé. En penchant la tête, je remarquai que Jenny y avait posé la tête. J'eus un petit sourire en coin, ce n'était pas la première fois qu'elle l'utilisait comme oreiller. Je levai mon autre main et la portai jusqu'à ses cheveux. Ils étaient un peu emmêlés, mais je trouvais ça mignon.

— Hum, t'es déjà réveillé ? demanda-t-elle d'une voix encore endormie.

— Tu peux te rendormir si tu me rends mon bras, lui proposai-je.

— Pas question.

— Tsss…

Après quelques secondes, elle finit par relever la tête pour me regarder.

— Tu n'as pas beaucoup dormi, devina-t-elle en étudiant les traits de mon visage.

En effet, je devais avoir une mine affreuse, et mes yeux

devaient encore être rouges des larmes que j'avais versées quelques heures plus tôt.

— Je sais qu'on avait prévu d'aller au cimetière ce matin, ajouta-t-elle, mais si tu veux te reposer, on peut très bien y aller plus tard…

Je secouai la tête.

— Non, je ne pense pas pouvoir me rendormir de toute façon. Au fait, j'ai une question, comment as-tu su que j'étais là hier ?

— Paolo, mais je t'avoue qu'il s'est montré assez réticent à me le dire.

Je ricanai.

— Ça ne m'étonne pas, cela fait plus de vingt ans qu'il est au service de notre famille. Il est très loyal, mais je suppose que tu avais de bons arguments pour le convaincre de cracher le morceau.

— Pas vraiment, mais il a vu ma prothèse. On est toujours plus charitable avec les handicapés.

Après avoir posé la main sur son visage, je caressai sa joue avec douceur.

— Je pense plutôt qu'il a été séduit par ton charme naturel…

Jenny rigola.

— Et par mon magnifique petit pyjama rose à pois blancs, ouais.

— Moi, je te trouve très sexy dedans, murmurai-je en passant un doigt sur ses magnifiques lèvres.

Jenny ouvrit légèrement sa bouche et le suça. Une vague d'excitation me parcourut.

— Tu sais que c'est très suggestif ? lui fis-je remarquer avec un sourire en coin.

Elle libéra mon doigt et me rendit mon sourire.

— Disons que je commence à avoir faim…

Jenny fit courir ses mains sur mon torse, puis les remonta lentement jusqu'à mon visage.

— Alors, on devrait aller manger, lui répondis-je dans un souffle.

Voyant qu'elle fixait ma bouche avec appétit, je me redressai et l'embrassai passionnément. Jenny se releva à son tour, sans rompre notre baiser, et noua ses mains dans ma nuque.

Mais cela n'était pas suffisant. J'avais envie de la sentir encore plus proche de moi. Je posai les mains sur ses hanches et attirai sa poitrine contre mon torse.

Après de longues secondes de baisers fougueux, nous nous séparâmes, à bout de souffle. Même si je mourais d'envie de lui faire l'amour, là, tout de suite, dans cette chambre, ce n'était pas très correct envers ma défunte mère. En plus, je n'avais pas de préservatifs sur moi.

— On ne peut pas, lui dis-je en parcourant la pièce du regard, pas ici.

Elle hocha la tête d'un air compréhensif et sourit.

— Bon, on va le prendre, ce petit déjeuner ?

Jenny

Amanda, l'une des cuisinières de la famille Braxton, avait déjà tout préparé pour nous. Jus d'orange, fruits, brioches, pancakes, omelettes, bacon grillé, lait et céréales. Ce fut un vrai régal pour nos papilles et nos estomacs. À tel point que j'eus du mal à remonter l'escalier pour aller me préparer dans la chambre d'amis où se trouvaient mes bagages, puis à redescendre les marches une fois prête.

Justin me rejoignit une bonne quinzaine de minutes plus tard dans le salon, où je l'attendais.

— J'ai fait au plus vite ! m'informa-t-il en réajustant sa veste bleu foncé sur ses épaules.

Même si, en ce mois d'octobre, il faisait encore chaud en Californie, les matins et les soirs commençaient déjà à se rafraîchir. J'avais moi aussi enfilé une petite veste blanche par-dessus mon débardeur noir et mon jean bleu foncé. Je me levai du canapé et m'approchai de Justin.

— Hum, ça se voit, constatai-je en apercevant l'étiquette de son T-shirt gris dépasser de son col.

Il suivit mon regard et soupira.

— OK, donne-moi trente secondes !

Il repartit en courant dans sa chambre et revint cinq bonnes minutes plus tard. Moi qui pensais qu'il en avait profité pour changer carrément de T-shirt, eh bien, non.

— Il t'a vraiment fallu autant de temps pour remettre ton T-shirt à l'endroit ? lui lançai-je tandis que nous nous rendions au garage souterrain.

— Eh bien, j'ai dû l'enlever délicatement pour ne pas le froisser, ah et aussi, j'ai mis un peu de baume sur mes lèvres. Avec l'hiver qui vient, elles ont tendance à gercer plus vite.

Je m'arrêtai soudain, non pas choquée par les attitudes un peu efféminées de Justin, auxquelles je commençais à m'habituer, mais par la dizaine de voitures, plus belles et plus chères les unes que les autres, dans l'immense garage dans lequel nous venions d'entrer.

— Oh mon Dieu… C'est à ton père toutes ces voitures ?! m'extasiai-je.

Il acquiesça et rigola devant mon air impressionné.

— Choisis celle qui te fait envie pour aujourd'hui.

J'écarquillai grand les yeux.

— Sérieusement ?

Il hocha à nouveau la tête. Je les passai toutes en revue, m'attardant un instant sur la SSC Ultimate Aero XT blanche et sur la Saleen S7 Twin Turbo rouge pétant, mais celle qui retint toute mon attention fut la Bugatti Veyron noir mat. Je n'étais absolument pas une pro des voitures de luxe, leurs noms étaient simplement gravés sur le sol devant leurs places respectives.

— Oh mon Dieu, elle est sublime ! m'émerveillai-je en faisant le tour de la Bugatti.

Justin m'ouvrit la portière côté passager.

— Je vous en prie, madame, prenez place.

Je montai à l'avant, tout en essayant de contenir mon excitation, mais j'avais vraiment du mal à me contrôler.

— Elle a dû coûter une fortune ! ne pus-je m'empêcher de m'exclamer lorsque Justin entra à son tour dans le véhicule.

— Ouais, certainement plus d'un million de dollars… T'es prête à entendre la bête ronronner ?

Il démarra aussitôt. Déjà que les sièges en cuir foncé envoyaient du lourd, le bruit du moteur était à tomber par terre.

— T'es bien attachée ? s'enquit-il en sortant la voiture de sa place de parking.

Je hochai la tête et attendis impatiemment que la porte électrique du garage s'ouvre. Après d'interminables secondes, la voiture s'engagea dans l'allée jusqu'à l'immense grille noire qui, par chance, était déjà ouverte.

— Ça fait longtemps que je ne l'ai pas conduite, alors je vais y aller mollo au début, OK ? m'avertit Justin. En plus, elle a une accélération du tonnerre !

En effet, je pus constater quelques secondes plus tard que

Justin disait vrai. Sa vitesse d'accélération était phénoménale, et c'était vraiment génial !

Même si plusieurs semaines auparavant, il m'aurait été impossible de remettre les pieds dans une voiture, à cet instant présent je me sentais complètement euphorique. Il faut dire qu'on avait rarement l'occasion de monter dans ce genre de véhicule.

Les dix bonnes minutes jusqu'au cimetière national de Los Angeles furent un régal. Bien que l'endroit où nous nous rendions n'ait rien de très joyeux, j'eus le sourire aux lèvres durant tout le trajet. Et Justin semblait content, lui aussi.

Mais lorsqu'il se gara sur le parking et qu'il coupa le moteur, la joie du moment prit fin. Je me souvins brusquement qu'il nous manquait quelque chose.

— Oh non, on a oublié les fleurs ! dis-je d'un ton dépité.

— Ne t'en fais pas, sa tombe est sûrement bien garnie. On pourra toujours repasser avant notre départ si tu y tiens vraiment.

— Ça va aller ? demandai-je en l'observant.

Même s'il semblait aller bien, je savais qu'il était du genre à tout garder pour lui jusqu'à ce que cela devienne insupportable.

Il m'adressa un petit sourire qui se voulait rassurant, puis sortit de la voiture. Je fis de même, et nous entrâmes silencieusement dans le cimetière.

Nous marchâmes à pas lents entre les allées. La plupart des tombes étaient nues, cependant l'une d'entre elles était très fleurie. Je devinai qu'il s'agissait de celle de sa mère.

Nous nous arrêtâmes devant, et je pus lire la gravure sur la pierre tombale :

Ici repose KRISTEN CARTER BRAXTON.

— Ta mère est très aimée, commentai-je en observant le nombre considérable de bouquets de fleurs devant nous.

— Les dipladénias viennent de Paolo, la lavande d'Amanda, et les gauras très certainement de Jennifer, répondit-il seulement.

Je passai un bras autour du sien et m'appuyai contre lui.

— Les fleurs ne sont pas le plus important, tu sais. Ce qui compte, c'est que les personnes que ta mère aimait ne l'oublient pas.

Il posa sa tête sur la mienne, et nous restâmes silencieux durant plusieurs minutes jusqu'à ce qu'il reprenne soudain la parole.

— Je suis désolé de ne pas être venu ces dernières années… Mais je n'en avais pas eu le courage jusqu'à aujourd'hui. Et c'est grâce à cette fille formidable dont je t'ai déjà parlé. Elle s'appelle Jenny, et on sort ensemble depuis quelques semaines…

— Depuis cinq semaines et un jour exactement, le repris-je en lui donnant un petit coup de coude dans les côtes.

Il leva les yeux au ciel.

— Oh ! ça va…

— Non, lui dis-je en chuchotant, ce sont des détails importants si tu veux que ta mère croie que je suis très importante pour toi !

— Mais TU ES très importante pour moi ! rétorqua-t-il très sérieusement.

Après m'être écartée de lui, je lui souris d'un air satisfait.

— Je sais, je sais… Et ta mère le sait aussi maintenant !

Il soupira.

— Oublie ce que j'ai dit, maman. Cette fille est tout sauf formidable, c'est une vraie peste, une manipulatrice qui…

Je m'empressai de mettre une main sur sa bouche.

— Mais ça ne va pas de lui dire ça ! le réprimandai-je.

Je me tournai vers la tombe et repris à l'attention de sa mère :

— Madame Braxton, je vous prie de ne pas croire un instant les aberrations de votre fils. Sachez que je suis une fille très correcte et que j'aime énormément Justin, si fourbe puisse-t-il être. Je vous promets de ne jamais le faire souffrir et de ne jamais le laisser tomber. Alors, ne vous faites plus de soucis, c'est moi qui prendrai soin de lui à présent.

Je sentis deux bras m'entourer la taille et, la seconde d'après, son corps se colla au mien.

— Merci, me souffla-t-il près de l'oreille.

Je fermai les yeux un instant, me laissant envahir par une agréable sensation de bien-être.

Nous restâmes quelques minutes de plus dans cette position, l'un contre l'autre, sans dire un mot, puis Justin s'écarta doucement et me prit la main.

— Allons-y, ma mère n'aimerait pas que je te fasse passer la matinée ici au lieu de te faire visiter la ville.

Bien que rester ici encore un moment ne me dérangeât pas, il était vrai que j'avais une terrible envie de découvrir Los Angeles et ses curiosités.

Nous fîmes nos adieux à la mère de Justin, lui promettant que nous repasserions la voir avant notre départ pour Saint-Louis, puis nous retournâmes tranquillement à la voiture.

— Alors, par quoi commençons-nous ? m'enquis-je avec enthousiasme.

Justin réfléchit un instant.

— Que penses-tu d'aller voir le Walk of Fame[1] ?

— Oh oui ! Allons voir la belle étoile de ta chanteuse préférée : Whitney Houston !

Il rigola.

1. Trottoir célèbre situé sur Hollywood Boulevard et recouvert d'étoiles. Pour rendre hommage aux stars, la chambre de commerce de Los Angeles leur en attribue une et y grave leur nom.

— Si tu veux, je te prendrai même en photo à côté et tu la mettras sur Facebook, ajoutai-je pour le taquiner.

— En fait, je ne crois pas qu'elle ait d'étoile, me répondit-il avec un sourire amusé, mais tu pourras quand même me prendre en photo, je suis plutôt pas mal aujourd'hui.

Je levai les yeux au ciel.

Quelle arrogance !

— T'oublieras pas de remettre un peu de baume sur tes lèvres avant alors, raillai-je, elles commencent déjà à être gercées…

— Sérieux ?! s'exclama-t-il.

Il s'empressa de monter dans la voiture pour observer sa bouche dans le rétroviseur. Il pouvait être vraiment crédule parfois. Heureusement, il avait bien d'autres qualités !

Chapitre 38

Justin

Après avoir été sur le Walk of Fame et nous être promenés sur Hollywood Boulevard, nous allâmes déjeuner au In-N-Out Burger qui se situait dans le coin. C'était un simple fast-food, j'y avais déjà mangé quand j'étais gosse, et ils servaient leurs hamburgers et leurs frites dans une petite barquette rouge en plastique. Rien de très classe, mais la nourriture était bonne et pas chère, ce qui arrangeait Jenny qui, malgré mes protestations, semblait avoir la ferme intention de régler l'addition pour nous deux.

— Par contre, me dit-elle en trempant une frite dans son ketchup, tu es sûr que c'est bon pour toi de manger des burgers avec ton programme sportif ?

Honnêtement, si Rangers l'apprenait, il m'ordonnerait très certainement de faire le tour de la ville en courant, peu importe le temps que j'y passerais.

— Ce sont les vacances, j'ai le droit d'en profiter, non ? En plus, regarde, il y a des protéines, des légumes et des féculents.

Je lui désignai d'un air satisfait le steak, la salade et la tranche de tomate, puis les deux morceaux de pain.

Jenny roula des yeux.

— Je te préviens, tu as intérêt à battre Donovan lors de ta prochaine course.

Je serrai les poings en entendant son nom. Le battre ? Non, j'allais le pulvériser.

— Ne t'inquiète pas. Bon, dépêche-toi de finir tes frites, on a encore un tas d'endroits à visiter.

D'ailleurs…

Après avoir sorti mon téléphone de ma poche, j'allai sur ma conversation Facebook avec Ayline Duvanel, la meilleure amie de Jenny. Elle avait été facile à trouver sur Facebook, puisque Jenny avait posté tout un tas de photos avec elle par le passé.

Je lui avais envoyé un premier message quelques jours avant notre départ pour la Californie, lui expliquant brièvement que j'étais le petit ami de Jenny, que nous allions venir à Los Angeles pendant les vacances et que j'aurais aimé savoir si elle serait toujours en ville durant notre séjour.

Par chance, Ayline m'avait répondu qu'elle ne rentrerait pas chez elle à cause de la tonne de boulot qu'elle avait avec ses cours d'art, et qu'elle serait donc sur le campus.

Suite à cela, je lui avais demandé ce matin, avant de partir en balade, si elle était d'accord pour parler avec Jenny demain après-midi.

Et elle venait de me répondre :

Oui, pas de soucis. 17 heures devant Le Fowler.

« Le Fowler » ?

Grâce à une rapide recherche sur Internet, je constatai qu'il s'agissait du Musée d'art sur le campus.

— À qui est-ce que t'écris ? m'interrogea Jenny d'une voix curieuse.

Je relevai le nez de mon téléphone et constatai qu'elle me fixait, les bras croisés sur la poitrine.

— Euh c'est juste Collin, dis-je en essayant d'avoir l'air convaincant. Il voulait savoir si c'était moi qui lui avais piqué son slip avec des nounours dessus… Ce qui n'est pas le cas, bien évidemment.

Jenny éclata de rire, et je me détendis aussitôt.

— Il a vraiment un slip avec des nounours dessus ? Enfin, je ne sais même pas pourquoi cela m'étonne encore venant de lui…

Je souris. Même si j'avais menti concernant un éventuel message de Collin, ce dernier possédait réellement un slip porte-bonheur avec des nounours dessus.

— Bon, j'ai fini, ajouta Jenny. On va où maintenant ?

Je réfléchis rapidement. Il faisait beau cet après-midi, alors peut-être devrions-nous aller à la plage. Mais Jenny n'avait pas de maillot de bain et, avec sa prothèse, cela risquait d'être embêtant.

Pas loin d'ici, il y avait le Runyon Canyon Park. Tout en haut de la colline, on avait une superbe vue sur la ville et ses propriétés de milliardaires, mais il fallait marcher et je ne savais pas si elle tiendrait le coup avec sa jambe. On aurait aussi pu visiter le Hollywood and Highland Center avec l'une des salles de cinéma les plus célèbres du monde, mais je doutais qu'elle ait envie de voir un film aujourd'hui.

— On pourrait aller voir l'océan, proposa brusquement Jenny.

Je haussai un sourcil, surpris.

— L'océan ? répétai-je pour être sûr d'avoir bien entendu.

Elle acquiesça d'un air enthousiaste.

— Mais il faut que je m'achète un maillot de bain avant et… j'aurai très certainement besoin de toi pour aller dans l'eau.

— Bon eh bien… Je ne connais qu'un seul endroit pour aller s'acheter un maillot de bain ! déclarai-je en me levant.

— Lequel ? m'interrogea-t-elle en m'imitant.

Bien que Jenny ne soit pas le genre de fille à mettre en avant sa féminité, elle ne pourrait pas résister à Rodeo Drive, la rue commerçante la plus connue de Beverly Hills.

Jenny

Max Mara, Bulgari, Chanel, Gucci, Prada, Dior, Burberry… Ces magasins n'étaient définitivement pas pour moi.

— Tu m'as payé le resto, je te paie ton maillot, m'informa Justin devant mon air déconcerté, et c'est non négociable.

— Il n'en est pas question, dis-je d'une voix ferme.

Je n'étais pas le genre de fille à profiter de la carte de crédit de son petit ami. J'achèterais ce maillot de bain avec mon argent, celui que j'avais gagné de façon honnête en travaillant au Coffee & Co.

Justin soupira.

— OK, très bien. Je connais un magasin pas trop cher dans le coin.

Un magasin pas trop cher ? À Rodeo Drive ? J'avais franchement du mal à y croire.

Nous marchâmes pendant une dizaine de minutes avant de nous arrêter devant une boutique se nommant la « Beverly Hills bikini Shop ».

— Attends, dis-je avant d'entrer, j'aimerais savoir une chose. Comment ça se fait que tu connaisses ce genre de boutique ? Ne me dis pas que tu aimes te travestir à tes heures perdues, parce que je n'y suis vraiment pas préparée…

Il secoua la tête en rigolant.

— Non, non, je connais la proprio, c'était une très bonne amie de ma mère.

— Hum, d'accord.

Aussitôt que nous fûmes à l'intérieur du magasin, mon regard parcourut les rayons de maillots de bain, tous aussi beaux les uns que les autres.

— Bonjour et bienvenue ! nous salua derrière sa caisse une femme aux longs cheveux blonds et bouclés.

Malgré sa cinquantaine d'années, elle était vraiment sublime. Grande, taille fine, le teint bronzé, des yeux vert émeraude brillants… Avait-elle été mannequin avant d'ouvrir sa boutique ?

— Bonjour, Louisa, répondit Justin avec un large sourire.

Louisa fronça les sourcils, essayant probablement de se souvenir de Justin.

— Ne me dites pas que…

Elle sembla avoir un éclair de lucidité, car elle écarquilla grand les yeux en se levant d'un bond, puis s'approcha pour venir prendre Justin dans ses bras.

— Oh mon Dieu, je ne pensais pas te revoir un jour, mon chéri !

« Mon chéri » ?

Elle s'écarta légèrement pour mieux l'étudier.

— Qu'est-ce que tu as grandi ! Et holà, que tu es musclé ! Un vrai homme, dis donc !

Le comportement de cette femme commençait un peu à m'irriter.

— J'ai déjà la vingtaine, tu sais, l'informa Justin d'un air enjoué.

— Dois-je te rappeler que, la dernière fois que je t'ai vu, tu avais quinze ans ? Tu étais aussi fin qu'une brindille et, surtout, tu n'avais pas de petite amie !

Alors que je les dévisageais depuis le début avec scepticisme, elle m'offrit un charmant sourire.

— Enchantée, jeune fille, je suis Louisa.

— De même, répondis-je poliment. Je m'appelle Jenny.

Visiblement ravie, elle reporta ensuite son attention sur Justin.

— Bon, même si j'ai bien compris que tu étais venu là pour ta copine, je peux t'assurer que tu ne repartiras pas à Saint-Louis sans m'avoir raconté ce que tu as fait ces dernières années.

— Comment sais-tu que je vis à Saint-Louis ? s'étonna Justin.

— Ton père. Après… l'enterrement de ta mère… je suis venue chez vous, mais ton père m'a demandé de vous laisser tranquilles tous les deux et de sortir de vos vies. Je pense que je lui rappelais beaucoup ta mère, il faut dire que Kristen et moi étions vraiment proches, alors je peux le comprendre…

Elle s'arrêta un instant, me jetant un bref regard, puis reprit :

— J'ai donc attendu que tu aies dix-huit ans, je me suis dit que trois ans pour faire votre deuil seraient suffisants. Mais lorsque je suis venu vous voir, ton père m'a dit que tu avais quitté la ville pour poursuivre tes études dans le Missouri.

Justin acquiesça.

— Désolé de ne pas t'avoir prévenue et de ne pas t'avoir rendu visite avant mon départ, c'est juste que…

Elle secoua la tête et posa une main amicale sur son épaule.

— Tu n'as pas à t'excuser de quoi que ce soit, mon chéri, et je suis contente que tu sembles très épanoui aujourd'hui.

Justin me lança un petit regard en coin, lui faisant comprendre que j'étais l'une des causes de son bonheur actuel.

Se tournant à nouveau vers moi, Louisa me détailla avec attention.

— Taille fine, épaules et hanches de la même largeur, pas beaucoup de poitrine… Hum, tu m'as l'air d'avoir une morphologie en X, et je pense avoir le maillot de bain qu'il te faut ! Suis-moi.

Elle m'attrapa brusquement la main ; son geste me surprit un peu, mais je la laissai m'entraîner à travers les rayons.

— Où est-ce que je l'ai rangé ? fit-elle en cherchant de sa main libre le maillot en question. Ah, c'est bon, je l'ai !

Elle brandit devant moi un magnifique deux-pièces, couleur bleu roi.

— C'est un balconnet push-up, me précisa-t-elle à voix basse pour ne pas que Justin l'entende. Avec ça, tu passeras du bonnet B au C ! Va l'essayer !

Étant donné que je ne lui avais pas parlé de mon léger complexe au niveau de ma poitrine, je ne savais trop comment j'étais censée le prendre. Elle me le mit dans les mains et me désigna les cabines au fond de la pièce.

Bien que je le trouve splendide et que la proposition d'aller voir l'océan venait de moi, je ne savais plus si j'en étais capable désormais. Et encore moins en m'assumant pleinement dans ce genre de maillot ultra-sexy. Un une-pièce aurait peut-être été plus adapté…

— Je ne sais pas si…

— Essaie-le ! insista Louisa en me poussant dans une cabine, je suis sûre qu'il va t'aller à merveille !

Elle referma le rideau, et je fixai longuement le maillot de bain.

Tu peux le faire, Jenny. Tu peux être sexy avec une jambe en moins.

Je pris une grande inspiration et retirai mes vêtements.

Lorsque j'attachai le haut, je remarquai le prix affiché sur l'étiquette : 180 dollars. « Pas trop cher », avait dit Justin. Il s'était bien foutu de ma gueule. Enfin, c'est vrai que comparé aux autres magasins du coin, ça ne l'était pas du tout. Mais par rapport à mon petit budget, c'était autre chose.

Il n'y avait malheureusement pas de miroir dans la cabine, si grande et bien éclairée soit-elle.

— Alors, comment est ce maillot ? me demanda Louisa.

J'hésitai un instant, puis finis par ouvrir le rideau pour lui montrer le résultat. Par la même occasion, je m'observai dans la grande glace accrochée au mur d'à côté.

En effet, le maillot m'allait vraiment bien. Et niveau poitrine, Louisa avait eu raison, j'avais gagné une taille.

D'ailleurs, cette dernière me regardait d'un air tout à fait professionnel et ne cligna même pas les yeux à la vue de ma prothèse. Eh bah, c'était bien la première…

— Tu es à couper le souffle, me complimenta-t-elle avec un sourire.

— Un peu trop même, ajouta Justin en apparaissant derrière elle, les bras croisés sur le torse. Finalement, je ne sais pas si c'est une bonne idée que…

— Je le prends ! le coupai-je aussitôt d'un air satisfait.

— Parfait ! s'enthousiasma Louisa. Une fois que tu te seras rhabillée, vous pouvez me rejoindre à la caisse.

— Sérieusement ? reprit Justin quand son amie se fut éloignée.

— Quoi ? répliquai-je d'un ton agacé. C'est toi qui m'as emmenée ici et qui as tenu à ce que je m'achète un joli maillot, je ne vois donc pas où est le problème.

— Je sens que j'aurai envie d'étrangler chaque homme qui posera les yeux sur toi.

Même si l'idée que des gens m'observent m'angoissait un peu, je me sentais désormais capable de le supporter.

Je m'avançai vers lui et murmurai à son oreille :

— Eh bien, il va falloir te retenir, mon chéri !

Il me lança un regard contrarié, mais je l'ignorai et retournai me changer dans la cabine avant de rejoindre Louisa en caisse, mon nouveau maillot dans les mains.

Alors que je sortais mon porte-monnaie de mon sac à main, Louisa posa une main sur la mienne.

— Voyons, tu ne pensais tout de même pas que j'allais te laisser payer quoi que ce soit ! s'exclama-t-elle d'un air sidéré.

— Euh…

— Bien sûr que non ! Justin est comme mon fils, et toi, aussi longtemps que tu resteras avec lui, tu auras droit au même traitement de faveur ! Dans la limite du raisonnable, bien sûr, précisa-t-elle en me faisant un petit clin d'œil.

Je me retournai face à Justin, qui regardait le plafond, comme si de rien n'était. Il m'avait eue, encore une fois. Et il allait le regretter ! Je soupirai, reportant mon attention sur Louisa, qui me tendait le sac dans lequel elle avait rangé mon maillot.

— Je suppose que ce n'est pas la peine d'insister ?

Elle secoua la tête avec un petit sourire en coin.

— Bon eh bien… Merci beaucoup, Louisa, dis-je en récupérant le sac. Ça me fait vraiment très plaisir.

— Tout le plaisir est pour moi, Jenny. Maintenant, allez vite profiter de la plage et du beau temps avant qu'il ne fasse nuit ! Et Justin, tu as toujours mon numéro ?

— Ouais, je crois bien, marmonna-t-il d'un air pensif.

— Alors, tu sais ce qu'il te reste à faire !

Mon petit ami lui adressa un petit hochement de tête approbateur, puis nous sortîmes tous deux de la boutique.

Même si je ne connaissais pas beaucoup Louisa, elle semblait être une gentille personne, et j'étais certaine que renouer avec l'ancienne meilleure amie de sa mère était une bonne chose pour Justin. Tous deux avaient été proches de Kristen et elle leur manquait. Peut-être pourraient-ils se voir de temps en temps pour discuter et échanger sur leurs plus beaux souvenirs en compagnie de Kristen.

— Tu savais qu'elle allait m'offrir un maillot de bain, n'est-ce pas ? le questionnai-je après plusieurs secondes.

Il prit un faux air innocent.

— Bien sûr que non ! Jamais je n'aurais pensé…

— Tais-toi, espèce de menteur ! Et dépêchons-nous d'aller à la villa nous changer.

Nous regagnâmes à pied le parking privé dans lequel Justin avait garé sa magnifique Bugatti Veyron, et nous retournâmes à la résidence des Braxton.

Chapitre 39

Justin

Nous avions mis moins d'une demi-heure à nous préparer, ou plutôt devrais-je dire, j'avais mis moins d'une demi-heure, car Jenny s'était changée et avait préparé son sac de plage en dix minutes chrono.

— Ça va ta jambe ? lui demandai-je dans la voiture.

On avait beaucoup marché aujourd'hui, mine de rien.

— Ouais… Enfin, je commence un peu à avoir mal, mais je pense que l'eau me fera du bien. Et j'ai bien envie d'une glace aussi !

— Ah…, fis-je seulement, un peu embarrassé.

Disons que sur la plage où je l'emmenais, il n'y aurait pas de vendeurs de glaces. En fait, il n'y aurait même personne… Sauf peut-être quelques touristes souhaitant prendre en photo l'une des plus belles plages de Malibu.

Eh oui, Jenny, tu as voulu faire la maligne en prenant ce maillot de bain sexy, et bah, voilà ta punition ! Aucun homme ne te verra sauf moi !

Bon, en réalité, j'étais sûr que si Jenny avait choisi ce maillot en particulier, c'était uniquement pour attirer mon regard, et pas celui des autres hommes.

D'autant plus que, même si Jenny semblait désormais bien plus à l'aise avec son corps qu'au début de notre relation, ce serait une grande première pour elle de se montrer ainsi avec sa prothèse. C'était aussi pour cette raison que j'avais préféré l'emmener dans un endroit un peu plus tranquille et qui allait sans aucun doute la faire rêver.

Souriant fièrement, j'entendis Jenny pouffer à côté de moi.

— Quoi ? demandai-je en lui jetant un rapide coup d'œil.

— Tu aurais dû voir ta tête, je ne sais pas à quoi tu étais en train de penser mais, en tout cas, tu avais un air débile, c'était trop drôle. D'ailleurs, on arrive quand ? Ça doit faire plus de quarante-cinq minutes qu'on roule, je croyais que l'océan était à côté.

— Bientôt, lui assurai-je.

Quelques instants plus tard, je me garai dans un petit parking situé au sommet d'une falaise. Jenny sauta de la voiture pour aller admirer la vue que nous avions sur l'océan.

— Oh ! mon Dieu, c'est trop beau ! s'exclama-t-elle lorsque j'arrivai à son côté.

Ses yeux brillaient d'émerveillement. Elle était adorable et j'étais heureux qu'elle apprécie ma surprise.

— Tu veux qu'on prenne une photo ? proposai-je en sortant mon portable de ma poche.

Visiblement ravie de cette idée, Jenny se rapprocha de moi et nous nous mîmes dos à l'océan.

— Essaye de bien cadrer la vue qu'on a derrière, m'ordonna-t-elle d'un air professionnel.

Ah oui, c'est vrai qu'elle m'a dit un jour que son père était photographe.

Je passai un bras autour de ses épaules pour la serrer davantage contre moi, puis capturai l'instant présent.

— Tiens, regarde, on est pas mal, non ? fis-je en lui montrant le cliché.

Jenny hocha la tête, apparemment plutôt fière du résultat. Il faut dire que pour une première photo de couple, avec vue sur l'océan, c'était assez classe !

— Je peux la mettre sur Facebook ? lui demandai-je.

— Si ça peut te faire plaisir ! répondit-elle d'un air indifférent. Mais dépêche-toi, j'ai envie d'aller voir l'océan de plus près !

Évidemment que cela me faisait plaisir. Je voulais que tout le monde sache à quel point ma petite amie resplendissait de joie à mes côtés.

Je postai rapidement la photo en identifiant Jenny, puis rangeai mon téléphone dans ma poche. Manifestement trop impatiente, elle s'était déjà éloignée vers le petit escalier menant à la plage.

— Allez, viens, Justin ! me lança-t-elle en descendant.

Le sourire aux lèvres, je la rejoignis. Comme je m'y attendais, il n'y avait que peu de monde. Un couple marchait main dans la main au bord de l'eau et, plus loin, un groupe de jeunes touristes prenait des photos du paysage, et plus particulièrement des côtes rocheuses qui faisaient tout le charme de ce lieu unique.

Jenny, quant à elle, irradiait de bonheur.

— C'est magnifique, Justin, vraiment. Merci de m'avoir emmenée ici ! Comment tu as connu cette plage ?

Nous fîmes quelques pas sur le sable, nous rapprochant de l'océan.

— Ma mère, lui avouai-je, c'est elle qui m'y a emmené pour la première fois lorsque j'étais gamin. J'adore cet endroit, et c'est encore plus beau au coucher de soleil.

Jenny regarda l'heure sur son portable.

— Il est bientôt 17 heures, on peut aller se baigner en l'attendant !

Par chance, il n'y avait que peu de vagues et de courant aujourd'hui. En raison des roches dans l'eau, ce n'était pas la plage la plus adaptée pour aller nager.

Jenny posa une serviette sur le sable doux, elle retira ses vêtements sous lesquels elle avait enfilé son nouveau maillot bleu roi, puis, après s'être assise, détacha sa prothèse.

J'en profitai pour enlever mon jean et mon T-shirt, puis une fois qu'elle eut terminé, je l'aidai à se mettre debout et la soulevai aussitôt dans mes bras.

— Tu sais que je pouvais sautiller jusqu'à l'océan ? me fit-elle remarquer, légèrement ennuyée.

— Crois-moi, ce n'est pas très pratique sur du sable, répondis-je en avançant.

Je m'arrêtai au bord de l'eau et attendis qu'une vague mouille mes pieds avant de m'y engager.

— Alors, elle est comment ? m'interrogea Jenny, impatiente.

— Fraîche, mais ça va. Elle doit sûrement être à 20 degrés.

— OK, monsieur le spécialiste des températures. Maintenant, on peut y aller ?

— Si tu continues à te plaindre, je vais te noyer, la menaçai-je.

Elle leva les yeux au ciel devant mon air semi-sérieux. Lorsque l'eau m'arriva jusqu'à la taille, je la lâchai brusquement.

— Espèce de crétin ! s'écria-t-elle en sortant la tête de l'eau. J'ai bu la tasse à cause de toi !

Jenny se releva sur une jambe et s'accrocha à ma taille pour ne pas tomber.

— Et alors, elle était bonne ? plaisantai-je en la voyant toussoter.

Bon, d'accord, je regrettais tout de même un peu mon acte.

— Elle est assez salée, figure-toi. Tu devrais goûter, toi aussi !

Elle essaya de me faire basculer dans l'océan, mais ce fut elle qui chuta à nouveau en perdant l'équilibre. Amusé, je souris tandis que Jenny ressortait la tête de l'eau en grognant.

— J'en ai marre ! T'es plus avantagé que moi aussi…

— Si tu veux, je me mets sur une jambe, et on fait un combat, lui proposai-je.

— Et comment je peux être sûre que tu es bien sur une jambe, hein ? Montre-la-moi !

Alors que je tendais une jambe sur le côté, elle en profita pour me pousser. Cette fois, elle réussit malgré moi. Je restai un instant sous l'eau, puis ressortis en secouant la tête, lui arrosant le visage avec mes cheveux mouillés. Elle rigola.

— Espèce de gamin ! me lança-t-elle tout en enroulant ses bras autour de ma nuque.

Je glissai mes mains dans son dos et détachai le nœud de son haut de maillot.

— Eh oh, qu'est-ce que tu fais, là ? On est en public, je te rappelle…

— Ah, tu as peur que les touristes prennent en photo ta petite poitrine ?

Elle me donna une petite tape sur le crâne.

— Tais-toi un peu. En plus, ce n'est pas gentil de critiquer ma poitrine. Déjà que Sean a deviné ma taille de soutien-gorge alors que j'étais habillée et qu'il était à dix mètres de moi. Je ne sais vraiment pas comment il a fait, mais je te jure que j'avais l'impression d'être totalement nue devant lui.

— Heureusement que tu ne l'étais pas réellement, sinon…

Jenny me regarda droit dans les yeux avec un sourire.

— Sinon quoi ?

— Sinon tu porteras le voile jusqu'à notre mariage, et Sean, je l'envoie se reconvertir dans un monastère. Et s'il refuse, je l'étrangle avec sa queue.

— C'est très mignon, tout ça… J'aime beaucoup ce petit côté charmant de ta personnalité.

Je souris et posai mes lèvres sur les siennes. Notre baiser avait un petit goût salé, ce n'était pas très agréable mais cela ne nous empêcha pas de continuer à nous embrasser passionnément. Comment résister aux douces lèvres de Jenny ?

Après avoir retiré son haut de maillot, je pressai son corps contre le mien. Les battements de mon cœur s'accélèrent aussitôt au contact de ses seins.

— J'ai l'impression que la température a augmenté de quelques degrés, murmura Jenny contre ma bouche.

— Ah, ça, c'est parce que j'ai fait pipi dans l'eau…

Elle s'écarta brusquement et me regarda, l'air écœuré.

— Tu es sérieux ?! s'écria-t-elle, furieuse. Mais comment t'as pu pisser dans une situation pareille ? Et sur moi par la même occasion !

— Mais je rigole ! la rassurai-je tandis qu'elle rattachait son haut de maillot.

— Même si c'est faux, t'as tout gâché ! Je sors !

Ah merde…

— Non ! Reviens !

Mais c'était trop tard, elle nageait déjà comme elle le pouvait jusqu'au bord. Râlant intérieurement, j'attendis quelques secondes, le temps que ça se calme dans mon short de bain, puis entrepris de la rejoindre sur la plage.

Qu'est-ce que…

Je m'arrêtai net au bord de l'eau.

Assise sur le sable, Jenny l'avait remarquée, elle aussi. Cette fille qui se tenait debout sur sa gauche. Cette fille que j'avais déjà vue en photo et à qui je parlais depuis quelque temps par message Facebook.

Grande, des cheveux châtains, un visage carré, les yeux marron en amande… Ayline Duvanel se trouvait bien devant nous en chair et en os.

Jenny

Dites-moi que je rêve…

Ce ne pouvait pas être elle, non. C'était impossible. Et pourtant, elle était bien là, à quelques mètres de moi. Vêtue d'une longue robe rose pastel et de sandalettes marron, ses magnifiques cheveux châtains tressés en couronne, elle était ravissante.

— Jenny ? fit-elle en écarquillant les yeux.

Je déglutis. À la fois embarrassée et totalement abasourdie, je ne savais pas du tout quoi répondre. Elle s'approcha lentement de moi et s'assit sur le sable, laissant tout de même un peu d'écart entre nous.

Nous restâmes silencieuses un moment avant qu'elle reprenne la parole :

— J'ai vu la photo sur laquelle tu as été identifiée sur Facebook, m'expliqua-t-elle, je traînais en ville avec des amis alors… j'en ai profité pour venir ici en espérant que tu sois encore là. Je suis contente de te voir.

Perplexe, je tournai la tête vers elle.

— Vraiment ?

Ayline acquiesça, mais j'avais vraiment du mal à y croire. Elle comme mes autres amis… je les avais tous laissés tomber parce que, à l'époque, j'avais pensé qu'avoir une prothèse me rendrait différente. À présent, et surtout grâce à Justin, je savais que, malgré ma différence, j'étais restée la même qu'avant. Même si j'avais un handicap, je pouvais toujours me faire des amis, et j'étais encore capable de plaire aux hommes.

J'avais eu tort de réagir de cette façon vis-à-vis d'eux à l'hôpital. Jamais je n'aurais dû leur dire de sortir de ma vie, mais ça avait été trop dur pour moi à ce moment-là. Je ne supportais plus de voir tous mes amis en bonne santé, alors que ma vie semblait totalement détruite.

Comment Ayline pouvait-elle être contente de me retrouver après toutes les insultes que je lui avais crachées au visage ? Je sentis les larmes me monter aux yeux.

— Je… je suis vraiment, sincèrement, terriblement, désolée, finis-je par lui dire avec peine.

— Je sais.

— Non, tu ne sais pas à quel point je regrette tout ce que j'ai pu vous dire ou faire dans le passé, à toi, à Savannah et aux autres… Je m'en veux tellement, tu ne sais pas à quel point, et je pensais que toi aussi, tu m'en voudrais et…

— Bien sûr que, non Jenny ! me coupa-t-elle d'un ton indigné. Tu as traversé une horrible épreuve. Bien qu'on eût tous aimé être là pour toi, on a compris qu'il était préférable de te laisser nous rejeter le temps que ta douleur s'apaise…

Je haussai les sourcils, abasourdie par cette révélation.

— Alors… Vous ne m'en voulez pas ?

Elle secoua la tête en souriant.

— Même pas un peu ?

— Pas le moins du monde, m'assura-t-elle.

— Bon sang… Et moi qui pensais que vous deviez tous me détester au plus haut point… je n'ai jamais osé vous reparler. Je pensais que notre amitié était finie.

Ayline se rapprocha de moi et me prit la main.

— Pour tout te dire, j'avais peur que toi aussi, tu me détestes pour t'avoir abandonnée. C'est vrai que tu me l'avais ordonné, en m'insultant de tous les noms possibles, mais on ne laisse pas sa meilleure amie comme ça. Et pourtant, c'est ce que j'ai fait…

Bouleversée par ses paroles, je secouai la tête et serrai sa main dans la mienne.

— Bien sûr que non… Ne dis pas ça.

Elle me prit soudain dans ses bras.

— Je suis désolée, Jenny, dit-elle d'une voix altérée, pour tout ce que tu as souffert, je m'en veux…

— Arrête… C'est moi qui suis désolée pour tout ce que je t'ai dit… Et si tu continues de t'excuser, je vais me mettre à pleurer !

— Au moins tu ne m'as pas bloquée sur Facebook…

— Ouais, c'est vrai, répondis-je en rigolant.

— Hum, excusez-moi de vous interrompre…

Je me retournai face à un jeune homme d'une vingtaine d'années. Il avait un visage ovale, des cheveux roux, une barbe soigneusement taillée, et il portait de grandes lunettes carrées.

— Tu ne vois pas qu'on est occupées, Jordan ? lui reprocha Ayline.

— Désolé, mais Gwen et Sam nous attendent en ville…

Ayline grogna.

— Eh bah, qu'ils attendent, merde ! Je viens de retrouver ma meilleure amie, alors ils peuvent aller se faire…

— Ta meilleure amie ? répéta-t-il en m'observant avec intérêt, alors tu dois être Jenny. Ayline m'a beaucoup parlé de toi !

Il s'accroupit devant moi et me fit un baisemain.

— Enchanté, je suis Jordan, le petit ami d'Ayline.

Alors que nous avions pour habitude de tout nous dire, je fus un peu surprise d'apprendre de cette façon que ma meilleure amie était en couple mais, après tout, Ayline le serait également lorsqu'elle ferait la connaissance de Justin.

— Hé toi, tu peux t'éloigner de ma copine ?!

En parlant du loup…

Jordan se retourna aussitôt. Justin se tenait debout devant lui, les bras croisés sur le torse. À son air contrarié, je compris qu'il n'avait pas apprécié le geste de courtoisie de Jordan envers moi.

— Y a un problème, mec ? lui demanda Jordan en se relevant pour être à sa hauteur.

La tension entre eux était palpable.

— Ouais. Toi, répliqua Justin tout en le dévisageant.

— Si tu crois que tes muscles vont m'impressionner, tu te trompes, lui dit calmement Jordan.

Je tournai la tête vers Ayline, et nous nous regardâmes d'un air ennuyé. Leur querelle naissante était complètement absurde.

— Ton petit ami semble quand même plus posé que le mien, commentai-je dans un soupir.

— Oh non, détrompe-toi, c'est juste que Jordan cache un peu mieux ses émotions que Justin. Mais je suis sûre qu'il bouillonne de l'intérieur !

— On fait quoi alors ? lui demandai-je, légèrement inquiète. On les laisse se taper dessus comme des gamins et on continue à discuter ou on va les séparer avant que l'un d'eux ne pleure ?

— Hum, dur choix, mais je vais opter pour la séparation. Comme ça, on finira notre conversation ce soir autour d'une table avec un bon verre de vin ! D'ailleurs, je connais un restaurant français que tu vas a-do-rer !

Ayline m'aida à me lever, et nous mîmes fin à ce stupide affrontement. J'étais vraiment heureuse d'avoir retrouvé cette complicité avec ma meilleure amie.

Chapitre 40

Justin

Bien qu'il soit le petit ami d'Ayline et que je doive probablement le supporter encore un peu, je n'aimais pas du tout ce Jordan. Il avait osé dire que les sportifs n'avaient rien dans la cervelle, et cette insulte était bien évidemment dirigée contre moi.

Encore fébrile, je doublai une voiture.

— Justin, détends-toi, s'il te plaît, me demanda Jenny en posant une main sur ma cuisse. On va finir par avoir un accident…

Je me rabattis sur la voie du milieu et levai le pied de l'accélérateur. Elle avait raison, il fallait que j'essaye de me calmer ou je risquais de nous envoyer dans le décor.

— Je ne comprends pas que tu détestes ce type à ce point-là, soupira-t-elle.

— C'est un connard, grognai-je, il se croit mieux que tout le monde.

— Ne rentre pas dans son petit jeu. Il cherche justement à t'énerver, alors ignore-le.

Je lui lançai un coup d'œil d'un air contrarié.

— Ça va être difficile puisque tu as accepté de dîner avec lui et ta meilleure amie ce soir !

— Tu n'es pas obligé de venir, tu sais…

Comme si j'allais la laisser seule avec ce type !

— Si je ne viens pas, il pensera justement que c'est à cause de lui. Je peux même déjà clairement imaginer son sourire satisfait si je ne suis pas là, et il est hors de question que cela se produise.

Jenny soupira à nouveau, visiblement épuisée.

— Comme tu veux, mais s'il te plaît, essaie de bien te comporter, d'accord ?

La porte du garage s'ouvrit, et je garai la Bugatti Veyron à sa place.

— Ça va, je ne suis plus un gamin, répondis-je d'un ton irrité en coupant le moteur.

Jenny se pencha vers moi et toucha mes biceps. Mon rythme cardiaque s'accéléra légèrement.

— Oh là là, que tu es musclé ! Un vrai homme, dis donc ! s'exclama-t-elle en imitant Louisa.

Tiens, Jordan, tu vois que mes muscles sont impressionnants, crétin !

Je ne pus m'empêcher de sourire et mis de côté ma contrariété pour le moment.

— Allez, viens, allons nous doucher.

Je sortis de la voiture et Jenny m'imita.

— Ensemble ? m'interrogea-t-elle d'une voix pleine d'avidité.

Pour toute réponse, je la regardai avec des yeux remplis de désir. Nous gagnâmes rapidement ma chambre, retirâmes nos vêtements, Jenny sa prothèse, puis nous entrâmes dans ma spacieuse douche italienne.

Par je ne sais quel miracle, Popaul réussissait à se retenir devant le magnifique corps nu de ma petite amie. Du moins, pour l'instant.

Jenny s'appuya contre la vitre en verre afin de ne pas perdre l'équilibre tandis que je me rinçais en premier sous le jet d'eau.

— Je peux te laver les cheveux ? m'interrogea-t-elle avec un petit sourire en coin.

Je coupai l'eau, pris mon shampoing et m'approchai d'elle.

— T'es trop petite, lui fis-je remarquer.

— Baisse la tête, m'ordonna-t-elle en me prenant le shampoing des mains.

Alors que je lui obéissais, mes yeux se posèrent sur son corps. Bon sang. C'était une très mauvaise idée, la douche à deux…

Déglutissant, j'essayai de calmer mes ardeurs, mais c'était vachement dur !

— Tu as bientôt fini ? demandai-je d'une voix rauque.

— Presque, je n'arrive pas à atteindre ta nuque, attends…

Elle me pencha davantage la tête, et je me retrouvai encore plus proche de sa poitrine.

Doux Jésus. Jenny était honnêtement la femme la plus sexy que j'aie jamais vue. Et c'était la mienne.

J'attrapai ses poignets d'un geste vif et me redressai. Elle lança un coup d'œil à mon sexe et sourit de toutes ses dents.

— Je ne pensais pas que le lavage de cheveux t'exciterait autant, dit-elle en prenant un faux air consterné.

— Tu me rends fou, grognai-je.

Je lâchai ses mains pour l'attraper par la nuque et l'embrassai fougueusement, serrant son corps contre le mien.

Lorsqu'elle gémit, cela me poussa à aller plus loin. Mon cœur battait à tout rompre tandis que mes lèvres descendaient le long de son cou pour aller jusqu'à sa poitrine. Jenny se tortilla sous mes caresses, puis baissa ma tête un peu plus bas.

OK, j'avais compris le message. Avec la folle envie de lui faire perdre pied, je m'accroupis et ma bouche dériva aussitôt vers une zone plus sensible.

*
* *

Jenny

Bon sang, je n'avais jamais connu un mec aussi doué avec sa langue que Justin. D'un autre côté, je n'en avais pas connu des centaines, mais un seul. Et disons que Ian ne m'avait pas souvent fait ce genre de choses aussi excitantes…

Lorsque Justin se releva, après avoir fait trembler tout mon corps de plaisir, il m'embrassa à nouveau sans retenue.

— Ça t'a plu ? me questionna-t-il dans un souffle.

Je glissai mes mains dans ses cheveux encore mousseux.

— Oui, lui avouai-je en me sentant rougir.

Ravi, Justin sourit, puis posa les mains sur mes hanches et me souleva jusque sous le pommeau de douche. Il appuya sur le bouton, et l'eau chaude coula sur nos peaux désormais moites. Étant donné qu'il m'aidait à me maintenir en place, je me chargeai de lui rincer les cheveux.

— Je peux laver les tiens ? me demanda-t-il une fois que j'eus terminé.

— D'accord, mais on s'assoit sur le sol. J'ai une crampe à la cuisse, l'informai-je en rigolant.

Heureusement, la douche était suffisamment grande pour que je puisse allonger ma jambe. Justin s'assit derrière moi, assez près pour que je sente son imposante érection contre mes reins, et commença à me savonner les cheveux. Contenant mon excitation, je fermai les yeux pour savourer ce petit instant de tendresse, jusqu'à ce que ses mains savonneuses descendent sur mes épaules, puis s'aventurent à nouveau sur ma poitrine. Je frissonnai de plaisir et le laissai caresser avec douceur les moindres recoins de mon corps.

— Non pas que je veuille gâcher ce merveilleux moment, me souffla-t-il soudain près de mon oreille. Mais à quelle heure avons-nous rendez-vous ce soir ? Car il est bientôt 19 h 30.

Je tournai la tête vers lui et écarquillai les yeux. Nous avions rendez-vous à 20 heures et, d'après ce que m'avait dit Ayline avant notre départ, le restaurant The Little Door se trouvait à une trentaine de minutes du quartier de Bel-Air. Autrement dit, nous allions être en retard.

— Je reprendrai ça ce soir, me rassura Justin devant mon air attristé.

Je l'embrassai sur les lèvres, puis nous finîmes rapidement de nous laver avant de sortir de la douche.

Justin demanda ensuite à Paolo d'aller chercher mes affaires pour que je puisse me changer dans sa chambre. D'ailleurs, je savais déjà ce que je comptais mettre ce soir : une ravissante robe blanche en col en V m'arrivant à mi-cuisses, avec une courte veste rouge. Et je n'avais pas l'intention de porter un collant avec. La meilleure façon d'apprendre à vivre avec mon handicap était probablement d'arrêter de le cacher aux autres. Et je me sentais désormais capable de franchir ce cap : m'affirmer telle que j'étais désormais.

Pendant que Justin occupait la salle de bains pour se préparer, je m'habillai et me séchai les cheveux. J'étais prête depuis une bonne dizaine de minutes lorsqu'il sortit enfin. Il portait un jean bleu, une chemise à manches longues bleu clair par-dessus laquelle il avait mis un blazer bleu marine. Il était très sexy, à tel point que l'idée d'annuler le resto afin de reprendre là où nous nous étions arrêtés dans la douche me traversa l'esprit un instant.

— Tu t'es épilé les sourcils, ou quoi ? le taquinai-je.

Il ignora ma plaisanterie, qui n'en était peut-être pas une, et m'observa avec appétit.

— Tu es vraiment très jolie, mais… je crois que tu as oublié quelque chose, m'informa-t-il en désignant mes jambes d'un geste de la tête.

— Non, j'ai décidé d'y aller comme ça, lui révélai-je. De toute façon, Ayline et Jordan savent déjà pour ma jambe alors…

Justin haussa les sourcils, surpris.

— Tu es sûre ? Enfin, ça me fait plaisir que tu aies pris cette décision, Jenny, mais je ne veux pas que tu te sentes mal durant le repas si des gens jettent un coup d'œil à ta prothèse.

J'appréciais que Justin s'inquiète pour moi, mais j'étais sûre que tout se passerait bien.

— Ça ira, tant que tu es avec moi… ça ira.

Il s'avança vers moi et m'embrassa tendrement. Mon corps s'embrasa aussitôt, mais un repas nous attendait, alors…

Je posai une main sur sa joue.

— On ferait mieux d'y aller, on est déjà en retard.

— Justement, une minute de plus ne va pas changer grand-chose, dit-il en fixant mes lèvres avec convoitise.

— Tu veux vraiment laisser Jordan arriver en premier et lui laisser le plaisir de se plaindre de notre retard ? l'interrogeai-je avec sérieux,

Justin réfléchit, puis m'attrapa la main d'un air soudain déterminé.

— On y va. Et on prend la Koenigsegg Regera.

Je fronçai les sourcils.

— La quoi ?

— La voiture la plus rapide de mon père, répondit-il en m'entraînant dans le couloir.

En effet, nous arrivâmes au restaurant français The Little Door, avant 20 heures.

— Bon, allez, raconte-moi, c'est comment la fac d'éco ? me questionna Ayline en portant son verre de vin à ses lèvres.

Je la fixai d'un air déconcerté.

— Comment sais-tu que je suis en éco ?

— Ta mère l'a dit à la mienne il y a quelques semaines. Elles se sont croisées au supermarché, je crois. Donc, j'aimerais bien savoir pourquoi ma meilleure amie s'est inscrite dans un domaine qui ne l'a jamais intéressée…

— Mais si, j'adore ça ! protestai-je d'un ton peu convaincant.

Elle rigola.

— Dit la fille qui avait tout juste 10 de moyenne en sciences économiques et sociales au lycée… Pourquoi tu es allée là-dedans, Jenny ?

Je m'adossai au dossier de ma chaise et balayai du regard la magnifique terrasse du restaurant. C'était vraiment un superbe endroit. Lorsque nous avions passé la porte, nous étions directement tombés sur cette cour intérieure aux lumières tamisées et à l'ambiance très chaleureuse.

— Tu sais bien que je ne peux plus danser, soupirai-je.

— Alors, tu t'es dit « pourquoi ne pas passer une année dans une matière aussi inutile que ma vie » ? déclara-t-elle d'un ton semi-sérieux.

Elle n'avait pas vraiment tort…

— Mes médecins ont pensé que ce serait bien pour moi de continuer mes études afin que je ne reste pas cloîtrée chez moi à m'apitoyer sur mon sort, lui expliquai-je.

S'accoudant à la table, elle me regarda droit dans les yeux.

— Tes médecins, c'est une chose, mais toi, t'en penses quoi ?

— Je n'aime pas l'économie. Non, pire, je déteste ça.

— Alors, arrête. Ça ne t'aidera pas d'aller assister à des cours qui ne t'intéressent pas, et tu vas franchement péter un câble lorsque tu devras apprendre tes cours par cœur pour tes partiels.

— Je suis d'accord, ajouta soudain Justin, assis à ma droite, sans même me regarder.

Disons que Jordan et lui ne s'étaient pas quittés des yeux depuis notre arrivée. Ayline et moi avions essayé de les mettre à l'aise au début, mais la tension entre eux était toujours présente et chacun semblait rester sur ses positions. Du coup, on avait décidé de les ignorer et de converser entre filles.

— Tu veux te joindre à la discussion ou tu as juste eu un moment d'égarement pendant ton duel de regards ? le questionnai-je.

— Égarement, répondit-il, on est occupés comme tu peux le voir.

Bon sang, on avait vraiment l'impression que leurs yeux s'envoyaient des éclairs. Cela avait été une très mauvaise idée de les mettre l'un en face de l'autre.

— Hum, oui, je vois… Bref, essayez quand même de réfléchir à ce que vous voulez manger, d'accord ?

— Je prendrai la même chose que Jenny, dit alors Justin.

Je levai les yeux au ciel.

— De la langue de bœuf ?

Il tourna brusquement la tête vers moi en grimaçant de dégoût.

— AH AH ! T'as perdu ! s'exclama Jordan, je t'ai vu détourner les yeux !

— Ta gueule, Jordan. Et non, il est hors de question que je mange de la langue de bœuf ! protesta Justin sur un ton outré.

— C'était une blague, je vais prendre un filet mignon accompagné de tomates provençales.

Contrarié, il fronça les sourcils.

— T'as dit ça pour me faire perdre ?

— Oh ! ça va, tu ne vas pas t'énerver contre moi quand

même ! On dirait de vrais gamins tous les deux, vous ne pouvez pas mettre de côté votre désaccord le temps d'un repas et vous comportez comme des hommes civilisés ?!

— Désolé, dit Jordan, je te promets de mieux me comporter que lui.

Oh non…

— Tu veux parier ? lui lança Justin en le fixant à nouveau.

Et voilà, c'était reparti.

Ayline éclata de rire devant mon air plus que blasé.

— Bref, où en étions-nous ? repris-je en ignorant les deux crétins.

— Je te conseillais d'arrêter la fac d'éco, me répondit Ayline en reprenant son sérieux.

— Et je suis censée faire quoi d'autre ?

Elle sembla réfléchir un instant.

— Je sais que la danse c'était ton avenir, mais je suis sûre qu'il y a d'autres choses qui te passionnent dans la vie, Jenny. Tu peux peut-être trouver des études en rapport avec le milieu artistique, le spectacle…

J'avais déjà pensé à ça après mon accident mais, à cette époque-là, je ne voyais aucun avenir possible, je ne croyais plus être capable d'assumer mon corps, je croyais qu'aucun homme ne pourrait m'aimer à nouveau et j'étais sûre que tous mes amis ne ressentiraient que de la pitié en me regardant boiter. Mais je m'étais trompée sur toute la ligne.

— Je vais me renseigner pour l'année prochaine, lui dis-je, mais je pense quand même rester jusqu'au bout du cursus d'éco pour cette année.

Ayline eut un petit sourire en coin.

— À cause de lui ? m'interrogea-t-elle en lançant un regard à Justin.

— Bien sûr que non.

Brusquement je me souvins de quelque chose.

— À la plage, repris-je, tu as dit à un moment que Jordan cachait mieux ses émotions que Justin.

Ayline acquiesça, s'en souvenant visiblement.

— Mais je ne t'avais pas encore dit qu'il s'appelait Justin, terminai-je en guettant sa réaction.

Ma meilleure amie parut déconcertée par ma révélation, et cela confirma mes doutes. Ces deux-là s'étaient connus avant que je les présente. D'où, je n'en avais aucune idée, mais j'espérais bien le découvrir.

Je me tournai vers Justin, pris son visage entre mes mains et le forçai à me regarder droit dans les yeux.

— Je veux la vérité, tout de suite. Comment et pourquoi Ayline te connaît ?

Il déglutit, mal à l'aise.

— Tiens, t'as encore perdu, Braxton, ricana Jordan.

— La ferme, Jordan, lançai-je à ce dernier sans pour autant quitter Justin des yeux. Alors ?

Chapitre 41

Justin

Comment Jenny le prendrait si je lui avouais que j'avais planifié ce voyage dans l'unique but de la réconcilier avec sa meilleure amie ? Elle qui pensait à l'origine que nous étions venus pour que je puisse me rapprocher de mon père. D'un autre côté, je n'avais rien fait de mal alors…

J'allais lui dire la vérité lorsque Ayline déclara brusquement :

— Je me suis simplement souvenue du prénom de la personne qui t'a identifiée sur Facebook. D'autant plus que tu étais avec lui sur la photo, et puis… un homme comme Justin ne s'oublie pas, hein…

— Pardon ? fit brusquement Jordan en écarquillant les yeux.

J'eus un petit sourire en coin, à la fois soulagé qu'Ayline m'ait couvert et flatté par son compliment.

— Oh ! excuse-moi, trésor, dit-elle en lui prenant la main. Je ne voulais pas que tu te sentes rabaissé…

— Bonsoir, mesdames, messieurs, intervint un jeune serveur aux courts cheveux bruns. Avez-vous fait votre choix ? Un petit apéritif pour commencer ?

Son fort accent nous fit comprendre à tous qu'il était d'origine française.

— Non, ça ira pour l'apéritif, répondit Ayline, on prendra seulement une bouteille d'eau pour le moment.

— Très bien. Et pour les plats, avez-vous fait votre choix ? nous questionna-t-il en nous observant tour à tour.

— Hum oui, alors il y aura deux assiettes de couscous royal, commença Ayline.

— Et deux filets mignons, termina Jenny.

Même si le serveur parut un peu surpris que les femmes commandent à notre place, il nous remercia puis s'en alla en direction des cuisines. Il était arrivé pile au bon moment, celui-là… Je ne comprenais pas pourquoi Ayline m'avait sauvé la mise, mais j'étais soulagé de ne pas avoir eu à m'expliquer. Je la remerciai du regard, mais sursautai en remarquant que Jenny m'observait du coin de l'œil.

— Vous êtes vraiment de sales menteurs, tous les deux, marmonna-t-elle en croisant les bras sur la poitrine.

— Mais non, s'empressa de dire Ayline, je te jure qu'on ne se connaissait pas ! D'ailleurs, comment…

— OK, la coupa Jenny en se redressant sur sa chaise, passez-moi vos téléphones.

Ayline soupira, puis tendit le sien.

Merde. Je n'avais pas effacé mes messages sur Facebook. En conclusion : j'étais grillé. Je lui donnai à contrecœur mon portable et me préparai mentalement à m'en prendre plein la gueule.

Si surprenant que cela puisse paraître, après une fouille de plusieurs minutes, Jenny nous rendit nos portables sans un mot.

— Tu n'as rien trouvé ? m'étonnai-je.

— Parce que j'aurais dû trouver quelque chose ? répliqua-t-elle en haussant un sourcil.

Je m'empressai de secouer la tête. Tant mieux si elle n'avait pas regardé partout…

— Bon, eh bien, le sujet est clos, déclara-t-elle. Tu peux continuer à défier Jordan du regard… Sinon, Ayline, tu ne m'as pas dit, comment ça se passe tes cours ? L'université de Californie est bien ?

Ayline acquiesça et répondit comme s'il ne s'était absolument rien passé :

— Ce qui est bien, c'est qu'on a la mer à côté, et mes cours d'art sont très intéressants. Mais à part ça, je ne me suis pas fait énormément d'amies. J'ai l'impression qu'il n'y a que des pouffes qui se prennent pour des petites princesses. Et puis tu as moi à côté qui fais un peu pitié avec mes vêtements qui m'ont coûté moins de 30 dollars chacun.

— Tu rigoles ? Tes vêtements sont super ! D'ailleurs, j'adore cette robe mauve que tu portes, tu l'as achetée où ?

Je lâchai le fil de la conversation pour me concentrer à nouveau sur mon adversaire, et notre duel de regards se poursuivit. Les filles ne nous calculèrent plus, et nous fîmes de même jusqu'au dessert, lorsqu'elles commencèrent à parler de nous.

— Alors, Justin et toi, vous vous êtes connus comment ? demanda Ayline avec curiosité.

— Il m'a lancé une balle de base-ball dans la tête, répondit Jenny comme si c'était une rencontre tout à fait normale.

Ayline rigola.

— Et ensuite ? Il t'a invitée à prendre un verre ?

Jenny éclata de rire à son tour, et je souris discrètement.

— Non, pas vraiment, disons que notre relation a plutôt mal commencé… Enfin bref, et toi, avec Jordan ? Vous êtes dans la même fac ?

— Non, il est inscrit dans la prestigieuse université de Columbia.

Aussi prestigieuse que mes fesses, ouais. Je comprends mieux pourquoi ce type est aussi prétentieux !

— Je suis en troisième année de médecine, précisa le concerné.

— Waouh, c'est que t'es un véritable prodige, raillai-je en faisant semblant d'être étonné.

— Et toi, Braxton, tu fais quoi à part lancer des balles de base-ball dans la tête des gens ? répliqua-t-il d'un air sarcastique.

J'allais l'étriper sur place dans 5, 4, 3, 2, 1…

— Non mais sérieusement, les garçons, vous ne pouvez pas arrêter ne serait-ce que cinq foutues minutes ?! s'énerva brusquement Ayline.

Quelques personnes tournèrent la tête dans notre direction, et je remarquai que Jordan s'était fait tout petit sur sa chaise. Si j'avais su qu'il suffisait d'énerver sa copine pour l'effrayer, je l'aurais fait dès le début…

— Moi qui pensais qu'une véritable artiste se devait toujours de garder son calme, se moqua Jenny d'un air encore un peu surpris.

Ayline respira profondément pour se détendre.

— Ma zénitude a des limites, répondit-elle. Bref, où en étions-nous ?

— Ta rencontre avec Jordan, lui rappela Jenny avant de prendre une bouchée de son moelleux au chocolat.

— Ah oui ! Alors, reprit Ayline comme si de rien n'était, Jordan vient de Los Angeles et, comme ses parents habitent ici, il y revient pendant les vacances. On s'est rencontrés dans un bar peu après mon emménagement cet été. Il m'a payé un verre, on a discuté toute la soirée, puis je te laisse deviner la suite. Rien de très original comparé à votre histoire.

Le reste du repas se passa étrangement bien. Jordan ne me chercha plus du regard une seule seconde, et tant mieux. Je pus savourer ma délicieuse tarte au citron meringué.

Même si je n'appréciais pas la présence de Jordan, je devais bien reconnaître que je m'étais régalé ce soir. Ce restaurant français valait vraiment le coup.

Lorsque nous eûmes tous terminé nos assiettes, Ayline nous proposa de continuer la soirée dans un bar et, à mon plus grand soulagement, Jenny refusa. Cette journée, forte en émotions, l'avait épuisée, et elle préférait remettre cette sortie à demain ou après-demain.

Même si les deux amies avaient encore un tas de choses à se dire et beaucoup de temps à rattraper, j'appréciais que Jenny ne souhaite pas passer tout notre séjour ici en sa compagnie.

— À quoi est-ce que tu penses ? me demanda Jenny alors que je garais la voiture dans le parking souterrain de la villa.

Je coupai le moteur et tournai la tête vers elle en fronçant les sourcils.

— Pourquoi ?

Elle sourit.

— Parce que tu as l'air content.

— Je le suis. Si tu n'avais pas voulu rentrer, j'aurais dû encore supporter cet abruti de Jordan pendant des heures.

Elle leva les yeux au ciel, puis se pencha vers moi.

— Merci, Justin, murmura-t-elle d'une voix très sexy à quelques centimètres de mes lèvres.

Son souffle sur ma peau me fit frissonner. Putain, cette fille me rendait dingue sans même me toucher.

Mon regard fixa un instant sa bouche que je mourais d'envie d'embrasser, mais ne comprenant pas pourquoi elle me remerciait, je reportai mon attention sur ses magnifiques yeux bleus et haussai un sourcil.

— Pour ?

Elle passa une main dans mes cheveux avant de la ramener sur ma joue.

— Pour tout. Tu es le meilleur petit ami qu'une fille puisse rêver d'avoir. Et je suis heureuse que tu sois le mien.

Je souris bêtement, une expression bienheureuse très certainement collée sur le visage.

Putain, l'amour, ça rend vraiment les gens niaiseux.

— T'es fatiguée à quel point exactement ? l'interrogeai-je en l'observant avec intérêt.

Elle esquissa un petit sourire amusé, puis m'attrapa par le col de ma chemise et m'attira à elle. Ma bouche se posa sur la sienne tandis que mes mains agrippaient son dos pour serrer davantage son corps contre le mien. Je l'entendis gémir de plaisir contre mes lèvres, et cela me suffit pour comprendre qu'elle n'était pas si épuisée que ça.

La soirée n'était pas encore finie pour nous deux…

Jenny

Même si je n'avais aucune idée de l'heure, les rayons du soleil passaient au travers des volets de la fenêtre. Pour une fois que je me réveillais avant lui, je comptais bien en profiter un peu pour l'observer.

Sa bouche était à demi ouverte, mais il ne ronflait pas. Après avoir baissé les yeux sur son torse découvert, je me sentis étrangement rougir en fixant ses abdos bien dessinés. Justin Braxton était vraiment canon.

Je soulevai légèrement le drap qui recouvrait le reste de son corps et fronçai les sourcils.

Qu'est-ce que…

Je donnai un petit coup de poing sur l'épaule de Justin.

— Aïe, grommela-t-il en remuant sur le lit.

Il ouvrit un œil puis, remarquant très certainement mon expression mécontente, ouvrit le second.

— Qu'est-ce que j'ai fait ? me questionna-t-il d'un air innocent.

— C'était quoi, ton rêve ? Et tu as intérêt à me dire la vérité.

Il fronça les sourcils et sembla réfléchir quelques secondes.

— Euh, je crois que j'ai acheté un chien, un petit labrador.

J'écarquillai grand les yeux et me redressai en secouant la tête.

— Je savais que tu ne pouvais pas être parfait, dis-je à moitié sérieuse, mais de là à découvrir que tu as un penchant pour les animaux…

— Mais qu'est-ce que tu racontes ? soupira-t-il en se relevant à son tour.

Je lui désignai d'un signe de tête son membre viril.

— Il semble très enthousiaste à l'idée d'adopter un chien lui aussi…

Justin explosa de rire.

— Tu es sérieuse ou faut que je te fasse un cours sur les érections ? Elles ne sont pas forcément liées à des rêves érotiques tu sais, c'est juste des réflexes naturels !

Mouais… J'avais quand même encore quelques doutes.

— Mais puisque mon ami est réveillé, ajouta Justin en approchant son visage du mien, on pourrait peut-être en profiter pour…

S'il croyait pouvoir se rattraper de cette façon, il se trompait. Je m'écartai et attrapai mon soutien-gorge sur le sol. Justin rigola tandis que je me l'attachais.

— OK, j'ai compris le message, soupira-t-il en se levant.

Il marcha jusqu'à sa commode, et je regrettai aussitôt d'avoir refusé de faire ce qu'il avait en tête. Comment pouvait-il avoir des fesses aussi fermes ? Il faisait des squats tous les jours en cachette, ou quoi ?

Justin tourna la tête vers moi et sourit fièrement en constatant que je fixais son postérieur d'un air intrigué.

— Tu n'es pas la seule à vouloir connaître mon secret, bébé, lança-t-il en refermant sa commode après avoir pris un caleçon. Mais tu ne réussiras pas à me faire cracher le morceau, si sexy puisses-tu être.

Hum, pourtant, j'ai déjà ma petite idée sur comment réussir à le faire parler.

Il se retourna face à moi et enfila son caleçon sans me quitter des yeux. J'eus rapidement un coup de chaud et finis par détourner le regard, le souffle court.

J'entendis Justin s'avancer vers moi.

— Tiens, me dit-il.

En relevant les yeux, je remarquai qu'il me tendait ma prothèse. Je la saisis, mais Justin ne la relâcha pas immédiatement.

— Tu es sûre que tu veux déjà la remettre ?

Mon regard se posa à nouveau sur son torse très appétissant.

— Je…, commençai-je d'une voix mal assurée.

OK, il avait gagné. Je me maudis intérieurement de ne pas pouvoir résister très longtemps à cet homme. Je lâchai ma prothèse, et Justin eut un petit rictus ravi. Je fis glisser les bretelles de mon soutien-gorge sur mes épaules tout en le regardant d'un air faussement contrarié.

— Je te préviens, si tu rêves encore une fois de ce chien, je t'étrangle, compris ? le prévins-je avant de me laisser tomber en arrière sur le lit.

Justin ne tarda pas à venir sur moi, tout en faisant attention à ne pas m'écraser.

— Crois-moi, Jenny, dit-il sincèrement en plongeant son regard dans le mien, j'aimerais vraiment pouvoir ne rêver que de toi…

Légèrement nerveuse, je déglutis avant de reprendre :

— Mais m'avoir dans la réalité, c'est quand même mieux, non ?

Il acquiesça, puis enfouit son visage dans mon cou et m'embrassa juste au-dessus de la clavicule. Je fermai les yeux, savourant la sensation de ses lèvres sur ma peau.

— C'est…

Alors qu'il m'embrassait à nouveau, je frémis.

— Absolument…

Encore un baiser.

— Incomparable…

Il releva la tête, et j'ouvris les yeux pour le regarder. Nous restâmes de longues secondes à nous observer silencieusement, mais nous n'avions pas besoin de nous dire ce que nous ressentions l'un pour l'autre. Nous le savions.

Mon cœur devait battre aussi vite que le sien, cela ne faisait aucun doute. Jamais je n'aurais pensé qu'aimer une personne à ce point pouvait être possible mais, aujourd'hui, j'en avais la preuve.

Justin n'était peut-être pas très futé, notamment car il avait gardé dans ses conversations Facebook les messages qu'il avait envoyés à ma meilleure amie pour nous réconcilier secrètement… Mais jamais je n'aurais pensé rencontrer quelqu'un capable de faire autant pour moi, capable de me rendre à nouveau heureuse.

Quand je glissai une main dans son caleçon, son souffle se fit court, et je souris malicieusement.

— Maintenant, dis-moi, bébé, c'est quoi ton secret pour avoir un fessier de rêve ?

Chapitre 42

Justin

Lorsque nous entrâmes dans la cuisine, une trentaine de minutes plus tard, je n'en revenais toujours pas d'avoir avoué à Jenny que je me massais régulièrement les fesses avec une crème gainante. Bien évidemment, les machines de musculation et les exercices pour fessier que je pratiquais en salle de sport y étaient pour beaucoup mais, depuis que Collin m'avait fait essayer cette crème miracle, le galbe de mes fesses s'était vachement raffermi.

— Bonjour, me surprit mon père en refermant la porte du frigo devant moi.

Je clignai plusieurs fois des yeux afin d'être sûr de ne pas halluciner. Mon regard se posa ensuite sur la grosse horloge accrochée au mur qui affichait 9 h 3. Lui qui partait à l'aube au boulot…

— Qu'est-ce que tu fais ici ? demandai-je. Tu es mourant ?

Mon père soupira et alla s'asseoir à table, une bouteille de jus de fruits dans les mains.

— J'ai pris un jour de congé, m'avoua-t-il après avoir rempli son verre.

Je manquai de m'étouffer avec ma propre salive.

— Un jour de congé, toi ? Tu sais ce que c'est ?

Il s'apprêtait à répondre mais s'arrêta en voyant Jenny entrer dans la cuisine à son tour.

Un petit sourire goguenard se dessina sur son visage, et je tournai la tête vers ma petite amie pour en comprendre la raison. Ses longs cheveux bruns étaient ébouriffés, et elle était simplement vêtue d'un de mes T-shirts lui couvrant à peine les cuisses. Jenny me regarda d'un air embarrassé.

— Je ne pensais pas que ton père serait là, chuchota-t-elle. Je vais remonter me changer.

Mais je lui attrapai la main avant qu'elle fasse demi-tour.

— C'est bon. De toute façon, mon père savait très bien qu'on n'allait pas simplement jouer aux échecs dans ma chambre…

Cela ne sembla pas la tranquilliser.

— C'est juste que… ma prothèse…

Je jetai un coup d'œil à mon père, qui prenait son petit déjeuner comme si de rien n'était. Même si c'était une bonne occasion pour fuir ce repas en sa compagnie, j'étais curieux de savoir pourquoi il avait soi-disant pris un jour de congé. C'était le genre de personne à aller bosser même avec une grippe et quarante de fièvre, alors il devait avoir une sacrée bonne raison pour vouloir rester à la maison.

— Il est déjà au courant pour ta prothèse et il s'en fout, la rassurai-je, allez viens, on va manger, j'ai faim.

Je la tirai avec moi jusqu'à la table et la fis asseoir sur une chaise.

— Amanda n'a pas préparé le petit déjeuner ? interrogeai-je mon père en ouvrant le frigo. Jenny, tu veux quoi ?

Mon père me répondit le premier :

— Non, j'ai donné à Amanda un jour de congé également.

Surpris, je me retournai.

— T'es vraiment sûr que tu n'es pas mourant ?

Parce que là, franchement, j'avais des doutes.

— Est-ce que ça vous dirait de passer la journée avec moi ? nous demanda-t-il brusquement.

Oh mon Dieu… J'allais clairement m'évanouir.

— Justin, ça va ? s'inquiéta Jenny.

Je devais probablement être tout pâle. Après avoir passé une main sur mon visage, je hochai lentement la tête.

— Passer la journée avec toi ? répétai-je à l'intention de mon père. Tu es sérieux ?

Il acquiesça.

— Oui. J'aimerais beaucoup me balader en ville avec vous aujourd'hui, à moins que vous ayez déjà des choses de prévues…

OK, il fallait que j'appelle un médecin d'urgence, là.

— Nous n'avons encore rien prévu, répondit Jenny avec un petit sourire.

— En fait, si, ajoutai-je précipitamment, on va aller à Disneyland, tu veux quand même venir ?

C'était un piège. Il allait forcément refuser. Les parcs d'attractions et les manèges n'avaient jamais été son truc de toute manière.

— Pourquoi pas, finit-il par dire d'un air pensif.

Ah…

Mon père se leva soudain.

— Bon, je vous laisse déjeuner tranquillement, et je vais de ce pas me préparer pour cette sortie familiale ! À tout de suite !

Et il sortit de la cuisine sans même débarrasser son assiette. Je soupirai. Avoir des domestiques donnait vraiment de mauvaises habitudes…

Jenny quitta sa chaise et s'approcha de moi.

— Ce n'est peut-être pas une mauvaise idée, me dit-elle d'une petite voix.

Oh non, bien sûr que non…

Je savais qu'elle désirait à tout prix que les choses s'améliorent entre mon père et moi, mais j'étais certain qu'emmener Jenny à Disneyland n'était pas une bonne idée. En fait, aller là-bas tout court n'en était pas une, il y avait beaucoup mieux à faire et à visiter dans cette grande ville.

— Je vais lui dire que finalement on n'y va pas et qu'on préfère passer la journée tous les deux à la plage, déclarai-je.

Jenny eut l'air déçue.

— Je ne suis jamais allée à Disneyland, m'avoua-t-elle.

Merde. Était-ce la vérité ou essayait-elle de me manipuler pour que j'accepte d'y aller ?

Je cherchai à discerner si elle mentait mais, dans son regard, je ne lus rien d'autre que de la sincérité.

— OK, très bien, dis-je à contrecœur. Dépêchons-nous de manger alors.

Bon sang. Cette journée avait été horriblement gênante. Mon père nous avait accompagnés dans toutes, et quand je dis « toutes », c'est bien toutes les attractions. Il avait même souhaité refaire un tour dans le Space Mountain, et comme Jenny avait adoré elle aussi, nous y étions retournés.

Malgré la présence de mon père, j'étais content qu'on soit venus ici. Jenny semblait s'être vraiment amusée, et son visage rayonnait encore de bonheur lorsque nous quittâmes le parc en fin de journée.

— Ça vous dit qu'on aille tous dîner au restaurant ? nous proposa mon père sur le chemin du retour.

— Non, répondis-je sèchement.

Fallait quand même pas pousser le bouchon trop loin… Si j'avais fait comme si de rien n'était entre nous toute la journée, c'était uniquement parce que je ne voulais pas gâcher la bonne humeur de Jenny. Mais rien ne nous avait rapprochés aujourd'hui, et tant mieux.

— On doit rejoindre une amie à 21 heures, ajouta Jenny, alors je pense qu'il est préférable de remettre ce dîner à un autre jour…

« Jour » ? Année plutôt.

— En tout cas, je me suis beaucoup amusé aujourd'hui ! nous informa mon père, le sourire aux lèvres.

Ah bah, ça, c'était sûr, il n'avait pas cessé de s'émerveiller devant tout et n'importe quoi, comme un vrai gosse. Bien que cela m'ait lourdement agacé, une part de moi comprenait ses réactions. Mon père avait passé des années à vivre « travail » et à penser « travail ». Et même si je ne savais toujours pas la raison pour laquelle il avait souhaité prendre un jour de congé, cette sortie lui avait visiblement permis de redécouvrir les plaisirs simples de la vie.

— Tu fais un burn-out ? lui demandai-je brusquement. L'une de tes cliniques a fermé ? T'as des problèmes financiers ?

— Non, tout va très bien, mais c'est gentil de t'inquiéter, répondit-il d'un ton neutre sans quitter la route des yeux.

Bon sang, ce qu'il m'énervait !

— Alors pourquoi ? insistai-je, agacé. Pourquoi avoir soudain voulu faire autre chose que bosser dans ta vie ? Parce que oui, on sait tous les deux qu'il n'y a que ton gagne-pain qui compte pour toi. Tu as toujours préféré ton boulot à ta propre famille. Tu as même continué à travailler alors que maman se mourait peu à peu et…

— Je t'interdis de dire ça, me coupa-t-il d'un ton froid.

Même s'il continuait de regarder droit devant lui, son expression avait changé, les traits de son visage s'étaient durcis.

— C'est pourtant la vérité, repris-je. Durant toute son hospitalisation, j'étais avec elle, à ses côtés, jusqu'à la fin…

Ma voix faiblit peu à peu tandis que des images de ma mère me revenaient à l'esprit. Je sentis des larmes me monter aux yeux. Merde, ce n'était pas le moment de me laisser affecter par mes émotions.

— Ça aurait dû être toi, papa, terminai-je en essayant de garder le même ton, ça aurait dû être…

— Je sais.

La voiture ralentit, et mon père finit par se garer sur le bas-côté de la route.

— Je sais tout ça, Justin, et je…

Il s'arrêta et tourna la tête vers la banquette arrière sur laquelle était assise Jenny.

Merde. Moi aussi, j'avais totalement oublié sa présence.

— Je peux sortir si vous voulez, nous proposa-t-elle d'un ton embarrassé.

— Non, c'est nous, lui dis-je, reste là.

Je fis signe à mon père de me rejoindre dehors, et il s'exécuta.

— Alors, qu'est-ce que tu as à dire pour ta défense ? lançai-je après avoir refermé ma portière.

Mon père baissa les yeux.

— C'est bien ce que je pensais, soupirai-je, irrité.

Je m'apprêtais à retourner dans la voiture lorsqu'il parla enfin :

— Je suis désolé, je suis sincèrement désolé de ne pas avoir été là pour vous deux… Tu ne peux pas savoir à quel point je m'en veux, Justin.

J'essayai de cacher ma surprise et, quelque part aussi, mon embarras. C'était la première fois que mon père s'excusait de ne pas avoir été là pour nous. Jamais je ne l'aurais pensé capable de reconnaître ses erreurs. Mais même si je n'y étais pas préparé, je ne pouvais pas lui pardonner aussi facilement, c'était impossible.

— Tant mieux, rétorquai-je en faisant semblant de ne pas être touché par cet aveu. Je suis bien content que tu passes le restant de ta vie avec des remords sur la conscience.

— Je ne savais pas comment réagir, m'expliqua-t-il en ignorant mes dures paroles, j'avais peur. Je ne voulais pas la perdre… C'est vrai qu'avant sa maladie je n'étais déjà pas bien présent dans vos vies, mais vous sembliez heureux tous les deux, et je pensais que c'était dû en grande partie à l'argent que je rapportais. Alors j'ai travaillé dur pour que vous ne manquiez jamais de rien et que vous puissiez faire tout ce que vous désiriez… Ensuite, on a découvert le cancer de ta mère, et je me suis davantage renfermé dans mon travail pour lui permettre d'avoir les meilleurs médecins et les meilleurs traitements possible. J'essayais de me persuader qu'elle avait une chance de s'en sortir, que grâce à moi les docteurs pourraient la sauver…

Il s'arrêta un instant et releva la tête pour me regarder d'un air dévasté. Mon souffle se fit court, les larmes que je retenais depuis plusieurs minutes s'étaient finalement mises à couler sur mes joues.

Mon père… Mon père n'était pas celui que je pensais.

— Mais ça n'a servi à rien, reprit-il après une grande inspiration. Sa maladie était déjà trop avancée et cette saloperie de cancer extrêmement agressif. Je le savais depuis le début, mais je n'ai jamais voulu me résoudre à accepter cette vérité. À accepter le fait que j'allais perdre ta mère… C'était la femme de ma vie, Justin. Je l'aimais profondément, et je n'ai toujours voulu que son bonheur… Je pensais bien faire en travaillant autant, je pensais bien faire pour vous deux, mais je me suis complètement trompé. Ta mère s'en foutait de l'argent, et toi aussi… Mais quand je l'ai réalisé, c'était trop tard.

Je hochai lentement la tête, ne sachant pas quoi répondre.

— Si je pouvais revenir en arrière et tout recommencer à zéro, je le ferais, Justin, termina-t-il d'une voix triste, mais ce n'est pas possible. Je sais que tu ne pourras jamais me pardonner de vous avoir abandonnés, ta mère et toi, mais j'aimerais tellement que tu puisses… me permettre d'être là pour toi aujourd'hui. D'être présent dans ta vie, ne serait-ce qu'un tout petit peu…

Je fermai les yeux quelques secondes et respirai profondément. Qu'étais-je censé faire au juste ?

Maman, pourquoi n'es-tu pas là quand j'ai besoin de toi ?

Même si je ne lui reprochais pas la mort de ma mère, elle avait quitté ce monde sans avoir la personne qu'elle aimait le plus au monde à ses côtés. Il aurait dû être près d'elle et la soutenir jusqu'à la fin.

Il aurait également dû s'occuper de moi après sa mort. Même s'il devait aussi terriblement souffrir de son côté, on aurait dû se soutenir et traverser cette épreuve à deux. Il aurait dû être là quand tout allait mal dans ma vie, s'en rendre compte et faire quelque chose pour moi.

Il y avait trop de choses que je ne pouvais pas lui pardonner, trop d'erreurs qu'il avait commises dans le passé et que je ne pourrais jamais oublier. Mais malgré tout…

Je l'observai à nouveau. L'air abattu, il semblait déjà connaître ma réponse. Toutefois une lueur d'espoir scintillait dans son regard.

— C'est d'accord, m'entendis-je prononcer.

Les yeux de mon père s'écarquillèrent.

— Qu… Quoi ? Tu es sérieux ?

Sur un soupir, je posai ma main sur la poignée de porte.

— Ne me fais pas répéter ce que je viens de dire, OK ?

Il acquiesça, puis un large sourire vint se dessiner sur son visage. Je ne l'avais jamais vu aussi heureux et, étrangement, cela me faisait plaisir.

— Bon, rentrons tous à la maison ! déclara-t-il avec enthousiasme.

— Une dernière chose, papa. Même si maman aurait souhaité que tu passes un peu de temps avec nous, elle ne t'a jamais reproché quoi que ce soit. Elle t'a aimé jusqu'à son dernier souffle, et je suis sûr qu'elle t'aimera à jamais.

Mon père me fixa avec un mélange de tristesse et de joie. Mal à l'aise, je me massai la nuque.

— Hum, voilà, je voulais juste te le dire…

— Merci, Justin, répondit-il avec sincérité.

Je n'ajoutai rien et ouvris la portière. Une fois installé sur le siège, je tournai la tête vers Jenny, qui m'observait avec intérêt. C'était ce genre de conversation qu'elle voulait que j'aie avec mon père, et je devais bien reconnaître que je me sentais beaucoup mieux désormais. C'était comme si on m'avait enlevé un poids sur la poitrine.

Jenny se pencha vers moi.

— Ta mère serait très fière de toi, chuchota-t-elle alors que mon père entrait à son tour dans la voiture.

Oui… Elle n'aurait pas aimé que je passe le reste de ma vie à détester mon père. Soulagé, je respirai un bon coup, puis hochai la tête.

— Bon, il est grand temps de rentrer ! déclara mon père avec entrain. Je ne voudrais pas que vous soyez en retard.

Je fronçai les sourcils.

« En retard » ?

Ah… J'avais complètement oublié que nous avions rendez-vous, Jenny et moi, avec nos meilleurs amis respectifs !

Chapitre 43

Jenny

Le bar dans lequel Ayline nous avait donné rendez-vous avait l'air sympa. Avec une atmosphère feutrée, la pièce principale comportait des canapés et des tables aux formes originales et abstraites, la seconde salle servait de piste de danse. Les haut-parleurs diffusaient une musique électro assez calme.

En tout cas, l'endroit était déjà bien rempli ce soir, notamment par des jeunes dans la vingtaine. Étant donné que le bar se trouvait à seulement quelques rues de l'université de Californie, c'était peut-être comme ça tous les jours.

Malgré le monde, je repérai facilement mon amie, assise autour d'une table ronde avec Jordan. Nous nous frayâmes un chemin entre les gens pour les rejoindre. Lorsque ma meilleure amie nous aperçut, elle se leva. Justin lâcha ma main pour que je puisse la prendre dans mes bras.

— Enfin vous êtes là ! s'exclama-t-elle. On a déjà commandé de quoi boire ! Installez-vous !

Jordan me salua d'un petit sourire avant de froncer les sourcils en observant Justin. Tournant la tête vers lui, je remarquai qu'il était pâle comme la mort.

— Justin ? l'appelai-je avec une once d'inquiétude.

Mais ses yeux étaient rivés sur quelque chose, ou plutôt sur quelqu'un. En suivant son regard, je constatai qu'il était dirigé sur un grand type brun à la table voisine. Ce dernier était entouré de trois autres mecs, et tous fixaient également Justin avec stupéfaction. La tension entre Jordan et Justin paraissait de la grosse rigolade à côté de celle qui régnait entre cette bande et mon petit ami.

Brusquement, le brun se mit à rigoler et l'atmosphère sembla se détendre légèrement jusqu'à ce qu'il adresse la parole à Justin :

— Putain, mais c'est vraiment toi, la Baguette ?!

Je plissai le front et remarquai que Justin s'était crispé davantage. *« La Baguette » ?* Pourquoi l'avait-il appelé comme…

Il fallut une bonne minute à mon cerveau pour faire le lien entre ce surnom rabaissant et l'horrible enfance qu'avait connue Justin. Ces mecs étaient sans aucun doute ses anciens camarades de classe, ceux qui l'avaient insulté et martyrisé par le passé. Et le grand brun était très certainement le leader du groupe…

Un étrange sentiment me gagna petit à petit. Était-ce de la colère ? Non… C'était plus fort que ça. De la haine.

Je serrai instinctivement les poings pour me retenir de fondre sur ce mec et de l'étriper.

— Dylan, répondit finalement Justin après ce qui me parut une éternité.

— Vous vous connaissez ? s'étonna Jordan, le seul à ne pas avoir remarqué qu'un orage était sur le point d'éclater.

Même Ayline avait reculé derrière moi, craignant très certainement que les choses dégénèrent rapidement. Sans quitter Justin des yeux, Dylan, visiblement un peu embarrassé, passa une main dans ses courts cheveux.

— Hum ouais, on était dans la même classe au collège…

— Excuse-toi auprès de Justin, m'entendis-je soudain dire à l'intention de Dylan.

L'intéressé tourna alors la tête dans ma direction et m'observa avec un mélange de curiosité et d'amusement.

— Pardon, mais tu es ? m'interrogea-t-il d'un ton hautain en haussant un sourcil.

J'inspirai profondément afin de garder mon calme.

— Jenny, lui révélai-je sans lâcher son regard, la copine de Justin.

Dylan hocha lentement la tête tout en continuant de me dévisager. Ce type ne m'impressionnait pas le moins du monde. Ou alors, toute la répugnance que je ressentais à son égard m'empêchait d'éprouver la moindre crainte.

— Et donc, Jenny, reprit-il, pour quelles raisons je devrais m'excuser au juste ?

Son faux air innocent ne fit que m'énerver davantage et des larmes de rage me montèrent aux yeux.

— Tu sais très bien pourquoi, répondis-je froidement, et vous tous aussi d'ailleurs.

Je parcourus le groupe d'amis du regard. Ils baissèrent tous honteusement la tête. Aucun d'entre eux n'était innocent. Qu'il s'agisse du rouquin aux yeux verts ou encore d'un autre brun costaud au teint hâlé, ils savaient très bien ce qu'ils avaient fait subir à Justin.

— Euh, vous pouvez m'expliquer ce qui se passe exactement ? intervint Jordan, totalement paumé.

— Ces mecs sont de belles petites merdes, tout simplement, répondis-je en adressant aux concernés mon plus beau et faux sourire.

— Jenny ! s'exclama Ayline derrière moi.

Je tournai la tête vers elle et, face à son étonnement, la rassurai d'un signe de tête. Si ma meilleure amie avait été au courant du passé de Justin, j'étais certaine qu'elle m'aurait soutenue à cent pour cent. Alors, même si elle ne savait rien, il fallait qu'elle me fasse confiance.

Quand Dylan se leva soudain de sa chaise, je constatai à quel point ce mec puait le fric et la vanité, contrairement à Justin, qui était pourtant riche. Avec une montre Dior noire ornée de diamants au poignet, ce type portait une veste beige avec le logo Saint Laurent bien visible et, pour couronner le tout, un iPhone dernier cri dépassait de la poche de son jean.

— Des merdes, hein ? répéta Dylan avec une pointe d'irritation.

— De belles merdes, le corrigeai-je sans lâcher mon sourire hypocrite.

Dylan ricana en secouant la tête.

— Putain, je n'y crois pas, c'est la première fois qu'une meuf ose m'insulter !

— Peut-être parce que tu as payé toutes les autres pour qu'elles gardent le silence ? rétorquai-je avec provocation.

Dylan reprit son sérieux et tourna la tête vers Justin, toujours immobile et silencieux à côté de moi.

— Sérieusement, la Baguette, tu vas laisser ta meuf me parler de cette façon encore combien de temps ?

— Jenny, entendis-je Justin murmurer, s'il te plaît…

J'écarquillai les yeux. Je comprenais que revoir les personnes qui avaient fait de son enfance un véritable cauchemar l'affecte énormément, mais comment pouvait-il encore se sentir sous l'emprise de ce mec ? Comment lui faire prendre conscience qu'il n'était plus le petit garçon faible d'autrefois ?

— Bon, puisque tu sembles avoir compris le message, en déduisit Dylan devant mon long silence, je propose…

Je fis un pas en avant, attrapai le premier verre d'alcool encore plein posé sur leur table et le jetai à la figure de Dylan. Sa veste de luxe fut également aspergée par ce qui, à l'odeur, me sembla être de la vodka. Même s'il devait avoir bien plus d'une dizaine de blazers de luxe, cela me réjouit carrément.

— Oups, fis-je en feignant l'étonnement, il m'a glissé des doigts… Tu aurais peut-être dû aussi demander à Justin de me tenir les mains…

Dylan grogna en s'essuyant le visage.

— Tu vas le regretter, me menaça-t-il.

Il contourna sa table en moins de cinq secondes pour me rejoindre. Sans que je m'y attende, Justin m'attrapa le bras et me tira derrière lui. Désormais face à lui, Dylan sourit de toutes ses dents. Même si l'affronter ne me faisait pas peur, j'étais heureuse que Justin soit enfin revenu à lui.

— Oh ! c'est mignon, se moqua Dylan, tu préfères prendre les coups à sa place… Enfin, après tout, tu en avais l'habitude, hein, la Baguette ? Ça t'a manqué ? Est-ce que tu aimais quand je…

Le poing de Justin vint s'abattre sur la mâchoire de Dylan, le choc le fit tituber en arrière.

J'ouvris grand la bouche. Que s'était-il passé durant son état de transe au juste ? Un esprit malfaisant avait-il pris possession de son corps ?

— Tu… tu m'as frappé ?! s'étonna Dylan en portant une main à sa bouche.

— Visiblement, pas assez fort, constata Justin d'un air contrarié en s'avançant vers lui.

Dylan écarquilla les yeux, effrayé. Mon petit ami, ou plutôt l'esprit qui possédait son corps, lui assena un nouveau coup au visage. La tête de Dylan partit sur le côté avant de revenir, le nez en sang. Je grimaçai.

— Qu'est-ce que tu attends pour me cogner, Dylan ? l'interrogea Justin. Ce n'est pas ce que tu aimais ? Me faire souffrir ? Et vous…

Justin se tourna vers ses anciens camarades de classe assis silencieusement autour de la table. Aucun n'avait levé son petit cul pour soutenir Dylan. Pourquoi ?

— Hé ! Qu'est-ce qui se passe ici ?! nous interpella quelqu'un.

Je pivotai vers le vigile à qui appartenait la voix.

— Tout va bien, monsieur, tentai-je de le rassurer.

— Tout va bien, alors que ce type a le pif en sang ? C'est ça, allez, foutez-moi tous le camp d'ici tout de suite !

Ayline poussa un profond soupir, et je ne pouvais dire s'il s'agissait de soulagement ou d'agacement.

Justin se pencha vers Dylan.

— Ce n'est pas fini, le prévint-il avant de s'écarter.

Il m'attrapa la main et m'entraîna vers la sortie sans attendre les autres.

— Ça va ? le questionnai-je une fois dehors.

Justin me lâcha pour se masser le front. Il ferma les yeux et respira profondément avant de me regarder à nouveau et de hocher la tête.

— Je suis désolé, dit-il alors.

— Pour ?

Il n'eut pas le temps de me répondre, car Ayline, Jordan, Dylan et les autres sortaient à leur tour du bar.

— Et ne vous avisez pas de vous battre ici ou j'appelle les flics ! cria le vigile en nous faisant signe de déguerpir.

— Ça va, c'est bon ! râla Jordan.

Nous nous éloignâmes tous de quelques mètres du bar. Durant de longues secondes, personne n'osa parler. Dylan avait pris ses distances et essuyait le sang qui coulait toujours de son nez avec une serviette en papier.

— Hum, commença soudain le rouquin en s'approchant de Justin, je voulais m'excuser…

— T'excuser ? répéta Justin d'un air sceptique.

Le rouquin acquiesça en baissant les yeux, visiblement mal à l'aise.

— Si tu es un minimum sincère, Niall, tu pourrais au moins me regarder en face, lui intima Justin.

Niall releva la tête.

— Je suis désolé pour tout ce que j'ai pu te faire subir autrefois… J'étais qu'un gosse, je ne savais pas à quel point ce que je faisais était cruel et mal, et je…

— Moi aussi, je n'étais qu'un gosse, l'interrompit Justin avant de soupirer, mais j'accepte tes excuses.

— Sérieusement ? m'étonnai-je.

Justin pivota vers moi.

— Je… Je ne sais pas comment tu peux pardonner ce qu'il a fait, me justifiai-je devant son air ahuri. Gosses ou pas, ce qu'ils ont fait reste impardonnable.

Cela pouvait paraître surprenant venant de moi, la fille qui souhaitait réconcilier tout le monde et que la paix soit éternelle sur Terre, mais que quelqu'un ait fait souffrir Justin ainsi… je ne pouvais pas le supporter.

— Je n'ai jamais dit que je lui pardonnais, m'expliqua calmement Justin, et même si Niall n'est pas totalement sincère, j'avais vraiment besoin d'entendre ses excuses.

— Je suis sincère, précisa l'intéressé, je regrette réellement… Et je pense que je ne suis pas le seul, hein, les mecs ?

— Ouais, répondit le brun au teint hâlé, on est vraiment désolés, Justin.

Le troisième approuva d'un hochement de tête.

— Vous êtes sérieux ? s'indigna Dylan en regardant ses potes.

— Tu devrais aussi t'excuser, Dylan, lui conseilla Niall.

— Quoi ? M'excuser auprès de ce type ? Après qu'il m'a fait pisser le sang, en plus ?!

— Tu l'as bien mérité, répondirent ses potes tous en chœur.

— Allez tous vous faire foutre ! s'énerva Dylan avant de s'avancer vers Justin. Jamais je ne m'excuserai, la Baguette, tu peux me frapper autant que tu veux maintenant, ça n'arrivera jamais, tu m'entends ?

Justin l'empoigna par le col de sa chemise et le regarda droit dans les yeux.

— Ce n'est pas ce que j'attendais de toi, de toute façon.

Dylan fronça les sourcils, semblant à la fois inquiet et intrigué.

— Alors, qu'est-ce que tu veux ? grogna-t-il.

Justin rapprocha son visage du sien.

— Je ne t'ai pas frappé par vengeance, lui révéla-t-il en le regardant droit dans les yeux, mais uniquement parce que tu as manqué de respect à ma copine. Tu ne vaux pas la peine que je te tabasse à mort pour ce que tu m'as fait dans le passé. Et il est hors de question que tu penses que je suis quelqu'un d'aussi horrible que toi, car ce n'est pas le cas. Je ne te ressemblerai jamais, Dylan McGrey. C'est tout ce que je voulais te dire.

Lorsque j'entendis ces mots, mon cœur se serra. J'étais vraiment fière de lui.

Justin le lâcha et s'écarta aussitôt de lui.

— Jenny, on y va, déclara-t-il.

J'acquiesçai et me tournai vers Ayline.

— On s'appelle plus tard, OK ?

Ma meilleure amie approuva d'un hochement de tête. Justin avait déjà commencé à se diriger vers le parking, et je lui emboîtai le pas.

Chapitre 44

Justin

Mon cœur battait encore à cent à l'heure lorsque je montai dans la voiture. Je fermai les yeux un instant et respirai profondément.

Ce que je craignais le plus durant ce séjour s'était produit. Dylan, le chef de la bande, Niall, le petit rouquin aux yeux verts, Larry, le grand comique, et Jake, le brun au teint hâlé que je surnommais « la grosse Brute ». Je les avais tous revus. Ceux qui autrefois me bousculaient dans les couloirs du collège en rigolant, jetaient mes affaires de cours par terre, m'emmenaient de force dans les toilettes pour me frapper et me lançaient de la nourriture dessus au réfectoire.

Je sursautai en entendant la portière s'ouvrir.

— Ça va ? s'enquit Jenny en s'asseyant à côté de moi.

Tournant la tête vers elle, je croisai ses magnifiques yeux bleus.

— Ça va, répondis-je en hochant la tête. Grâce à toi.

Elle haussa un sourcil étonné.

— Pourtant, ce n'est pas moi qui ai cassé la gueule à Dylan, protesta-t-elle avec un petit sourire en coin.

— Mais si ce fils de chien ne t'avait pas menacée, je ne l'aurais jamais fait.

Et je serais très certainement resté dans cet état apathique qui m'avait envahi lorsque je les avais revus. J'avais agi instinctivement pour protéger Jenny.

Me retrouver face à Dylan m'avait pétrifié une nouvelle fois, mais, en voyant Jenny l'affronter seule, j'avais compris que j'en étais capable moi aussi. Lorsque je lui avais assené un premier coup de poing, mon cerveau avait enfin réalisé à quel point les choses étaient différentes aujourd'hui.

— Je suis désolée d'avoir provoqué Dylan, me dit Jenny, un peu mal à l'aise. Je sais que je n'aurais jamais dû, mais ça a été plus fort que moi…

Je portai une main à son visage et effleurai doucement sa joue. Elle ne se rendait visiblement pas compte à quel point ça avait été un énorme pas en avant pour moi.

— Bon sang, qu'est-ce que je t'aime, Jenny, murmurai-je dans un soupir.

Elle rougit légèrement et posa sa main sur la mienne.

— Moi aussi…

Mon rythme cardiaque s'accéléra, et j'approchai mon visage du sien pour l'embrasser tendrement.

— Rentrons chez toi, souffla-t-elle contre ma bouche.

Je ne demandais pas mieux…

Nos derniers jours en Californie furent relativement tranquilles et sans mauvaises surprises. Jenny et moi profitâmes en grande partie de la piscine et de la mer à proximité. Malgré ce qui s'était passé au bar, Jordan nous invita, Jenny, Ayline et moi à dîner chez lui le soir suivant.

Bien que j'aie été assez réticent à accepter, Jenny réussit à me convaincre et, finalement, la soirée ne fut pas si terrible que ça. D'ailleurs, à mon étonnement, Jordan s'excusa de m'avoir traité de sportif débile et me félicita même de la manière admirable dont j'avais réagi avec ces types en sortant du bar. Il me révéla aussi que s'il avait été à ma place, il n'aurait probablement pu s'empêcher de les tabasser jusqu'à n'en plus pouvoir. Évidemment, et même si je n'avais pas expliqué les raisons de notre altercation, il n'avait pas été très difficile pour Ayline et son petit ami de comprendre que ces mecs m'avaient persécuté quelques années plus tôt.

Jenny passa également un après-midi seule en compagnie de sa meilleure amie à se balader à l'université de Californie. Pour l'avoir déjà visitée avant de partir malgré tout à Saint-Louis, je savais que l'UCLA[1] disposait du plus gigantesque campus que j'aie jamais vu. On y trouvait carrément un hôpital, un musée d'art, une immense bibliothèque et une boutique de souvenirs pour les visiteurs ! Naturellement, ce qui m'avait le plus intéressé quand j'y étais allé, c'était leurs immenses stades et bâtiments sportifs. Mais, à l'époque, la crainte de revoir Dylan et les autres et de vivre aux côtés de mon père sans ma mère m'avait empêché de rester ici.

Aujourd'hui, et après tout ce qui s'était passé durant ce séjour, les choses étaient différentes, je n'avais plus peur. Ma mère me manquait toujours, mais j'étais certain que vivre à nouveau ici avec mon père ne m'angoisserait plus. Je ne craignais pas non plus de retomber sur Dylan et les autres. Retourner habiter en Californie était désormais envisageable, mais pas sans Jenny.

L'UCLA serait parfaite pour mes études. Avec mes bonnes notes en sciences, je pouvais sans problème me faire transférer ici l'année prochaine. Et concernant l'athlétisme, je savais qu'ils avaient de super entraîneurs. Je pourrais donc continuer le sprint en parallèle jusqu'à ce que ma carrière décolle. Bien sûr, mon

1. Université de Californie à Los Angeles.

coach me manquerait, tout comme mes amis, mais je pourrais toujours les inviter chez moi pendant les vacances.

L'université disposait également d'un immense département consacré à l'art du spectacle, et notamment au théâtre. Naturellement, le soir même, Jenny m'en avait parlé avec enthousiasme, et j'étais sûr que si l'inscription ne coûtait pas plusieurs milliers de dollars, elle accepterait d'emménager chez moi afin qu'on puisse tous deux étudier dans l'une des plus grandes universités des États-Unis. Je lui aurais sans problème payé son inscription mais, connaissant Jenny, mieux valait éviter de l'aider financièrement pour quoi que ce soit.

Néanmoins, il restait une dernière solution : Jenny pouvait essayer d'obtenir une bourse d'études en raison de son handicap physique. Étant donné qu'elle semblait bien plus à l'aise avec son corps à présent, elle n'y verrait probablement pas d'inconvénient.

J'avais profité du trajet jusqu'à l'aéroport pour me renseigner sur le sujet, et s'il ne m'avait pas fallu certaines informations personnelles qu'elle seule connaissait, j'aurais très certainement déjà fait la demande en son nom. J'attendrais également que nous soyons dans l'avion pour lui en parler et la convaincre.

— Les passagers du vol A4740 sont priés de se rendre à la porte d'embarquement, résonna une voix dans le hall de l'aéroport.

— Ah ! C'est pour vous, nous prévint mon père en se levant de son siège.

Je l'imitai et jetai un coup d'œil à la petite librairie située à quelques mètres de nous. Comme elle n'était pas très grande et surtout vitrée, je pouvais voir à l'intérieur Jenny et Ayline feuilleter un magazine people en rigolant tandis que Jordan flânait dans le rayon de livres sur la psychologie. Je me demandais encore pourquoi il avait accompagné sa copine à l'aéroport à 5 heures du matin pour nous dire au revoir mais, apparemment, ce mec ne la lâchait jamais d'une semelle.

— Elle est exceptionnelle, dit soudain mon père.

Tournant la tête vers lui, je remarquai que son regard s'était aussi posé sur Jenny.

— Ouais, je sais.

— Que lui est-il arrivé ?

Je compris qu'il faisait référence à sa prothèse.

— Accident de moto, répondis-je avant de préciser : Elle n'était pas en tort. D'ailleurs, je suis étonné que tu ne lui aies fait aucune réflexion à ce sujet, que tu ne lui aies pas proposé, en tant que médecin et père de son petit ami, de lui faire une nouvelle et meilleure prothèse à un prix abordable.

— J'y ai songé, m'avoua-t-il, mais j'ai compris ces dernières années que l'affection des gens ne s'achète pas. Ou en tout cas, pas celle de personnes comme Jenny ou toi.

Mon père posa une main affectueuse sur mon épaule et me sourit.

— Merci, papa, dis-je simplement.

Nous nous observâmes pendant quelques secondes avant qu'il ne s'exclame d'un air un peu gêné :

— Bon ! Allons retrouver tes amis !

Nous avançâmes jusqu'à la librairie et, lorsque Jenny nous aperçut, elle laissa le magazine entre ses mains pour nous retrouver dehors.

— Il faut qu'on y aille, l'informai-je.

— Déjà ? fit-elle d'une voix attristée.

Elle soupira puis se tourna vers Ayline et Jordan, qui nous avaient rejoints. Sa meilleure amie la prit dans ses bras.

— On se revoit bientôt, lui assura cette dernière, et n'oublie pas de répondre à Savannah et aux autres, d'accord ? Je te promets qu'ils ne t'en voudront pas pour ce que tu leur as dit à l'hôpital.

Jenny acquiesça, puis s'écarta pour enlacer Jordan à son tour. Si lui et moi n'avions pas enterré la hache de guerre lors de ce repas chez lui, cela m'aurait très certainement contrarié. Mais désormais, je ne le voyais plus vraiment comme un gros con arrogant et tout ce qu'il disait ne m'agaçait plus autant qu'avant.

— Je suis contente de t'avoir rencontré, Jordan ! lui dit Jenny.

— Moi de même, lui répondit ce dernier avant de se tourner vers moi.

— À la prochaine ? me proposa-t-il en me tendant la main.

Je le fis poireauter cinq bonnes secondes avant de finalement la lui serrer.

— À la prochaine, mec, répétai-je avec un petit sourire en coin.

Il sembla à la fois soulagé et ravi.

Ayline vint ensuite m'embrasser sur la joue, mais ce fut seulement pour me murmurer à l'oreille :

— Prends soin d'elle, OK ? Je compte sur toi.

Quand elle s'écarta, je hochai la tête d'un air entendu.

— Bon, les jeunes, il serait peut-être temps d'y aller, nous rappela mon père en jetant un coup d'œil à sa montre.

— C'était très gentil de votre part de m'avoir accueillie chez vous, Quentin, le remercia Jenny. J'ai passé une très bonne semaine ici et je pense que Justin aussi.

— Ça a été un vrai plaisir de vous avoir tous les deux, répondit-il avec un grand sourire. D'ailleurs, sache que tu peux revenir quand tu veux, Jenny. Et toi aussi, Justin.

— J'essaierai de passer pour Noël, l'informai-je en essayant de garder un air indifférent.

Cela me gênait un peu qu'il voie à quel point passer du temps en sa compagnie m'avait fait presque autant plaisir qu'à lui. Et je ne voulais pas que notre relation évolue aussi vite. Après tout, la semaine dernière je le considérais simplement comme mon géniteur et, aujourd'hui, c'était mon père.

— On y va, Justin ?

La jolie voix de Jenny me sortit de mes pensées. J'acquiesçai et lui pris la main.

— À bientôt, tout le monde ! lançai-je à l'attention de nos proches.

Ils nous souhaitèrent un bon voyage et nous regardèrent nous éloigner en direction de la porte d'embarquement.

— Ce séjour n'était pas si mal finalement, tu ne trouves pas ? me questionna Jenny en avançant.

J'esquissai un petit sourire.

— Carrément.

Je l'arrêtai soudain devant la porte d'embarquement et l'embrassai sur le front.

— Merci d'être venue, murmurai-je contre sa peau.

Elle leva la tête et posa ses lèvres sur les miennes avec une douceur affolante.

— Merci de m'avoir invitée, j'ai vraiment adoré la Californie, dit-elle en plongeant son regard dans le mien.

Je passai un bras dans son dos et l'attirai vers moi sans la quitter des yeux.

— Ça te dirait de venir étudier ici l'année prochaine avec moi ?

Jenny fronça les sourcils.

— Dans une université hors de prix ? Dois-je te rappeler qu'il faut encore que je travaille pour rembourser ma prothèse ? Même si j'adorerais, je n'ai pas envie de m'endetter plus que je ne le suis déjà, Justin…

— Il y a des bourses d'études. Même si tout le monde n'y a

pas droit, à cause de ta jambe, tu pourras peut-être en profiter. Tente le coup, Jenny. Tu n'as rien à perdre…

Elle tourna la tête en soupirant.

— Je ne sais pas, je n'ai pas envie de me faire de faux espoirs. Et puis même, si je peux aller à la fac ici, il me faudra encore travailler pour payer la nourriture, le loyer…

Jenny s'arrêta en me voyant lever les yeux au ciel.

— Tu emménageras chez moi et c'est non négociable, déclarai-je. Et si tu tiens tant que ça à participer aux dépenses de la vie courante, tu n'auras qu'à donner ce que tu peux quand tu peux… Mais crois-moi, mon père a suffisamment d'argent pour plusieurs vies…

L'air pensif, Jenny me regarda à nouveau.

— OK, déclara-t-elle, je ferai des demandes de bourse en rentrant.

Je la fixai, surpris.

— Attends, tu veux bien répéter ce que tu viens de dire ? Je ne suis pas sûr d'avoir bien compris.

Elle rigola.

— J'ai dit que j'étais d'accord !

— Et qu'est-ce qui t'a fait te décider ?

— Je n'ai pas envie d'avoir des regrets plus tard, même si j'appréhende un peu de vivre avec toi. Enfin, le plus gros souci est sûrement le temps que tu passes à te préparer, mais vu que tu as plusieurs salles de bains, ça devrait le faire. De toute façon, il faudra bien que je fasse avec si je me marie avec toi !

Mon cœur rata un battement.

— Tu… Tu viens de dire que tu comptais te marier avec moi ? bredouillai-je, encore sous le choc.

— Tu ne te souviens pas de m'avoir demandée en mariage après le repas de famille chez moi ? Enfin, c'est vrai que ce n'était pas vraiment une demande digne de ce nom, mais ça m'est égal. Puisque j'ai accepté, tu ne peux plus revenir en arrière ! Prépare-toi à devoir me supporter toute ta vie !

Un immense sentiment de joie m'envahit.

— Je ne demande pas mieux, dis-je en souriant de toutes mes dents.

Elle lâcha ma main et passa ses bras autour de mon cou.

— Alors, faisons-nous bien chier mutuellement toute notre vie d'accord ? souffla-t-elle contre ma bouche.

Je lui répondis en l'embrassant passionnément. Jenny se pressa contre mon corps pour approfondir le baiser, puis nous nous arrêtâmes brusquement, le souffle court, nous souvenant que nous nous trouvions dans un aéroport et que d'autres passagers nous contournaient pour accéder à la porte d'embarquement.

— On a combien d'heures de vol déjà ? me questionna ma fiancée en s'écartant à une distance raisonnable.

— Quatre heures et quart. Ça va être long.

— Ouais, approuva-t-elle en passant sa langue sur ses lèvres gonflées par notre baiser.

— Tu veux dormir à la villa ce soir ? proposai-je. Naturellement, je dirai à mes colocs de déguerpir pour la nuit…

— Alors, tu peux déjà les prévenir, répondit-elle en se remettant en mouvement.

Même si j'espérais bien revenir en Californie, j'avais surtout hâte de rentrer à Saint-Louis pour l'instant !

Chapitre 45

Jenny

Quelques jours après notre retour à Saint-Louis, Justin et moi avions repris nos occupations respectives en plus de nos cours. L'athlétisme et la musculation pour lui, les passionnantes révisions d'économie pour ma part.

Bien sûr, et malgré nos emplois du temps chargés, nous faisions toujours en sorte de nous voir au moins une à deux fois par semaine.

Même si je ne lui disais pas, Justin me manquait beaucoup. Je n'avais jamais pensé être un jour une fille collante, mais avec Justin je ressentais toujours un petit vide lorsqu'il n'était pas là. Et je n'aimais pas ce sentiment.

Avec un peu de chance, si je décrochais une des bourses auxquelles j'avais postulé, nous pourrions vivre ensemble l'année prochaine.

Ah ! Et voilà ! J'avais encore l'impression d'être une petite amie qui n'était plus capable d'être indépendante. Je pris ma tête entre mes mains et me maudis intérieurement.

— Tout va bien, Jenny ? me chuchota Sophie, assise en face de moi, en se retenant de rire.

Mince, j'avais totalement oublié que je n'étais pas seule. Je balayai la bibliothèque du regard pour m'assurer que personne d'autre ne m'avait vue me lamenter sur moi-même.

J'allais répondre à Sophie lorsque je constatai que son attention s'était reportée sur son portable et qu'un large sourire s'était dessiné sur son visage.

— Tout va bien, Sophie ? demandai-je à mon tour à voix basse.

Elle releva la tête dans un sursaut, comme si je l'avais surprise en train de faire une bêtise. Je croisai les bras sur la table et la fixai avec curiosité.

— À qui est-ce que tu parles ?

— Personne, répondit-elle en retournant son téléphone pour m'empêcher de voir l'écran.

Pire menteuse, il n'y avait pas…

D'un geste rapide, j'attrapai son portable. Sophie voulut se jeter sur moi pour le récupérer, mais elle s'arrêta, probablement car elle avait senti la dizaine de paires d'yeux rivés sur nous.

— OK, t'as gagné, marmonna-t-elle. Viens avec moi dehors, je vais te raconter.

Satisfaite, je me levai et attrapai ma veste avant de la suivre. Les vingt degrés de la Californie me manquaient cruellement. Le mois de novembre venait à peine de se terminer et on se serait déjà cru en plein hiver. J'étais même certaine qu'il ne tarderait pas à neiger !

— Alors ? Qu'est-ce que tu me caches ? la questionnai-je à nouveau en agitant son portable sous ses yeux.

Elle s'appuya contre le bâtiment et soupira, faussement agacée.

— OK, Noah m'a demandé d'être sa cavalière pour le Bal d'hiver.

Je plissai le front.

— Noah… Tu parles du coloc de Justin ?

Elle hocha la tête.

— Mais… depuis quand vous êtes proches, tous les deux ? m'étonnai-je.

OK, je les avais vus une fois jouer à la console ensemble, mais c'était tout… Enfin, si l'on considérait son petit air embarrassé, peut-être pas.

— Il est venu manger au Coffee and Co avec Collin pendant les vacances, et ils m'ont invitée à boire un verre avec eux après mon service. On a passé une super bonne soirée tous les trois. Bon, je t'avoue que Collin était un peu de trop, mais Noah m'a ensuite proposé un rendez-vous le lendemain, et j'ai accepté. On s'est beaucoup rapprochés ce jour-là et on s'est embrassés, voilà.

— Alors, vous sortez ensemble ?

— Je n'en sais rien, on ne s'est pas revus depuis. Mais étant donné qu'il m'a invitée au bal, et donc qu'on sera ensemble devant tout le monde, je suppose que oui… D'ailleurs, tu comptes y aller ?

Je ne pus retenir un rire gêné.

— Tu n'as pas vu qui sont les nominés au titre du roi et de la reine du Bal d'hiver ?

Sophie écarquilla les yeux.

— Non, ne me dis pas que… Justin et toi ?!

J'acquiesçai. Lorsque j'avais vu la liste des nominés affichée dans les couloirs des bâtiments avant les vacances, j'avais eu la confirmation que Sonia nous avait bel et bien inscrits.

— Mais pourquoi tu ne me l'as pas dit plus tôt ?! J'aurais déjà voté pour vous !

— Parce que ce n'est pas nous qui nous sommes inscrits, une fille l'a fait à notre place, mais c'est une longue histoire ; et toi, pourquoi tu ne m'as rien dit à propos de Noah ?

— Bah, comme je te l'ai dit, je ne sais pas si on est réellement en couple ou pas… Je voulais attendre que ce soit sérieux entre nous avant de le dire à qui que ce soit.

Ce qui était tout à fait compréhensible.

Je m'excusai et lui rendis son téléphone avant d'ajouter :

— Même si je ne connais pas beaucoup Noah, je pense que c'est un mec bien.

J'aurais aimé lui dire qu'en tant qu'ami de Justin il devait probablement être quelqu'un de sérieux, mais Collin ne l'était pas vraiment, alors… Dans tous les cas, Noah m'avait l'air d'être un meilleur choix que Michael, son ex.

— Ah j'ai une idée ! s'exclama Sophie en ayant visiblement une illumination. Est-ce que tu pourrais discrètement te renseigner sur lui auprès de Justin ? S'il te plaaaaît ! Si c'est moi qui lui demande, Justin ne me dira rien ! Et en plus, il risque même de le répéter à Noah !

Je réfléchis un instant.

— D'accord, mais à une condition. J'ai besoin que tu m'aides à choisir une robe de bal la semaine prochaine.

Sophie ricana.

— C'était déjà prévu de toute façon, mais marché conclu !

— Bon, on devrait peut-être retourner aux révisions, j'aimerais au moins avoir la moyenne à ces foutus partiels, marmonnai-je en ouvrant la porte de la bibliothèque.

— Je suis sûre que tu l'auras, me rassura-t-elle avant d'ajouter avec enthousiasme : On a encore une semaine devant nous et deux avant le bal !

Oui… Dans deux semaines, j'allais m'afficher au bras de Justin devant tout le monde. Et cela ne m'effrayait pas le moins du monde.

*
* *

Justin

— Et voilà votre pop-corn, madame !

Je tendis le saladier à Jenny et m'assis à côté d'elle sur le canapé.

— Je sais que tu dois faire attention à ce que tu manges, mais tu es sûr que tu n'en veux pas quelques-uns ? me proposa-t-elle en me voyant contempler le maïs soufflé avec envie.

J'hésitai un instant avant de secouer négativement la tête. Rangers m'avait fait jurer de respecter mon planning alimentaire et sportif à la lettre, et il m'avait également averti qu'à la moindre faute il arrêterait aussitôt d'être mon coach. Alors, même si picorer quelques pop-corn n'allait pas gâcher tous mes efforts de ces dernières semaines, mieux valait ne pas jouer avec le feu.

Et dire qu'il y avait de grandes chances pour que les coachs de l'UCLA soient aussi, voire encore plus, exigeants que Rangers… Si tout se passait bien et que nous nous installions en Californie avec Jenny l'année prochaine, ça risquait d'être dur de ne pas faire d'écarts !

— Mon pauvre chéri, me dit Jenny en prenant une fausse voix peinée, ce n'est pas facile la vie de sportif, hein !

Je lui donnai un coup d'épaule en rigolant.

— Tais-toi et lance ta vieille série, là.

Elle haussa les sourcils en posant le saladier de pop-corn à côté d'elle.

— MA vieille série ? répéta-t-elle d'un ton outré. Je te rappelle que c'est toi qui as tenu à ce qu'on regarde la suite aujourd'hui, alors je suis sûre que tu l'aimes plus que moi. Et puis les vieilles séries sont toujours les meilleures, d'abord !

Je devais bien reconnaître qu'elle n'avait pas totalement tort.

Jenny se pencha vers la table basse pour prendre la télécommande et lancer l'épisode 3 de *Brothers and Sisters.* Mais à peine s'était-il affiché à l'écran que Jenny mit sur « pause » et se tourna vers moi.

— Pourquoi tu as coupé ? l'interrogeai-je avec une once de déception dans la voix.

— J'avais oublié, il faut que je te parle d'un truc important. Noah a invité Sophie au Bal d'hiver.

Je haussai un sourcil surpris.

— Sérieux ? Ils sortent ensemble, tous les deux ?

Et dire que ce petit cachottier ne m'avait absolument rien dit ! D'un autre côté, Noah ne parlait pas beaucoup de sa vie privée…

— Bah, justement, Sophie ne sait pas trop ce qu'ils sont l'un pour l'autre. Et j'ai pensé que Noah t'en aurait peut-être parlé… Mais vu ta réaction, je n'en ai pas l'impression.

— En effet, confirmai-je en me mettant debout.

— Qu'est-ce que tu fais ?

— Eh bien, vu qu'il est dans sa chambre, je vais aller lui poser directement la question.

— NON ! s'exclama-t-elle en se levant à son tour. Si tu lui demandes, il saura que tu l'as appris par moi, et donc que Sophie m'en a parlé. Et je ne veux pas créer de problèmes dans leur relation…

Ennuyé par la situation, je soupirai, mais je ne pouvais pas risquer de mettre Jenny dans une position inconfortable.

— Très bien.

Je me rassis sur le canapé à contrecœur, et Jenny en fit tout autant.

— Tu pourras quand même dire à Sophie que Noah n'est pas le genre de mec à se taper plein de filles, contrairement à Collin ou à moi avant de te rencontrer. Après, je t'avoue qu'il a toujours été très mystérieux sur son passé amoureux. En revanche, depuis qu'on se connaît, je ne l'ai jamais vu avec une meuf.

— S'il est mystérieux, comment sais-tu qu'il n'est pas le genre de mec à se taper plein de filles ? rétorqua ma petite amie en se calant contre moi.

— Je te l'ai dit, en trois ans, je ne l'ai jamais vu avec une meuf, que ce soit à la villa, sur le campus ou ailleurs. Et lorsqu'il ne dort pas ici, c'est uniquement parce qu'il a des compétitions de jeux vidéo je ne sais où. Et étant donné qu'on peut retrouver les résultats de ses parties de jeux sur Internet, je peux te garantir qu'il ne m'a jamais menti une seule fois à ce sujet.

Jenny se redressa subitement et me fixa.

— Donc, tu es en train de me dire que ça fait trois ans que Noah n'a pas eu de copine ?

J'acquiesçai avant de comprendre ce que cela pouvait signifier. Noah était un geek. Sa seule et unique « petite amie » semblait être sa console de jeux jusqu'à présent.

— En fait… Peut-être que Noah n'a jamais eu de vraie copine avant Sophie, réalisa Jenny en même temps que moi.

— Oui, et ça pourrait expliquer pourquoi leur relation n'est pas encore définie, ajoutai-je.

Nous nous observâmes silencieusement pendant de longues secondes avant que Jenny reprenne la parole :

— Je crois que je ne vais rien dire à Sophie finalement, déclara-t-elle, un peu mal à l'aise.

— Ouais, je pense que c'est mieux qu'il lui en parle lui-même. Bon, on se le regarde, cet épisode ? J'ai envie de savoir si Nora va apprendre que son mari la trompait avant sa mort !

— T'es pire qu'une meuf, grommela Jenny en me donnant la télécommande.

Elle récupéra le saladier de pop-corn à côté d'elle et j'attendis qu'elle se blottisse à nouveau contre moi pour appuyer sur « play ». Je lâchai un petit soupir de contentement.

Être en couple et passer des moments de détente avec la personne qu'on aime… il n'y a rien de mieux que ça !

— En tout cas, je t'avoue que j'ai hâte de les voir ensemble au bal après-demain, dit soudain Jenny en piochant un pop-corn.

— Qui ça ?

— Adam et Ève… Noah et Sophie, abruti ! Et d'ailleurs, j'espère que tu as acheté un beau costume, car moi, je me suis trouvé une super jolie robe !

Oh merde.

Chapitre 46

Justin

— Lève les bras, m'ordonna Collin.

Je lui obéis, et il me pulvérisa les aisselles avec du déodorant.

Assis sur le rebord de la baignoire, Kyle leva les yeux au ciel.

— Mec, Justin pouvait se parfumer tout seul, dit-il d'un air blasé.

Collin secoua la tête.

— Je suis le seul à connaître le dosage parfait pour séduire une fille, contesta-t-il en me tendant ma chemise blanche.

Comme j'avais volontiers accepté qu'il m'aide à me préparer pour le bal ce soir, je me retins de lui rappeler que j'avais déjà séduit Jenny, et en plus sans ses conseils. J'enfilai le vêtement sans un mot et me regardai dans le miroir de la salle de bains. Mes cheveux étaient soigneusement coiffés en arrière, façon Al Pacino dans *Le Parrain*. Il ne me restait plus qu'à mettre mon magnifique costume bleu marine Dolce & Gabbana, et je serais fin prêt.

Si Jenny ne m'avait pas rappelé de m'acheter un costard deux jours plus tôt, je serais certainement allé à la soirée en jean et baskets. Si j'avais deux trois smokings datant de plusieurs années qui prenaient la poussière, ma garde-robe était majoritairement constituée de survêtements. En plus, Jenny m'avait assuré qu'elle porterait une jolie robe, alors je me devais d'être à la hauteur.

Collin m'attrapa par les épaules et me retourna face à Kyle.

— Comment tu le trouves ? Il est chic notre petit Justin, non ?

Mon meilleur ami me détailla des pieds à la tête avant de fixer mon crâne avec intérêt.

— Ça va, mais pour la coupe, si tu l'avais rasé sur les côtés, je pense que ça aurait été plus stylé.

— Il est hors de question de toucher à mon cuir chevelu, protestai-je en reculant d'un pas, cette coiffure me convient parfaitement.

Dans tous les cas, c'était toujours mieux que mes habituels cheveux ébouriffés.

Mes deux amis soupirèrent.

— Une dernière chose, dit Collin en attrapant le nœud papillon noir posé sur le meuble de salle de bains.

Il se pencha vers moi et l'attacha au col de ma chemise.

— Voilà, tu es fin prêt ! déclara-t-il en admirant le résultat avec satisfaction.

— Ouais, enfin, je te rappelle qu'il est en caleçon, là, fit remarquer Kyle. D'ailleurs, tu ferais mieux d'aller finir de t'habiller, ta reine doit sûrement t'attendre...

— J'ai dit que je passerais la chercher à 21 heures, répondis-je.

Kyle sortit son téléphone de sa poche et me montra l'écran : 21 h 2.

Fais chier.

Je poussai Collin hors de mon chemin et partis au pas de course dans ma chambre.

Deux minutes plus tard, je sortis de la pièce, mes chaussures à la main, et dévalai l'escalier à grande vitesse.

— Évite de transpirer, sinon tu vas réduire à néant l'incroyable travail odorant de Collin, m'avertit Kyle d'une voix moqueuse lorsque j'arrivai au salon.

Il s'était installé devant la télé et grignotait un paquet de chips. Lui comme Collin n'allaient pas au bal ce soir, mais à une soirée organisée par la fraternité des Theta Delta Chi, nos pires ennemis.

Nous étions en guerre avec eux suite à un différend entre Collin et le chef des TDC, Jackson, à propos de la petite amie de ce dernier. Faut dire que Collin avait toujours eu du mal à tenir en place ce qu'il avait dans le caleçon, et encore plus lorsque l'objet de ses désirs était déjà pris. Nous étions sortis perdants de l'histoire et avions juré de nous venger un jour. Pourquoi aujourd'hui ? Parce qu'une de nos sources (un étudiant d'une autre fraternité qui détestait Jackson pour une raison quelconque) nous avait signalé que le chef des TDC avait fait un photo shoot de lui tout nu la semaine dernière et que, ce soir, sa fraternité organisait une grande fête où étaient invitées plus de cinq cents personnes. C'était l'occasion rêvée pour se fondre dans la masse et tenter de trouver ces photos. Même si nous ne comptions pas les diffuser sur le campus, cela restait un très bon moyen de faire chanter Jackson pour toutes sortes de choses dans le futur.

Bien que j'eusse aimé être de la partie ce soir, Jenny était plus importante à mes yeux que cette vengeance. Malheureusement, Kyle la prenait très au sérieux et m'en voulait un peu de les laisser tomber. Après tout, c'était moi le leader et je ne serais pas là.

Je passai ma tête par-dessus son épaule et lui souris.

— Ne m'en veux pas trop, d'accord ? Le jour où tu rencontreras l'amour de ta vie, tu comprendras, mec, lui dis-je.

— Je ne t'en veux pas de passer la soirée avec Jenny plutôt qu'avec nous, protesta-t-il, ça me fait juste chier que tu manques ça. On attendait ce jour depuis des mois !

Je soupirai en m'écartant.

— Je sais, désolé, mec…

Après avoir attaché mes chaussures, j'attrapai les clés de ma voiture.

— Bon, allez, j'y vais, je compte sur vous, les gars ! Ah et une dernière chose, tu peux veiller à ce que Collin ne baise pas avec Samantha encore une fois ? J'aimerais éviter que Jackson ne tue l'un d'entre vous… Et fais-moi un rapport dans quelques heures, d'accord ?

— Ouais. J'essaierai, l'entendis-je me répondre tandis que je sortais.

Je me dépêchai de conduire jusqu'à la résidence de Jenny et me garai juste en face. À peine eus-je le temps de sortir qu'elle apparut devant moi, l'air contrariée.

— Heureusement qu'on avait dit 21 heures !

Jenny

Je croisai les bras sur ma poitrine, attendant qu'il s'excuse. En réalité, je me moquais bien de ces dix petites minutes de retard. J'étais bien trop excitée à l'idée d'aller au bal pour être réellement en colère, mais bon, c'était juste par principe.

— Je… euh…, bredouilla-t-il en parcourant ma tenue du regard.

Apparemment, ma longue robe bordeaux, légèrement fendue sur le côté, lui faisait perdre ses mots. J'avais longtemps hésité sur comment m'habiller pour ce soir, et puis je m'étais dit que ce bal, c'était vraiment l'occasion de m'assumer entièrement.

— Alors ? repris-je, à la fois amusée et ravie de l'effet que je lui faisais.

— Tu es magnifique, Jenny, dit-il avec sincérité tout en s'approchant.

Je rigolai.

— J'attendais que tu t'expliques, pas que tu me complimentes, crétin, mais merci. Tu n'es pas trop mal non plus.

À vrai dire, avec ses cheveux bien coiffés et son costume bleu marine qui lui allait à la perfection, il était même classe et très séduisant. Un petit sourire se dessina sur son visage, probablement car il avait remarqué que je l'observai d'un air plus que satisfait.

— Hum, bon, on ferait mieux d'y aller ! déclarai-je, un peu gênée.

Mais Justin m'attrapa par les hanches pour m'empêcher de bouger.

— On a cinq minutes, non ? Le bal ne se termine qu'à minuit…

J'avais très bien saisi ce qu'il avait derrière la tête, et il n'était pas question que l'on couche ensemble avant le bal ! J'avais mis un temps fou à coiffer mes cheveux en un superbe chignon tressé et j'étais sûre que lui aussi avait passé du temps à se préparer, alors ce serait vraiment dommage de gâcher maintenant tous nos efforts de présentation pour ce soir.

— On a déjà raté la cérémonie d'ouverture, dis-je en guise d'excuse, et en plus…

Je me tus en le voyant approcher son visage vers le mien. Il m'embrassa, doucement d'abord, puis avec ardeur. Sentant une vague de désir envahir mon corps, je m'écartai la première avant que les choses dérapent et que cela ne se termine à l'arrière de sa voiture.

Justin grogna de frustration.

— Sois raisonnable, s'il te plaît, dis-je en essayant de l'être également.

Il soupira mais me tendit malgré tout son bras.

— Très bien, allons-y…

— Attends, juste une chose…

Je levai ma main vers son visage et passai mon pouce sur ses lèvres pour essuyer la légère trace de mon rouge à lèvres.

Il me suffisait de le toucher pour avoir follement envie de lui. Je savais que c'était réciproque et de plus en plus fort à chaque fois.

— C'est quand même fou, constatai-je à voix haute.

— Quoi donc ?

— Ce truc qu'il y a entre nous.

Justin fit mine de chercher quelque chose entre nos deux corps.

— Quel truc ? Y a une toile d'araignée ?

Agacée, je levai les yeux au ciel.

— Tu sais très bien de quoi je veux parler.

— Absolument pas, protesta-t-il en commençant à marcher.

Il était sérieux, là ? Je m'élançai derrière lui et l'attrapai par le bras pour qu'il se retourne.

— Je suis sûre que tu rêves de me retirer cette fichue robe et de me faire l'amour sur-le-champ, n'est-ce pas ? soufflai-je en me rapprochant dangereusement de lui.

Justin ferma les yeux et inspira profondément avant de me regarder à nouveau, l'air contrarié.

— Bon sang, Jenny, tu me demandes d'être raisonnable et, cinq minutes après, tu m'allumes comme pas possible… Ma patience a des limites, tu sais ?

— Mais c'est toi, protestai-je en m'écartant. Tu faisais semblant de ne pas comprendre, ça m'a énervée. En plus, je n'ai dit que la stricte vérité.

— Non, la stricte vérité, c'est que je te désire tellement que je ne pense pas avoir le temps de t'enlever cette robe. Et si tu ne veux pas que cela se produise dans les secondes à venir, je te conseille d'accélérer le pas.

Malheur ! Pourquoi avait-il fallu qu'il me dise ça en me regardant droit dans les yeux et avec une voix aussi sexy ?

Je pris sur moi puis me détournai.

— Allons-y ! dis-je en le dépassant comme si de rien n'était.

Je l'entendis rire derrière moi, puis il me rejoignit pour marcher à mes côtés jusqu'à la salle de bal. Il s'agissait en réalité du grand gymnase aménagé pour l'événement de ce soir. À vrai dire, lorsque nous entrâmes, je trouvai le résultat pas mal du tout. Il y avait un grand et long bar sur le côté droit, plusieurs tables et fauteuils pour s'asseoir sur le côté gauche, et bien sûr la piste de danse déjà bien remplie en plein milieu. La décoration était légère, de nombreuses boules de lumière étaient reliées entre elles par des guirlandes blanches, les murs étaient recouverts de paillettes argentées et le sol de faux flocons de neige. C'était vraiment joli, mais mon avis n'était peut-être pas très objectif puisque, comme je n'étais pas allée au bal de promo de mon lycée, il s'agissait de ma première soirée digne de ce nom.

— Je vais aller nous chercher à boire, m'annonça Justin.

Je le regardai s'éloigner en direction du bar, puis observai les gens danser, chacun à leur façon, sur une musique rock.

— Bonsoir.

Reconnaissant cette voix aiguë, je me retournai. Vêtue d'une robe fourreau verte sans manches, l'ancienne sex-friend de Justin me détailla de haut en bas.

— Jenny, c'est ça ? reprit-elle en passant une main dans ses cheveux blonds parfaitement lissés.

J'acquiesçai en me demandant ce qu'elle allait bien pouvoir me dire. Parce qu'il était quasiment impossible qu'elle me saute une nouvelle fois dessus alors qu'elle avait dû passer autant, voire même bien plus, de temps à se préparer que moi.

— Si tu crois que Justin a changé, tu te trompes, me dit-elle. Je ne sais pas pourquoi il sort avec toi, mais je peux t'assurer qu'un jour ou l'autre il finira par te laisser tomber et reprendre ses mauvaises habitudes.

— Comme celle de coucher avec toi ?

— Et pas qu'avec moi, ma chérie. Crois-moi, tu ferais mieux de le quitter avant que ce ne soit lui qui le fasse et que tu en souffres.

Cette fille n'était pas croyable. Pensait-elle réellement me faire peur ? Justin m'avait suffisamment prouvé son amour pour que je ne le remette pas en question sans preuve à l'appui. Elle aurait même pu m'avouer qu'elle avait couché avec lui la veille, je lui aurais ri au nez.

Je m'avançai d'un pas vers elle.

— Merci pour le conseil, Rachel, vraiment, dis-je en la regardant droit dans les yeux, mais ma relation avec Justin ne te concerne pas le moins du monde. Et très sincèrement, je pense qu'elle n'est pas près de se terminer…

J'aurais aimé ajouter qu'elle pouvait d'ores et déjà chercher un nouveau sex-friend, mais il y avait de grandes chances pour qu'elle en ait déjà trouvé un depuis un moment.

Je jetai un coup d'œil en direction du bar, en espérant que Justin allait bientôt revenir, et aperçus Sonia en train de discuter joyeusement avec un homme. Lorsque celui-ci se retourna pour attraper deux verres de champagne sur le comptoir, ma respiration se bloqua dans ma poitrine.

C'était lui. Mathew, le pseudo-barman qui était venu à la fête de Justin. L'homme qui m'avait droguée et avait tenté d'abuser de moi. Celui que je n'avais pas dénoncé à la police.

J'entendis Rachel me répondre quelque chose, mais impossible de savoir quoi. Mathew venait de verser de la poudre blanche dans la coupe de Sonia sans que celle-ci s'en rende compte.

Rachel me bouscula en s'en allant, et je sortis enfin de ma torpeur.

Justin. Il fallait que je trouve Justin sur-le-champ. Mais, bien sûr, je ne pouvais pas prendre le risque que Mathew me remarque.

Sans quitter des yeux Sonia et cet enfoiré d'agresseur, je m'approchai discrètement du bar jusqu'à tomber sur Justin, qui portait deux gobelets de bière dans les mains.

— Désolé, dit-il d'un air ennuyé, y avait la queue pour se servir au fût, et je me suis fait accoster par quelques potes… Tout va bien ?

Il fronça les sourcils en remarquant probablement la panique dans mes yeux. Je secouai la tête et lui montrai l'endroit où se trouvait Mathew quelques instants plus tôt. Bien évidemment, il avait disparu. Nous avait-il remarqués ?

Merde.

— Le… le mec qui m'avait droguée à ta fête. Il était là, et il… il a mis un truc dans le verre de Sonia. Je ne sais pas où…

— Putain de merde, grogna Justin en parcourant tout le gymnase du regard. Tu es sûre que c'était bien lui ?!

— Certaine.

En plus d'être horriblement inquiète pour Sonia, je me sentais vraiment mal de ne pas avoir dit la vérité à Justin sur la déposition de police que j'aurais dû faire il y a plusieurs mois de ça.

— Là-bas ! m'exclamai-je en les voyant sortir par une des issues de secours.

Justin suivit mon regard, puis me donna les gobelets de bière.

— Reste là, je vais m'occuper de ce connard récidiviste !

— Attends !

Mais il était déjà parti à leur poursuite. Je m'empressai de poser nos boissons sur le comptoir et lui emboîtai le pas tant bien que mal.

Lorsque j'arrivais à l'extérieur, Justin sortait Mathew d'une voiture grise garée à quelques mètres. Où était Sonia ?

— Espèce de connard, droguer ma copine, ça ne t'a pas suffi ?! cria Justin en plaquant Mathew sur le capot.

— Je ne vois pas de quoi tu parles ! se défendit celui-ci en essayant de se débattre. Lâche-moi !

Mon petit ami obéit, mais seulement pour mieux lui envoyer son poing dans la figure. Et très franchement, observer Mathew souffrir de la sorte me fit un bien fou.

— Crois-moi, je vais te rafraîchir la mémoire ! gronda Justin avant de lui assener un deuxième coup dans le ventre. Jenny, tu peux regarder comment va Sonia ? Elle est à l'arrière de la voiture !

Je me précipitai pour ouvrir la portière et restai quelques secondes abasourdie en la voyant allongée sur les sièges, les yeux fermés.

— Sonia ?! l'appelai-je d'une voix tremblante. Sonia, est-ce que tu m'entends ?

Je me penchai vers elle et pris son pouls. Je fus rassurée en constatant que, malgré un rythme cardiaque assez lent, elle était toujours en vie.

Au même moment, elle remua légèrement sur la banquette. Son état ne semblait pas critique. Avec un peu de chance, Mathew ne l'avait pas plus droguée que moi lors de la fête chez Justin, même si cela aurait été suffisant pour abuser sexuellement d'elle.

— Comment elle va ? s'enquit Justin.

Je respirai un bon coup pour garder mon sang-froid, et m'écartai de Sonia.

— Ça a l'air d'aller, j'appelle immédiatement les flics et les secours.

N'ayant pas pris mon sac pour la soirée, je sortis mon portable de mon soutien-gorge et composai leur numéro. Après que je leur eus rapidement expliqué la situation et signalé notre position, ils me répondirent qu'ils seraient là dans moins de dix minutes accompagnés d'une ambulance.

Une fois l'appel fini, je me tournai vers Justin, qui tenait fermement Mathew contre lui. Même s'il avait cessé de se débattre, celui-ci semblait fou de rage.

— Ils arrivent bientôt, l'informai-je en rangeant mon portable.

Si d'ici là Sonia ne vomissait pas, ne convulsait pas, ou ne faisait pas d'overdose… les choses ne devraient pas trop mal se passer pour elle. En tout cas, mieux valait la surveiller attentivement d'ici l'arrivée des médecins.

Justin hocha la tête d'un air entendu, avant de chuchoter assez fort à l'intention de Mathew :

— Tu as entendu, enfoiré ? Tu ne réussiras pas à t'en tirer cette fois.

— Va te faire foutre ! répondit-il en essayant vainement de se débattre.

Bien qu'il eût été préférable que Mathew ne s'en prenne à personne d'autre, cela me soulagea de savoir qu'on avait enfin une bonne raison de l'envoyer en taule.

Je regardai l'heure sur mon téléphone. Déjà 21 h 38. Il y avait de fortes chances pour que l'on passe toute notre nuit au poste de police…

Même si je me moquais bien de pouvoir remporter le titre

de roi et reine du bal, j'étais sûre que Justin et moi aurions passé une super soirée. Mais le principal était que j'aie eu le courage de m'y rendre sans avoir peur du regard des autres ; et puis, arrêter un violeur valait bien tous les bals du monde, non ?

Chapitre 47

Justin

Après deux longues heures au commissariat à faire nos dépositions, Jenny et moi pûmes enfin nous en aller.

— Enfin de l'air frais ! m'exclamai-je une fois dehors.

Jenny s'avança à côté de moi.

— Désolée, me dit-elle d'une voix gênée. Si j'avais déjà porté plainte, on serait sortis plus tôt.

Je haussai les épaules.

— Ce connard va certainement prendre quelques années de prison, et c'est le principal, non ?

— Je sais, mais je m'en veux de t'avoir menti…

Je tournai la tête vers elle et l'observai. Ça m'avait effectivement déçu d'apprendre durant nos témoignages qu'elle n'avait pas porté plainte le lendemain de ma fête comme elle me l'avait assuré, mais je ne lui en voulais pas pour autant. Je savais qu'elle avait vécu beaucoup de choses cette année et je pouvais comprendre qu'à ce moment-là elle n'avait pas été prête à assumer une histoire d'agression sexuelle en plus de son handicap. Aujourd'hui, elle en avait été capable, et c'était ça qui comptait. J'étais vraiment fier d'elle.

— De toute façon, sans preuve et sans informations sur

Mathew, le procureur n'aurait probablement pas ouvert d'enquête, lui dis-je afin de la rassurer.

— Oui, mais Sonia…

Je pris son visage entre mes mains et la regardai droit dans les yeux.

— Les médecins nous ont dit tout à l'heure qu'elle allait s'en tirer, alors ne t'inquiète pas. Et si tu veux, on ira la voir demain matin à l'hôpital. Mais elle risque de ne pas être contente en apprenant qu'on n'a pas gagné au concours de roi et reine du Bal d'hiver…

Jenny esquissa un léger sourire.

— C'est dommage, j'aurais bien aimé profiter de ce bal plus longtemps, m'avoua-t-elle avec regret.

Je réfléchis un instant. Il était bientôt minuit donc oui, le bal serait terminé avant même qu'on y remette les pieds. En revanche…

— J'ai une idée, mais avant ça, tu permets que j'appelle Kyle deux minutes ? Il était censé se rendre à une soirée ennemie avec Collin, mais je n'ai reçu aucune nouvelle d'eux depuis que j'ai quitté la villa tout à l'heure.

Ce qui était assez inquiétant… Mais étant donné que je me trouvais actuellement au poste de police et que je n'avais encore vu aucun de mes deux potes débarquer ici, cela me rassurait légèrement.

— Une soirée ennemie ? répéta Jenny en haussant les sourcils.

— Ouais, c'est une longue histoire, dis-je en composant le numéro de mon meilleur ami.

Par chance, ce dernier décrocha avant la deuxième sonnerie.

— Ouais ? demanda-t-il d'une voix à peine audible.

— Qu'est-ce que vous foutez avec Collin ? Je n'ai eu aucun rapport depuis trois heures…

— T'inquiète pas, tout va bien, papa, répondit-il aussi doucement que la première fois. Je suis actuellement en train de fouiller la chambre de Jackson, c'est pour ça que j'essaie d'être discret.

— Et Collin, il est où ? Il monte la garde ?

Kyle ricana.

— Il monte surtout deux belles Asiatiques dans la chambre d'à côté.

Je jurai intérieurement. Ce mec n'était pas fichu de rester sérieux quelques heures.

— Désolé, Kyle, ce n'était pas le meilleur partenaire à t'attribuer pour la mission. Sois prudent, OK ?

— Ça y est ! Je les ai ! s'exclama-t-il d'un ton victorieux.

— Tu as les photos ? Sérieux ?

— Bon sang, c'est répugnant ! Y en a même une où il est allongé sur un canapé de façon sexy, comme Rose dans *Le Titanic*… Euh… Je raccroche, je crois que je vais vomir !

J'éclatai de rire en rangeant mon téléphone dans la poche de mon jean, mais m'arrêtai devant l'air perplexe de Jenny.

— De quelles photos vous parlez ?

Amusé en repensant à la réaction de mon meilleur ami, je secouai la tête.

— Crois-moi, c'est mieux que tu ne saches pas de quoi il s'agit…

Kyle allait très certainement faire des cauchemars pendant plusieurs semaines.

— Justin, insista Jenny en croisant les bras sur sa poitrine.

Comprenant qu'elle ne lâcherait pas l'affaire, je repris mon portable et envoyai un SMS à Kyle.

La minute suivante, je reçus une des photos de Jackson en réponse et montrai l'écran de mon téléphone à Jenny. Elle écarquilla grand les yeux avant de grimacer.

— Attends, mais… Il fait le poirier, là ? Tout nu ? Mais… mais pourquoi est-ce qu'il… OK, non, t'as raison, je ne veux pas en savoir plus ! Sinon, hum, c'était quoi ton idée ?

Ah oui !

Je pris la main de Jenny et l'emmenai jusqu'à ma voiture garée sur le parking derrière le poste de police.

— Attends ici !

Après avoir allumé les phares, j'allai rapidement sur l'application YouTube de mon portable pour lancer la chanson *I Will Always Love You* de Whitney Houston.

— Alors ? Qu'est-ce que tu penses de mon bal improvisé ? l'interrogeai-je en posant mon téléphone sur le capot de la voiture.

Jenny rigola en secouant la tête.

— C'est vraiment ridicule…

M'approchant d'elle, je lui tendis ma main.

— Mademoiselle, m'accorderez-vous cette danse ?

— Non, fit-elle en riant à nouveau.

Je haussai les sourcils, l'air faussement vexé.

— Sérieusement ?

— Ah oui, c'est vrai qu'on ne dit jamais non à Justin Braxton, le mec le plus populaire du campus et surtout le futur champion olympique du 100 mètres en athlétisme, énonça-t-elle avec un mélange d'ironie et de sérieux.

Je la soulevai par les hanches et posai ses pieds sur les miens.

— En effet, personne ne me dit non, mademoiselle Menser, murmurai-je à quelques centimètres de son visage.

Elle sourit, puis passa les bras autour de mon cou avant de poser la tête sur mon épaule. Je remuai légèrement au rythme de la musique, savourant la chaleur de son corps dans cette fraîche nuit d'hiver.

Lorsque le morceau se termina, une autre se lança automatiquement. Et autant dire que danser un slow sur du Eminem n'était pas très évident…

Jenny releva la tête en rigolant.

— Désolé, lui dis-je, tu veux encore danser ?

Secouant la tête, elle passa une main dans mes cheveux.

— Tu vas foutre en l'air ma coiffure, grognai-je en observant son beau visage.

— Mais non… Et puis, qui s'en préoccupe ?

Elle s'arrêta malgré tout lorsque ses magnifiques yeux bleus croisèrent mon regard plein de désir. Les battements de mon cœur s'accélérèrent tandis que nos respirations se faisaient plus courtes.

— Ta voiture. Maintenant, m'ordonna-t-elle d'une voix impatiente.

À la fois surpris par sa requête et très excité, je reculai jusqu'à mon véhicule, ouvris la portière arrière d'une main et allongeai Jenny sur les sièges.

— T'es sûre que tu ne veux pas qu'on aille chez toi ? demandai-je avant de me déshabiller.

Je n'étais pas contre pour le faire dans une voiture, mais sur le parking d'un poste de police, c'était un peu chaud, non ?

Jenny se releva légèrement pour m'attraper par les épaules et me tirer sur elle en plaquant sa bouche sur la mienne.

OK, j'avais compris le message.

Jenny

Je frissonnai lorsque la main de Justin vint caresser doucement mon dos nu. Il le remarqua puisqu'il me demanda :

— T'as froid ?

— Non, répondis-je en me blottissant davantage contre son torse, je me sens parfaitement bien.

Il me serra davantage contre lui et continua à caresser ma peau.

— Moi aussi, dit-il, je pourrais rester des heures comme ça avec toi, mais, même si pour l'instant aucun flic n'est venu voir ce que nous faisons, je pense qu'on ferait mieux de rentrer…

Il avait raison, nous avions suffisamment joué avec le feu pour ce soir. En plus, les phares de la voiture étaient toujours allumés, et cela risquait d'attirer l'attention au bout d'un moment.

Détendue, je me redressai sur les coudes et croisai le regard de Justin.

— Finalement, notre soirée n'était pas si mal, lui fis-je remarquer avant de l'embrasser avec tendresse.

Il ferma les yeux, savourant tout comme moi ce baiser. Sa main remonta le long de ma colonne vertébrale pour aller se perdre dans mes cheveux désormais détachés tandis que sa langue se frayait un chemin dans ma bouche. Je gémis de plaisir, mais me relevai avant que les choses aillent plus loin.

— Tu as dit qu'on ferait mieux d'y aller, me justifiai-je devant son air déçu.

— Ouais, mais quand je te vois comme ça, j'ai du mal à résister, marmonna-t-il en reluquant ma poitrine.

Mon rythme cardiaque s'accéléra. Je me laissai retomber sur son torse en soupirant.

— OK, mais après on y va vraiment.

Justin rigola.

— Je savais que tu allais céder, déclara-t-il avec satisfaction.

Je levai les yeux au ciel, puis attendis qu'il se pousse sur le côté pour prendre sa place sur la banquette.

— Désolée, c'est pas super pratique avec ma jambe, dis-je tandis qu'il se positionnait difficilement au-dessus de moi.

— Crois-moi, le faire dans une voiture n'a jamais été très pratique, Jenny. Par contre, tu es si fine que j'ai toujours peur de t'écraser…

Je passai les bras dans son dos et le rapprochai de moi.

— Je suis plus solide que tu ne le crois.

Il sourit, puis pencha sa tête vers moi avec la nette intention de poser ses lèvres sur les miennes. Mais un claquement de portière nous stoppa net. Ma respiration se fit courte à l'idée que quelqu'un nous surprenne.

Justin releva la tête et regarda par la vitre.

— Bon sang, jura-t-il en ramassant sa chemise sur le sol. Y a deux flics qui sont sortis fumer dehors. Habille-toi vite, on fout le camp.

À peine eut-il enfilé son vêtement qu'il se glissa à l'avant de la voiture et démarra sans plus attendre. Paniquée, je laissai de côté mon soutien-gorge pendu sur le repose-tête du siège et enfilai simplement ma robe à la va-vite.

— C'est bon pour toi ? me lança-t-il en quittant la place de parking.

— Laisse-moi juste le temps de…

Je m'assis correctement et attachai ma ceinture avant d'exploser de rire. Le caleçon et le pantalon de Justin gisaient à mes pieds.

— Tu sais que c'est interdit de conduire à poil ? Espèce d'exhibitionniste !

— Je porte une chemise ! se défendit-il.

Par chance, les deux policiers présents sur le parking ne nous portèrent aucune attention lorsque nous passâmes devant eux. Ils étaient bien trop occupés à profiter de leur petite pause.

J'attendis tout de même que nous ne soyons plus dans leur champ de vision pour me pencher vers Justin et murmurer à son oreille d'une voix suave :

— En tout cas, vous avez un très beau levier de vitesse, monsieur Braxton.

— On va chez moi, répondit-il en me jetant un petit regard en coin, je vais te montrer comment il fonctionne.

Finalement, le fait que la soirée ne se soit pas du tout déroulée comme je l'espérais me convenait parfaitement.

Chapitre 48

Justin

— Comment tu te sens ? demanda Jenny.

Bien que, pour des raisons purement sexuelles, nous n'ayons pas beaucoup dormi, Jenny avait tenu à ce que nous nous levions tôt pour aller rendre visite à Sonia. Son état la préoccupait depuis la veille. En la voyant assise en tailleur sur son lit d'hôpital, le sourire aux lèvres malgré ce qui s'était passé, je sentis Jenny se détendre à côté de moi.

— À part l'énorme mal de tête que j'ai depuis mon réveil, ça peut aller, répondit Sonia. En tout cas, merci de m'avoir aidée. Je ne préfère pas imaginer ce qui me serait arrivé si vous n'étiez pas intervenus…

— Est-ce que tu connaissais Mathew ? lui demandai-je.

— Non, je l'ai rencontré en arrivant au bal… Il m'a d'ailleurs dit qu'il s'appelait Peter Hills, il avait l'air tellement gentil ! Je n'arrive pas à y croire… Et dire que quand j'ai commencé à me sentir mal, il m'a gentiment proposé d'aller prendre l'air dehors, alors que c'était seulement pour me faire monter dans sa voiture et ensuite…

Elle grimaça de dégoût.

— Vous imaginez… J'aurais pu me réveiller demain matin

en ayant été abusée sexuellement et sans aucun souvenir de ce qui se serait passé.

Remarquant les larmes qui perlaient à ses yeux, Jenny s'approcha d'elle et entrelaça ses doigts aux siens.

— J'ai failli y avoir droit, moi aussi, lui avoua-t-elle d'une voix douce, alors je sais exactement ce que tu ressens…

Sonia lui pressa la main en souriant tristement.

— Je sais, dit-elle. Quand la police est venue m'interroger à mon réveil, les flics m'ont raconté que vous aviez reconnu le violeur, car il avait déjà essayé d'abuser de toi… Je suis désolée, Jenny, et… Merci à vous deux. Vraiment, je vous suis infiniment reconnaissante. D'ailleurs, je m'excuse aussi de vous avoir empêchés d'aller au bal. Je suis sûre que vous auriez gagné…

— Oui, sans aucun doute, approuvai-je, sûr de moi. Jenny était vraiment belle hier. Enfin, elle l'est tous les jours, bien évidemment, mais j'aurais bien aimé que tout le monde voie à quel point ma petite amie est magnifique et à quel point je suis fier qu'elle s'accepte telle qu'elle est.

Jenny se tourna vers moi, et nos regards se croisèrent. Je lui fis un petit clin d'œil, mais elle détourna la tête, visiblement embarrassée.

— Pff, de toute façon, je me moque bien de ce que peuvent penser les gens, marmonna-t-elle. Qu'ils m'approuvent ou non en tant que petite amie officielle du populaire Justin Braxton, ça ne changera rien à ma vie ni à ce qu'il y a entre nous…

— Holà, vous êtes trop mignons, tous les deux ! s'exclama Sonia, les yeux pétillants d'excitation. Vous devriez créer une page Facebook « Justin & Jenny », je suis sûre que vous auriez plein de fans ! Dont moi la première !

Était-ce les effets secondaires du GHB qui lui faisaient dire n'importe quoi ou était-elle vraiment à fond sur notre couple ?

Ce qui aurait été vachement bizarre, vu qu'à la base elle avait flashé sur moi.

Je n'eus pas le temps d'y réfléchir davantage, car quelqu'un toqua à la porte et, l'instant d'après, un médecin nous avait rejoints dans la pièce.

— Désolé de vous interrompre, déclara-t-il d'une voix sympathique, mais j'aurais quelques mots à dire à ma patiente en privé.

— Oui, bien sûr, s'excusa Jenny en me prenant la main, on va attendre dans le couloir…

— Merci, lui dit Sonia, à tout de suite !

Je saluai le médecin d'un signe de tête, puis suivis Jenny hors de la chambre.

— Ouf, soupira Jenny, heureusement que le médecin est arrivé, car elle commençait un peu à me faire peur !

— Je me sens moins seul à le penser, répondis-je en rigolant.

Jenny s'appuya contre le mur en face moi et me regarda, l'air pensif.

— Je me demandais juste un truc, pourquoi Mathew a pris le risque d'aller au Bal d'hiver ? Il savait qu'il y aurait du monde et qu'il y avait des chances pour qu'on y soit…

Je haussai les épaules.

— Peut-être qu'il ne pensait pas y être vu. Il a drogué Sonia assez rapidement, et si tu ne l'avais pas aperçu cinq minutes avant qu'il prenne la fuite, on ne l'aurait jamais remarqué.

— Hum, c'est vrai. En tout cas, merci.

Je levai un sourcil et la regardai s'avancer vers moi.

— Pour ?

Elle posa les mains sur mes épaules et m'embrassa délicatement.

— Pour tout. Merci de m'avoir aidée, d'avoir sauvé Sonia, d'être avec moi, de m'aimer comme je suis…

Je la serrai instinctivement dans mes bras et enfouis ma tête dans son cou.

Si elle savait tout ce que j'étais prêt à faire pour elle…

— Tu sens mon gel douche, murmurai-je avec un sourire.

Jenny caressa mes cheveux avec tendresse.

— Dois-je te rappeler que c'est toi qui as tenu à me laver avec cette nuit ?

D'ailleurs, cela avait été assez laborieux. Ma douche, bien que très fonctionnelle, était beaucoup plus petite que celle que j'avais en Californie.

— Ouais, et tant mieux… J'aime que tu portes cette odeur. Ça me donne l'impression d'avoir marqué mon territoire sur ton corps.

— Heureusement que tu ne m'as pas pissé dessus, rigola-t-elle.

Je m'écartai doucement pour la regarder en fronçant les sourcils.

— Voyons, dis-je en prenant un faux air vexé, je suis un être civilisé, mademoiselle Menser…

— Mouais… Enfin, de toute façon, je t'aime comme tu es…

Elle approcha son visage et m'embrassa avec douceur.

— Non, mais ce n'est pas possible, ces jeunes ! entendis-je grommeler derrière nous.

Jenny se retourna, et nous constatâmes qu'une vieille femme en fauteuil roulant nous observait d'un œil mauvais.

— Pardon ? lui demanda Jenny.

— On est dans un hôpital public ! répondit-elle sur un ton amer. Vous pouvez aller vous bécoter ailleurs, non mais oh…

— Et alors ? rétorquai-je, l'Amérique est un pays libre à ce que je sache !

— Espèce de sale petit con ! s'exclama-t-elle en s'avançant jusqu'à moi. Je ne crois pas que tu étais né lorsque l'Amérique est devenue indépendante !

Jenny me fit discrètement signe de calmer le jeu, car la petite dame n'avait apparemment pas sa langue dans sa poche. Mais je n'allais quand même pas me laisser marcher sur les pieds par une grand-mère en fauteuil roulant, « non mais oh »…

— Parce que vous étiez née vous, peut-être ? Et puis ? En tant que citoyen, j'ai les mêmes droits que tout le monde ! Alors, si j'ai envie d'embrasser ma fiancée dans les couloirs d'un hôpital public, je continuerai à le faire, que ça vous plaise ou non !

— Fais-le encore une fois, et j'appelle la sécurité ! me menaça t-elle en plissant les yeux.

— Je ne crois pas que cela sera nécessaire, intervient Jenny en se plaçant entre nous. Mon fiancé va contenir ses envies, vous pouvez partir en paix, madame.

Je me retins de rire en voyant le visage de la grand-mère se décomposer. Jenny ne se rendit compte de son accidentel jeu de mots qu'après quelques secondes.

— Euh, « partir en paix », ce n'est pas du tout ce que je voulais dire, s'empressa-t-elle de préciser.

— Mon cul ! rétorqua la vieille dame.

Elle leva son majeur dans notre direction et reprit sa route dans le couloir.

— Ah bah, bravo, Jenny ! la félicitai-je d'un air moqueur. Tu lui as fait peur !

Ma petite amie grimaça, mal à l'aise.

— Je ne voulais pas être méchante, mais…

— Vu comment elle nous a parlé, je pense que c'est mérité. Et pour te récompenser de nous avoir épargné une prise de tête avec une grand-mère, je vais te donner un baiser interdit.

Jenny rigola.

— D'ailleurs, j'ai bien aimé que tu m'appelles « ta fiancée », m'avoua-t-elle en souriant.

— Ne t'y habitue pas trop, la taquinai-je, sait-on jamais…

Elle me donna un coup de poing sur l'épaule.

— Aïe ! m'exclamai-je, je disais ça pour rire !

— Comme tu peux le voir, je suis hilare, répondit-elle en croisant les bras sur sa poitrine d'un air contrarié.

Le médecin de Sonia sortit de la chambre. Il nous observa avec curiosité un court instant.

— Hum, vous pouvez retourner voir votre amie si vous le souhaitez, nous informa-t-il avant de partir.

Nous le remerciâmes, et j'attrapai le bras de Jenny avant qu'elle n'ouvre la porte.

— Je plaisantais, vraiment. Tu sais bien à quel point je t'aime…

Elle fit la moue, comme à moitié convaincue. Je me rapprochai d'elle, et après avoir vérifié que la vieille dame ne rôdait pas dans les parages, posai mes lèvres sur les siennes. Bien qu'hésitante au début, Jenny finit par me rendre mon baiser et je sus que j'étais pardonné.

— Allez, retournons voir Sonia un moment, dit-elle en ouvrant la porte. Et ensuite, il faut que j'achète un cadeau de Noël pour mes parents. On pourrait aussi aller voir ce nouveau film qui vient de sortir au ciné, tu sais, le…

— Tout ce que tu veux, mon amour, dis-je en la poussant dans la chambre.

Oui, j'étais prêt à faire n'importe quoi pour elle. Parce que je l'aimais plus que ma propre vie.

Épilogue

Jenny

Je me réveillai lentement et m'étirai dans mon lit, le sourire aux lèvres.

Nous étions le 25 décembre. Je savais que mes parents étaient déjà levés et qu'ils m'attendaient dans le salon pour ouvrir les cadeaux, comme à chaque matin de Noël.

Quelques mois plus tôt, je n'aurais jamais imaginé que je serais heureuse de vivre à nouveau ce merveilleux moment familial. Après mon accident, j'étais sûre que mon existence ne serait plus jamais la même et, en effet, tout avait changé, mais il m'était arrivé beaucoup plus de positif que de négatif. Alors oui, j'avais perdu une jambe et traversé des épreuves horribles, mais j'étais aussi tombée folle amoureuse d'un homme avec qui j'avais déjà vécu un tas de choses extraordinaires. Et aimer quelqu'un est le meilleur antidépresseur que j'aie connu de toute ma vie.

Je finis par me lever, j'attachai rapidement ma prothèse et enfilai une veste en laine par-dessus mon pyjama avant de quitter ma chambre.

— Ah te voilà enfin ! s'exclama ma mère quand j'entrai dans le salon.

Mes parents étaient tous deux assis sur le canapé, blottis l'un contre l'autre. C'était vraiment beau de les voir toujours aussi amoureux malgré les années.

— Bonjour, leur dis-je en m'approchant du sapin.

Nous l'avions fait tous les trois pas plus tard qu'hier. Le plus important, c'était bien sûr les cadeaux. Et le repas aussi, mais il allait falloir attendre quelques heures pour ça.

Il y avait seulement trois paquets et une enveloppe. Cette dernière venait de moi, et elle contenait une réservation pour un week-end romantique dans un chalet au bord du Rend Lake, un lac situé à moins d'une heure trente de route d'ici. Cela faisait un moment que mes parents n'étaient pas partis quelque part ensemble et, après tout ce qui s'était passé depuis mon accident, j'étais sûre que deux jours de tranquillité leur feraient le plus grand bien. Justin, qui m'avait accompagnée lors de mon achat quelques jours plus tôt, avait été d'accord avec moi.

Je pris donc mon enveloppe et leur offris en premier mon cadeau.

Mon père l'ouvrit et sourit.

— C'est très gentil, Jenny, me remercia-t-il en se levant pour m'embrasser sur la joue. Merci beaucoup, ma fille !

Ma mère, qui avait regardé par la suite l'intérieur de l'enveloppe, l'imita et vint me prendre dans ses bras.

— Oh ! ma chérie ! C'est adorable ! me dit-elle d'une voix émue. Je t'aime tellement !

— Moi aussi, maman, je vous aime tous les deux !

Elle s'écarta pour me regarder, le sourire aux lèvres et les larmes aux yeux.

— Bon maintenant, à ton tour ! s'exclama-t-elle, sinon je vais encore pleurer comme à chaque Noël et anniversaire !

— Lequel est mon cadeau ? demandai-je en rigolant.

— Le gros paquet à gauche, répondit mon père.

J'allai le ramasser et le déballai aussitôt. Je fronçai les sourcils en voyant ce qu'il contenait.

— Un… un sac de voyage ? m'étonnai-je. Euh, c'est vraiment gentil, mais euh… Pourquoi ? Enfin, je veux dire, ce n'est pas comme si je partais quelque part.

— En fait, si, m'informa mon père en sortant une enveloppe de la poche de sa veste, tiens.

Le sourire aux lèvres, il me la donna, et je remarquai qu'elle était déjà ouverte. Le nom de l'expéditeur avait été barré dessus. En revanche, je constatai que j'étais la destinataire. Qu'est-ce que mes parents avaient fabriqué avec mon courrier ?

Je pris la lettre qu'elle contenait et la dépliai. « JK Handicap » tait le signataire. *JK Handicap…* C'était le nom d'une association à qui j'avais envoyé ma demande de bourse !

Oh mon Dieu… Oh mon Dieu, ne me dites pas que…

— « Chère Mademoiselle Menser, lus-je d'une voix tremblante. Nous avons le plaisir de vous informer qu'après étude de votre dossier, votre demande de bourse a été acceptée par le conseil de notre association… » AAAAAAAH !!!

Folle de joie, je jetai la lettre en l'air et sautai dans les bras de ma mère.

— Tu vas pouvoir partir en Californie ! s'enthousiasma-t-elle en me serrant très fort.

— Je n'arrive pas à y croire, maman ! Mais pourquoi est-ce que vous ne m'avez rien dit ?

Je m'écartai et essuyai les larmes de joie qui perlaient à mes yeux. Mon cœur battait à cent à l'heure, c'était incroyable !

— On a reçu la lettre la semaine dernière, répondit mon père. J'avais conseillé à ta mère de te le dire tout de suite, mais elle a pensé que ce serait mieux de te faire la surprise pour Noël.

— Et je suppose que c'est elle aussi qui a eu l'idée d'ouvrir mon courrier, hein ? l'interrogeai-je en souriant.

— Non, en fait ça, c'est moi, m'avoua-t-il d'un air un peu honteux. J'espérais tellement que ce soit une bonne nouvelle que j'ai voulu vérifier, désolé, ma chérie…

Je haussai les épaules.

— De toute façon, le principal… c'est que j'aie la bourse ! Holà ! S'il vous plaît, est-ce que je peux aller voir Justin ?

— Là, tout de suite ? s'étonna ma mère. Mais on n'a même pas fini d'ouvrir les cadeaux…

— Oui, je sais, désolée, mais j'ai vraiment besoin de lui dire pour la bourse ! C'est tellement important pour nous.

Je ne pouvais pas attendre une minute de plus, mon corps trépignait d'impatience. C'était un rêve qui allait se réaliser pour nous. Justin et moi, nous pourrions vivre et étudier en Californie l'année prochaine ! Bon sang !

— Euh, eh bien, si ça ne peut pas attendre ce midi, oui, vas-y, accepta ma mère. Mais soyez à l'heure pour le déjeuner, d'accord ?

— Ça marche ! répondis-je en retournant au pas de course dans ma chambre.

Je m'habillai en cinq minutes chrono, pris ma carte de transport en commun et quittai aussitôt la maison.

Une fois dans le tramway, je me rendis compte que j'avais oublié mon téléphone. Au moins, j'avais pensé à m'habiller avant de partir, c'était déjà ça…

Je tapotai du pied tout le long du trajet, le sourire aux lèvres. J'avais vraiment hâte de partir avec Justin, de retrouver ma meilleure amie là-bas et de commencer un nouveau cursus qui me plairait bien plus que l'économie.

J'étais sûre que Justin sauterait de joie en apprenant la nouvelle. C'était sans aucun doute le meilleur Noël de ma vie…

Arrivée à la villa, je regrettais vraiment de ne pas avoir pris mon téléphone portable.

Puisque tous ses colocataires étaient retournés chez eux pour les fêtes, Justin en avait profité pour inviter son père. Selon le petit message que j'avais reçu de lui hier soir avant de me coucher, ils avaient passé un bon réveillon et avaient hâte de venir déjeuner chez moi. Parce que oui, mes parents les avaient tous les deux conviés pour le déjeuner aujourd'hui, en plus de mes grands-parents et de mon oncle et de sa fiancée. Ma mère avait également invité Sophie, pour la remercier d'être « une bonne amie pour moi », et puisque Sophie sortait officiellement avec Noah, lui aussi serait de la partie. Nous allions être plus d'une dizaine ce midi, ma mère avait sérieusement abusé avec le nombre de convives. D'ailleurs, concernant Sophie et Noah, ils avaient été élus reine et roi au Bal d'hiver, alors même qu'ils n'avaient pas été nominés. J'étais un peu triste d'avoir manqué ça, mais Sophie avait demandé à quelqu'un de filmer son couronnement et elle était censée me montrer la vidéo tout à l'heure.

Enfin bref, puisque le père de Justin dormait à la villa, je craignais de le réveiller en sonnant. Mais après tout, c'était un lève-tôt, alors…

J'appuyai sur la sonnette en espérant très fort qu'à 9 heures il serait debout. Pour ce qui était de Justin, même s'il dormait, j'avais la ferme intention de le réveiller…

Quentin vint m'ouvrir quelques secondes plus tard, et je fus soulagée de constater qu'il était déjà habillé.

— Bonjour, Jenny, je ne pensais pas te voir avant ce midi, tout va bien ?

— Bonjour ! Oh oui, tout va très bien ! Il faut juste que je voie Justin, il est réveillé ?

— Je ne crois pas…

— D'accord, c'est pas grave, je vais m'en charger ! répondis-je en montant les escaliers.

J'ouvris la porte de sa chambre et constatai que mon petit ami dormait encore bien profondément. Je m'assis à côté de lui sur le lit et hésitai à le réveiller. Il était vraiment trop mignon, la bouche légèrement ouverte et les cheveux tout ébouriffés.

Malheureusement, j'étais tellement excitée que je ne pus pas le contempler plus longtemps.

— J'ai la bourse, lui dis-je.

Aucune réaction.

Je haussai la voix :

— Justin Braxton, tu m'entends ?!

Il remua légèrement, mais semblait toujours se trouver dans le monde des rêves. Je me penchai vers lui et murmurai à son oreille :

— Si tu n'ouvres pas les yeux dans cinq secondes, pas de sexe pendant deux semaines… 1, 2, 3…

Je l'entendis grogner, mais il finit par me regarder. Je souris, victorieuse.

— Je suis sûr que tu n'aurais pas tenu, marmonna-t-il en bâillant. Qu'est-ce que tu fais là ?

— On va en Californie l'année prochaine, lui annonçai-je en guettant sa réaction.

Il se releva sur les coudes et m'observa avec intérêt.

— Comment ça ?

— J'ai eu la bourse ! Je vais pouvoir m'inscrire en cursus de théâtre et…

Il se redressa aussitôt et me serra dans ses bras.

— Bon sang, Jenny, c'est… C'est vraiment génial ! s'exclama-t-il avec émotion.

— Ouais, je sais ! Je n'arrive toujours pas à y croire…

Il s'écarta légèrement pour me regarder un instant, et j'en fis tout autant. Le bonheur devait clairement se lire sur nos visages respectifs.

— Je suis tellement heureux, tu ne peux pas savoir à quel point !

Il m'embrassa passionnément, et l'excitation que je ressentais depuis ce matin ne fit que s'amplifier. De toute façon, nous avions encore quelques heures devant nous avant le déjeuner chez mes parents…

Sans pouvoir m'en empêcher, je glissai mes mains sous son T-shirt et caressai sa peau chaude. Ses muscles se tendirent légèrement sous mes doigts, et Justin enfouit à son tour ses mains sous mon pull. Je frissonnai de désir.

— Justin, dis-je entre deux baisers, je voulais juste te dire une chose…

Il s'arrêta, le souffle court.

— Je t'ai dit un jour que si j'avais eu le choix entre te rencontrer ou garder ma jambe, j'aurais choisi ma jambe, tu te souviens ?

Il réfléchit un instant.

— Euh ouais, ça me dit vaguement quelque chose… Et alors ?

— Alors j'ai changé d'avis, répondis-je, sûre de moi. Aujourd'hui, je te garde, toi…

Il sourit, vraisemblablement satisfait de ma réponse.

— Moi aussi, je te garde, Jenny, quoi qu'il arrive, murmura-t-il avant de reprendre ce que nous avions commencé, parce que je t'aime.

— Je t'aime aussi, Justin.

« Quoi qu'il arrive. »

***

Justin

— Qui veut encore de la dinde ? proposa Élodie en faisant le tour des convives avec le plat dans les mains.

— Hum, moi, j'en veux bien, madame Menser, répondit mon père en levant son assiette, car elle est vraiment délicieuse !

Quel gros mangeur, celui-là…

Je levai les yeux au ciel puis tournai la tête vers Jenny, installée à ma gauche. Elle me sourit.

— C'est sympa, pas vrai ? me chuchota-t-elle.

J'acquiesçai. C'était même bien plus que sympa. C'était mon premier repas de Noël depuis le décès de ma mère. En plus de cela, j'étais entouré de mon père, de ma merveilleuse petite amie et de son incroyable famille.

Soudain, Brianna se mit debout.

— Les amis, j'ai une grande nouvelle à vous annoncer aujourd'hui, déclara-t-elle en caressant son ventre bien rebondi.

— Oh mon Dieu, murmura Meghan en posant une main sur sa bouche, vous avez enfin choisi un nom ?

Lyam hocha la tête.

— Je suis sûr que si c'est un garçon, ils vont lui donner mon prénom, ricana Eric, en face de moi.

— Et pourquoi ce ne serait pas le mien d'abord ? répliqua Zach, assis de l'autre côté de Jenny.

— Parce que c'est toujours mieux de donner au nouveau-né le prénom du grand-père plutôt que celui de l'oncle, renchérit Eric.

— Désolée de vous décevoir vous deux, intervint Brianna, mais ce ne sera ni l'un ni l'autre. Il s'appellera Alexander Menser.

— « Alexander » ? Mais pourquoi ? s'étonna Eric.

— Ah ça, c'est un secret, répondit Brianna en faisant un petit clin d'œil complice au futur père.

— En tout cas, moi, j'aime beaucoup, déclara Élodie, c'est un très beau prénom.

Meghan et Jenny approuvèrent d'un hochement de tête. Mon père pencha sa tête vers moi et me sourit.

— On avait failli t'appeler comme ça avec ta mère, mais le jour de ta naissance, le prénom « Justin » lui était passé par la tête, ça a été son plus gros coup de cœur, et puisque c'est elle qui t'avait porté pendant huit mois, je l'avais laissée décider…

Je fus surpris d'apprendre cela après tant d'années, mais aussi très heureux de porter ce prénom, comme si le lien qui me rattachait à ma mère était encore plus fort aujourd'hui.

— Tu penses qu'elle nous regarde de là-haut ? lui demandai-je.

— J'en suis sûr, répondit-il en souriant, et je suis aussi certain qu'elle est, tout comme moi, très fière de la personne que tu es devenue, Justin.

— Merci, papa.

Il passa un bras sur mes épaules et me serra brièvement contre lui.

— Tu sais que je t'aime, fiston.

— Moi aussi, papa.

— Jenny ! s'écria brusquement Élodie. Mais qu'est-ce que tu fais déjà avec ce bâton de sucre d'orge dans la bouche ! Le repas n'est pas fini !

Je tournai la tête vers ma copine, qui affichait un air totalement innocent.

— C'est Justin qui me l'a donné, se défendit-elle.

Non mais quelle…

Élodie me foudroya aussitôt du regard.

— Justin, si ma fille n'a plus faim pour le dessert, tu vas m'entendre ! se fâcha-t-elle en reposant le plat de dinde sur la table.

— Mais si, maman, j'ai toujours faim quand il s'agit de tartes aux pommes, la rassura Jenny en continuant à grignoter son bâton de sucre d'orge.

À peine Élodie eut-elle le dos tourné que Jenny sortit un petit panier de sucreries de sous la table.

— Tu en veux ? me proposa-t-elle comme si de rien n'était, ou bien tu préfères les biscuits sablés ?

J'attrapai son panier et le brandis en l'air. Si elle croyait que j'allais la laisser m'accuser à tort…

— Élo…

Jenny s'empressa de mettre sa main sur ma bouche tout en me forçant à baisser le bras.

— Si tu parles, tu peux dire adieu à ton cadeau de Noël, me souffla-t-elle.

Mon cadeau ?

Voilà qui éveillait ma curiosité. Car lorsque je lui avais offert le mien, juste avant le repas, elle m'avait assuré ne m'avoir rien acheté d'autre qu'une paire de chaussettes d'hiver. Je lui fis comprendre que je ne dirais rien et, après une petite hésitation, elle finit par retirer sa main.

— Alors, c'est quoi mon cadeau ? l'interrogeai-je.

Je crus un instant m'être fait avoir par cette fourbe, mais elle posa son panier sur le sol et se leva.

— On revient ! dit-elle à l'intention des invités.

Elle me fit signe de la suivre, et nous quittâmes le salon pour nous rendre dans sa chambre.

Jenny me lança un regard malicieux tout en reculant jusqu'à son lit. Est-ce qu'elle voulait qu'on fasse l'amour, là tout de suite, alors qu'il y avait toute sa famille réunie dans la pièce d'à côté ? Certes, l'idée ne me déplaisait pas tant que ça, mais…

— Allez, approche !

— Jenny, je ne pense pas que ce soit très raisonnable…

Elle haussa un sourcil.

— Mais qu'est-ce que tu vas encore t'imaginer ? Allez, viens voir !

Sur un soupir, je la rejoignis devant son lit.

— Regarde par la fenêtre.

Je lui obéis.

— Tiens ! fit-elle en tendant quelque chose devant moi. Joyeux Noël, Justin !

Baissant les yeux, je fixai le bracelet noir en cuir tressé avec une petite plaque en acier sur lequel étaient gravées trois lettres.

— « JKQ » ? l'interrogeai-je d'un air perplexe.

— « Justin, Kristen, Quentin », m'expliqua-t-elle. Étant donné que c'est assez personnel, j'ai préféré te le donner en privé…

Ma famille.

— J'avais d'abord pensé à t'offrir un cadeau en rapport avec le sport, ajouta-t-elle, mais tu as déjà tout le nécessaire, et puis, tu t'y connais mieux que moi, alors j'ai laissé tomber. J'avais aussi pensé à t'offrir une séance de massage et de soins du corps… Mais finalement, j'ai pensé à ça… Tu n'aimes pas ?

J'effleurai la gravure du bout du doigt, puis regardai Jenny. À côté de ça, les deux places pour un ballet que je lui avais offertes devant sa famille quelques heures plutôt me faisaient pitié, quand bien même il s'agissait de l'une de ses compagnies de danse préférées.

— Tu rigoles ? C'est magnifique, Jenny. Vraiment, j'adore.

Elle sourit de toutes ses dents, puis me l'accrocha au poignet.

— Bon, on y retourne ? Sinon, je crains que ma famille ne

se fasse des idées sur ce que nous sommes en train de faire dans ma chambre.

Je la retins avant qu'elle ne fasse un pas en direction de la porte.

— Tu es sûre que ce qu'ils pensent te préoccupe vraiment ? demandai-je.

— Non, mais je ne voudrais pas qu'ils aient raison, répondit-elle en me regardant avec envie.

Je me rapprochai lentement d'elle et l'embrassai tendrement.

— Tu as le goût du sucre d'orge, murmurai-je contre ses lèvres.

— Et toi, de la dinde, répondit-elle en grimaçant.

Je ris puis essayai à nouveau de poser ma bouche contre la sienne, mais elle s'écarta.

— Désolée, mais j'ai eu ma dose de volaille pour la journée ! me taquina-t-elle en reculant vers la porte.

Alors que je faisais un pas vers elle, elle prit la fuite dans le couloir.

— Si tu ne me rattrapes pas, je vais devenir végétarienne ! l'entendis-je crier.

Elle n'était pas croyable…

Je jetai un coup d'œil à mon bracelet et souris. Bientôt, il m'en faudrait probablement un second, car j'étais sûr d'avoir trouvé ma deuxième famille.

Puis je m'élançai à la poursuite de la fille géniale dont j'étais fou amoureux.

Remerciements

Je voudrais tout d'abord remercier Sophie, Florence, Marie et toute l'équipe éditoriale formidable de Harlequin (HarperCollins) avec qui j'ai eu la chance de travailler pour ce livre.

Je souhaiterais aussi remercier mes meilleures amies, Claire, Laura, Alexia et Ayline, pour leurs conseils et leur soutien précieux.

Un grand merci également à tous mes lecteurs qui m'ont envoyé des messages adorables sur les réseaux sociaux, les lire me met le sourire aux lèvres à chaque fois !

Pour finir, je remercie tous ceux qui ont lu ce roman. J'espère sincèrement que l'histoire de Jenny et de Justin a su vous toucher autant que je l'ai été en l'écrivant !

Merci mille fois.

Composé et édité par HarperCollins France.

Achevé d'imprimer en octobre 2018.

CPI

FIRMIN-DIDOT

à Mesnil-sur-l'Estrée (Eure)

Dépôt légal : novembre 2018.

Pour limiter l'empreinte environnementale de ses livres, HarperCollins France s'engage à n'utiliser que du papier fabriqué à partir de bois provenant de forêts gérées durablement et de manière responsable.

Imprimé en France